中国科普作家协会资助项目

王晋康文集
第6卷

十　字

王晋康　著

科学普及出版社
·北　京·

图书在版编目（CIP）数据

十字 / 王晋康著．-- 北京：科学普及出版社，2023.2

（王晋康文集；6）

ISBN 978-7-110-10466-8

Ⅰ. ①十…　Ⅱ. ①王…　Ⅲ. ①幻想小说 – 中国 – 当代　Ⅳ. ① I247.5

中国版本图书馆 CIP 数据核字（2022）第 122145 号

策划编辑	王卫英
责任编辑	王卫英
封面题字	张克锋
装帧设计	中文天地
责任校对	焦　宁　张晓莉　邓雪梅　吕传新
责任印制	徐　飞

出　版	科学普及出版社
发　行	中国科学技术出版社有限公司发行部
地　址	北京市海淀区中关村南大街 16 号
邮　编	100081
发行电话	010-62173865
传　真	010-62173081
网　址	http://www.cspbooks.com.cn

开　本	710mm × 1000mm　1/16
字　数	7460 千字
印　张	470.25
插　页	1
版　次	2023 年 2 月第 1 版
印　次	2023 年 2 月第 1 次印刷
印　刷	北京中科印刷有限公司
书　号	ISBN 978-7-110-10466-8 / I · 641
定　价	2888.00 元

（凡购买本社图书，如有缺页、倒页、脱页者，本社发行部负责调换）

目　录

第一章　四级病毒

一

1997 年 9 月，俄罗斯新西伯利亚州。

柯里亚·斯捷布什金下午很早就下班了，照例要到公寓附近一个小酒馆里去灌伏特加。苏联解体的阵痛还远没有过去，他所在的威克特病毒学及生物工艺学国家研究中心仍处于半瘫痪状态。昔日的科学精英们都变成了新时代的穷人，他们比乞丐们强的是，不管怎么说那份微薄的工资还是稳定的。很多技术骨干离开这儿到国外发展，或回到处于欧洲部分的俄罗斯大城市，像莫斯科、彼得堡等，那些城市的状况相对好一些。他没有走，但妻子很决绝地带着两个孩子离开了他。在娜塔莎走后的这半年里，他总是到酒瓶中寻求安慰。不过伏特加对他并不管用，可能是科学家职业性的清醒吧，即使喝得酩酊大醉，心中最深的某个地方仍然清醒着并尖锐地疼痛着。好心肠的恰达耶娃所长劝他：

“柯里亚，想开点。幸亏娜塔莎是回到莫斯科，如果是到基辅或明斯克就更糟糕——她一夜之间就变成外国人了！”她骂了一句粗话，“这都是什么事啊！”

所长的劝慰只能让他内心的疼痛更尖锐。对于他们这代人来说，无论是家庭、生活还是理想和抱负，都已经摔得粉碎，再也不可能复原了。

他快到家时看见前边有一个女人，虽然是背影，也能看出她风姿绰约，身材性感，走路富有弹性，穿一件米色风衣，长裤，一头黑亮的长发披落在风衣上。现在是新西伯利亚的初秋，这身穿着显然太单薄了。这会儿她在问路，显然不会说俄语，因为她手里举着一张问路的纸片，用指头指点着。被问的人是一位身躯肥硕的老太太，认真看过纸片后，用手比划着指着前面。

那个女人谢过老太太，继续往前走。斯捷布什金这会儿能看到她的侧影，银灰色的高领毛衣紧紧裹住她高耸的胸脯，30岁出头，正是女人最成熟的年龄，面庞清秀，是一个黄种人。斯捷布什金依感觉猜到她可能是中国人，这儿离中国的新疆很近，中国人主要是倒爷们的身影在新西伯利亚已经是常见的街景了。当然，这位女士和那些倒爷们显然不属于一个层次，肯定是受过高等教育的知识分子。

有几个光头年轻人匆匆越过斯捷布什金，向那个女人追过去，把她团团围住，五把匕首在她眼前晃动。这是五个光头党徒，他们早就瞄准了这个猎物。为首的高个子光头用英语命令她掏出财物。斯捷布什金在他们后边犹豫着，不知道该不该挺身而出，当一次救美的英雄。这些年，当苏联这棵从树心腐朽的大树忽然倒下后，树身上飞快地长出很多毒蘑菇，甚至比这个国家腐朽的速度还要快。比如这些种族主义的光头党徒已经从莫斯科、彼得堡等大城市飞快地蔓生到这儿了。光头党徒只是疥癣之疾，问题是整个俄罗斯民族的精神状态也好不到哪儿去。记得不久前某民意调查公司做过一次全国性调查，其中一个问题是问俄罗斯人现在“最恨哪个国家”，频次最高的答案竟然全是一些三流小国，像格鲁吉亚和波罗的海三国，而不是——比如美国、英国或德国，因为正是这几个小不点儿国家的独立和挑衅最使俄罗斯人感到屈辱。一斑而窥全豹，这个调查结果很使斯捷布什金摇头，伟大的俄罗斯失去了泱泱大国的气度，失去了全球的眼光，成了短视狭隘、只知道睚眦必报的小市民了。

光头党则是从这种社会土壤中长出来的毒菌。

街上没有其他人，刚才指路的老太太看到这位女士的险境，犹豫很久，最终还是摇摇头走开了，她可不敢惹这些凶横的光头党徒。斯捷布什金没有走。作为一个绅士，他不能眼看这个女人受欺负，不过贸然上去干涉相当危险。光头党与其说是政治意识的党，不如说是种族主义加流氓无赖的大杂烩。他们施暴的对象主要是有色人种，但对妨碍他们行事的本国同胞，捅刀子时也绝不会手软。斯捷布什金暂时站在圈外观察着。被围在中间的那个中国女人还算镇静，表现得很顺从，按几个暴徒的指令，皱着眉头把皮夹子掏出来。

她正要往外掏钱，为首的高个子劈手夺过去。女人用英语大声说：

“请把我的护照留下！”

高个子掏出现金，把护照连同空皮夹递还给她。斯捷布什金看着事态发展，不打算上去干涉了。破财免灾吧，估计那女人被抢的现金不会太多。中国人在这儿的名声不好，他们常用假羽绒服和假酒骗取俄罗斯人高质量的毛皮，又把中国国内的恶习带到俄罗斯，无论在哪儿都习惯用钱来打通关节，结果俄罗斯警察们飞快地学会了要贿赂，尤其是对中国人。有时警察在街上拦住一个中国人，不说任何缘由就会伸手要你的皮夹子，不过在搜完现金后，总会返还足够打的回家的零钱，由此证明警察毕竟比光头党的层次高一些。中国人在这儿已经学会了出门不多带现金。

但那伙儿暴徒抢到现金后并没有罢休。高个子上下打量着那女人，猥亵地笑着，说：“这娘们儿很俊俏啊，陪咱哥几个玩玩吧。”他是用俄语说的，知道那女人听不懂，又用英语重复了一遍。其他四个人也都淫荡地笑着，慢慢逼过去，把那女人围到墙角。那女人非常愤怒，用英语大声喊：

“干什么！你们要干什么！我要喊警察了！”

“警察”这个词对那几个人没有丝毫威慑力，他们继续逼过去，女人被死死地挤在墙角，一动也不能动。斯捷布什金叹口气，知道自己不得不出手了，明知道危险也顾不上了，总不能眼看一个外国女人在俄罗斯的大街上受辱吧。他快步上去，大声喊：

“住手！你们住手！”

五个暴徒没有打算住手，他们回头看看，很熟练地分出两个人来对付斯捷布什金。这俩人看斯捷布什金身材单薄，胡子多天没刮，是个比较潦倒的知识分子，没把他放在眼里，只是威胁地晃着尖刀，逼他止步。其余三个人仍围着那女人，用刀逼她脱衣服。斯捷布什金冷眼瞪着这伙儿人渣，怒气抑制不住地冒出来，难道俄罗斯真要变成这些人渣的天下？他横下心，豁上被捅几刀，也要制止他们。现在他的动机不光是保护这个女人，更要维护俄罗斯人的荣誉。就在这时，那个女人忽然有了很突然的变化。在此之前她风度冷艳，像是冰雪中的一朵梅花，即使身处险境也一直保持着尊严。这时却忽然换了一脸媚笑，浪声浪气地说：

“不就是想玩玩嘛，何必动刀动枪，我也很想尝尝俄罗斯小伙儿的味道呢。走吧，领我去一个合适的地方。”

斯捷布什金很感意外——她这会儿的行事和刚才的形象反差太大了，莫非她本来就是个专做皮肉生意的女人？除了高个子，其他暴徒听不懂她的话，但那种浪笑是不用语言的。他们同样觉得意外，疑惑地看着他们的首领。高个子向其他人翻译了女人的话，几个人都笑起来，手中的刀自然也垂下去。那女人又主动向前，亲密地搂住高个子和另一个人的脖子，低声说着什么，眼睛则一直看着斯捷布什金这边。忽然——斯捷布什金的反应赶不上事态的变化，听得一声闷响，那俩暴徒的脑袋狠狠地撞在一起，女人又迅即把这两人用力推向第三个，把那人也砸倒在地。转瞬间，五个暴徒倒了三个，而且其中两个显然已经休克。这边正用刀逼住斯捷布什金的两人，连同地上没有休克的那人，都愣住了，木呆呆地看着那个女人，与其说是惊恐，不如说是还没理解事态的剧变。那个女人表情冷肃，刚才淫荡的笑容一扫而光，声音冷硬地说：

“我是中国人。谁想再来试试我的中国功夫？”

斯捷布什金听出来她讲的是美式英语，非常标准，没有夹杂任何口音。眼看风云突变，形势转危为安，斯捷布什金长出一口气，钦佩地看着这个机变和武功超群的女人。余下的三个暴徒仍然木立着，没听懂她的话，斯捷布什金翻译成俄语：

“这位女士说她是中国人。她说，如果你们还想试试她的中国功夫，尽管上去；如果不想试，就搀上这俩畜生，快他妈滚蛋吧！”

三个暴徒慌慌张张地架上被撞晕的那两人，狼狈逃走，那女人喝一声：

“站住，把我的现金交出来！”

斯捷布什金被提醒，走过去，在高个子暴徒的口袋里搜出一沓钞票，递给受害者。钞票为数不少，有少数卢布，其余是人民币和美元。几个暴徒狼狈地逃跑了，那女人把钱装入皮夹，向斯捷布什金伸出手：

“谢谢你不顾危险出面救我。”她边握手边笑着说，“你让我看到一个真正的俄罗斯男人。”

“不必客气，是个男人都应该做的。这些人，”他指指那几个人的背影，“是国难时期泛上来的渣滓，别拿他们来看俄罗斯人。”

“我知道。中国也是一样的。禁锢了那么久，一旦开放，社会底层的渣滓全浮到最上面了，比如来俄罗斯卖假货的那些败类。你也别拿他们来看中国人。我看到有些俄罗斯商店门前挂着牌子：本店保证没有中国货。这个告示真让我脸红。不说他们了，真的谢谢你。”

“谢什么啊，其实我没帮上忙，反倒是你让我免受伤害。你的中国功夫真厉害。”

女士笑了：“唬他们的。我倒是在美国学过两年跆拳道，偏偏不会一点儿中国功夫——我曾到李连杰在美国开的武馆去拜师，但他那时已经把武馆撤了，改成招待所，专门做中国代表团的生意。他为啥改行？好多黑人去找他比武，都是狗熊一样的身板，身单力薄的李连杰不是他们的对手。所以——中国功夫并不像电影上渲染的那么厉害。”她已经看见斯捷布什金胸前的十字架，“也许我要找的就是你？威克特中心的病毒学家，柯里亚·斯捷布什金，住这条街的 32 号。”

斯捷布什金也看到了她胸前的十字架，与自己的十字架完全一样，那是组织成员的标志。他不由心中一沉：十年前他向教父承诺干那件事，现在远在美国的教父派信使来催他履约了。问题是他自答应之后就开始后悔，想法反反复复，一直为此苦恼和矛盾着。他倒不是已经决定反悔，远没到那一步，但至少是非常犹豫。那件事太严重，弄不好，就是几十万、几百万甚至上千万条人命啊。如果他对教父履约践言，他不敢确认自己行的是天使之善还是魔鬼之恶。

他点点头：“对，我就是你要找的人。跟我来吧。”

斯捷布什金的住家位于一幢旧楼的二楼。斯捷布什金打开灯，说：“请进。不必脱外衣了，屋里没有暖气。”

梅茵打量着这间屋子，房间很大，有 200 多平方米吧，屋里相当阴冷。

天花板很高，有三米五以上，让住惯了中国式房屋的人感到一种空旷感。房屋和家具的用料都很厚重，俄罗斯风格的雕花门、雕花椅子、双层窗户的雕花内窗等，纹饰精美繁复。厨房是开放式的，吧台上放着一个俄罗斯式的大茶炊，屋角堆着很多空酒瓶。电器很少，也非常旧，客厅的一台电视从外观上看大概是14寸黑白的。屋里随处扔着一些书籍，家具上都落了一层灰尘。屋子给人的印象是：这儿曾是一家档次不低的俄罗斯风格的住宅，但现在比较破落，比较凌乱，缺少女性的滋润。斯捷布什金问客人：

“咖啡还是绿茶？”

“白水。我习惯喝白水。”

年轻女人有这个爱好的不多，斯捷布什金看看她，到水龙头上为她接了一杯水。梅茵问：

“夫人和孩子呢？听教父说，十年前他拜访过你家，你有一个漂亮的妻子和一对五岁的双胞胎，他还托我向娜塔莎和孩子们问好呢。”

“娜塔莎和我离婚啦。国家解体之后，她坚决要回莫斯科，她父母家在那儿。”他苦笑着说，“孩子们都带去了。她说孩子们在那儿的成长环境要好一些，我同意了。”

梅茵端着茶杯，看看他，小心地说：“对不起，我不该提起这事的。”斯捷布什金无所谓地挥挥手。“你为什么不跟妻子一块儿去？”

“我已经43岁，再改学端盘子已经太晚了。我不愿放弃自己的专业，已经钻进去半生了，我想它总会有用处的。”他转了话题，“还没请教芳名？”

“中文名字是梅茵，英文名字是凯西·梅。”

“刚才在街上时，你说你是中国人？但我看你的美式英语非常地道，像是你的母语。”

“不，从法律上讲我是美国国籍。我是一个中国孤儿，老家在中国的哈尔滨，两岁时父母死于鼠疫，10岁时我被美国父母认领，到25岁前在美国生活和上学。读完硕士后我回到中国定居，并且不打算离开了。所以从内心讲，我是一大半的中国人吧。”她补充一句，“回中国发展是我美国父亲的意见，也是我个人的意愿。我已经回中国九年了。”

这么说，她的年龄是34岁，这位女士不在乎谈论她的年龄。斯捷布什金点点头："噢，是这样。"

梅茵接着刚才的话题："你刚才说得对，相信你的专业很快会重新派上用场。'文革'期间我在中国，虽然年龄小，耳闻目睹的情形已经够惨了，那场劫难绝不亚于苏联解体。不过中国已经从劫难中走出来了。俄罗斯是那样伟大的民族，绝不会长时间沉沦。至于这儿，新西伯利亚，虽然偏僻一些，但它是俄罗斯科学的重镇。科研力量占全俄罗斯的三分之一强，有很多像你这样世界一流的科学家。我敢肯定，很快它就会重新萌发生机。"

斯捷布什金摇摇头："但愿吧。不过，现在科技发展这么快，只要再荒废几年，像我这个年纪的科学家就会彻底落伍，甭想再回到科研第一线。"

"不会荒废太久的。柯里亚，说心里话，我非常佩服俄罗斯民族，单说400多年前，15世纪后半叶，你们从蒙古人的铁蹄下解放，刚刚有了国家的雏形，那时还是莫斯科大公国吧，就横跨几千里蛮荒之地开拓了西伯利亚东部，这种气魄汉民族绝对比不上。"她笑着说，"虽然你们把海参崴变成了符拉迪沃斯托克，让中国人心里不舒服。"

"很感激你的宽心话，今晚我肯定会睡得香一些。你——是代教父来取那样东西的？"

"对。"

斯捷布什金坦率地说："可惜我还没打定主意给你。没错，我许诺过教父，但后来我后悔了。我是个失信的懦夫，对不对？"他苦笑着，"我想教父一定会严厉地惩罚我。在这之前，凡是戴上这具十字架的人从来没有哪个敢违逆他。"

梅茵稍稍愣一下，很快恢复平静，摇摇头说："教父只以他的睿智和人格力量来领导组织，从来没有也不会滥施惩罚。你这样说我很难过。"

斯捷布什金有点脸红。平心而论，他这样评价教父是不公平的。自从妻子和儿女走后，他的情绪一直很糟糕，说话常常过于尖刻，他知道这一点，问题是控制不住自己的情绪。梅茵温和地说：

"其实我来之前教父曾说，他非常体谅你的难处。无论是心灵上做出决断的难度，还是具体行动的难处，还有你做了这件事后处境的艰难，他都非常理解。毕竟在美国亚特兰大的 CDC（美国国家疾病预防与控制中心）也有同样的东西，但他就没办法弄到。”

斯捷布什金冷笑着：“在俄罗斯就容易多了。国难当头，一切秩序都破坏了，到处混乱不堪，正适于我们来混水摸鱼。”

梅茵看看他，平静地说：“对，是这样。不过，我们的动机是纯洁无私的。”

“我非常愿意相信这一点。只是——在我眼里，戈尔巴乔夫也是个动机纯洁的好人，但同时也是毁了俄罗斯的罪人。还有那些建议苏联采用休克疗法的西方经济学家，他们没治好这个国家的病，反倒让她病入膏肓。很多俄罗斯人相信，这件事情整个是一桩惊天大阴谋，是西方知识分子处心积虑联手行动，目的是替美国除去世界上唯一的对手。我个人不持这种观点，我相信那些西方知识分子的动机是纯洁的——但这并不能减轻他们的罪孽。”

梅茵不快地问：“你是说，我们的行动也是这样……”

“我什么都没说。我不想拿上边的例子来简单类比。不，咱们打算干的那件事，比苏联解体还要深刻，它牵动的是一张天网，说它是人类与上帝的角力也不为过。可我只是一个凡夫俗子，没有足够的智慧来确认它的对与错。”

梅茵忽然笑了：“这个话题先打住吧。已经到晚饭时间了，能不能赏我一顿晚饭？这位可怜的女人已经饥肠辘辘，午饭的能量都用到那俩光头党的脑袋上了。”

斯捷布什金拍拍脑袋，歉然说：“失礼了失礼了，我把吃晚饭这个茬全忘啦。告诉你，自从娜塔莎和孩子们走后，我基本没有正经吃过晚饭，总是临睡前灌一瓶伏特加完事。你稍等一会儿，马上就好。”

他到吧台后的开放式厨房里忙活，梅茵则留在沙发上，捧着一个空茶杯愣神，她来前可没估计到斯捷布什金是这个态度。据她所知，教父派她之前曾事先告知过斯捷布什金，当时他并没有表示拒绝呀。现在看他的态度，也许自己这一趟不得不空手而回？不过她不会轻言放弃的，一定想尽办法来完成教父的嘱托。

晚饭很快好了，按今天俄罗斯的标准来说相当丰盛：蔬菜沙拉，熏猪肉，红萝卜汤，主食是土豆条和面包，最后上了一道印度绿茶。晚饭时两人都有意避开刚才的话题，斯捷布什金问中国“文革”和改革开放的情况，梅茵简略地回答了，然后一直大谈俄罗斯，谈俄罗斯的文学和艺术，谈俄罗斯知识分子为民请命的历史传统和殉道者的风骨，谈肖洛霍夫、索尔仁尼琴和帕斯捷尔纳克，列宾和列维坦，柴可夫斯基和格林卡，谈西伯利亚的广袤、博大和迷人。她也向斯捷布什金请教，俄罗斯的东正教与天主教及新教到底有什么区别，她在美国生活时也去教堂做礼拜，但从未接触过东正教。斯捷布什金说：

“有很多细微的差别，不是几句话能说清的。先说说基督教的几种十字架。天主教徒和新教徒们佩戴拉丁式十字架，下支较长，与你我现在戴的十字架类似。东正教的十字架又称希腊十字架，四条臂是等长的。”

“这一点我知道。”

“我再说一条区别，可能你比较感兴趣，就是几种教派在思想传统上的差异。”

“什么差异？”

“东正教自我标榜：它永远不会被科学进步所胁迫，不会改变基督信仰来迁就科学发现；天主教——当然是在反思了对伽利略、布鲁诺的迫害之后——则赞扬人的理性，随时把人类思想的进步和科学的进步纳入教义中，例如 13 世纪的神学哲学家托马斯·阿奎那就把亚里士多德哲学融进天主教，今天的梵蒂冈也主动采纳相对论和宇宙大爆炸理论。所以，虽然身为俄罗斯人，但我认为东正教太僵化了，缺乏天主教或新教的自我更新能力。”他笑着说，“我不大上教堂的，科学城里的其他科学家大抵同我一样。”

“你说得对，僵化即死亡。基督教在接受科学，其实科学何尝没有回过头来接受上帝？至少在医学领域里，科学家们发现，现代医学的成功虽然让人眼花缭乱，其实是很肤浅的，根本撼动不了进化之路的根基，那条路——上帝在四十亿年前就建好啦。”

晚饭结束，又回到沙发上时，梅茵已经考虑成熟了，把话题拉回到那件事上：

“柯里亚，咱们回到正题上吧。你知道的，各国政府和科学界都一再催促，要把那个玩意儿彻底销毁，以免它万一逃出魔瓶，造成弥天大祸。他们担心 CDC 和威克特的魔瓶虽然有重重禁锢，还是不够保险，不能绝对可靠地禁锢那个撒旦。可是，一旦真的实施销毁，这种宝贵的生命就永远不能复生了。这就牵涉到教父一直宣扬的观点——人类有无权力擅自判决哪个物种是敌对物种，并褫夺它们在自然界生存的权力。教父，还有其他有远见的同仁，已经尽力化解了医学界的几次销毁动议，但不敢确保下一次还能阻击成功。所以——虽然这句话可能刺伤你——也许俄罗斯的混乱是我们唯一的机会，失去后就只能后悔了。”

斯捷布什金要说话，梅茵及时截断他的话头：“来前教父对我很郑重地说过一句话，当时我还不太理解呢。他说：决不要勉强你做你不愿做的事情。所以，我不会勉强劝你的，更不会代教父行使什么惩罚。你自己来作决定吧。不过，”她笑着说，“刚才你说，你还没有拿定主意，那至少我还有一线希望。我想在这个城市住上几天，直到你作出最后的决定为止。你不反对我这样做吧？你放心，在这段时间里，我一定比伏尔加河的鲑鱼还要安静，不会多嘴多舌来烦你。”

斯捷布什金笑着点点头。这个中国女人——美国女人——既迷人，又有亲和力，有她陪伴在身边应该是一件乐事。他问：

“住处安排了吗？如果你愿意，可以住我这儿。”

梅茵很高兴，打量着这套空旷的房子：“我正等着你的邀请呢。俄罗斯饭店的服务实在不敢恭维，一晚上 200 美元的价格也太黑。正好，你看来也需要一个女人来整理房间，我还能让你尝尝中国式的饭菜。跟你吹吹牛吧，我对中国和西方厨艺都相当拿手的。我打算用这些服务——保洁工兼厨师——来付房租，行不行？”

“好，一言为定。不过我事先警告你，俄罗斯男人个个都是色中饿狼，至少在美英的间谍小说中常常这样描写。”他笑着说，“当然你不会害怕，你有中国功夫。”

梅茵笑道：“你大可不必担心你的脑袋。在你这儿我不怕露底：今天那场表演是被逼出来的，中国有一句俗语，兔子急了还知道咬人呢。而且那完全和中国功夫无关，只是因袭一个俄罗斯人的故智。知道柯楚别依吗？”

“柯楚别依？不知道，似乎有点耳熟。”

“哈，你对俄罗斯历史掌故的了解还不如一个外国人！他是苏联内战时期的一个草莽英雄，与夏伯阳齐名——夏伯阳你总该知道吧？”斯捷布什金难为情地点点头，说夏伯阳的名字他是知道的。“柯楚别依有一次被白军逮捕，在法庭受审，就是这样搂抱着两个法警然后突然把俩脑袋撞到一起，随即越窗而逃。一部同名电影在中国曾经很流行，我小时候看过，是在乡里看的露天电影。记得那晚风很大，吹得银幕凸起来，把柯楚别依变成了大肚子孕妇。所以我印象很深，记下了这个镜头。刚才凑巧用上了。”

她虽然说得轻描淡写，但斯捷布什金知道事实并非如此。不管她有没有中国功夫，只说她敢在五把匕首的包围中突然出手，一般男人都做不到。他笑着说：

“很好，你这么一露底，我想干某些坏事时，就会胆大一些。”

他把女儿的房间收拾一下，让梅茵住下。晚上两人道过晚安，分别回房间睡觉。斯捷布什金躺在床上，一直睁大眼睛看着天花板。隔墙那个女人很会来事，行事颇有分寸，但她这种“温和的等待”对自己仍有极大的压力。她越是“像鱼一样安静”，恐怕越难拒绝她的要求。自己到底该怎么办？横下心来履行对教父的许诺，还是横下心来拒绝？他叹一口气，决定先不忙作出最后决定。就让这位梅女士多等几天吧，这是个迷人的女人，有她多陪几天，主人绝对不会反感的。

第二天斯捷布什金回家，梅茵微笑着迎接他：“回来了？我马上炒菜，菜料早准备好了。”

屋里大大变样了，收拾得井井有条，窗明几净。凌乱的杂物书籍都已经归位，酒瓶清理出去了，地板擦洗过，打了蜡。尤其让他想不到的是，他收到书柜抽屉里的全家合影也被梅茵找出来，重新挂在墙上，娜塔莎、两个孩子还有年轻的自己，都在镜框里含笑注视着他。斯捷布什金被梅茵的心意感动了，默默地看着这张合照，回忆起那些失去的美好时光。他来到厨房里，这儿也变了，乱糟糟的碗碟都洗净归位，增加了中国式的炒锅、各种中国式的调料、酱油、醋、味精等。斯捷布什金一件件拿起来，很感兴趣地打量着，俄罗斯人做菜从来不用这些杂耍的。梅茵正熟练地掂着炒锅，香气扑鼻而来。她边炒菜边高兴地说：

“今天我跑了很远，才找到一家中国商店，把这套家什和调料品配齐，你就等着欣赏我的手艺吧。”

斯捷布什金从后边欣赏着她活力四射的背影，几乎克制不住搂抱她的欲望。

菜上桌了，四个盘子，梅茵介绍说是宫保鸡丁、清蒸鲑鱼、西红柿炒蛋、炸洋葱圈，最后这道菜是按美国方式做的。汤是百合莲子汤，酒是青岛啤酒。“好吃吗？”

“非常好，色香味俱佳。”

“不必跟我来外交辞令，说真话。”

“确实是真心话，饭菜真的很好。”

梅茵满意地笑了：“那我每天——在你赶我走之前——给你做，保证每天的饭菜不会重样。”

“我怎么会赶你走？不过，这样下去你要把我惯坏了，你走后我咋办？”

“那就跟我走吧，跟我到中国的武汉去定居和工作，那儿的各类小吃才叫绝呢，肯定让你乐不思蜀。只是那儿很热，是中国有名的火炉城市，你们这些北极熊不一定受得住。”

斯捷布什金笑笑没接腔，梅茵也没往下说。饭后斯捷布什金说：

“明天是双休日，我要到别墅去干农活，如今俄罗斯人都在别墅种一点菜来贴补家用。你去不去？那儿有原汁原味的自然风貌，很漂亮。”

梅茵笑着：“当然去当然去！我巴不得有这样的机会，真正贴近俄罗斯的大自然。”

第二天，斯捷布什金驾着破旧的拉达前往别墅。别墅离市区有40俄里，沿途尽是茂密的桦树林或黑松林，公路像是淹没在林海中。汽车疾驶时，林涛声和清新的气味扑面而来，常常有一只松鼠大模大样地横穿公路，红嘴鸥和金翅雀在枝头鸣啭。俄罗斯科学院西伯利亚分院的各个研究所就分布在这一带的原始森林中，有如浮在林海中的几粒珍珠。这儿是森林中的城市，城市中的森林，这般空间上的奢侈，在中国是难以想象的，在美国也比不上。个把小时后他们到达斯捷布什金的别墅，位于森林边缘，一幢异常破旧的平房，窗户都坏了，用木条钉死成斜十字。屋里也很乱，似乎一千年没住人了，只有一间房间相对完整和干净些，有简单家具和床具。别墅旁有一块菜地，面积不小，但经营得十分粗放，茂盛的杂草丛中长着一些胡萝卜和土豆。梅茵取笑他：

“柯里亚，你种的野草长势很好啊，可惜里边夹着几棵菜苗。”

斯捷布什金难为情地笑着，他的空闲时间有限，主要是不擅长也没心思搞园艺，一向都是广种薄收。梅茵脱下风衣，挽起袖子，风风火火地干起来。他们先刨出土豆，装到拉达车的后备箱中；再为胡萝卜除草，浇水。梅茵有20多年没干农活了，但毕竟从小在中国农村长大，童子功还没丢，比斯捷布什金强得多。一天下来，这块菜地已经像模像样了。

午饭和晚饭，两人用带来的面包和啤酒对付了两顿。晚饭后斯捷布什金说：“走，干了一天，到河里冲冲澡吧。”他驾着拉达跑了十几俄里，这儿林木完全消失了，是一望无边的草地，一条小河横穿而过，河水异常清澈，平静无波，碧绿的水草柔曼摇曳，岸边绿草如茵，点缀着紫色、蓝色和鲜黄色的野花。放眼望去，四野完全没有人迹和人工建筑，原汁原味的自然风貌让梅茵心醉神迷。别说在人满为患的中国，就是在美国，这样绝对纯净的原始风光也不多见。斯捷布什金脱去衣服，只剩下一条短裤，说：

“娜塔莎的游泳衣我带来了，在后座上，你去换上吧。不过这个季节水很凉，不知道你能不能受得住。”

他跑过去，纵身跳入河里。河水冰凉，他哇哇叫着，奋力挥臂游泳。等他从对岸游回，不由愣了，梅茵已经纵入水中，不过没有穿娜塔莎的泳衣，而是全身赤裸。她从容地挥动手臂，身体在清澈的河水中纤毫毕现。她游近斯捷布什金，不在意地解释道：

“在美国我习惯裸泳，回中国后这个爱好被截断了，全中国没有一个天体浴场。今天我忍不住了，在这样美丽的伊甸园里。”

斯捷布什金的目光被她的身体吸住，无法挪开。他自嘲地说：“梅，昨晚你已经知道，我是个很有自制力的好男人，可眼前的诱惑实在太强大了。”

梅茵仍不在意地说：“那就不要抑制你的天性。男女之乐是上帝的恩赐，我不会拒绝它。”

有了这句话，斯捷布什金立即兴奋地游过去，把她迷人的身体紧紧搂住。

他们在河里奋力游了一会儿，游到身体发热，斯捷布什金抱着她回到岸上，把她平放到绿茵地上，梅茵攀着他的脖子，拉他到自己身上。云雨中斯捷布什金多少有些奇怪，这位看来非常开放的美国女人似乎对性事并不熟悉，而且一直皱着眉头，似乎在忍受着剧烈的疼痛，她用力搂着斯捷布什金，指甲陷进他脊背的皮肤里。很快斯捷布什金知道了原因，他从梅茵身上下来，侧着脸，奇怪而迷茫地看着她。梅茵笑了：

“怎么啦？你的眼神好奇怪。”

斯捷布什金确实非常迷茫。最初见梅茵时，曾见她用淫荡的笑容来迷惑那几个光头党，刚才她又毫不在乎地裸泳。这些行为给他的印象是：这是一个在性问题上非常开放的女人。但——

“梅茵，我没想到你是处女。”

梅茵笑着说：“对，34岁的处女，在当今世界上，恐怕是非常稀有的物种了。”

斯捷布什金的表情有点儿沉重：“梅茵，我真的没有想到。”

梅茵有些气恼，尖刻地说：“干吗呀，看你心事重重的样子。怕这个处女讹诈你？逼你为她的一生负责？不要想得太多，我从来不是禁欲主义者，只是这些年来忙于专业，也碰巧没遇上让我动心的男人。”

斯捷布什金叹口气：“眼前这个倒霉的男人肯定也不够格。”

“不，你恰恰就是让我动心的男人，一个真正的男人——外表虽然有些潦倒但充满阳刚之气，目光中微含忧郁但显得深沉。而且，第一次碰面你就表现了崇高的骑士风度，不顾生命危险，拯救一位弱女子于危难之中。”说这些话时她带着笑谑，但在说下一句话时把笑谑收起了，“你不光是侠胆骑士，还是盗取天火的普罗米修斯。”

斯捷布什金当然知道后一句话的内在含意，再次叹息一声，不说话了。梅茵把他拉回自己身上，轻声说：

“来吧，你让我第一次尝到那种快乐，继续吧。”

在刚才的破瓜之痛后，她真的完全放松了，心情愉悦地配合着斯捷布什金，轻吟慢唱，镜湖荡舟。后来两人都乏了，紧紧拥抱着浅睡了片刻。不过即使在浅睡中斯捷布什金也是心绪复杂。他对身边这个行事果决的女人既迷恋，也有相当的惧意。这人绝不是个凡女子，想想她在光头党几把尖刀的包围中敢于突然出手，再想想她为了完成教父的命令，不惜放弃坚守34年的处子之身来引诱他——她说不会勉强劝自己对教父践诺，但实际上是在无声地引诱，是用男女情爱在自己内心中加了一颗很重的砝码。斯捷布什金对教父也滋生了惧意，他用什么魔法，让梅茵这样出色的女人，心甘情愿地听他的命令？教父确实是有魔法的，斯捷布什金与他只有一面之交，仅仅一个晚上的深谈，教父让他同样是心甘情愿地加入了十字组织，并答应冒身败名裂的风险去盗取那个东西。虽然后来他后悔了，犹豫了，但——看来他现在难以拒绝梅茵。

只是，为教父干了那件事后，他在这个世上恐怕就没有立足之地了。

他半支起身，默默观察着梅茵。梅茵睡得很香，这会儿离开了男人的怀抱，大概感到凉意，下意识地缩紧身体，向这边凑凑，再次偎紧他的身体。她蜷曲的裸体像昆虫的几丁质外壳一样光滑。不知怎的，斯捷布什金突然无端联想到螳螂。螳螂交配时，雌螳螂会扭过头吃掉雄螳螂的脑袋，所以所有雄螳螂的性爱都同死亡紧紧相连——自己的命运大概也是如此？但即使这样想着，他对雌螳螂并无厌恶。作为生物学家，他超越了普通人肤浅的爱憎观和道德律条。螳螂的这种习性有利于种族的延续，没有脑袋的雄螳螂在一段时间内反而有更强的性能力，所以雌螳螂的残忍虽然不符合“人道主义”，但符合“天道”。

教父之所以能让他膜拜，也是因为如此——他的教义虽然过于锋利，甚至有点残忍，不符合被人类奉为圭臬的人道主义，但确实符合天道。

梅茵被他惊动，眼波朦胧地向四周扫视一圈，马上真正醒了，笑着向他伸出手，拉着他坐起身，把后背偎在他怀里，她的脊背和臀部带着森森凉意，胸前双乳像苹果一样圆润，闪着亮光。她打量着周围的风光，低声说：

“天哪，这儿真的太美了，太美了！非常静谧庄严的美，没有丝毫烟火味儿，没有一点斧凿的痕迹。我告诉你，这儿就是圣经中的伊甸园！你是亚当我是夏娃，咱们还没来得及从智慧树上偷果子吃呢。”

斯捷布什金低下头，吻吻她的乳胸：“没有吃智慧果，所以不知道裸体是可羞的。”

“没有智慧也就没有心灵的痛苦。”

“为了远离人类的原罪，请警惕蛇的诱惑！”

两人都笑了。“我这一辈子都忘不了今天。”梅茵笑着宣布，“退休后我一定到这儿来隐居。你欢迎吗？”

“当然欢迎，但我可不敢奢望。”

梅茵扭头看看他：“那是退休后的事，先不说它。至于现在，我劝你跟我走吧，”她再次邀请，“我是认真的，中国正在大发展，我们肯定欢迎你这样的精英。而且——你是我第一个男人啊。告诉你吧，别看在美国生活了15年，我基本上是个守旧的女人，对‘第一次’很看重。当然，如果你和娜塔莎打算复婚，那我什么也不说了，我为你们祝福。如果不行，你就成全我的心意吧。”她笑着说，“我是不是表现得太急切了？本来应该是男方开口求婚的。”

斯捷布什金把她搂紧，吻吻她。这种前景确实让人心动，可惜他已经过了天真的年龄，把事情看得太透。像梅茵这样冷静练达的成熟女人，不会在短短两天内痴狂地爱上一个颓废男人，不用说，她的性爱和求婚都暗含着功利目的。这样的婚姻只能是浮沙上的城堡。他突然站起来，伸手把梅茵也拉起来：

“走吧，回家，现在就回家！我把你要的东西给你——在我没有改变主意之前。”

梅茵深深地看他一眼——这个突然的决定多少让她意外——没有说话。两人匆匆穿好衣服，锁好别墅门，开上拉达返回。返回途中，斯捷布什金一直沉默着，眉峰微蹙，两眼灼灼地望着前方。梅茵也没怎么说话，一只手一直搭在斯捷布什金的膝盖上，轻轻地抚摸着。她能理解，这个男人突然做出这个决定后，心绪一定很复杂，很沉重，所以她没让自己的喜悦外露。到家时天已经黑了，斯捷布什金把车停在楼下，没领她回家，而是领到一百多米外的另一幢楼房。他们来到一间地下室，打开门，拉亮灯。屋里基本全是钓鱼家什，有一辆破旧的摩托车，几根钓鱼竿，一顶折叠帐篷，都落了厚厚的灰尘。只有墙角一个小型冰箱显然是新买的，锃光瓦亮，与周围的杂物形成鲜明的反差，看看牌子，是一件日本货。斯捷布什金拉开冰箱门，里边空荡荡的，几乎没有放东西。他从冰箱角落摸出一个盒子，盒子向四周散发着白色的冷雾。盒盖上有四个红色的感叹号，在威克特中心这是四级病毒的标志。

屋里灯光昏暗，他的双眼像猫眼一样发亮：

“喏，就是它，其实在教父来电话后我就准备好了，为了保险，我特意藏在居家之外。但一直犹豫着，不知道该不该把它交出去。现在……打开它吧。”

梅茵接过盒子，小心地打开箱盖。空气中白色冷雾更重了，那是盒内的干冰在蒸发。透过弥漫的白雾，可以看见干冰中埋着三个小小的密封玻璃管。

“这就是教父要的东西，是撒旦的礼物啊。‘冷战’中，苏联科学家们，包括我，不得不研究这些东西，不是为了害人，而是为了防备别人害我们。现在我把这些交你带给教父，你当然知道它们的分量。”

梅茵柔声说：“我知道。谢谢你，柯里亚，我替教父感谢你，也替——未来感谢你。”

斯捷布什金的眉间透出几许凄凉：“未来？但愿未来的人们是感谢我而不是诅咒我。但愿我今天是在行善而不是作孽。但愿吧。”

梅茵终于如愿以偿，拿到了教父和她想要的东西。这些“小东西”在三个密封玻璃管中静静地休眠着。它们是非常简单的生命，甚至只能算是半生命，病毒不能单独在自然界生存，必须借助其他生物的细胞才能完成繁衍，甚至会像无生命的化合物一样结晶，但它们的生命力非常顽强，同样是上帝最成功的造物。它们一旦到人世肆虐，能轻易夺去数百万人的生命！梅茵表面保持着平静，但眸子深处的兴奋是掩藏不住的。斯捷布什金心情复杂地看着她，对她有点羡慕，羡慕中也有惧意。梅茵的信仰比自己坚定，在做这件凶险之事时没有任何犹疑，没有自己经历过的令人发疯的内心折磨。

晚上他们相拥而睡，很久都没有睡着，两人不约而同地侧耳听着冰箱的启动声。梅茵把那个盒子从地下室拿上来了，她说自打知道了这个盒子的存在，她就不放心让它处在自己的视线之外。这会儿病毒样本放在屋里的老冰箱里，这台冰箱是一台旧式的俄罗斯货，压缩机启动的声音像拖拉机一样嘈杂。绝热性能也不好，所以压缩机的启动相当频繁。不过，听着这不时响起的卡拉拉的噪音，梅茵如听仙乐，非常安心和快意。

斯捷布什金既然已决定把“撒旦的礼物”交给梅茵，也就不多想它了。他没有问梅茵准备把这些病毒样本保存在哪个国家，他想，她和教父不一定愿把这个秘密告诉别人吧。他只是关心地问：

“过海关时怎么办？最好让教父弄一个WHO（世界卫生组织）或CDC的通关证，当然品名可以编造一个。”

“不，我不想在海关留下任何记录。而且根本用不着那样麻烦，我已经和一位中国倒爷说好了，由他来打通俄罗斯、哈萨克和中国海关的关节，把这个冷藏盒夹带过境。你知道现今这些海关官员的职业操守，所以，万无一失的。”

她提到了中国海关，这么说，她是准备把病毒保存在中国了，很可能就在她工作的地方？那是中国研究病毒最权威的机构之一，研究方向以农业病毒为主，后来也转到医学病毒和新病毒。斯捷布什金听她提到“职业操守”，心中又毫无来由地涌起一股戾气，冷笑着说：

“你说的那位倒爷，肯定不知道偷运的是什么东西吧，不知道这个小盒子足以害死一百万人。反正只要得点蝇头小利，他就能良心清白地帮你夹带。好嘛，正是我说过的，国家的腐败和混乱正好让咱们混水摸鱼。教父选你我干这件事，选得太对了。”

梅茵听出他的戾气，温和地说：“我相信，等咱们告别人世时，绝不会为咱们今天的行为后悔。”

斯捷布什金沉着脸没有回答。平心而论，梅茵所担的风险并不比自己小。自己是监守自盗，而她的罪名是走私最危险的第四级病毒。这件事一旦败露，他俩都将成为社会公敌。而且总有一天会泄露的，因为梅茵把病毒弄去后是要干大事的，绝不会永远藏在自家冰箱里。他不知道梅茵是否为“面对公众”那一天做好了心理准备，至于他自己，在决定把病毒交给梅茵时，就为自己的人生结局作出了决断。他努力扔掉灰暗的心情，笑着说：

“好，不说这件烦心事了。祝你一切顺利。来，咱们继续那件事——上帝赐给亚当和夏娃的快乐。”

那晚他们一直缠绵到天亮。乏了就睡一会儿，醒了就朦朦胧胧地做爱。虽然没有明说，但两人都清楚这恐怕是最后的欢爱，以后很可能天各一方了，所以两人表现得都很贪婪。头天下午他们在河边草地上第一次做爱时，梅茵的应答还有点生涩僵硬，现在已经是全身心的投入。拂晓时两人都乏透了，睡了一会儿。等斯捷布什金醒来，看见梅茵已经醒了，盘腿坐在他身边盯着他，盯得非常专注，目光微带忧郁，像要把他牢牢刻在视网膜上。衬着熹微的晨光，她的裸体闪着油光，颈部的毳毛清晰可辨。斯捷布什金说：“你早醒了？”她嫣然一笑：

“早醒了。我一直在看你。”

“早饭后就走？”

“嗯。”

“我送你到海关。”他心中隐隐作痛，说，“真舍不得让你走。我会永远记住你的。”

“我也会。柯里亚，你是我头一个男人，没准儿也是最后一个。我不会忘记你，请你记着，我对你的邀请是真诚的，而且永远有效。”她又说：“不管你这边怎样决定，我会一直等着你。”

斯捷布什金没有回答，笑着，再度把梅茵拉到自己身上。

梅茵的回程很顺利，此时已经通过了俄罗斯和哈萨克斯坦的两道海关。她与张军坐在斯泰尔厢式货车的驾驶室里，从哈萨克的阿克斗卡出发，经哈萨克的德鲁日巴口岸到中国的阿拉山口口岸，这会儿正在等着中国海关官员放行。昨天她找到了那位叫张军的倒爷，此前他们聊过，攀上了东北老乡。张军是沈阳人，个子不高，身体很壮，小平头，宽肩膀。他既然是倒爷，想来干过不少昧良心勾当吧，比如拿假酒和假羽绒服骗俄罗斯人，但在梅茵这儿他绝对是个好人，既豪爽又义气。他说：

“不就是走私汗血马的冷配精液吗，小事一桩。这么个比巴掌还小的盒子，夹带过去没一点问题！”他不知道这是梅茵编的借口。

至于梅茵应付的费用，他说：“看在同乡份上，这次就免了，只当交个朋友。反正没有你这个小玩意儿，我的贿赂成本也少不了一个子儿。”他把小盒子妥妥地藏在一车俄罗斯毛皮大衣、军用望远镜和皮靴里，半开玩笑半认真地说：“干这种夹带闯关的活儿，首先一条要心理素质过硬。只要你过关时不心慌，夹带个原子弹都没问题。千万别做贼心虚，让海关官员盯那么一眼，就冷汗淋漓立马休克，那可就穿帮啦。”

关员是个表情严肃的年轻姑娘，手里拿着工作夹，很浓的一字眉，高鼻梁，从相貌上看是维吾尔族人，说着大舌头的汉语。她认真检查了各人的护照，至于货物，不知道张军跟她叨咕了什么，关员打开车后厢门草草地看看，挥挥手放行了。出关时天色已晚，夕阳照着身后“中国阿拉山口口岸”汉文和维文两行大字。张军和司机归心似箭，说要连夜赶路，赶到乌鲁木齐吃午饭。“梅姐，你的事办妥啦，你准备着到华凌大酒店请客吧，那可是五星级。”

梅茵这会儿心情很轻松，笑着说：“没问题，明天咱们不醉不休，只要你们别攀梅姐喝酒就行，我真的没有酒量。”

货车在空旷的公路上疾驰，速度一直在120码以上。身后的夕阳从天边慢慢滚落，半掩在地平线下。梅茵放下对过海关的担心，和张军闲聊着，心中又拾起对斯捷布什金的担忧。她的眼光很毒的，这两天已经从斯捷布什金的表情中看出了不祥之兆，尤其是在他突然作出决定的那一刻，那是在两人有了肌肤之亲之后突然作出的，他那时的果决与此前的犹豫苦闷形成陡峭的断层。从那刻起，他就像是把压在心中的一块石头完全抛开——不是说那块石头就此消失了，而是他决定不管它了。他当然不会一下子想通那件事的是是非非，那么，他有可能是作出了另外的决定。

依梅茵的直觉，那是一个不祥的人生决定。

就在太阳完全坠落的时候，梅茵突然觉得一阵尖锐的疼痛向她袭来，疼痛是从冥冥之地冒出来的，不知道疼在哪儿，是手腕的脉管处，是太阳穴，还是心脏。但它确实存在，在她每一处神经节点上霍霍地跳疼。张军看出她的异常，问：

“梅姐你咋啦？不舒服？你这会儿脸色很差。”

她勉强笑着摇摇头：“没事的，可能这两天太累，突然有点头晕。”

张军说：“那就靠我身上眯一会吧。”梅茵顺从地倚在他肩上，闭上眼睛，张军也不再和她聊闲话。没过一会儿，她又挺起身，紧紧抓住前方的椅背，透过风挡玻璃，两眼灼灼地望着前方，脸色依旧很苍白。张军对她的表情有点奇怪，不过忍着没有问。

梅茵从不相信心灵感应，但这会儿她没来由地相信：也许那位柯里亚·斯捷布什金，与她有过肌肤之亲的唯一男人，此刻已经自杀了。她但愿这个预感是错的。如果斯捷布什金真的轻生，她将难以排解良心上的折磨，毕竟是自己促使他走了这一步。

不过，即使从一开始就知道这个结局，为了得到那些病毒样本，她还是会照旧做下去，因为它们太重要了，重要得超过一个人的生命。记得十二岁随义父就是后来的教父在非洲观看角马群的大迁徙，当大群角马冲过激流到达彼岸时，总要留下一些不幸者：被鳄鱼拖入水中的、被岸边的狮群咬断喉咙的、被同伴踩断脊骨的、自己摔断腿的。她为这个惨烈的场景难过，但义父说，只要角马种族能够延续和昌盛，个体的牺牲是值得的，也是不可豁免的。他还说了一句话，让她铭记终生——

上帝只关爱群体而不关爱个体，这才是上帝大爱之所在。

她但愿柯里亚能够挺过去，如果真的……“柯里亚，唯一与我有肌肤之亲的男人，请你原谅我吧。”

送走梅茵的第二天早上，斯捷布什金给莫斯科的岳父家打了个电话，娜塔莎去那儿后买不起房子，一直住在父母家。他和娜塔莎，还有孩子们，漫无边际地聊了一会儿，娜塔莎说：

“孩子们该上学了，我也该上班了。你还有事吗？没事我就挂电话了。”

他忙说：“没事，我没事，你挂吧。”那边挂了电话，他默默坐在电话机旁，看着壁钟的秒针一顿一顿地往前走。等着过了上班时间，他给威克特中心高致病性病毒所打了一个电话，说他决定辞职，从今天起就不再上班，正式手续随后去办。近两年，病毒所辞职的人太多，恰达耶娃所长已经麻木了，例行公事地挽留一番，问了他今后的打算，然后就叹息一声，祝他好运。

其后的整个上午，斯捷布什金什么也没干，只是在他住过将近20年的房屋里转悠，看那张全家福照片，看装满了专业书籍的满墙式书柜，看梅茵留给他的中国式炒锅和调料。后来他好好睡了一觉，睡得午饭都没吃。下午四点多他睡醒了，开上车去别墅，梅茵买的青岛啤酒还有一打，他装到车上。到了那片森林，他没有进别墅，直接把车开到十几俄里外的河边，那片他与梅茵缠绵过的草地上。他仍脱得只剩下一条短裤，跳进冰凉的水中，大声喊叫着奋力游泳，直到身体暖和起来。然后他回到岸边，半浸在水中，靠着河岸，仰望蓝天，不慌不忙地喝着啤酒。12瓶啤酒快要喝光了，他的眼神变得朦胧，血液中充满了舒适的醉意。梅茵的身影在眼前晃动，在夕阳的光晕中时隐时现。她的声音也在耳边萦绕，柔美而富有磁性。

斯捷布什金的嘴角漾出微笑。在他行将告别人世时，与梅茵的欢爱非常宝贵，让他的人生休止得不那么灰暗，值得他在另一个世界慢慢回味。他取下项间那枚精致的十字架，在手里下意识地把玩着。到现在为止，他仍基本信服教父的教义，否则他绝不会把撒旦的礼物交出去，即使教父派的信使是梅茵这样令人无法拒绝的女人。但他也难以克服忧虑和负罪感。梅茵的信仰显然比他坚定，坚定得近乎狂热——也许恰恰这一点加重了他心中的灰暗？俗话说，真理往前多走一步就是谬误，善行多走一步就是罪孽。教父，以及他手下像梅茵这样狂热的信徒，尽管初衷是好的，但他们会不会从真理的平台边上多跨那么一步？多跨一步就是悬崖了。

果真如此，那么，作为启动这个系列行动的第一环，自己的罪孽就太重了。

死有余辜。

他不愿再想了，酒精让他头晕，大脑已经不怎么管用。他长叹一声，把十字架举到眼前。十字架中心部分嵌着一粒小钻石，那是一个隐藏巧妙的暗扣。用拇指按着，沿顺时针方向轻轻转一下，暗扣解开了。再用点力，把下垂部分——实际是剑鞘部分——拉脱，里边是一枚小小的双刃短剑，剑身完全透明，微微泛着乌金的光泽，用肉眼几乎不可见。这种特制的十字架是组织的标记，每个新加入的成员，都由教父亲手佩戴到项间。

当然，这枚十字只是他们信仰的象征，教父从未要求信徒们用它来杀身成仁。

夕阳慢慢下坠，已经接近地平线了，一条条红色光柱从晚霞缝隙中平射过来，把清澈的河水染成金红色的虚空。斯捷布什金用左手食指和拇指捏着剑把，即十字架的上部分支，用几不可见的剑刃在右手脉管上很随意地划了一下。剑刃太锋利了，几乎感觉不到切开肌肉的阻力，比用快刀划开黄油还要轻易。开始时也几乎感觉不到疼痛。斯捷布什金细心地把剑鞘装上，扣好暗扣。他这样做没有什么目的，只是出于一个实验科学家的严谨习惯。然后他把右手垂到河水里，鲜红的血流从切口处汹涌流出，迅速扩散到金红色的水中，形成比背景浓重的、奇形怪状的红色涡旋。斯捷布什金用朦胧的目光注视着涡旋的变幻，慢慢地觉得头晕，感觉到舒适的疲乏感。最后他的脑袋侧垂到河岸上，永远地睡着了。

谢苗诺维奇警官从看到死者的第一眼起就猜测他是自杀。谢苗诺维奇今年 36 岁，在刑侦处已经干了十年，处理这类非正常死亡的案件很有经验。死者半浸在水中，脊背靠着河岸，表情平静，甚至凝固着微微笑意。只是因为他体内的血液已经流尽，所以脸色异常惨白，带着死亡的阴森，令人不忍细看。项间戴着一枚精致的十字架，十字架中心一颗小钻石闪着亮光。右手垂在水中，在腕脉处有一道切口，创口被泡得泛白，但仍可看出它异常整齐，显然是用锋利的刀片划开的。死者身后扔着啤酒瓶，共12个，差不多都空了，横七竖八地围着他。不是本地人爱喝的波罗的海牌或金酒桶牌，而是近年来开始走红的中国青岛啤酒。法医瓦夏也是酒神狄俄尼索斯的挚友，秃脑瓜，一个很显眼的酒糟鼻子，按他的说法，那是酒徒的勋章。他验着尸，忍不住咕哝道：

“这家伙倒懂得享受，临死也没忘喝个痛快。”又说，“赶明儿我如果决定自杀，一定学他的样。”

从这些环绕死者的啤酒瓶中，谢苗诺维奇看到了这人告别人世前的留恋和他不可逆转的决心，这两者其实并不矛盾。死者的身份毫无悬念。他的外衣扔在附近的草地上，里边有他的工作证：柯里亚·斯捷布什金，威克特病毒学及生物工艺学国家研究中心的研究员。口袋里还有同样名字的驾驶证。草地上停着一辆拉达车，经查实车号也是他本人的。草地有坐过的痕迹，因为草很厚，找不到脚印。最先发现死者的是退休的布雷切夫夫妇，他们的别墅就在附近，今天来河边玩，发现死尸后立即报了案。他们过去来别墅度周末时曾和死者打过照面，虽然不太熟，但知道他是威克特的科学家。谢苗诺维奇向他们详细询问了发现的经过，见问不出更多的东西，就说：“谢谢你们的协助，你们可以走了。”布雷切夫夫妇最后看一眼死者，摇头唏嘘着，开车离开。

这个案件似乎算不上复杂，唯一让谢苗诺维奇迷惑的是现场找不到凶器。他带着手下，在河底和草地上仔细寻找了很久，最终也没找到。这儿水流平缓，刀片不可能被冲走太远。水质非常清澈，河底可以说一目了然，周围草也不深，不可能隐藏住刀片的。而且——这一点完全不合逻辑，不管是自杀还是他杀，都不应该找不到凶器！如果是自杀，死者完全没必要隐藏刀片；如果是他杀而伪造成自杀现场，伪造者更不会忘记留下刀片，否则岂不是弄巧成拙。

不正常。而依谢苗诺维奇的经验，这种不正常的苗头，常常预示着案情会有一个异常的发展。

瓦夏完成了对尸体的现场检查。身上没有任何搏斗的痕迹。由于几种不常见的因素凑在一起，使死亡时间不好判定。法医常以尸斑来估计死亡时间，但这人是半浸在水中，受到一定的浮力作用，体内血液又流光了，所以臀部没有因血液淤积而形成的尸斑。河水大大加快了尸温的下降速度，难以用尸温来判定死亡时间；却又不是溺水，对溺水死亡时间的判定有成熟的方法。这么着，只能粗略估计是死于昨天下午三点到十二点。至于体内是否有麻醉剂，只能等拉回去做解剖了，伪装自杀的案例中常常离不了麻醉剂。不过，瓦夏大胆地断定：

“肯定是自杀，我敢保证他的血液里除了酒精没有别的玩意儿。可是头儿，他为啥戴拉丁式十字架，他不是东正教徒？”

谢苗诺维奇也注意到了死者项间那个不等臂的十字架。“也不一定是天主教徒和新教徒。这儿的科学家们大多是无神论者，不会对着圣母划十字的。”他想了想，说，“其实十字架并非基督教专用，我见过一篇文章，说十字符在人类文明史中是一个很普遍的符号，在独立发展的各个原始民族中都出现了。古代埃及人用它表示太阳神崇拜，中国人用它来表示天地，中国佛教和道教中的万字符卍就是从它发展来的，后来希特勒用反向万字符作纳粹标志。还有，巴勒斯坦人、高卢人、印度人、日耳曼人、印第安人等，相当多的民族用它来表示生殖崇拜，具体说是用它代表女性生殖器。上述说法虽然林林总总，但可以用一句话概括：十字符代表人类早期对自然力的崇拜。”他说，“我只是泛泛而谈，并不是说死者戴这个十字架有什么特定意义。”

警员卡赞切夫真心地夸他：“头儿，你的知识真渊博，不愧有哲学学位。”

谢苗诺维奇平时确实博览群书，利用业余时间拿到了哲学学位。他对卡赞切夫说：“空闲时间你少喝点酒，多看点书，也能拿到它的。”

卡赞切夫笑着说：“我就不用去拿哲学学位了，咱局里有一个哲学家就足够啦，有俩就会干架。”

这会儿法医正用放大镜仔细观察那枚十字架。“头儿，说不定你正好说对了——我是说你那句话：十字架代表人类对自然力的崇拜，说不定正好说对了。这上面刻有几个很小的字，是英文：敬畏上帝。”

“是吗？让我看看。”

“别急，背面也有字，让我看清楚。喏，是两个俄文字母，К・С。应该是他名字的首字母吧。”

谢苗诺维奇从瓦夏手里接过放大镜仔细看，那些英文和俄文字母的笔画极细，用肉眼看不到，肯定是用激光刻出来的。在放大镜下，十字架的表面、棱角，包括上面密密麻麻的纹饰，都异常精致，没有一点儿瑕疵，那些英俄文字母也是标准的印刷体。可以断定这枚十字架并非手工制作，应该来自某种相当高级的工艺。他专注地看着那行英文字：

敬畏上帝。

既然这行字母是英文，那么十字架可能来自国外。谢苗诺维奇决定回去后再好好琢磨，他让瓦夏等人把尸体运回局里，自己带着卡赞切夫，开上那辆拉达去死者的别墅。按报案人说的方位，他们找到了那幢破旧的别墅。首先入眼的是别墅旁细心耕作过的菜地，新采收过的那片地耙得平平整整，表层土壤还没有被晒干，显得颜色较深，肯定是一两天内才干的；胡萝卜地除过草，浇过水，地面也还湿着，扔在田边的杂草还保持着绿色。卡赞切夫咕哝着：

“是他死前干的？这不像自杀者的心态。”

谢苗诺维奇没有评论。虽然他基本倾向于那人是自杀，但他想卡赞切夫的看法不无道理。

他们扭开别墅门上那个装样子的铁锁，进屋勘察。屋里很凌乱，地上扔着几只啤酒瓶，也是岸边见过的那种青岛啤酒。桌上放着一块面包，还很新鲜，面包旁是两只啤酒杯。两人一眼看到这两个酒杯，马上心照不宣地对视——斯捷布什金死前并非独自一人！这么说来，关于他是否自杀就不能轻易定论了。卡赞切夫走过去，用戴手套的手撑着两个杯子的内壁，小心地把杯子装到塑料袋中，说：

“头儿，我看他们离开这儿时很匆忙，杯子上有指纹，也有女人的唇痕。”

铜门把手也留有清晰的指纹，他们小心地取下。除此之外，别墅里没有找到其他线索，床上甚至没有住过的痕迹。谢苗诺维奇说：

“走，回城。去局里检查指纹，再去威克特中心去调查一下。”

威克特国家研究中心的高致病性病毒研究所比较冷清，见到的工作人员都懒懒散散的，似乎无所事事。恰达耶娃所长是个大妈级的女性，头发灰白，又高又胖，肥硕的臀部几乎难以放进办公椅中。她对斯捷布什金的死亡非常伤心，但并不意外。她眼眶红红地说：

“可怜的柯里亚。昨天他突然向我提出辞职，我就觉得不大对头，可惜我反应太慢，没想到他会自杀，没能劝劝他——不过劝也劝不住的。”

“你觉得他是自杀？”

“可能吧。国家解体之后，这儿的科学家都有太深的失落感，连生活都没保障，更不说专业上的理想了。还有很多人家庭生活也遭受挫折，柯里亚就离婚了，妻子带着儿女回莫斯科，把他一个人撂在这儿。半年来，他的情绪一直很灰暗。我想在科学城他不是第一个自杀者，也不会是最后一个，具体数字警方应该比我更清楚吧。”她阴郁地骂了一句粗话，“妈的，说不定下一个轮到我呢。”

谢苗诺维奇和卡赞切夫没办法劝慰她，只能陪她叹息。“能否介绍一下他生前的工作？”

“他是研究高致病性病毒的，也就是俗称的第四级病毒，是最危险的病毒，像天花、埃博拉、刚果出血热等。”她看看两个警察，直率地说，“毋庸讳言，这个领域非常敏感，与生物战剂脱不了关系。当然，我们国家研究这些，只是致力于生物战的防御。但坦率地讲，生物战比较特殊，进攻与防御很难分开的。”

“也就是说，他的职业比较特殊，因而他的突然死亡可能有国外因素？”

恰达耶娃很干脆地否认了：“不，我没这个意思。国家解体之后，我们已经无力控制科研人员的流动，很多一流专家都被国外廉价挖走了。所以，如果某个国家想得到斯捷布什金的宝贵大脑，完全不必采用这样极端的办法。”她冷笑着说，“愚蠢的苏联政治家比敌人更可怕，他们在莫斯科这么一折腾，就把苏联科学家们近一个世纪积累的科技实力，在一个早上挥霍光了。世界历史上从没有这样一个大国，在没有强敌入侵的情况下，一夕之间灰飞烟灭。我想胡佛和杜勒斯在坟墓里也会笑醒的。”

谢苗诺维奇从恰达耶娃的话中摸到了斯捷布什金的思想脉络：愤世嫉俗，心理灰暗。他问："斯捷布什金的宗教信仰如何？"

"基本上是无神论吧，不过偶尔也到教堂去。"

卡赞切夫立即问："东正教教堂？"

"当然，他是俄罗斯人嘛。你问这句话是什么意思？"

谢苗诺维奇把那枚十字架掏出来："但他佩戴着拉丁式十字架。请问，你见他在研究所佩戴过吗？"

恰达耶娃仔细看看塑料袋中的十字架："佩戴过。那是他多年前，有八九年了吧，到国外开会时收到的馈赠，在那之后有时戴它，但不经常。只是一个饰品而已，我想它不代表柯里亚的宗教信仰，没有听说他改宗天主教或新教。"

"是去哪个国家开会？"

"美国。"

"知道是谁赠的吗？"

"不知道。我没打听这个。"

"他死前在郊外别墅里是和另一个人在一起，据那人留在酒杯口的唇痕看，是一个女人。你知道可能是谁吗？"

恰达耶娃摇摇头："有一个女人？不知道。娜塔莎和他离婚后，没有注意到他另外有女人。当然如果有，他也可能瞒着我们的。"

"好的，别的没问题了，请你提供娜塔莎的联系方式，我们要检查斯捷布什金的住所，最好事先与她通报一声，尽管她与斯捷布什金已经离婚。"

恰达耶娃很快帮他们把电话挂通了。谢苗诺维奇小心地通报了斯捷布什金的不幸，那边震惊地问：

"柯里亚死了？"然后是长时间的沉默。谢苗诺维奇小心地喂了两声，对方才苦涩地说，"他昨天一大早和我通过电话，那会儿正是我急着上班和孩子上学的时间，但他聊了很久又没有具体事情。我当时就有点奇怪，可惜我没有意识到他会走这一步。"

依她的话意，她也明显倾向于前夫是自杀。谢苗诺维奇谨慎地说："我们正在调查，是自杀或他杀还没有定论。我们想检查一下他的住所。”

“请吧。从法律上说，那儿和我已经没有关系了。”

谢苗诺维奇问了那枚十字架，娜塔莎说：“对，确实是一个美国人送给柯里亚的，我不清楚那人是谁，只记得柯里亚说过，那人是美国 CDC 一个资深病毒学家。”

她问警方什么时候结束尸检，什么时候能举行葬礼。“按说我该立即飞过去的，”她歉疚地说，“可是我肯定得带着两个孩子一块儿回去，孩子们都在上学，不能耽误太长时间。只能赶着在他葬礼前回去。”

虽然她说的是实情，谢苗诺维奇仍然觉得不快，这种时间上的算计未免太精明了一点，或者说她在夫妻情分上未免太凉薄。他想他能理解死者为什么自杀了。那边在电话里说：

“可怜的柯里亚，我当时应该硬拉他来莫斯科的。我确实尽力劝过他，但他实在太固执了！他的固执最终害了他自己！”那位前妻恼怒地说。

对死者住所的检查只证实了一点儿：他死前确实有一个情人，是亚裔人，很可能是中国人。床上发现了两根黑色直长发，已经送去做 DNA 分析。厨房里有中国式的炒锅和各种中国调料，显然都是新买的。门把和杯子上取到了相当多的清晰指纹，除了他本人的，其余指纹应该都是一个人的，斗型较多，这也是中国人的特征。经初步比对，屋里的指纹与别墅里酒杯上的指纹属于同一个女人。从这些迹象看，这个到处留下指纹的女人不像是有经验的杀手，更可能是一位普通情人。邻居说前几天见过一个亚裔女人在柯里亚的住所出入，30 多岁，身段窈窕，很有风度，但大家没看清她的面容。

下午，谢苗诺维奇留在办公室，用放大镜仔细观察那枚十字架。从各种迹象看，死者很可能是自杀，现在只有两个疑点：现场没找到自杀用的刀片；还有，这枚过于精致的十字架有些可疑。他仔细观察着十字架上面刻的字，以及它表面的精致纹饰，忽然发现在十字架下支与水平支相交的地方，有一圈细微的接口，非常细微，即使用放大镜也难以看清。仔细观察，发现接口呈环状封闭。也许十字架的下支可以拆卸？如果可以拆卸，就必然有暗扣，那只可能在一个地方：十字架中心嵌的那粒钻石上。他对钻石琢磨了一会儿，发现它能顺时针旋转。用拇指压着轻轻一旋，依皮肤的感觉，暗扣是被旋开了。但暗扣旋开后，十字架的下支仍然不能拉脱，使他一度怀疑自己的猜测。后来才知道那是因为剑刃和剑鞘这对耦合件的加工极为精细，配合很紧，需要非常用力才能拉脱，而且合上后接合严密，很难发现那圈接口。

现在剑鞘终于拉脱，露出小小的剑身。剑身完全透明，稍带乌金色，比指甲稍长，非常薄，两边开刃，剑尖呈浑圆形。谢苗诺维奇小心地捏着剑把，映着光亮仔细观察。这大概就是死者自杀用的凶器吧？但这种透明的剑身是什么材料，钻石还是水晶？它太薄了，所以看起来非常脆弱，似乎只要稍碰一下就会咯嚓一声断开。谢苗诺维奇想试试它的强度能不能割开肌肉，就找了一块儿橡皮来做试验。非常小心地划一下，几乎没有感觉到阻力，橡皮也几乎没有变化，因为切口非常细，剑刃划过后橡皮仍紧紧贴合着。用手拉一下，橡皮才分成两半，其切口像是磨床磨出来的那样光滑。

这把剑太锋利了，锋利得违反人的直觉，谢苗诺维奇对着橡皮的切口愣了一会儿，又拿出一支圆珠笔，用剑刃小心地划一下，仍然是几乎感觉不到阻力，但塑料笔身已齐齐断成两截。

这么说，死者肯定是用它来划开脉管的，这桩自杀案中最大的疑点已经消除。不过，第二个疑点反而加重了——这枚性能超异的双刃剑出现在普通的自杀案中，未免有些古怪。他考虑一会儿，给朋友萨帕林打了一个电话，他是科学城的一流材料学家。萨帕林简短地说：

“带上那玩意儿来吧，我会弄清它的身份。”

谢苗诺维奇小心地合上剑鞘——那柄极薄的剑刃看起来实在太脆弱了——带上它去找萨帕林。萨帕林让他在办公室等着，自己拿上十字架到实验室去。两个钟头过去，谢苗诺维奇已经等得不耐烦了，萨帕林才一手捏着那枚十字架，一手拿一小块薄铁板，喜气洋洋地回来：

“伙计，你给我带了个绝好的玩意儿，它可不是仅仅能切开橡皮和塑料笔。不，你先别问它是啥材料，我做个试验。”

他把手中的铁板放到桌上，用那把短剑轻轻划一下，竟然也十分轻易地切开了，光滑的切口处闪着银光。看着朋友的惊讶，萨帕林得意地宣布：

“知道这把剑是啥材料吗？钨的单晶体。它之所以透明，是因为它太薄了，只有几百个分子的厚度，剑刃处甚至薄到只有几个分子。不过它强度极大，因为它不是‘制造’出来而是‘长’出来的，所以在分子尺度上没有任何缺陷，你完全不必担心它会碰折。我这儿也能制造钨单晶体，是让钨在某种特殊气氛中自动长出晶须，但我还不能随心所欲地控制它的几何形状。”

“谁能制造它？美国？”

“嗯，最多加上日本。我们和他们相比，也就那么十年的差距——正好是戈尔巴乔夫耽误的十年。”

“它昂贵吗？”

“目前应该是昂贵的。不过，如果技术成熟，它的制造并不困难。”

谢苗诺维奇迷惑地摇摇头：“无论如何，用它来当饰品，或者是当自杀的凶器，未免大材小用。”

萨帕林笑着：“那就是需要你关心的问题了，与我没关系。”他的心思不在案情上，而对这个玩意儿垂涎欲滴。“喂，等你结案后，一定把这枚十字架转给我们所。它会大大缩短我们追上山姆大叔的时间。听到了吗？”

“你这个贪婪的家伙，这是案件的物证，哪能随便给你？”

萨帕林笑着说：“我知道你会有办法的，拜托啦拜托啦。”

警察局局长罗曼·拉托夫走进会议室，扫一眼屋内的20多个手下，说：“喂，谢苗诺维奇警官，可以开始了。”

今天的案情分析会，局里重要头头都参加了，平时，只有发生特别重要的案件时才摆出这个阵势，而威克特研究所那位科学家的死基本上可定为自杀，拉托夫看过结案报告，认为自杀结论是令人信服的。不过，谢苗诺维奇私下对他说，这桩看来很清楚的自杀案中有一些让人不安的东西，他希望把他的疑点摆到会上讨论一下。拉托夫一向欣赏这家伙，这个拿到哲学学位的上尉警官脑瓜灵活，视野广阔，常常能看到案情之外的东西。他既然要开这个会，必然有足够的理由。今天倒要听听他说些什么。

“首先我得申明，我对自杀结论一点都不怀疑，毕竟这是我们几个做的结论嘛，不能自己打自己的嘴巴。”谢苗诺维奇笑着说，“无论现场勘察、瓦夏的尸检报告，还是恰达耶娃所长和死者前妻的背景介绍，都支持这个结论，我就不多说了。其实我去现场的第一眼印象就认为他是自杀。为啥？他身后扔着十二个啤酒瓶，虽然摆得乱七八糟，但其方位都是他喝完后用左手——死者是左撇子——向身后顺手可以扔到的地方。这个小细节让我从直觉上相信，他肯定是自杀。如果是凶手杀人后再伪造的现场，那这个凶手未免太高明了。”

拉托夫局长说：“你手下有人说，死者死前曾非常认真地做了园艺，是在他别墅的菜地里。他家里也刚做过整理。这不大像自杀者的心情。”

“对，卡赞切夫开始是这个意见。但如果考虑到另一个因素，这些情况正好支持自杀结论——他死前曾有一个情人来过，情人住在他家，为他打扫卫生，做可口的饭菜，陪他到别墅玩，帮他做园艺，当然也少不了床上或草地上的快乐，总之让他度过一段非常美好的时光。然后，因某种原因情人走了，很可能是永别。于是斯捷布什金先生就平静地选择了死亡——这样的心理脉络是可信的吧。”

拉托夫未置可否：“说下去。”

“对这个女人我们做过详细的前期调查，具体过程就不细说了，反正那时就基本可以肯定，她是一个黄种人，很可能是中国人，30岁出头，黑色长发，身材很好，比较有气质，面貌不详。我们取得了她留在死者床上的头发，和留在家里的指纹——顺便说一句，她的指纹在屋里到处都是，这不像是杀手的行事风格，所以这个女人的出现并没有让案件向‘他杀’方向倾斜。经深入调查，她不是本市常住的中国商人，但如果是外来者，又没有发现她在此地逗留的记录。我们查阅了近期在附近口岸出入国境的记录，没有发现类似的中国女人，倒是一位美籍华人凯西·梅比较符合。这位梅女士在死者自杀前三天入境，在卡拉苏克的国际青年旅馆有落地签证，但只停留一天，其后有三天行踪不明。她于入境第四天，即死者自杀当天，出境到哈萨克斯坦。从出入境时间上来说很难说是巧合。当然这只是间接证据，不能说明什么。

不过我们很幸运，后来因为一桩普通刑事案件，很容易就确认了这位情人的身份。”他顿了一下，让大家有时间消化他说的内容，然后接着说，“是因为一个光头党徒的非正常死亡。在斯捷布什金自杀的三天前，本市曾有五个光头党徒持刀抢劫和逼奸一位亚裔女性。光天化日，就在大街上！咱们的治安状况够他妈的糟糕了，真让人脸红。”他摇摇头，“不扯远了，回到咱的本题上。结果呢，那五个流氓竟被这个赤手空拳的女人打得狼狈逃跑，其中两人休克。没人报案，所以这事没进入警方视野，但几天后一个光头党突然死亡，是颅内出血，本来伤势并不重，但那家伙一直没敢去医院，结果把小命送了。对这桩非正常死亡做调查时，意外发现他们抢劫的那个女人很像斯捷布什金的情人，我们把从海关调来的凯西·梅的相片让四个光头党徒辨认，他们一眼就认出：就是她，绝对没错！”

谢苗诺维奇讲得很生动，大伙儿都听得入神。

“还有一点意外收获，其中一个光头党偶然提到，在现场还有一个本地男人，曾打算救那女人，不过没等他动手，三个光头党已经被打趴下了。对了，忘了说一点，事发地点就在斯捷布什金的住家附近。我们拿斯捷布什金的照片给那几个小流氓看，他们认出他就是在场的男人。不过据他们说，斯捷布什金似乎和那个女的并不认识，因为开始抢钱时他一直在旁观，直到他们想奸污女人时他才出头干涉。”

谢苗诺维奇再度停顿，让大伙儿把这些介绍消化一下。

“现在咱们把这件事捋一下。这位漂亮女人可能是因某种原因来本市，遇上抢劫，被斯捷布什金偶然撞见，挺身救美，于是成就了一段风流佳事。后来那女人走了，斯捷布什金——他刚离婚，个人生活很差劲——因为情绪恶化，就自杀了。这样解释——是不是太巧合？特别是：这位武功高强的女人——那四个小流氓一提到她就打哆嗦，说她的中国功夫太厉害了，太厉害了！——恰好也是斯捷布什金的同行，从出入境局得到的资料，说这个美国女人目前在中国定居，在中国武汉病毒研究所工作，此次来我国持的是旅游签证。”

大伙儿都没吭声。拉托夫看看几个副手，他们在下意识地摇头。

“行，看来大伙儿都不信，那咱们把这个不大可信的解释扔掉，再来一个。这位梅女士，斯捷布什金的同行，可能过去同他就认识，甚至有私情，这次，在他离婚后，专程来本市看他，同他度过了一个短短的蜜月。但女的没打算同他偕老百年，快活过后就走了，让刚幸福几天的斯捷布什金从天上又跌到地下。斯捷布什金受不了这个反差，于是选择了自杀。这种解释怎么样？比上一个可信一些，但也有破绽。请记住，那几个光头党说，两人似乎事先不认识。尤其是，这里还有另外一个很古怪的小道具。”

他从塑料袋中掏出那枚十字架：

“死者戴的。是拉丁式十字架，不是咱东正教的等臂式。里面暗藏一把短剑。”他用力拉开下支的剑鞘，让大家看那个几不可见的透明剑身。“死者就是用它划开腕脉的，关于这点不必怀疑，瓦夏在剑身上找到了非常微量的血迹，与死者血型吻合。”瓦夏点点头。“血迹极其微量，但考虑到剑身的极端锋利，这也可以理解。一位材料专家、我朋友萨帕林说，这个剑身是钨的单晶体，非常薄，以至于几乎透明；但强度非常大，甚至可以划开钢铁，我亲眼看见他做了这个试验，当时真让我目瞪口呆！大伙儿要是想看，会后我给你们表演一次。这种材料，目前俄罗斯的技术水平还做不出来。对了，我这个朋友一再要求，本案结案后把这玩意儿转到他们所，让他仔细研究。这两天他已经催了我几次，弄得我招架不住了。”

拉托夫说：“行，结案后让材料所办个手续转过去。别让你那个单相思的哥儿们为它自杀。”大伙儿笑了，“别扯远，往下说。”

“据恰达耶娃所长和死者前妻说，这枚十字架来自美国，馈赠者是美国亚特兰大CDC，即美国国家疾病预防和控制中心，一位资深病毒学家。那么，这个看来毫无疑点的自杀案共牵涉到三个一流的病毒学家，其中一个俄罗斯人，一个美国人，一个美籍华裔女人——后者的中国功夫超绝，又在中国定居，也可以说是半个中国人吧。案件中还有一个精致的、高科技的、暗藏剑身的十字架，它绝非在跳蚤市场或珠宝店里能买到的东西。这些信息之间有什么联系？没有，至少我目前看不到。但如果对它们完全视而不见，说这只是一次普通的自杀，那咱们是不是太天真了？”

拉托夫沉吟一会儿，觉得他的怀疑非常有分量。他说："你是说——你是在暗示，有可能它牵涉到一个国家行动，是美国或中国的一位间谍，来此讹诈或引诱这位一流的病毒学家，最后导致了他的死亡。至于死因，则可能是被逼自杀，也可能是伪装得非常巧妙的他杀，是不是？"他对其他与会者补充一句。"死者斯捷布什金的专业是研究最危险的四级病毒，这与生物战脱不了干系。"

"不，可惜这个推测也不大成立。恰达耶娃所长说，国家解体后，我们失去了对科学家的控制，很多人都被国外廉价挖走了，比如，到美国和中国去的就为数不少。所以，如果美国或中国想得到斯捷布什金的宝贵大脑，完全不必采用这样极端的方式。当然，如果他的自杀真有某个国家的参与，中国的可能性更大一些。因为美国对生物战剂的研究水平绝不亚于咱们，用不着威逼斯捷布什金。中国在这方面就差多了，而且他们肯定很渴望赶上来。这个国家在经济上发展很快，但在高科技战争手段上，除了导弹，只能算是个三流国家。"

副局长戈什金问："死者所在的高致病性病毒研究所里有没有什么异常？比如机密资料或病毒样本丢失。"

"我们认真调查过，没有发现任何异常。不过，依死者的工作性质，再加上国家解体后那儿的混乱秩序，他就算偷偷弄走点什么而没引起注意，也并非不可能。"

他结束了介绍，与会人都在思索，没人提出新见解。过一会儿，谢苗诺维奇苦笑道："听了我这番分析，大伙儿是不是更糊涂了？反正我自己是这样。我只是看到，这个普通的自杀案件之上浮着很浓的疑云，但让我真说出个 ABC 来，我又说不来。只算是一种直觉吧，直觉告诉我，如果这个案件中真有蹊跷，那就不是一般的小事件，总有一天，它会出现在各国报纸的头版头条。果真如此，那这个案件就不是咱们警察局所能料理的了，得上交到国家安全局。"

拉托夫沉吟一会儿，说："这个案子到此为止，就按自杀结案。"他看看谢苗诺维奇，"你别丧气，你的分析很不错，至少把我蛊惑得心里发毛。但你这些怀疑的分量不够，不可能把国家安全局或对外情报局扯进来。”他考虑片刻，“这样吧，我考虑一下，看通过哪种非正规渠道，把这些情况捅给该管事的人。今天的会到此结束。把那个十字剑转给你的哥儿吧，告诉他，只能做无损检测，不得损坏或遗失。”

“没问题，你就是让他弄坏他也舍不得，那是他的心肝。局座，我替那位朋友谢谢啦！”

斯捷布什金死后七天举行葬礼，他前妻娜塔莎带着两个孩子赶来参加，同时处理房产。病毒所派人到机场接死者家属，谢苗诺维奇主动提出由他亲自开车。他这么做，除了礼貌因素之外，还想在死者前妻身上尽可能了解一些情况。娜塔莎是个精明强干的女人，眼角的细密皱纹显示了这些年的风霜，皮肤枯涩，表情显得比较疲惫，看来她在莫斯科的生活也不安逸。两个十五岁的双胞胎还没有习惯父亲的死亡，一路上沉默寡言，老是胆怯地望着妈妈。娜塔莎上车后，知道开车的便衣是一位警官，便问了一句：

“是自杀吗？”

谢苗诺维奇侧脸看看她，小心地说：“目前暂按自杀结案。”

之后的一路上娜塔莎没说话，一直忧郁地望着窗外。谢苗诺维奇和病毒所的代表体谅她的心情，也都保持安静。

车到了那栋楼前，几个邻居看到娜塔莎，涌过来向她问好，好心地安慰她。谢苗诺维奇用死者的钥匙打开门，两个孩子立即窜进去，窜到各自的房间，他们毕竟还是孩子，这会儿最感兴趣的是自己的小房间是否有变化。娜塔莎进来了，第一件事是按俄罗斯风俗把镜子用布蒙起来，然后从随身皮箱里取出几根蜡烛，喊孩子们来把它点着，摆在正间。随后她发现了墙上的那张全家福照片，她站在照片下，久久地看着，眼眶慢慢变红了。谢苗诺维奇原先对她有些成见，认为她在得到前夫死讯后没有立即赶来，未免太凉薄，但这会儿已经原谅了她。

娜塔莎随后在屋里巡看，谢苗诺维奇的眼光随着她走。她看着整洁的房屋，看着厨房里的中国式炒锅和中国调料。女人在这方面很敏感，她不快地说：

“柯里亚死前同一个情人在一起？”

她的声音很小，显然不想让孩子们听见。谢苗诺维奇点点头，也小声说：“嗯。”

“一个中国女人？”

“不，是美籍华人。”

“她和柯里亚的死有关吗？”

谢苗诺维奇看看她，小心地说：“她是在斯捷布什金自杀前一天走的。至于——”他没有说下去。

娜塔莎沉默了一会儿，冷笑道：“她毕竟不是柯里亚的俄罗斯妻子，甚至不知道在他死后把镜子蒙起来。”

谢苗诺维奇犹豫一下，还是重复了刚才那句话：“她是在斯捷布什金自杀前一天走的。”

娜塔莎扭头看看他，闷声说：“对不起，我失态了。我不该心存嫉妒，我同柯里亚已经没有婚姻关系了。”

谢苗诺维奇耸耸肩：“没什么，我非常理解你的心情。”

随后连着来了两个电话，一个是高致病性病毒研究所的，同娜塔莎商量明天葬礼的细节。然后是一位买房人，他看到了娜塔莎提前在报上登的售房告示。娜塔莎说：

“……对，我想尽快处理，一则为了付安葬费用。现在俄罗斯人已经死不起了，各种手续办下来，竟然高达1000万卢布！再者我只能在这儿逗留三天，三天后，你就只能同我的代理人打交道了。你尽快来吧……价钱上尽量让你满意……对，230平方米，外加一个30平方米的地下室。房子有20年历史，但建筑质量很好，至少有七八成新。你来看看再说价钱吧。”

她挂了电话，谢苗诺维奇立即问：“有地下室？我看这幢楼没有地下室啊。”

“在另一幢楼房，十几年前一位朋友转让的。那时我们还没买拉达，柯里亚爱钓鱼，摩托啦帐篷啦钓竿啦，有地下室方便一些。不过那都是国家解体前的事了，这些年他很少去，没有这个心情了。”

“能带我看看地下室吗？”

“当然可以。走吧。”

她领着谢苗诺维奇走了百十米，来到另一幢楼的一间地下室前，从谢苗诺维奇手中要过那串钥匙，打开门。屋里很乱，旧摩托旧帐篷上落满灰尘。她用目光在屋中巡视一周，咦了一声：

“柯里亚刚买了一台电冰箱？怎么放在这儿？”她走过去，打开冰箱门，“没有放东西啊。”

谢苗诺维奇走过去，冰箱里边空荡荡的，没有放任何食物，电源插头也没有插。他摸摸冷冻室，那儿还有些凉意，看来在斯捷布什金死前，即七八天前，这台冰箱还用过。到这一刻，谢苗诺维奇心中猛然震了一下，像一道黑色的蒙布被呼啦一声掀开，他多日的怀疑一下子被证实了。相关的推理其实很简单：

依斯捷布什金目前的经济状况，他绝不会轻易买一台新冰箱——他把冰箱放在远离住室的这儿，肯定不是为了放食物——他放的东西肯定比较保密，以至于不敢使用住室里那台旧冰箱。他怕自己上班时被某种人光顾，而宁可放在虽无人看管但外人不知晓的地下室里。

有了上述推理，再结合死者的专业，那么，他在这台冰箱里曾经保存过什么，就不用怀疑了。这么说，那位迷人的美籍华裔女性笃定是某个国家或组织派来的间谍，她从这台冰箱里肯定取走了撒旦的礼物。而斯捷布什金的自杀则可能是因为良心的谴责，或外力的威胁。

娜塔莎的思维也很敏捷，虽然反应比谢苗诺维奇慢了一拍——她毕竟对很多内情缺乏了解——但根据眼前的东西，再看看警官此刻的表情，她也随之勾勒出了几乎相同的答案，脸色随之变得惨白。看来柯里亚在死前，很可能是和那位情人勾手，从高致病性病毒研究所里偷了病毒样本，卖给某些人。这下子，她的柯里亚在坟墓里也不能安生了。具有讽刺意义的是，这位警官是在自己的帮助下才猜到答案的，而这并非她的本意。一刹那间她有些后悔，刚才打电话时不该提到地下室的，但——如果柯里亚真的干了那种事，真的把足以导致百万人死亡的东西卖给某个国家，那他也不值得为其打掩护了。

只是，柯里亚不是这样卑鄙的人啊，莫非贫穷还有国家解体后的信念崩溃、婚姻解体后的心理崩溃，把他完全扭曲了？

谢苗诺维奇看着娜塔莎惨白的脸色，大致猜到了她的心理，颇有些不忍。这会儿他既不好说宽心话，更不能去证实娜塔莎的猜疑，只好佯装糊涂，说：

“这屋里没啥可看的，走吧。明天是葬礼，今天你早点休息。”

离开这儿，他立即驱车赶回局里。有了今天的进展，拉托夫局长完全可以把案子转给国家安全局了，安全局会对病毒研究所重新展开更严格的调查，以确定是否有病毒样本丢失。不过，当多日来萦绕在心头的疑云一朝消散后，另外两朵疑云又悄悄出现，而且是从相反的方向：

斯捷布什金这样做是什么动机？他出卖良心肯定是为了钱，但至少到目前为止没有发现他手中有大笔的款项。再说，有了钱，他干吗不去享乐，却急急忙忙自杀呢？

再者，那个没有一点儿秘密工作经验、到处留下指纹唇纹、用真实姓名进出国境的女人，竟然是这桩重大秘密交易的信使？

不正常，还是不正常。而依谢苗诺维奇的经验，凡是不正常的迹象常常预示着案情的超常规变化。

第二天，他同死者家属参加了斯捷布什金的葬礼，应死者儿女的要求，举行的是东正教式的葬礼。当然所谓“儿女的要求”只是法律意义上的说法，实际是应死者前妻的要求。娜塔莎应该也是个无神论者吧，因为在她与前夫共同生活了近20年的房屋里，没有任何宗教意味的东西，没有圣母像、十字架和祈祷书。但这次她却以严格的宗教仪式埋葬了前夫。谢苗诺维奇想，也许她是以此来弥补前夫的罪孽？在教堂里，教士宽恕了死者在人世间的一切罪恶，尽管他没有来得及在临终前行涂油礼和忏悔。送葬队伍沿着“麻路”（用麻布铺的路）来到墓地，沉棺前，亲人们亲吻了死者的双脚和额头，在棺木中放了盐和面包。天色晦暗，空中飘着星星点点的薄雪花，在亲人的挽歌声中，一具简陋的棺木徐徐放入墓坑。坟墓掩埋好了，坟前立了十字架。恰达耶娃所长喃喃地划着十字。两个孩子放声痛哭，直到这会儿，他们才真正意识到，父亲永远离开了他们。娜塔莎默默垂泪，痛苦在她的眸子里燃烧着。这位同她一起生活了近20年的男人永远走了，但他的一生却不能盖棺论定。他是个好人，还是在告别人世前把良心卖给了魔鬼？恐怕等末日审判时才能知道。

葬礼后，她匆匆卖了房子，为死者只守到三日祭便带上孩子们匆匆离开了这里，而按俄罗斯风俗，还应有九日祭和四十日祭。仍是谢苗诺维奇把他们送到机场。

这桩案件后来转给了国家安全局，谢苗诺维奇没能知道此后的进展。一直到多年后，当凯西·梅真的成了世界各国报纸的头版新闻人物后，他才知道了真相，或者说是真相中的真相。当年他的怀疑，正反两方向的怀疑，都是正确的，已经从不同方向逼近了真正的答案，可惜限于当时所掌握的信息，他没能往前多走一步。

二

2001年9月，巴基斯坦–阿富汗边境。

一行三人和一匹骡子艰难地爬上了阿尔隅关隘。虽然时间只是九月底，但这个4500多米高的关隘处已经非常寒冷。寒风料峭，雪线上散布着一片片积雪。最高的山脊上没有一丝绿色，只有雪线下有高山植被，都是贴地生长的暗绿色的野草。山上没有行人，没有动物，偶尔一只秃鹫从高空中飞过，翅尖的羽毛让山风吹得披散着。翻过关隘后赶上一片苍苍茫茫的云海，云海上浮着几个戴雪帽子的山尖，真像大海中的几座孤岛。往近处看，雾霭笼罩着嶙峋的山石和暗绿色的草甸。

三人中打头的是矮个子向导塔马拉，他是边境那边的普什图族人，穿着灯笼裤，圆下摆的皮袄下塞着一支苏式的马卡洛夫手枪，头上戴着被称作“龙格”的传统缠头巾。他会说普什图语、达利语，也能结结巴巴地说一点法语和阿拉伯语，所以一路上对外的联系都由他负责，客人和另一个向导都只能说阿拉伯语。这儿部族众多，有几十种语言，不过不管是哪个部族，大部分都能说一点法语，这是法国殖民时期留下的礼物，所以沟通起来不算困难。

后面走的是高个子向导，穿着本地努里斯坦人的无袖外套，上面有黑白相间的图案，斜挎着一支卡拉什尼科夫步枪。他是个外国人，刀条脸，鹰钩鼻，明显带着贝都因人的特征。他虽然不是本地人，但十几年前就在这里打过仗，那是八十年代抵抗苏联入侵的圣战时期。苏联撤军后他离开了，1995年塔利班崛起后再度回到这里。所以他对这条“巴特小道”非常熟悉，也习惯了高山上的缺氧环境。这会儿刚刚爬上4500多米高的关隘，他并没有显得多么疲劳。

中间那位就非常狼狈了，他是拉着骡子尾巴勉强爬上来的。这位自称穆罕默德·艾哈迈德·谢格姆的人是某个国家的秘密信使，这个国名必须牢牢禁锢在安拉的魔瓶内！他中等个子，比较胖，也穿着本地努里斯坦人的服装，显然不大合身。这套该死的衣服又糙又硬，把皮肤都磨破了，偏偏不能阻挡一点寒气，把他折磨得要发疯。他的肤色很好，显然以前过的是养尊处优的生活。这会儿他累得几乎崩溃，大张着嘴喘气，喉咙里嘶嘶地响着，像是被扎破了的皮囊。尽管如此，他还勉力提着一个公文箱，不放在骡背上，也不让别人提。早在三天前，当他们爬越巴特小道的第一座关隘时，高个子向导见他爬山太吃力，好心提出来帮他提这个皮箱，穆罕默德坚决拒绝了。从那之后，高个子向导就没给他好脸色，总是用幸灾乐祸的眼光看他的狼狈相。

这条巴特小道按努里斯坦语叫“牛油小道”，是千百年来努里斯坦人向巴基斯坦人出售牛油、奶酪和乳糕的唯一通道。它实际上不是一条路，而是由几个高山豁口、几个干涸的河床和十几条峡谷所组成，从阿富汗的西北部开始，向北指向喜马拉雅山，穿越阿巴边境后，经过维克汗走廊无人区，再转向东南，到达巴基斯坦的齐特拉里。小道必须通过的几个关隘，其高度都在4500米以上，即使夏天也是积雪不化，行走非常困难。

过了阿尔隅，下山的路要好走一些，前边有一处石屋和牛圈，这是夏季牧场用的，现在牛羊早就转到低海拔牧场了。他们在一个饮马站休息了一会儿，朝麦加方向行了四拜礼，这是一天五次礼拜中的晡礼。矮个子向导从背包中取出馕和奶酪，对客人说，这儿地势高，水烧不开，只能吃点干粮。穆罕默德吃力地嚼着冷硬的馕和味道怪异的奶酪，实在难以下咽，不免痛苦地回忆起往日吃的种种美食。两个向导默默地吃着，很快结束了这顿午饭。他们吃这些食物也并非享受，但至少是习惯了。高个子向导用阿拉伯语恶声恶气地催促：

“快点吃，你这样磨磨蹭蹭，啥时候才能到！”

矮个子向导抬头看看同伴，没有说话，但至少没有表示催促的意思。穆罕默德冷冷地看了高个子一眼，没有理他，不过尽量加快了咀嚼的速度。这一路上，他真正地意识到——不是从理性上，而是从胃的感觉上——领袖的决策是多么正确，圣战的旗帜就让给眼前这些人来扛吧，这些衣衫褴褛、瘦骨嶙峋、生命力像野狼一样强悍的家伙，对于他们来说，作为圣战烈士升入天国肯定比在人世上过这种日子幸福得多，他们巴不得早日战死。至于自己呢，对不起，要从圣战的光荣中抽身而逃了。

下午他们到了努里斯坦峡谷，路好走多了，矮个子向导让穆罕默德骑到骡子上，自己在前边牵着。他对这个养尊处优的家伙也没好感，但不管怎么说，这是组织请来的贵客，他须臾不离身的那个皮包里，说不定装着一亿美元的支票呢，头头交代过不能怠慢他。随着海拔高度的降低，山坡上开始出现灌木，随之出现了低矮的橡树，一道清澈的急流在山石的缝隙里迂回前进，消失在峭壁之后。路上也开始有了行人，多是本地的努里斯坦人，也有个别塔吉克人。远处有破旧的木房子，有星星点点的农田。尽管与刚才的关隘处相比，这儿多了一些人类的气息，但仍远在文明社会之外，没有汽车、公路、电线杆、电视机天线，总之没有任何工业社会的痕迹，农人们都像是阿富汗拉赫曼王朝或更早的伽色尼王朝、古尔王朝的孑遗。穆罕默德想，难怪苏联的十万大军奈何不了阿富汗的部族武装，而崎岖多山的巴阿边境一直是基地组织的大本营。

前边来了两个人，也穿本地服装，但从面貌风度上一眼就能看出是阿拉伯人。肩上都斜挎着步枪，其中一支竟然是老式的英国来复枪。两个向导迎上去，四个人像蚂蚁用触角交谈一样，简单地碰个面，便各走各的路。等那两人走过去，矮个子向导扭头对骡子上的客人说：

“他们说，快打起来了。美国佬的五艘航母都到波斯湾了，还有七十多艘舰艇。据哈姆扎的估计，肯定在几天之内就会开打。”

他说的哈姆扎，可能就是阿布·法拉杰·哈姆扎吧，那是基地组织的三号头头，是穆罕默德这次要见的人。穆罕默德暗暗庆幸自己来得及时。他与哈姆扎见面后将不走老路返回，而是向东到巴基斯坦再回国。所以，即使战争在几天内就开始，也不至于把他陷在这里。真主保佑，让他赶快离开这片穷山恶水，回到能过正常生活的地方，当然前提是把这个差使顺利办完。

晚上他们在林那尔村住下。矮个子向导到村里买了不少食物，甚至还有三条鱼，是从附近的曼多尔湖打上来的。他们熬了一锅热腾腾的鱼汤，穆罕默德在几天之中第一次吃了顿饱饭。吃好后他的心情好多了，连高个子向导那嘲弄的目光也不怎么惹他生气。矮个子向导说，明天要过康蒂瓦尔关隘，是这条路上最高的山口，行程会更艰难，今晚早点休息吧。他从骡子身上抽出鸭绒睡袋扔给客人，俩向导把衣服裹紧，蜷在干草铺上，很快入睡。穆罕默德把皮箱枕在头下，拉好睡袋的拉链。不过他一时难以入睡，深夜的严寒透过厚厚的鸭绒被钻进来，把骨头都冷透了。听着两个向导的鼻息声，他十分羡慕这两头野驴，不盖被子竟然睡得着。

他想起十天前在电视上看到的一幕：两架飞机撞到纽约世贸大楼上，浓烟烈火，异教徒们像巢穴被毁的蚂蚁一样惊惶逃命。那个场景真让人解恨。公平地说，基地组织的这次行动确实是恐怖战的杰作，比领袖 1988 年策划的那场大空难更有气魄。不过恐惧也随之而来——这个祸闯大了，全世界的异教徒都被真正激怒了，他们正咬着牙，拧在一块儿，要扑过来复仇。就连素来与美国人不睦的法国人都在大喊：“此时此刻，我们都是美国人！”据一位接近领袖的朋友说，9·11 事变后，领袖先是情不自禁地击节叫好，随后就陷入沉默，整整沉思了十几个小时，最后果断地做出一个重大决定：

改变国家的方向，向西方彻底屈膝。

说白了，就是当圣战事业的叛徒。这个名声虽然不好听，但他们都很理解领袖的决定。他们和基地组织不同啊，最关键的差别是——那些家伙没有一个固定的蜗牛壳，可以到处逃窜；而他们却有一个固定的蜗牛壳就是国家，跑不了的。异教徒们可以轻易地抓住你，困住你，扼死你。阿富汗的塔利班政权也刚刚有了一个蜗牛壳，却非要和基地组织搅在一块儿，那还能有什么好下场。可以断定，要不了两个月，这个蜗牛壳肯定会被美国人炸得粉碎。

领袖决定叛离圣战的另一个原因，则是大家羞于承认的，但谁都心知肚明。他们过了几十年安逸日子，再也不能像基地的圣战者那样吃苦了。这个感觉，在他亲身经历了巴特小道之行后特别强烈。所以——“兄弟们啊，对不起了，尽管我们的内心没变，但我们只能与你们分道扬镳啦。”

不过，在向异教徒屈膝之前，他也很乐意给美国佬留下一枚小小的硬刺。这既是领袖的决定，也符合他自己的意愿。所以，这一趟虽然很辛苦，他还是很乐意来的。当然，此行绝不能给外界留下任何实在的把柄，否则自己的下场就很惨了。

第二天早上，两个向导没让他多睡，说及早赶路，最好赶在中午时过山口，可以少受些冻。吃了简单的早饭，穆罕默德骑上骡子，三个人出发了。谷底那种比较鲜亮的绿色慢慢变暗，乔木消失了，灌木也慢慢消失，最后连贴地生长的暗绿色草甸也消失了。气温急剧下降，地上白茫茫一片。骡子的蹄子开始不停地打滑，猛烈地喷着鼻子，穆罕默德尽管气都喘不匀，也只能从骡子上下来，毕竟性命更重要一些。他拉着骡子尾巴，夹在其余两人的中间，沿着羊肠小道艰难地往上爬。有时候前边也会出现岔道，矮个子向导这时会停下来，拂开积雪，仔细观察埋在雪下的路标石，再定出前进的方向。

现在，他们已经爬得很高，进入云海中。冰冷的湿雾从四面八方包围着他们，几十步外就看不清景物。小路越来越陡滑，其宽度只能容骡子的身体勉强通过。一侧是峭壁，另一侧是陡峭的悬崖，尽管在雾气中看不到涧底，但仅是目力所及的狞恶山石，也足以让人心惊胆战。骡子开始反抗了，它停下来，四蹄钉在地上，无论前边的人怎么拉，也不再挪动半步。走在最后的高个子向导拍拍穆罕默德的后背，让他换到后边去，由高个子来推骡子。穆罕默德很不情愿地松开骡子尾巴，侧过身子让高个子向导挤过去。恰恰就在这时，骡子的后蹄在山石上猛然滑了一下，后半个身子跌下悬崖。三个人都惊呆了，前边的向导努力拉着缰绳，想把它拉上来，但他很快明白这是白费劲，为了保住自己的命，他迅速扔掉缰绳。骡子用前腿努力扒着岩石，用哀怜无助的目光看着主人，慢慢滑下去，一路惨叫着在山石中碰撞，直到传来一声沉重的碰撞声，然后山涧归于寂然。

两个向导用阴沉的目光向下看着，浓重的湿雾中看不到骡子的尸体。良久，矮个子向导说：

“可惜咱们的给养都丢了。没关系，咱们到山下补充。走吧。”

他们要走，但穆罕默德却呆立在那里。矮个子向导询问地看着他，高个子向导则狠狠地搡了他一下，穆罕默德抖抖索索地指着下边，用颤抖的声音说：

“我的皮箱。”他指指高个子，“刚才他撞了我一下。”

皮箱落在十米开外的石坎上，虽然不远，但在这样陡峭的悬崖上想要取回它，实在太困难了。高个子恶狠狠地瞪着他：

“我什么时候撞过你？不管撞不撞，那是你的东西，你下去取吧。”

穆罕默德没办法，只好狠下心，伏在悬崖边向下观察，寻找能爬下去的途径。无论如何他不敢失去这个皮箱啊，那样他回去无法向领袖交差。但从这样险峻的地方爬下去，只会有一个下场——去和那头骡子做伴。他回过头，哀求地看着矮个子向导，一路上据他的揣摸，这家伙的心地要厚道一些。矮个子向导面对这个局面也十分恼怒，瞪了他一眼，又瞪了高个子同伴一眼。客人没有冤枉这家伙，刚才他俩贴着胸脯换位置时，骡子恰在这时跌下山崖，那会儿高个子下意识地伸手去拉骡子，确实用肘子撞了客人一下。不过现在埋怨谁都没用，矮个子向导对周围仔细观察一番，从腰间解下一条细绳，一头系在腰上，一头在一块凸出的山石上绕一下，命令道：

“你们俩拉紧绳头，千万不能松手！”

穆罕默德如遇大赦，赶紧过来，和高个子一起紧紧拉住绳头。矮个子向导拽着绳子小心地攀下去，到绳子快要放尽时，他也到了皮箱那儿，他用一只脚斜蹬着石壁，侧着身子，努力伸长手臂，终于摸到皮箱的把手。他把皮箱拉过来，紧紧拴在绳头上，然后双手倒着绳子，爬了上来。

皮箱重回手中，从外表看完好无恙。穆罕默德感激涕零，真想趴地上吻吻矮个子向导的破靴子。

经历过这场惊险，似乎山路也没那么难走了。不知不觉间他们走出了云海，又走一会儿，看到了高处山脊上的阳光。矮个子向导回头说：

“看，山口到了。过了那儿，就全是下坡路。以后没有隘口了。”

过了山口景色大变，明亮的阳光照耀着四周白皑皑的山峰，它们的高度都超过6000米。阳光让空气变得温暖，脚下的路也平缓多了。他们走了一天，穿过康蒂瓦尔山谷。中午他们只是稍稍休息一会儿，没有吃饭，因为所有给养都给那头可怜的骡子做了陪葬。晚上，饥肠辘辘的三人赶到一个小村庄，矮个子向导找一个老头交涉一会儿，用阿富汗尼租了一间破房子，买了一大堆食物，还给穆罕默德买了一块破烂的毛毯。他们都饿坏了，累坏了，狼吞虎咽地吃过晚饭，很快入睡。

第二天早上吃过早饭，矮个子向导从胸怀里掏出一块儿黑布：“对不起，从今天起，你的眼睛必须蒙上。”

穆罕默德突然觉得高兴，看来离目的地已经不远，他的苦刑快要结束了。他笑着说：“你尽管蒙。可是——这样走路太困难吧。”

“没关系，又为你找了一匹马，就在门外。”

外边果然有一匹瘦马。穆罕默德让他们蒙上眼睛，爬上马背，高高兴兴地出发了。

这么着又整整走了一天。对蒙着眼的骑马人来说，东西南北根本没有概念，他只能凭马背的俯仰来判断是上坡还是下坡。还可以根据周围空气的温度来猜测，如果空气温暖，有时再加上水流声，那当然是在谷底；如果空气变冷，马的喷鼻声也加重，那就是在过山口。不过，依他的感觉，最后这段行程中一直没有太高的山口，道路相对平缓。吃饭休息时，眼上蒙的黑布没有取下。这倒没关系，蒙上眼睛也不会把食物吃到鼻子里，那些粗糙的食物，不看它们反倒少影响一些食欲。受罪的是胯部，大腿内侧的皮肤在前几天骑行中已经蹭破，但那时是骑一会儿走一会儿，还没觉得多么疼痛难忍；这两天一直骑马，疼得他难以忍受。不过他没敢声张——那位性情乖戾的高个子一定会恶狠狠地抢白他：骑在马上还嫌不舒服？他只能尽量多变换姿势，有时侧骑有时跨骑，这样来减轻胯下的痛楚。

第二天，路上的行人多了，听口音是到了普什图族的势力范围。穆罕默德不懂普什图族语，但经过这几天，他从矮个子向导嘴里记住了两三个普什图语的单词。晚上，他被人从马上扶下来，由一个人牵着走。刚从马上下来，两腿僵硬得几乎走不稳，走了几十步，他才重新找回走路的感觉。两个向导短暂地交谈着。他从两人的交谈中听到一种轻松感，知道这次是真的到了。然后大概是进了一个山洞，因为向导有时按着他的头，让他低下头走。走了一会儿，不用低头了，显然山洞变得宽敞。前边出现了人声，向导不时同什么人简短地交谈着。这个山洞相当深，凭他的感觉，进洞走了二三百米后才让他站住。两个向导低声说了几句，然后听到一个人用阿拉伯语说：

"把他的蒙布解开。"

这句话的口音非常熟悉，穆罕默德可以断定，说话人和自己来自同一个北非国家。蒙布解开了，穆罕默德眨眨眼，适应了洞内的光线。他正处于一个小小的山洞内，是个洞中之洞。身后有明亮的火光，他的目光先被火光吸引过去，透过小洞口，能看到大山洞里的一堆篝火，十几个人坐在火堆周围，旁边是交叉而立的步枪。篝火外是很深的黑暗，不知道是因为山洞太深，还是这会儿天色已经黑定了。他回过身，小山洞深处有一个人盘腿坐在石坎上，长长的黑胡子，四十岁左右。头上裹着阿拉伯头巾，衣着非常整洁，是洁白的阿拉伯服装，在四周的晦暗中非常抢眼。身后石壁上挂着两支交叉的 AK47 自动步枪。在那人身后是一个非常简陋的床铺，直接铺在石头地面上。床头有一个似乎是纸箱搭的小桌，上边放着古兰经、一本地图，还有一台外观漂亮的 IBM 笔记本电脑，一台便携摄像机。这两个现代化器具和周围环境不大协调，这儿也不像有电力供应啊。他猜想，大概这儿刚刚录制完一盘录像，就是常常在半岛电视台播放的那种，难怪这人穿戴整洁，身后还有一个在电视中熟悉了的枪支背景。至于电源，肯定是使用汽油发电机吧。

在那人身后的阴影里还坐着一个人，戴着普什图族的龙格缠头巾，比较瘦削，也长着黑胡子，比较年轻，30 岁到 35 岁。因为光线较暗，穆罕默德看不清楚他的面容。

两个向导默默地退出山洞。戴头巾的人指指面前的地下，示意来人坐下，那儿有一个石坎，上边铺着草垫。穆罕默德走过去，盘腿坐好。现在那人的面孔可以看得比较清楚了，他仔细寻找着哈姆扎的特征。由于基地组织头面人物的行踪都十分诡秘，外界至今没有掌握这位基地三号人物的可信的照片。比较确凿的信息是此人患有白癜风。穆罕默德仔细观察着，果然在他脸部和颈部看到了明显的白斑，再加上此人口音所透露出来的国籍，基本肯定这就是穆罕默德要见的人了。但令他迷惑的是，这位哈姆扎是独眼，而且在他指着让客人坐下时，露出的不是手，而是一只银色的钩子。另一只手一直没露出来，不知道是不是同样的钩子。这样罕有的形貌特征，外界不至于丝毫不知道吧，但他从没有听说过。考虑一会儿，他想这不奇怪，这些家伙们每天都在和炸药打交道，出点事故是情理中事。也许这是不久前造成的残疾，尚不为外界所知。为了保险，他确认了一下：

“我面前这位，是否是尊贵的阿布·法拉杰·哈姆扎先生？”

那人平淡地说：“是我。有什么话你可以讲了。”

穆罕默德稍稍顿了一下，要理一下思路。这时哈姆扎先说话了：

“一个我们双方都信赖的、尊贵的普什图族长老介绍你来这里，因此我才同意见你。但他对你从何处来缄口不言。当然他不说我们也猜得到：派你来这儿的主人，就是那位爱骑骆驼、住帐篷、用女人当卫士的怪人吧？”

穆罕默德佯做没有听见这句不礼貌的话：“关于我来自何处，这一点应当绝对保密，这是咱们往下谈交易的首要条件。”

哈姆扎点点头：“会为你绝对保密的，这点你尽可放心。你的主人当年策划了那场著名的空难，让全世界的异教徒惊骇颤抖，那时他是何等无畏！可今天呢，他成了一只可怜的巴儿狗，只会向异教徒摇尾乞怜。你知不知道，现在他竟然发表声明谴责我们！这是一柄从背后向我们捅的刀子。”

穆罕默德苦笑道：“我知道，这个声明在我出发前就拟好了。”他感觉到哈姆扎对他的敌意很深，心一横，干脆来个彻底的实话实说，“你说得没错，我们是些懦夫。都怪我们身上背了一个蜗牛壳，舍不得让美国人把它砸碎。

再说，”他指指石头地面上简陋的床铺，“我也受不了这样的苦行，心有余力不足了。没办法，我们只好向美国佬暂时屈膝。但在心底，我们的信仰没有变，对西方恶魔的仇恨也没变。今天我来，就是想用一个小礼物来表明我们的心迹。”

他这么自我贬损，哈姆扎倒没什么可说的了，回头对那个年轻人笑笑，说：“行了，我不苛求你，毕竟不是每人都有勇气做人弹。我只给一个忠告，请转达给你的主人：他这么摇尾巴，美国人不一定会饶他，等把阿富汗，可能还有伊拉克收拾完，腾出手来就会收拾你们。”

“我一定转达。”

“好了，把你的礼物拿出来吧。”

穆罕默德也轻松了：“我先问一声，你身边这位，就是我要求你带来的病毒学家吧？”

那个年轻人点点头，没有吭声，哈姆扎代为介绍说：“他是美国杜克医学院毕业的，专业是公共卫生及传染病学，和你的要求差不多吧。”

“冷藏箱也带来了？”

这回是年轻人回答：“带来了。”

穆罕默德把皮箱放到面前，准备打开，先笑着说：“虽然有专家在场，我还是想多几句嘴，向哈姆扎先生介绍一些背景情况。50年前，一位伟大的阿尔及利亚人指出：恐怖主义是穷人的战争。这句话让他成了圣战者的先知。不过这句话还不完整，应该再续一句：生物战剂是穷人最完美的武器。想想吧，它不需要现代化的工厂、昂贵的设备、天文数字的资金，也不怕B–2飞机的轰炸。病菌和病毒本身就是在人的身体中繁衍的，你想杀死的人正好也是你的工厂，完全的废物利用，不需要电力、原料和工资。所以，你手里只要有一点点这玩意，仅仅能感染一个人的剂量，就足以在世界上造出一场大灾难，杀死十万人或一百万人，比你们现在习惯用的人弹厉害多了！那些满嘴仁义道德的异教徒们其实早就在使用它。1763年，英国远征军向北美俄亥俄河谷的印第安人传播了天花，用的是天花患者的衣物；一战时，德国向俄罗斯和罗马尼亚等国散播了炭疽和鼻疽；二战时日本有731细菌部队；二战后美国在阿肯色州松崖市建立了国家毒理学研究中心，其中包含规模很大的生物战剂生产基地。俄罗斯人下的功夫更大，储存的生物战剂常常以百吨计。外界传说萨达姆也在搞这玩意儿，但那家伙一向只是嘴巴功夫厉害，不一定真干。”

“而你们真刀实枪地干了。”

穆罕默德自得地说：“没错，我们前前后后搞了十五年，可惜用不上了，我们领袖已经下令全部销毁，包括战剂和设施。当然，真的全部销毁未免太可惜，所以我们留了一点种子，想送给用得上它们的人。”

哈姆扎注视着他膝上的皮箱，笑容似乎有些不屑，有些怀疑。

“尊贵的哈姆扎先生，请务必相信我的诚意。坦率说吧，我这样做，既是为了你，也是为了我们自己。正如你刚才说的，只有你这边搅得美国人不安生，他才腾不出手来收拾我们。你看，我说得够坦率吧？”

“我相信你的诚意，拿出来吧。”

穆罕默德打开皮箱，一股白雾弥漫出来。这是个密封很好的冷藏箱，四周是厚厚的绝热材料，但即使如此，在几天的旅途中，箱内的干冰也几乎蒸发完了。残存的干冰中埋着三个密封玻璃瓶。穆罕默德介绍说：

“喏，这是三种生物战剂，都是病毒型。解释一下，我们不大喜欢病菌及立克次氏体类生物战剂，像炭疽、鼠疫、肉毒杆菌等，因为每一种病菌都有某种抗生素克星，到目前为止还没发现哪种病菌有全谱耐受力。而且抗生素作用很快，再加上异教徒国家的卫生体系都十分完善，即使你们能燃起灾疫，他们也能迅速扑灭。病毒相对好多了，我带来的是三种病毒。第一种是拉沙热，很凶险的出血热，至今还没有能抑制它的疫苗。它的唯一缺点是对病毒唑比较敏感，但我们培养的这个菌种已经变异出了足够的耐受力。第二种是埃博拉，是更为凶险的出血热，可通过空气和接触传播，目前也没有疫苗，没有任何医疗办法，死亡率可达90%以上。它的缺点是传染力不够强。第三种是天花，我就不用多介绍了，它传染力极强，致死率高，在历史上，它杀死的人比其他任何疫病都多，可以说它是人类的第一大凶神。缺点是医学界对它的研究比较透，有强有力的疫苗。不过，自从1978年世界上停止接种牛痘后，人们对它的特异免疫力已经全丧失了，现存的疫苗根本不够应付一场大规模暴发。我给你的菌种很凶猛，足以抗得住现有的医疗手段，杀死一两百万人。”

他合上箱盖递过去：“至于究竟选用哪种，或者三种都用，你们自己决定吧。”

哈姆扎身后的年轻人过来，接过箱子，问了一句：“请问，你本人也参与这项研究了？”

“对，我参与了，顺便说一句，我也是在美国完成的学业，是在加州大学医学院。你可以想象出来，接到销毁命令时我是多么心疼。噢，对了，我忘记说一件事。”他又要回箱子，打开，在箱角处摸出一个丝绒袋子，“这里是800粒南非钻石，都是质量很好的白钻。克拉数都不大，这是为了方便你们在黑市换成现金。它们的总价值在8000万美元以上，即使在黑市出手，至少也能值6000万。这是我们一点小小的心意，算是给你们的生物战馈赠一点启动资金吧。”他解开袋子摸出两粒，“我还有一点个人请求。前天在康蒂瓦尔关隘出了个事故，这个箱子曾落入悬崖中，是那位叫塔马拉的向导把它抢救出来的。我想用这两粒钻石表示对他的谢意。”

哈姆扎和年轻人都沉默着，弄得他有点尴尬。哈姆扎是被他馈赠钻石时居高临下的表情惹恼了，冷淡地沉默一会儿，示意年轻人把矮个子向导喊进来。塔马拉进来了，疑惑地看看哈姆扎，再看看客人。穆罕默德把钻石递过去，重复了刚才的话。按他的想法，这位向导肯定很庆幸吧，片刻的善行换来了20万美元的奖赏，够他一辈子享用不完。但矮个子摇摇头，平淡地说：

“我用不上这玩意儿。美国佬很快要开战，说不准哪天我就升天了。”

穆罕默德没想到会遭拒绝，右手托着那两粒钻石窘在那儿，给也不是，收也不是。哈姆扎满意地点点头，很高兴这个脑满肠肥的家伙吃一次瘪。向导扭头走了，哈姆扎回头对客人说：

“这些钻石我收下了，谢谢你们的慷慨。特别是，我知道你们手头肯定不宽裕，马上要向异教徒支付巨额空难赔偿金，27亿美元啊。”

穆罕默德听出话中的冷嘲，更加尴尬。哈姆扎说：“两样礼物我都收下，当然，这绝不是你对我们的施舍，我把它看成是你们托我代交的‘天课’。你放心，对你的这趟行程我们会绝对保密。明天我仍派这两人送你走，送到巴基斯坦的齐特拉里。”他微微一笑，“你这十天内受苦了，好在你马上就要脱离苦海，那时你尽可找一个灯红酒绿的地方，找几个漂亮娘儿们，好好找补一下。你去吧，让向导带你去休息。”

这句告别辞也很难说是善意的，两人甚至没有起身送别的意思。穆罕默德没想到自己如此辛苦地跑这一趟，最终落得这样的冷遇，苦笑着，尴尬地出去了。后边的哈姆扎目送他离开，良久才轻蔑地说：

“小丑。”

这个叫齐亚·巴兹的年轻人没说话，把三个密封玻璃管小心地移到新的冷藏箱中，用干冰埋好。外面响起悠长的喊声，是宣礼员召唤做昏礼。两人出去，同众人一起向麦加方向行了三拜礼，那位穆罕默德也夹在行昏礼的人群中，不过两人都没理他。回到小山洞，哈姆扎说：

“巴兹，你对这个礼物有什么看法？”

巴慈回答：“那家伙说得不错，生物战剂的威力非常大，绝不亚于核弹。二战中和二战后各国都没使用它，或者说没有大规模使用它，只是因为投鼠忌器，担心对方用同样的手段反击。这个担心对圣战者是不存在的，所以，它确实是圣战者最完美的武器。”

哈姆扎盘腿坐在草垫上，沉默一会儿，沉重地说：

“你带着病毒走吧，钻石也全部带上。眼下的局势就不用我说了，非常凶险，东边的巴基斯坦总理已经向美国佬屈膝，封锁了巴阿边界；西边的奥马尔说不定也会在最后一刻投降，把咱们送给美国佬当圣诞礼物。即使奥马尔不变心，指望塔利班的步枪也绝对抵挡不住西方的精准炸弹。说不定我啥时候就会升天，或者逃离这儿，与你失去联系。所以，你不要等这边的命令，我把这件事全部交你负责，由你单独去组织和实施。好好干，把异教徒杀死一百万、 一千万，为死去的圣战者复仇！也为我的双手和左眼报仇！你一定会成功的，巴兹，我信得过你。”

齐亚·巴兹平静地说：“我不会让你失望的。”

哈姆扎微笑着，用他的独眼看这个年轻人。他认识巴兹已经五年了，那年他去阿富汗靠近贾拉拉巴德的达伦塔训练营，见到那一届学生中有三个西方人，其中两个英国人，一个美国人，就是这个巴兹。三人都是在校大学生，祖籍都在巴阿边境，比如巴兹的祖父就是一个著名的普什图族长老；但这三人的家庭已经在西方定居两代，完全西方化了。这次是在暑假期间回国探亲，被亲戚们送进这个训练营。当时哈姆扎并不看好这仨满身西方名牌服装、爱嚼口香糖的年轻人，但他们经过一个月的训练营生活后，确实成了坚定的圣战者。他们非常狂热地学习各种武器，从卡拉什尼科夫步枪到防空导弹，尤其是学习配制炸药，睡梦中都在背诵黑炸药、黄炸药、旋风炸药和塑胶炸药的配方，学会使用染发剂、咖啡、盐、樟脑球、电池、火柴、颜料甚至自己的尿来配制炸药。这种突然的转变——从西方嬉皮士到圣战者——令人不可思议，只能说他们的血管里天生流的是圣战者的血液吧。其中两个英国人后来参加了伦敦地铁爆炸案，成了殉难的烈士，那是后话了。这位巴兹也不错，几天前，哈姆扎给远在美国的他发了一封电邮，他立即不顾危险应召而来，来到这个即将炸弹横飞的凶险之地。单凭这一点，哈姆扎就完全信任他。哈姆扎说：

“你明天就走，也经巴基斯坦回国。巴方对边境的封锁虽然锁不住咱们，但时间拖长了，可能会越来越难通过。你是不是直接回美国？这个箱子你要想办法，美国对来自巴阿两国的入境者检查特别严。”

“你放心，我有办法，我已经考虑成熟了。”

“再见，我的孩子，真主保佑你。”哈姆扎起身同巴兹拥抱，吻了他的面颊，把他送出山洞。

第二天早上，太阳升起的时候，一行四人离开了这个山洞，前面是两个向导，蒙着眼睛的穆罕默德骑在瘦马上，后边是年轻的齐亚·巴兹，那个冷藏箱装在背囊里。冬日微薄的阳光洒在崎岖荒凉的山路上，那便是巴兹今后的人生之路。路上他一直没有说话，穆罕默德甚至不知道巴兹跟在后边。他只是从脚步声中听出这个队伍似乎多了一个人，但一直没敢问，老是疑惑地侧耳听着后方。两天后，在穆罕默德的眼罩取下来之前，巴兹就同他们悄悄分手了。他回到父亲那儿，把箱子妥善处置后，带着他挑选的两个助手返回美国。

三

1998 年 9 月，中国豫鄂边界。

星期六上午小金和妻子照例要睡懒觉的，他们刚结婚半个月，新鲜劲儿还没过去呢。所以在九点钟接到梅茵女士的电话时，弄得他措手不及。梅女士说她今天早上开车从武汉来，再过半个小时就能赶到新野县。小金挂上电话就喊妻子快把那套“礼宾服”拿出来，今天有贵客。然后急急地穿衣梳洗，不吃饭就往外跑。妻子说工作再急也得吃了早饭哪，小金说：“哪顾得上吃饭，实话告诉你吧，今天这事儿要是能成，你男人这个副局长的“副”字就要抠掉了，你说重要不重要吧。”

小金是县政府招商局副局长，官衔很吓人，实际只是个副科级，手下无兵无勇光杆一个。原来有个正局长老齐，费心费力弄了个开发区，砸进去百十万，最后一家厂商也没招来，灰溜溜地下台了。助手小金倒是因祸得福升成副局长，每天做梦都盼着赶紧招一个大财佬过来。两天前忽然接到一个女人的电话，这个电话让金副局长既喜出望外又颇有疑虑。那位梅茵女士自称是美籍华人，目前在武汉病毒所郑店实验室筹建处做外籍专家。她的美国父亲想在中国投资，建一个高科技的生物工厂，第一期投资大约为 1000 万美元，厂址要选在离武汉半日车程之内，土地成本和人力成本要尽量低，因为父亲不来，工厂要由她兼管。她觉得新野县比较合适，就冒昧地查 114 打了这个电话。金局长立即开动三寸不烂之舌，大讲一番这儿如何如何合适。他的话虽然有些水分，大体上是真实的。这儿离武汉不算太远，地价低，人力成本低，再加上县政府一心想拉来个大财佬，各种政策非常优惠。梅女士对他的介绍很感兴趣，说最近就来实地考察。

问题是这个“最近”也太近了，小金还没向县长报告呢。这倒不是小金工作疲沓，而是两天前那个电话太突然，像这样凭空掉下金元宝的事，小金从直觉上不大相信，早前齐局长就被闪过几次，所以决定再摸摸情况，至少有五六成把握后再汇报给刘县长。但今天客人已经不请自来了，如果真有门道，少不了县长出头招待及拍板决定等一系列事，不汇报是不行了。小金把电话打到县长家，匆匆做了汇报，也解释了此前没汇报的心病。刘县长很干脆，说：

“我马上把车派过去，中午我和何书记出面招待。小金你别有顾虑，全当这是个真菩萨，该咋敬香就咋敬。咱们宁可再被闪几回，也不能把真财神错过。”

有了这把尚方宝剑，小金胆子大多了。十分钟后，县小车队的王师傅开着县里最好的蓝鸟车来了，他们火速赶到县城外约定的地方，不久一辆普桑开过来，停下，一位漂亮女士下车走过来，含笑问：

“是金局长吧？”

这位女士 30 多岁，穿一件米色风衣，披肩发，身材窈窕，银灰色高领毛衣紧紧裹住高耸的胸脯，项间戴着一枚银白色的十字架。小金忙迎上去握手：

“欢迎欢迎，只是你通知得太仓促了，刘县长来不及到这儿亲迎，他在县招待所等你。你先去那儿休息一会儿，中午他和何书记宴请。”

梅茵笑着说：“谢谢主人的盛情，不过宴请就免了，咱们现在就去你说的那个废弃农场看看。”

小金再三劝说，梅茵执意不听，他只好用手机通知县长取消宴请。梅茵又说，“你带来的蓝鸟请回吧，坐我的车去就行。”小金拗不过他，让王师傅走了。临走时王师傅朝小金使了个眼色，小金知道他的意思：看来人的架势，年纪轻轻的，一口普通话比中国人还地道；电影里这种年轻漂亮姑娘都是当小秘的，跟在一位大腹便便的中年男老板身后。现在由她来唱主角，咋看咋不像。特别是开着一辆低档次普桑车，不像是美国来的大财主吧。不过小金倒没有王师傅那样势利，他想兴许是真人不露相呢，但愿如此。

临上车他客气了一句：“梅女士从武汉一路开来太辛苦了，按说该叫王司机留下来开车的。”

梅茵误解了他的话意，爽快地说：“那你来开吧，反正你路熟。”

小金红着脸说：“我还没考驾照。”

梅茵忙说：“没关系没关系，我不累，你给我指路就行。”

汽车折返头向南开去。开了没多久，碰到一段坏路，普桑车尽量放慢速度，还是被颠得上上下下。小金难为情地解释说，坏路只有这两千米，过了这段就是新修的柏油路，而且这段坏路也马上要动工改造了。心里暗自骂公路局，要是因为这两千米搓板路把一个大财主颠走，他非把公路局长阉了不可。好在很快交上新路，路面平平展展，新铺的柏油的黑色还没怎么变淡。这段路的显著特点是车辆很少，基本没有汽车，偶尔有一辆拖拉机开过。不少老乡在路上晒花生，把路面截得一段一段，不过留下的半边公路也足够小车高速驰骋。这条路是上一任齐局长努力争取到的，名义上是要加强与湖北的商贸往来，实际主要就是为了他那个开发区，后来开发区没办成，这条路也基本闲置，为此老齐几乎被众人的唾沫星子淹死。

梅茵把车开得飞快，兴致勃勃地说："在这样的路上开车最爽！"

那会儿小金暗暗感激前任局长为他留下一个好礼物。另一个心思就是：回去后赶紧学开车，哪怕是自己掏腰包也要学，绝不能再在类似场合掉面子了。

半个小时后到了那个废农场，一大片空地，中间有几幢房子，从远处就能看见它们缺门少窗，屋墙也快倒塌了。远处有一片比较大比较整齐的建筑，围墙上刷着农村常见的标语："一握农行手，永远是朋友""只生一个好，政府养你老"。小金介绍说：

"这儿原是一个知青农场，有千把亩地。知青全部返城后，这片地几经易手，办过养鸡厂，挖过养鱼池，后来办了开发区，没办成，最后又租给私人了。"

梅茵问："如果全买下来，地价大致是多少？"

"大概是一亩地800元吧。"又赶紧说，"地价的事好说，我一定为你争取到最优惠的价钱。"

"多谢啦。"

其实小金所说的地价之低已经令梅茵咋舌了。她又问了此地的平均工资水平，也是低得不可思议。又问了办厂的其他条件，基本满意。公路已经通到地边，自来水只能靠自己打井，这两项就不用说了。用电方面，上一任齐局长已经把线路拉到这儿，有一个 200 千伏安的变压器，基本闲置着，接上线就能用。这儿的唯一缺点是太偏僻，位于两省交界，公路到这儿便断了，因资金问题没能与湖北修通，成了个盲肠。原来招商不成功，这是主要原因，小金担心这一点同样会使梅茵却步，他不知道，这儿的偏僻恰恰是梅茵看中的主要原因，否则她就在武汉附近找地方了。

他们在地里转了转，刚刨过的花生地十分松软，刚下过一场雨，地里没有刨净的花生又钻出了嫩芽。凹地的苇子长得十分稠密，白色的苇穗浩浩荡荡，显得热烈而奔放。梅茵很喜欢这一片田原景色，掏出数码相机，以苇丛、空地和野花为背景，让小金为她照了十几张照片。

梅茵最后提出，想到那片写着标语的建筑看看。那儿离公路有四五百米，只有一条窄窄的土路通过去，路上平铺着节节草，路面凸凹不平。梅茵小心地开过去，停在大门前。随着狗吠声，大门开了，一位老太太开门出来，满脸是笑地请他们进去。院里是一幢建筑粗糙的两层小楼，有三十多间，院子很大，都开成了菜地，韭菜、油白菜等长得一片碧绿。堂屋里摆着几样旧家具，八仙桌啦，长几啦，雕花靠背椅啦，都是有年头的东西。长几上摆着一个镶黑框的照片，是一个老汉的遗像，满脸皱纹密如核桃，令人想起罗中立的油画《父亲》。小金和老太太寒暄，她一个劲儿地憨笑，指着自己的耳朵说：

“不中用啦，耳朵不中用啦，我让栓娃回来招呼你们，他就在地里。”

梅茵想推却，说不必麻烦，老太太已经手脚麻利地爬上楼顶，随即响起清亮的当当声，大概是在敲一件废犁铧。十几分钟后，她说的栓娃扛着铁锨回来了，二十三四岁，胳膊上戴着孝，学生穿戴，不过粗糙的皮肤已经很“农民”了。他像奶奶一样憨厚地笑着，连说稀客稀客，没问来人是谁，先让奶奶安排中午饭。梅茵先是推辞，但无意中听他讲到这片地的归属，便改变了主意，痛快地答应留下来吃饭。

原来这一千亩地并非都是租给农民的，其中 150 亩地连同这片建筑已经卖给了这家人，是两年前的事。金局长满脸通红，作为招商局长，他实在过于官僚，这些情况他至今还不知道呢。小伙子叫孙景栓，爷爷曾是县里有名的右派，平反后在县农林局工作。他退休后，看到这片地，他的原话是“被开发区糟践得不像样”，就拿出一生积蓄买了这块地和这片房，然后一块砖一片瓦地把地收拾好，准备种速生林。后来老人没力气了，就把在农大刚毕业的孙子硬拉回来。如今老人已经过世，家里就是孙景栓在支撑。

趁孙景栓去厨房帮忙时，小金低声对梅茵说：

“不要紧的，你如果决定在这儿办厂，县里负责把这150亩地和这套房子赎回来。”他怕梅茵不相信，加了一句，“这儿不比美国，在中国，集体利益高于个人利益，绝无问题的。”

梅茵看看他，未置可否。

午饭很丰盛，菜是从院子里现拔的，母鸡是现杀的，很有“夜雨剪春韭，新炊间黄粱”的意境。又开了一瓶卧龙玉液白酒。老太太一个劲儿客气着：“怠慢啦怠慢啦，你看俺这粗茶淡饭。”她招呼客人坐上桌，自己夹了点菜，蹲到厨房门口去吃。梅茵和小金拉她上桌，怎么也拉不动。小孙摇摇头说，奶奶就是这么个习惯，这辈子改不掉了，别勉强她。

席上梅茵一直在问小孙家的情况。她问小孙在农大学的什么专业，小孙说是生物工程。梅茵问：

“寂寞吗？一个人待在远乡僻野，只有奶奶做伴，还是个聋子，俩人住这几十间房子。”

小孙憨厚地笑着：“不闷，我这个人的性子本来就瘫。”

“苦吗？”

“不苦，农忙时我雇有临时帮工。再说，苦也得干哪，这是我爷一辈子的愿望，总不能老头儿一过世，就把他的家业卖掉，那我真成败家子了。”他笑着说，“搁旧社会说，有这100多亩地、30多间房子，就是个蛮不错的小财主啦。能说黄世仁苦吗？”

两个客人都笑了。小金看梅茵应声而笑，那么她肯定知道黄世仁是谁。这个美籍华人非常中国化，看不出她和大陆中国人有什么区别。梅茵问：

“大学里学的东西能用上吗？”

“能用上一些，但不多。”

梅茵叹息一声：“可惜了。”

小孙没接这个话茬，反过来问他们二位来干啥。梅茵说：“想在附近找一块合适地方，办个生物制品厂。在大学里学过细胞工程吧？”

“学过。”

梅茵鼓励他：“给金局长讲讲，可能他不大清楚。主要讲讲动物细胞培养工程。金局长，你听不懂就问，别不好意思，俗话说隔行如隔山。”

那会儿无论是小金还是孙景栓，都没意识到这是董事长在考查总经理人选。小孙仍是憨憨地笑着，说，“那些功课说不定全都就饭吃光啦，让我回忆回忆。”然后他说：

“动物细胞培养工程，就是用工业化方法培养动物细胞，让它们在动物体外分裂增殖。”

小金觉得很新鲜：“细胞在体外还能分裂？依我想，细胞一离开动物身体就死了。”

“不会的，放在细胞培养基中能继续分裂。有的是有限分裂，比如分裂50代就死了；还有的甚至能无限分裂，比如，1952年，美国科学家从一个黑人妇女的子宫颈癌细胞中培育出了永生细胞株，叫海拉细胞。”

小金很惊奇：“永生细胞株！长生不老？”

“对，长生不老。这事一点儿不稀奇，现在它已经遍布全世界了。”

小金开玩笑地说：“多让人眼红。赶明儿在我身上取几个细胞培养，也弄个长生不老。”

“没问题的，现在确实能让正常细胞，而不光是癌细胞，在体外无限分裂。对生物学家来说，这已经属于普通操作，只需采取某种方法对细胞加以处理，比如病毒感染或使用化学试剂。曾经有很长一段时间，科学家担心这种无限分裂的细胞可能导致癌变——癌细胞粗略来说，就是无限分裂的正常细胞——所以一直不敢使用它生产药品。现在已经证明了它的安全性。”

梅茵说：“讲讲培养动物细胞的用处。”

“用处很多，比如培养病毒疫苗。金局长，你知道不知道病菌和病毒的区别？病菌可以在培养基里培养，而病毒只能在生物活细胞里生存，而且必须借助生物的DNA才能完成传代。所以，要想培养病毒疫苗就离不了大量的动物细胞。科学家们已经培养出很多适于工业化生产的动物细胞系，比如早期的WI-38细胞，是从一个女性高加索人的正常胚肺细胞中培养出来的，是二倍体细胞系，能分裂50代，在疫苗生产中广泛应用；再比如BHK-21细胞，是从地鼠的肾脏中分离出来的；Vero细胞，是从非洲绿猴的肾脏中分离出来的。后两种细胞都能用来生产狂犬、脊髓灰质炎和口蹄疫病毒疫苗。”他抱歉地说，“这些细胞系的名字比较怪，我不敢说记得准。”

梅茵夸他：“记得很准。看来这门功课你学得不错。说说，动物细胞培养还有什么用处？”

“不光用于生产疫苗，细胞培养过程中本身还会产生很多宝贵的东西，比如单克隆抗体、干扰素等昂贵药品。近代还使用细胞融合、DNA重组等办法来大规模生产目标功能蛋白，也是做药用。这些用途比较复杂，不是一两句话能说清的。”

对这些拗口的名词，小金已经听得吃不消了。他问：“你说的这些名词，我只听说过单克隆抗体，是不是就是常说的‘单抗’，外号生物导弹，可以用来杀死肿瘤？我在哪篇科普文章中见过介绍。”

梅茵说：“对，你说得没错。小孙你再说说，动物细胞工业化培养都用哪些设备？”

“主要是生物反应器，有各种方式，比如悬浮培养、贴壁培养、固定化培养等。好像最好的是填充式生物反应器，包括中空纤维式、玻璃或陶瓷材料填充式等，我真的记不清了。我只知道，中国在这方面比较落后，国外的培养规模已经达到一万多升，国内还处于实验室培养阶段，一般在几十升，最多不过二百升。”

梅茵笑着宣布：“我来这儿，就是想引进美国技术，建造一个一万五千升规模的生物反应器，生产各种药用的动物细胞。这在全世界也算是规模比较大的。”

她说到这儿，小孙的眼睛里突然焕发光彩。他看看梅茵，没有说话，低头吃饭。梅茵则含笑打量他。她没想到在这儿会遇上一个相当合适的人选。小孙在毫无准备的情况下，能说出这些相当准确的知识，说明这小伙子脑袋瓜灵光，在大学里学得很扎实。这么一个有技术背景而没有社会背景、甘于寂寞、忠厚老实的年轻人——恰恰是梅茵需要的人选。

吃完饭，老太太过来收拾碗碟，问：吃好了没有？可是怠慢啦。梅茵笑着大声说：

“您老别客气，这顿饭吃得非常满意，赶明儿有空儿，我还来您这儿蹭饭！”

老太太听明白了，说：“敢情好，巴望不来的贵客呀。”

梅茵转向小孙：“小孙，麻烦你带我到地里去转转，你说知青农场原有 1000 亩地，我想看看边界在哪儿。金局长，你休息一会儿，不用跟着去了。”

小金不是傻子，知道两人要谈什么私密话，他想大概梅茵是想直接和孙景栓谈判这 150 亩地的转让吧，对此他并无异议，如果两边能直接谈成，他就省事了。两人这一去，整整去了两个小时，老太太收拾完碗筷，见客人一人独坐，便过来同他聊天。小金高声大嗓地说着，老太太听三不听四地打岔，说得正热闹，手机响了，是刘县长的电话，问小金这会儿说话方便不方便。小金知道县长有点着急了，回话说：

“方便的，客人和这儿的一个小伙子到地里去了，家里只有一个聋老太……还没谈到板眼上，不过县长，依我的直觉，这项投资八成能成。这个年轻女人精明强干，办事干脆爽利，不是上几次的老油条。”

“那你就紧咬住不放，把县里能给的优惠条件用足。若把这个送上门来的财神放走，我把你剁了喂狗。”

“要是成了呢？把我那个‘副’字抠掉？”

“哼，目光短浅，胸无大志。”

县长挂了电话。最后这八个字的“批评”让小金心里熨帖极了。听见脚步声，两人回来了，表情都很高兴。梅茵说：

“谢谢金局长——算了，咱们别周吴郑王的了，我就喊你小金吧。谢谢小金，帮我找到一个合适地点，也找到一个很好的总经理。”小金吃惊地看看小孙，那小伙子仍是憨憨地笑着，但脸上光彩照人，显然这话不假，两人刚才已经谈透了。“我决定投资1000万在这儿办厂，孙家以土地和房子入股。农场其余的850亩地我全部买下，周边种树，中间办厂。咱们仨现在就返回县里，把大的盘子敲定。我明天要回武汉，以后的具体操办就有劳你们二位了。怎么样？今天是星期六，县里有关部门的头头们能找到吗？”

小金喜出望外。他刚才对县长说，估计这项投资能成，但也没想到如此顺利，顺利得让人不敢相信！便大包大揽地说：

“没问题，书记和县长都在县里候着你呢，土地局工商局环保局什么的，我揪着鼻子也把他们揪来。”

他们与聋老太告别，老太太说：“栓娃，你要把客人送到县里？”

“对。”

“今儿个回来不？回来晚了可没班车。”

她还不知道孙子已经是总经理了。小孙笑着说：

“奶奶，今晚我不回来了，等明天回来我再给你细说！”

那边梅茵在倒车，这边小金立即给县长打电话，让他把各局的头头集合起来，今晚就要把大盘子敲定。电话那边，县长的兴奋也不亚于小金，连声说：

“好！好！小金你干得漂亮！”

他们赶到县里，县里头头脑脑们已经齐齐候在招待所了。往下的洽谈非常顺利，因为双方都是高姿态，县里用足了对外资企业的优惠条件，梅茵这边则放弃技术股的权益，这点主要与孙景栓的利益有关。到晚上10点时基本盘子已经敲定，只有环保局局长还有疑虑：

“你们说培养病毒，咋样保证不发生病毒泄漏？”

梅茵笑着看看孙景栓，小伙子解释说：“梅董事长说了，这儿只生产动物细胞，再卖给用得着的单位，比如武汉病毒研究所，让他们去培养病毒；或者卖给疫苗生产厂去生产疫苗。也就是说，咱们这个厂的生产环节中根本和病毒不搭界，不存在病毒泄漏问题。”

环保局局长脸红了，忙自嘲道：“外行了，外行了。”

梅茵提供了义父沃尔特·狄克森的授权书，并以沃尔特·狄克森的名义在投资意向书上签了字。她想，义父决定在中国办厂确实是英明的决定，中国人的思想和中国的法规相对来说都简单得多，比如说，这会儿没有任何人包括比较内行的小孙想到或提到，这个工厂的产品中将包括转基因细胞，而转基因生物制品的生产应该有严格的审批。当然，所谓转基因产品可能给人类未来造成某种威胁，那只是理论上甚至是哲理层面上的担忧，并没有实际的例证。义父一向认为，这些哲理层面的担忧并非不需要，问题是，科学家不光需要坐而论道，还应该有果断的行动。

而在中国，行动的难度被大大简化了。

十年前，凯西·梅在美国读完硕士后，义父劝她回中国发展，他认为“生物科学的未来在中国”，因为“集体主义价值观的中国社会，比起崇尚个人主义的西方社会，更符合上帝的本意”。他认为，在中国推行他的一套想法，或者说推行“十字”组织的教义，基本没有伦理方面的干扰，阻力会小得多。今天的顺利签约看来就是好兆头。

书记县长的宴请一直拖到晚上 10 点，即意向书签字后才举行。梅茵一再声明不会喝酒，但敬酒人的种种理由简直无法推辞，后来多亏小金和小孙代喝，才没被灌趴下。晚上回到宾馆里，醉意陶然的梅茵立即打了国际长途，向远在美国的义父汇报了工作的进展，义父也很高兴。

第二天早上七点，梅茵敲开小孙住的房间，对他说：

“我要走了，到南阳市还有别的事。这儿一切由你全权操办，解决不了的再找我。一会儿小金来了你代我说一声，我就不与他们告别了。”

小孙知道县里已经安排了后续的日程，包括四大家（党委、政府、人大、政协）还有工商联及招商局的轮流宴请，及游玩附近的名胜。这是地方的惯例，非如此不能表达盛情。她这么悄悄溜走，刘县长非把小金骂得狗血淋头。不过他知道梅茵是有意躲避这种场合，便什么也没说，点头答应。趁梅茵倒车和热车的功夫，他跑到宾馆食堂端来一碗豆浆、几个豆沙包子。梅茵谢过他，站车门边把豆浆喝完，包子扔车上，开车走了。

她要赶到南阳市去考察“圣心孤儿院”的筹办。市里有个基督教福音堂，刚刚迁到新址，老房子空着。梅茵想在这儿办一所孤儿院，已经来商谈过两次，市民政局和基督教三自委员会都很赞成。福音堂里原来干杂活的两个女信徒，刘妈和陈妈，愿意留下来当“妈妈”。市里距新野县城60千米，一个半小时就到了。福音堂位于老城区，道路狭窄，路旁满是小摊小贩，梅茵鸣着喇叭，倒了几把，才把车开进去。房子已经重新粉刷，尖顶上那个拉丁式十字架也刷了漆。房间打扫干净了，整整齐齐地摆着小床，堆着各种玩具。这些花费梅茵没用义父一分钱，全是用她本人的工资支付的。

听见汽车声，刘妈欢天喜地地跑出来：“梅院长你来啦！你看咱孤儿院还没正式开张，就有人把孩子送来了。是个女婴，身体没毛病，可漂亮啦。”

“真的？让我看看。”

陈妈正在屋里用奶瓶喂女婴。女婴吃饱了，瞪着乌溜溜的眼睛追大人。真的非常漂亮，皮肤白，大眼睛，看样子刚过满月。陈妈也说：

“俺们仔细检查过，身上肯定没残疾。这么漂亮的女孩，又没残疾，当爹妈的咋能狠心扔掉呢？”

当然原因很清楚：重男轻女。因为有独生子女政策，很多老思想的人把头生女婴偷偷扔掉，以便再生个男娃儿。梅茵把孩子抱起来，孩子用黑亮的眼睛直盯着她，小手触到了梅茵的手指就紧紧抓住不丢，让梅茵心里痒酥酥的。梅茵逗着她的小脸蛋，问刘妈：

“怎么送来的？”

“深夜送来的，放在咱们大门口。孩子把襁褓蹬开了，等俺们听见哭声赶去，见她光光的身子，四条腿乱弹蹬，不知道冻了多长时间。万幸没冻出个感冒肺炎，这小妮子真皮实，命大。”

这句话恰好击中了梅茵的记忆开关，梅茵愣住了，眼前忽然闪过一个画面：冰天雪地，一对两三岁的男孩女孩早上从热被窝里出来，光身子跑到院里雪地中打雪仗，大人们习以为常，只是随便骂一声：小挨刀的，穿了衣服再去疯！这个场景并不是她的回忆，是义父告诉她的。那一年，在哈尔滨平房地区即日本731部队原来的所在地，有一个鼠疫病人的老坟被无意挖开，引发了一场鼠疫，所幸很快被扑灭。但小梅茵的父母不幸都死于灾疫，邻居暂时收养了她。穷人命贱，身子骨泼实，成了孤儿的她不知道悲痛，仍和邻居的小哥哥在雪地里光着屁股疯闹。那时义父作为国际卫生组织的专家来帮助扑灭灾疫，偶然看到了这个场景。义父说，他当时立即被震撼了！一个穷人孩子强悍的生命力和她在灾难中懵懂的快乐形成了强烈的撞击。从那一眼起，他就决定收养这个孤儿，只是因为中国随之就开始了“文化大革命”，一个美国人想收养中国孤儿有很多说不出口的禁忌，一直磨到八年后，即她十岁时，才真正办好收养手续。

这会儿想起义父说的场景，她好像亲眼看见了这个女婴在昨夜的情景：光着身子，在寒风中弹动四肢，大声哭喊。这和自己小时候的命运何其相似！一时间她愣了，心中很深的地方隐隐作痛。

陈妈把她从愣神中唤过来。陈妈说，“这孩子身上没留名姓，梅院长你给她起个名吧。”梅茵眼前还闪着那片雪地，说：

“就叫小雪吧。至于姓——姓梅吧，叫梅小雪。”

“多好听的名字。梅小雪，梅小雪，你有名字啦！”陈妈用指头点着囡囡的小肚肚，小雪咯咯地笑了。晚上，梅茵在这儿办了一桌便宴，庆贺孤儿院的正式开张。席上只有三个大人和一个婴儿，虽然梅小雪还不会吃喝，但她无疑是席上最重要的客人，三个大人争着抱她、逗她，她也很给面子，一直咯咯地笑着，到席终也没睡。就这样，这个叫梅小雪的弃婴成了圣心孤儿院的第一个正式成员。

四

2001 年深秋，美国爱达荷州佩埃特国家森林。

这是血与火的 2001 年，世贸大楼上的烈火刚刚熄灭，黑烟尚未散尽，美国人像是经历了一次重生，开始用一种新的、痛楚迷茫的新眼光来看这个不再安全的世界。美国西北部的佩埃特国家森林也燃起一场大火，不过纵火者不是恐怖分子，而是大自然本身。佩埃特国家森林管理处没有派消防员和消防飞机，大火烧了一星期后自然熄灭了。火势熄灭后的第二天，森林管理处的管理员萨姆·霍斯科克和科尔奈尔大学的地质学家布鲁斯·马拉穆德结伴进山。

他们进入深山区时碰上一辆福特厢式汽车，那会儿福特车正在降速，准备拐向一条小路。萨姆和布鲁斯在超车时也降了速，热情地问好。那边开车的男人扬扬手，回了问候，但没有停下来攀谈，很快把车拐过去了。福特车后车窗开着，后座上的两人没有一点儿反应，表情显得呆板僵硬。萨姆多少有点奇怪，这一带已经是深山，路上车辆很少，偶尔碰上同伴，都会停车寒暄一会儿，那辆车的反应不大符合常情。布鲁斯猜测说：

“后座上那两位可能是外国人，不懂英语吧。你看那三个人都留着大胡子，像是穆斯林。”

萨姆说：“他们拐去的那条小路只通向一个小农场，农场主是我的老友莫雷恩，不知道这仨人找老莫雷恩有什么事？”

闲扯了几句，他们就把这三个人撂到一边了。他们开到山路尽头，把车停好锁好，带上必要的行头像望远镜、猎刀、绳索、皮尺、温度计和干粮等，向山上爬去。

今年是半个世纪来野火最频繁的一年，这片230万英亩的国家森林共发生了150次野火，烧了7万英亩森林。之所以如此，要归因于森林管理处接受了布鲁斯提出的理论和数学模型。按照他的理论，今年森林管理处完全放弃了人为的灭火，由着野火自生自灭。今天两人就是来考查火灾后的林情的。

这儿是混交林，低处长着橡树，高处是美洲松、白松和黄松，也有云杉、冷杉和铁杉。高大的乔木下长着灌木，堆满了枯枝落叶。大山雀、北美金翅雀、北美红雀等在枝头鸣啭。他们来到一片火场，地下的灌木烧枯了，枯枝败叶也烧尽了，到处是黑色的焦枝和炭灰。空气中可以感到火灾后的干热，地上也有余温。不过乔木受损不大，低部树皮上有火焚的痕迹，但没有烧透，也就不影响养料的输送，因为树皮是养料输送的通道。树冠上仍旧是青枝绿叶，生机盎然。萨姆说，乔木是否被烧死主要取决于火焰在一个地方停留的时间。如果火焰只在森林底部燃烧，把灌木和积存的落叶烧光后迅速转移，那么乔木的树干和树冠就不会被引燃。这样的话，火灾过后林木会很快复苏，否则，你就耐心等着一颗松籽长成参天大树吧。而火焰停留的时间长短又取决于地面可燃物的密度。所以——

“布鲁斯，我搞不懂你的数学模型，但我早就向管理处提出：取消高强度的灭火，不要去干扰大自然的平静。早在十几年前我就提过啦。想想吧，投入那么大的财力、人力和物力，每天提心吊胆地监视着，稍有火情就猛扑上去。结果，火灾次数倒是少了，但森林里的可燃物越积越多，一直堆积得像个弹药库。这时一旦失火就了不得啦！你记不记得，1988 年黄石公园那次大火有多可怕？”

“记得。你说得对，可燃物的过量堆积，就会形成我提出的‘临界状态’。”

他们一边聊着，一边观察和纪录火场情况，用皮尺测量树干上火焚痕迹的高度、灌木焚烧后残枝的高度、火场里昆虫尸体的分布密度等，也掘开土壤，观察火焰所能影响的深度，特别是对种子的影响。干了一会儿，萨姆笑道：

“布鲁斯，真得感谢你。”

“什么？”

“感谢你那个电脑游戏呀。管理处那帮老爷们不相信我的眼睛，不相信一个老管理员 30 年的经验，却相信一个简单的电脑游戏。”

此前布鲁斯搞了一个“森林火灾游戏”，正是这个程序说服了上层管理者，最终采纳了萨姆早就提出的建议。那个程序是这样的：在坐标方格上，电脑随机地在某格种上一株树，随机地落下枯枝，使可燃物随机地增多；再以不同频率随机地丢上一个火种，以可燃物此刻的分布状况，随机决定火焰燃烧的时间及传播方向等。通过多次运行，最终的结论是这样的：

一、火灾频次越低，则火灾强度越大。

二、一旦可燃物的堆积达到临界状态，火灾的发生就是必然的，再预防也不行。而且火灾具体发生时间不可预测，即临界状态的崩溃在理论上也不可预测。

三、低烈度、高频次的火灾能够减少可燃物数量，制造马赛克一样的林间空地，减弱火灾强度。选取频次和强度的最佳配合，能使火灾损失降到最低。

萨姆确实有点恼火。他为这件事喊叫了十几年，管理处的老爷们始终当成疯话；如今有人弄了个电脑游戏，就成“理论”了，他们立马就信了。这算什么事！他并非有意冒犯布鲁斯，但他的话多少有点贬低布鲁斯研究成果的意味儿。布鲁斯宽厚地笑笑，简单地说：

“大自然千姿百态，但其深层运行的机理一向是最简化的，比如，牛顿三定律和爱因斯坦的质能公式。它们简单不简单？”

萨姆听出他的话意，笑着做了一个手势，意思是“我并非针对你”。布鲁斯一笑了之。

他们有点累，也到了午饭时间，两人坐在林间空地上，取出瓶装水和三明治吃了午饭。午饭后他们继续勘察，走遍了整个火场。联邦政府今年已经发表了书面的政策声明，承认“火灾是生态进程中的一部分”，这对管理处的工作方向来说，是一个历史性的重大转变。他俩今天的勘察报告将是对新政策的正式验证。总的说火场情况令人满意，因为火灾强度不大，这片森林将很快复苏。布鲁斯看了实际的火场后，对自己的理论更有把握了。萨姆虽然有意无意贬低他的数学模型，但他却高度评价萨姆的直观经验，两种方式互相印证，得出的是同一结果，就使这个理论格外可信。

布鲁斯说：“我有一个进一步的想法。今后不仅是‘不灭火’，还要适度人为纵火，这样来寻求火灾‘频次’和‘强度’的最佳配合，使火情更容易控制，也能有意避开房屋建筑等。对这个想法——你有什么意见？”

萨姆正低头观察一个蚁巢，蚂蚁正在忙碌地准备过冬的食粮。凶恶的森林大火奈何不了蚂蚁，它们常常是火灾过后最早出现的昆虫，大概在火焰肆虐时都躲到蚁穴深处了。不管它们究竟用啥办法逃生，反正你不得不佩服上帝为每种生命所做的周到安排，也佩服生命的坚韧。他没有立即回答布鲁斯的问题，布鲁斯又问了一句，萨姆迟疑地说：

“从道理上说，你说得不错。不过——”

“请直言。萨姆，我非常看重你的直觉。”

“我没什么明确的意见，只是觉得，有时科学家不一定比上帝干得更好。科学家是小聪明，是‘短时间的合理’，而上帝是大智慧，是‘最终的合理’。”他笑着说，“不必拿我的意见当真。我是虔诚的基督徒，基督教义说：‘上帝是无限的，全能的，全知的，是人类无法理解的。’使徒保罗告诫信徒说：‘你们要警惕，恐怕有人用他的理性和虚妄的逻辑，不照着基督的教诲，把你们掳去——’他说应该警惕的人，似乎是指科学家吧。”

布鲁斯是个无神论者，不想和他争论，笑着说：“上帝至少不反对用现代印刷术来印圣经，不反对在电视上布道。”

时间已经不早了，两人下山，坐上停在山下的汽车返回。快到那条小路时，萨姆提议到莫雷恩的农场去一趟，每次进山他都要去拜访的。他们远远看见，早上见过的福特车这会儿停在小路路口处，三个乘客这会儿俯在地上，向东南方向做礼拜，拜了三次，布鲁斯知道这是穆斯林的昏礼。这么说，第一次邂逅时他猜测三人是穆斯林，是猜对了。萨姆放慢车速，一方面是准备拐弯，另外他觉得从礼节上应该和那三人攀谈几句。但那三人虽然看到了来车，并没有攀谈的意思，很快结束礼拜，上车，迎面开过来。两车交会时，仍是开车那人扬了扬手，其他两人仍然拘谨僵硬，像泥胎一样死相。会车之后萨姆说：

“你可能猜对了，看这俩人的神态，可能真的是来美国不久的外国人，还没学会咱们的社交礼仪呢。”

听见汽车声，老莫雷恩夫妇高兴地迎出来，与两人拥抱。萨姆先说明：今天时间不早了，我们只能稍事停留，莫雷恩坚决地说：

“马上就走？不行，绝对不行。今晚一定在这儿吃饭，而且晚上也要住到这儿，明早再走。萨姆，这是最后一次在这儿接待你，我已经把农场卖掉了。”

“是吗？卖给谁？”

“你们应该碰到了，刚刚从这儿离开，是那辆厢式福特车。”

“那三个穆斯林？他们是不是外国人？”

“对，他们都是穆斯林。签买卖合约的那个齐亚·巴兹是美国人，就在本州的爱达荷大学工作。其他两人是刚从中亚某个国家移民来的，还不会说英语。”

萨姆回头问布鲁斯:“你是否介意在这儿留宿?”

布鲁斯随和地说:“随你吧，我明天反正没什么急事。”

老莫雷恩很高兴，让妻子快点准备晚饭，他带着两人参观农场。农场不大，有70英亩土地。院里堆着一些农业机械，像手扶拖拉机、除草机、收割机等，都比较陈旧。畜圈里养着牛和美洲驼，大约有50头。房屋不少，其中很多是简易的温室，里边种着草菇、香菇等菌类。莫雷恩留恋地说:

“自打从父亲手里接过这个农场，我已经待弄了45年，真舍不得同它分手，可是我支撑不下去了。农场规模太小，位置也太偏，无法与大农场抗衡。我和南茜也都老啦，干不动农活了。”他叹息着说，“农场已经连续三年亏损，真的撑不下去了。”

萨姆安慰他:“能把农场顺利出手是件好事，拿上这笔钱回城里安享晚年吧。卖了多少钱?”

“卖了个好价钱，68万，我原来估计能卖到60万就不错了。68万够我俩在城郊买一所不错的房子。”

“好嘛，快点把新居安置好，我去祝贺乔迁之喜。”

莫雷恩问他俩今天进山干什么，萨姆说是实地验证管理处对火灾的新政策。他扼要讲了“放任火灾自生自灭”的新政策，也讲了他同布鲁斯关于“是否需要人为纵火”的争论。他问莫雷恩持什么看法?莫雷恩笑着说:

“我没想过。不过我想，在没有人类之前，这儿的森林已经长了几千万年，并没有因大火而绝灭啊。这么说吧，没有人类添乱，上帝管理得蛮好。”

这实际上支持了萨姆的看法，萨姆得意地对布鲁斯说:“看，我又多了一票。”

布鲁斯一愣:“什么?噢，是的是的。”他刚才在想别的事，没有听见萨姆和莫雷恩在说什么。

主妇用铃声通知他们回来吃饭。晚餐上主宾谈兴很浓，只有布鲁斯默默想着心事，不大参加谈话。女主人心细，首先发现了他的心神不宁，关心地问:

“马拉穆德先生，今晚临时决定在这里留宿，家里没有什么急事吧?”

布鲁斯连忙否认:“啊，没有，没有。”他看看大家，“不过今晚我确实有心事。是这样的，我对今天买农场的三个人有怀疑。”说这话时他颇有点难为情，“我原不想说，怕说出来，你们会把我当成极端民族主义者或基督教狂热分子。不过我还是说出来吧。莫雷恩先生，你说你的农场一直亏损，而这次卖了个好价钱？”

“是的。那三个人基本没有讨价。我也有些奇怪，在交谈中他们并不关心农场的经营状况，只打听农场的周边环境和房间的数量。”

“我很奇怪，他们干吗跑到这样偏僻的地方来买农场？”

“我登过广告，他们看到了，可是——这儿确实太偏僻，一般人不会来这儿买农场的。”

布鲁斯沉吟一会儿：“我想你们都应该见过两则报道：撞世贸大楼的恐怖分子竟然是在美国学的飞机驾驶。他们甚至不愿麻烦学习起飞和降落，而提出只学中途驾驶——打算中途劫机并撞击大楼的人用不着起飞和降落！当时教练觉得可疑，向 FBI 反映过，可惜，这个至关重要的情报没有得到应有的重视。还有一则报道，另一伙恐怖分子在美国租了一个农场，为美国国内的恐怖分子办训练班，农场内甚至公然立着明显是西方人的人头靶。”

大家都沉默了，他们都见过这两则报道。布鲁斯说：

“我非常珍视美国式的民主，也打心眼里厌恶向 FBI 告发邻居和同事。可是——世贸大楼的黑烟还未散尽呢。”

他的话让众人陷入沉思。对老莫雷恩夫妇来说，今天的交易很划算，他们只顾高兴了；但这会儿经布鲁斯提醒，两人回忆回忆，那三人是有点儿可疑。尤其是那两个沉默者，他们阴郁僵硬、沉默不言，完全是另一个世界的人。那么这会儿该怎么办？老莫雷恩颇为踌躇。这些怀疑并不确凿，主要还是因为布鲁斯说的那一点：他同样打心眼里厌恶向 FBI 告发邻居。几个人商量了一会儿，布鲁斯最后说：

“我看这样吧，等到莫雷恩同新主人办交接时，给他们打一个招呼，就说你的老友萨姆·霍斯科克进山时经常在这儿落脚，希望他们能继续提供方便。我想，一个热心的农场主肯定不会拒绝帮这个忙。而且他们在这儿人地生疏，能多结识一个朋友，何乐而不为。你们说对不对？他们若是同意，萨姆可以继续留心观察；如果他们拒绝萨姆到农场来，那——就值得怀疑了。”

大家都说这个方法比较稳妥。莫雷恩说：

“等他们来接收时，我一定记着打招呼。萨姆你抽时间多来两次吧。”

然后他们撇开了这个话题。

一个星期后，莫雷恩同新主人齐亚·巴兹先生办了交接。他恳切希望新主人能继续在这儿招待森林管理处的萨姆·霍斯科克，为他的进山提供方便。齐亚·巴兹先生愣了一下，有点勉强地答应了。莫雷恩代萨姆向他表示了谢意，并告知了萨姆。几天后，老萨姆虽然没有公务，也特别抽时间来农场一趟。在拐向农场的小路路口新增了一个栅栏，是用原木钉的，做工粗糙。栅栏门上锁着一把老式的号码锁，还挂着一个牌子：

私人财产请勿入内。

这显然是给萨姆预先备下的礼物。虽然莫雷恩特意交代过，但新主人还是让萨姆吃了一个闭门羹。萨姆冷冷地盯着这个牌子，过了一会儿，掉转车头回城。他没有回家，直接去了 FBI 派驻伊蒙县的办事处。

女特工罗莎·班布尔接待了他。她是一个老资格特工，已经在 FBI 干了 25 年。她耐心地听着，用微笑鼓励萨姆把话说完，因为她发现，这个“告发者”似乎很难为情，虽然谈了对那个农场的怀疑，但也一再强调自己的证据并不充足。最后罗莎说：

“霍斯科克先生，请你放心，我一定一眼不眨地盯着这个农场。当然，如果最后证明他们是清白的，那再好不过了。你尽管放心吧。”又说，“不管是什么结论，我都会告诉你的。”

“好的，谢谢，这样我就放心了。”

回家后，他把有关情况告诉了莫雷恩和布鲁斯，然后就静待班布尔的信。

第二章　缅怀之旅

一

2011 年 9 月初，中国豫鄂交界的南阳市。

中午一放学，梅小雪飞快地跑回孤儿院，问正在准备午饭的刘妈和陈妈："刘妈妈，陈妈妈，梅妈妈到了没？"

"已经到县里啦。从武汉开车过来的，和上次来过的那个薛愈叔叔一起。他们先到南边新野县办事，晚上肯定赶来给你们过生日。"

13 岁的小雪欢呼起来，其他伙伴，像 12 岁的梅小凯、11 岁的霍媛媛，还有一群五六岁、两三岁的小囡囡们都跟着欢呼。小雪问：

"梅妈妈的房间收拾好了没？"

"当然收拾好了。"陈妈知道她问话的用意，笑着说，"门没锁，你想再去打扫一遍，就去吧。别耽误吃午饭。"

梅小雪欢天喜地地跑去了，后边有几个孩子跟着她。刘妈和陈妈看着她的背影，不免为她的小心眼儿感慨。孤儿院已经办了 13 年，现在有孤儿 32 人，小雪是其中最大的。这女孩儿感情异常细腻，和梅妈妈的感情最深。梅院长在这儿有一个小房间，屋中只有最简单的一些家具，平常屋门锁着，她来这儿时会在里面住一两天。每次她来前和走后，小雪都要用各种借口去屋里待一会儿。有次梅院长走后，刘妈去小屋，发现小雪抱着梅院长用过的枕头用力嗅。看见刘妈进来，她的脸唰地红了，羞怯地说，枕头上有梅妈妈的"妈妈味儿"，她最爱闻啦。这也难怪，孤儿们没有亲生父母的感情滋润，一般在感情上更敏感一些。像小雪，就把所有的亲情都寄托在梅妈妈身上。

这儿的孤儿们以女孩居多，32 个人中有 24 个女孩，这是中国社会重男轻女风俗的具体表现。孤儿们大都没有确凿的生日，按照这儿十几年来的惯例，每年九月的头一个星期天，秋高气爽的时候，梅院长一定会抽时间来这儿一趟，为孩子们过集体生日。所以，这一天在孩子们心中的分量绝不亚于春节。

刘妈和陈妈13年前第一次见梅院长时，见她在项间戴着一枚银光闪闪的十字架，以为她也是信主的，后来知道她并不是基督徒。但梅院长的善行却正如最虔诚的信徒。她终生未婚，个人生活极简单，钱都花到孤儿院了。34个人包括两个保育员的花销，除了民政上少量的补贴外，都是梅院长一人扛着。虽然她是美国人，挣钱多，但一个月多了七八千元的支出，压力够大的。刘妈和陈妈老说，别看梅院长不信主，百年后肯定会上天堂。梅院长不信主是两人最大的遗憾，这样好的人咋不入教呢。

小雪从梅妈妈屋里回来了。她是孤儿中的大姐，经常帮两个妈妈干活，像中午打饭、洗碗等，现在她挽起袖子干起来。13岁的小雪出落得非常漂亮，双眼虎灵灵的，两排整齐的白牙，皮肤尤其好，红中透白，非常细腻。脸上从来不离笑，一笑俩酒窝。别说在孤儿院，在全市中她也算得头一份的漂亮姑娘。不少人感慨，说她亲生父母若是知道她这样漂亮惹人爱，肯定舍不得抛弃她。也有几家老人想来收养小雪，但小雪本人执意不肯。据两个妈妈猜度，她是舍不了孤儿院，尤其是她的梅妈妈。

32个孩子都聚在饭厅，坐在一张长长的白茬木桌两侧。刘妈先领他们做了饭前祷告："我们日用的饭食，今日赐给我们。"虽然教会只贡献了房产，这里算不上纯粹的教会孤儿院，但刘妈和陈妈都是信徒，自然把饭前祷告在孩子们中推广开来。梅茵曾委婉表示不赞成这样做，不过没明确反对，两个妈妈也就一直做下去。孩子们中有四个年龄尚幼，需要喂饭，除刘妈和陈妈各喂一个外，孩子中年龄最大的小雪和小凯也各自照顾一个小家伙。小雪喂着小牛，把自己的饭菜放到近处，得空儿赶紧扒几嘴。今天因为梅妈妈要来的消息，孩子们都很兴奋，叽叽喳喳地说话。小牛问：

"小雪姐姐，梅妈妈有爸妈吗？"

"梅妈妈的亲爹妈得传染病死了，和咱们一样是孤儿。不过她在美国有爸妈——不，只有爸爸，她的妈妈去年去世了。"

“梅妈妈的美国爸爸是不是姓梅？”

小雪笑了：“当然不是！那位爷爷好像姓什么狄克森，也是个科学家。”

“梅妈妈，还有狄爷爷，都是世界上最大的科学家，和耶稣一样大，和圣母玛利亚一样大，对不对？”

小雪给问住了。耶稣和玛利亚的名声自然是两位妈妈灌输的，但拿他们和科学家比大小——小雪不知道咋回答。陈妈威胁地说：

“小八哥！不许说话了，好好吃饭，谁表现不好，晚上不让他吃梅妈妈的生日蛋糕。”

小牛立即闭上嘴，乖乖吃饭。

洗过碗盘后小雪悄悄说：“刘妈，梅妈妈下午几点回来？我下午是体育课，可以请假的。”

刘妈知道她是想尽量与梅妈妈多亲热一会儿，说：“梅妈妈来电话说，可能在四点之后到。”她调侃道，“小雪，我和陈妈可伤心啦，因为小雪心里只有一个梅妈妈。”

小雪有点儿脸红，嘴巴很甜地说：“谁说的？三个妈妈我都亲，梅妈妈在这儿的时间太短嘛。”说完她笑着跑去上学了。

上午九点多，梅茵和薛愈赶到县城路口时，看见金县长一个人在路边候着，身后是一辆黑色的高档吉利车。金县长怕他们没看见自己，一个劲儿打手势让他们停车。梅茵赶紧让薛愈停车，跳下去，笑着问：

“咦，小金你咋知道我们今天来？你在这儿山大王似的拦截我们，有啥急事？”

金县长佯怒地说：“啥事？想求天道公司董事长梅茵女士卖个面子，让我宴请一次，一偿我 13 年的夙愿。至于我为啥知道你今天来——我有内线。”他笑着，主动把底儿亮出来，“说内线是唬你的。我早就知道你在南阳市办了一家孤儿院，每年九月的第一个星期日都来为他们过集体生日。所以今天你来的可能性非常大，我便早早来这儿守株待兔。”他说，“我在中午宴请，不妨碍你晚上给孩子们过生日。”

梅茵温和地说：“恕我坦率，我回国已经 20 多年了，还是不习惯国内的官场应酬。我觉得，如果大家少在宴会上浪费时间和金钱，中国会发展得更快一些。”

“今天不是官场应酬，是我私人做东，就咱们几位聊聊。不过我身后这辆车倒确实是政府出的钱，是专门奖你的，表彰你为新野县经济发展作出的贡献。”他沉着脸说，“先说好不许推辞。你的这辆普桑按年头说早该报废了。我知道你手头一向很紧，从不动用天道公司的分红，个人工资有一多半都投到孤儿院了。”

说到最后一句他有点动感情。梅茵想了想，痛快答应收下这辆车。金县长喊出吉利车里的司机，让他把普桑开到县政府，自己则坐上吉利车的驾驶位，说：

“梅姐上车，还有这位同志，”他打量着那个身材高挑、精明干练的年轻人，“是姓薛吧？上次你来过。”

“对，我是梅博士的学生，跟着她读博。一年前我见过金县长。”

“两位请上车。我先陪你们去天道公司，办完你们的公事，再来赴我的私宴。”

梅茵对薛愈笑笑：“你看这像不像绑票？”有点无奈地上了车。

吉利向天道生物技术公司疾驰而去。金县长先夸这辆车的配置：真皮座椅，车载电脑，GPS定位，大屏幕导航，电热加电动按摩座椅。至于倒车屏幕、双安全气囊等配置就不用说了。他说这辆国产车是好而不贵，车价不到15万，配置赶上宝马了，就差车载电话。

去那儿的路与十年前大不一样。路倒没有加宽，但新铺过路面，道路中间画了斑马线，设了花坛，安了路灯。姹紫嫣红的花圃伴着漂亮的艺术路灯一路延伸下去。这条路的改造是小金当上正县长后一手操办的。梅茵观赏着两边的风光，心中想着：她在13年前选中那个废农场建厂，一个重要因素是那儿比较偏僻，不惹人注目。但树高则风大，天道的产值已经上了20亿，你再低调也不行。

金县长说：“我这是第一次、恐怕也是最后一次在新野县宴请你。我的调令已下，到南阳市当副市长。”

“哟，这可是好消息。”梅茵笑着说，“小金你是官星高照，前途不可限量。你大概是本市最年轻的副市长吧。”

“那还不是托你的福？”他对梅茵确实有感戴之情，他在仕途上的发达，可以说是从13年前那次引资成功开始的。他解释说，“这只是临时任命，正式任命要到下一届人大会上通过。”

“没问题的，除非你在这期间犯了大错误。咱们小金一不好色二不贪财，咋会犯错？”

“不好说啊。官场如战场，当官有时候比好莱坞的特技演员还危险。”

他们说笑着到了天道公司，这儿的外貌还保持着往日的低调，周围是一大片松林，13年前种的树都已成材，郁郁葱葱，映得天都绿了。一条很不起眼的水泥路通往松林深处。这条路比较窄，只容两辆车相向而行，完全不像一个大工厂的入口。林中很安静，隐隐露出红色的屋顶。厂区外面看不到标语、旗帜之类的东西，连厂牌和指路标牌都没有。总经理孙景栓在办公室里很低调地欢迎了他们，看见来客中有金县长，他稍稍一愣，笑着问：

“我说今天喜鹊叫喳喳，原来县太爷上门了。”

金县长说：“你甭跟我玩花花嘴。我找你打听梅董啥时候来，你是三缄其口。可不应了那句话：县官不如现管，我这个七品官在你这儿没权威。”

孙总笑着说：“这下完了，我把县太爷得罪了，在你的一亩三分田里，还能有我的活路？”

边说边请众人坐。金县长说：“甭客套了，你们两位谈正事，找个人带我到厂里边参观参观，我有五六年没进厂了吧。”

孙总不为人觉察地瞟一眼梅董。办厂13年来公司一直很低调，作为县里的明星企业，按说少不了各路头头们的参观，但他常常委婉地拒绝。金县长在这方面很体谅他们，除非绝对必要的业务检查，严令各单位不许轻易打扰。现在是县长开口要参观，再拒绝就失礼了。梅茵爽快地说：

“好吧，我今天来这儿没公事，给你当向导吧。薛愈你也去看看。小孙你就甭去了，忙你的公事。”

松林包围的工厂像贝壳一样精致，厂房都是悦目的天蓝色，厂区很安静，没有其他工厂里必有的噪音。路旁是整齐的黄杨木或冬青木矮墙，修剪得十分整齐。树墙后是花圃和绿地，非常整洁，即使最偏僻的角落里也看不到一点纸屑垃圾。薛愈称赞说，单从厂区的管理就能看出孙总的水平。梅茵笑着说：

“这要归功于金县长，当年他领我来选址时，捎带着把总经理兼总工的人选也定下了，孙总那时在这儿经营一个家庭农场，喏，就在那个方向。孙总不光是在管理上很到位，技术上也很有灵性，干了这13年，在动物细胞培养方面有不少独创的东西。”

金县长摇着手说：“我可不敢贪天之功，那是你梅董的眼光毒，三个小时的接触，就认准了一个人才。”

他们先来到准备车间，这儿主要是配制无血清培养基，车间里排列着高大的容器和粗细不一的管道，工人们穿着洁白的工作衣。他们大都认识梅茵，微笑着用目光示意，然后继续埋头工作。梅茵说：

“小薛你给金县长介绍一下，你说不清的我再说。”

薛愈说，培养基是动物细胞培养的关键因素之一。总的说来，动物细胞工业化培养是新兴产业，技术上尚不成熟，一般必须用动物血清配制天然培养基，因为血清中天然地含有多种营养物质，是细胞繁衍必需的，像多种蛋白质、无机离子、脂肪、维生素、生长因子、转移蛋白等。但天然培养基也有诸多缺点，主要是血清中某些因子对细胞培养有害，如免疫球蛋白、补体和生长抑制因子等；再者，血清只能用过滤法除去病菌，而不能除去病毒或支原体。而且天然培养基组分复杂，性能不稳定。近二十年来，各国都大力发展合成培养基来代替它。但合成培养基只能维持细胞的生存而不能使其增殖，要想增殖，就必须和动物血清配合着使用。再后来，为了完全取代天然培养基，又在合成培养基中加一些成分，像胰岛素、转铁蛋白、纤维粘连蛋白、抗坏血酸、大豆胰酶抑制剂等，这就成了无血清培养基，可以基本代替天然培养基。

“孙总开发了一种无血清培养基，以他的名字命名，叫SJS-149。是以DMEM和F12两种老培养基为基础弄成的，但在补充因子的添加上有独到之处。SJS 成本低，对试剂和水的纯度不敏感，是一种广谱培养基，能适用多种细胞的培养。现在这种无血清培养基在国际上已经广泛应用。”

停停他又说：“孙总在技术上的另一个贡献，是筛选了两种新的无限细胞系，一种叫 RYM，是人的羊膜细胞；一种叫 RNM，是鸡的绒毛尿囊膜细胞。用不用我解释一下‘无限细胞系’？”他问金县长。

金县长说：“是不是就是长生不死的细胞？13 年前与梅董第一次见面时，她对我讲过。”

“金县长好记性啊，说得大差不差吧。”他解释说，“一群动物细胞经过原代培养和传代培养后，其中某些会逐渐死亡，某些会不断增殖，直到形成以一种细胞为主的细胞群体，这就是细胞系。再进一步，如果它们表现出无限传达的潜力，这群细胞就叫无限细胞系。孙总的 RYM 和 RNM 活力很强，尤其难得的是性能稳定，这对工厂提高生产率非常关键。”

金县长仔细看看薛愈：“你学的什么专业？我看你对这儿的情况很熟悉。”

“我本人是学疫苗制造的。梅老师建议我读博后来这儿，给孙总当助手，所以一直在带我事先熟悉公司情况。”

“好啊，梅董慧眼识人，又是一个十年后的老总。”薛愈有点难为情，忙说：“我可没那个野心。”金县长说：“为啥不敢承认自己有野心？不想当元帅的士兵不是好士兵。”梅茵笑着旁听，不予表态。金县长说：

“我代表新野县欢迎你早点来。生活上有啥困难尽管来找我，哪怕是想找媳妇我都可以帮忙。”他笑着说，又补充一句，“就算我离开新野也没关系，尽管去南阳找我。”

“好的，我先谢谢啦。”

下一个是主车间，里面整齐地排列着十几个大型的圆筒状生物反应器。薛愈介绍说，这是世界上最先进的中空纤维式生物反应器。里面有上万根中空纤维，管内和管外各自汇成内外反应腔。中空纤维用聚砜、聚甲基丙烯酸甲酯等制成，管上有微孔，微孔的大小只能通过小分子物质。细胞在管外生长，进不到内腔，细胞分泌物如单克隆抗体等大分子也进不去。内腔中进行无血清培养基的循环，培养基渗到外腔，而细胞代谢废物渗到内腔，由循环的培养基带走。在这种系统中，细胞可以三维增殖，密度能提高到10^9/mL。

梅茵补充一句："在细胞培养密度方面，我们一直保持着世界第一。"

金县长频频点头："不错，不错。你们干得真不错。"

他们又参观了几个辅助车间，梅茵说："该看的都看了，咱们回办公室吧。"金县长停住脚，说：

"还有一个新车间吧，就是去年投产的那个。"

薛愈看看梅茵，他没听老师说过这个车间。梅茵点点头，平静地说："对，我忘记这个车间了。走，我领你们去。"

他们沿着一条小路进到林中，林木之后出现一个车间，同样是天蓝色。其实，来这个车间参观才是金县长今天的主要目的。天道生物技术公司是他的心尖尖，平时他非常护它，从不让各职能部门去打扰。不过最近他听说，这个工厂中有一个车间戒备森严，心中不免犯嘀咕。梅董说这个厂只生产动物细胞，和病毒不搭界，不存在病毒泄露的危险——那么这样森严的戒备是干什么用的？现在中央政府十分重视公众安全，万一闹出个什么意外，他头上的乌纱帽就保不住了。他在仕途上的发达始自这个公司，但愿不要因这个公司而结束。

车间在正常生产，但入口锁闭着，梅茵用磁卡打开门，进去。从大的景观上看，这儿与前边的车间没什么不同，也是一排硕大的生物反应器。梅茵解释说：这些反应器的内部构造与刚才看过的不同，不是中空纤维式，而是微囊式，即用特殊工艺把活细胞置于有微孔的小空心球内，再放入适当的生物反应器中培养。营养物质可以通过微孔进入球内，细胞代谢废物可以排出球外，而细胞和细胞产生的单克隆抗体等大分子物质留在球内，将来可以很方便地收集。她说：

"这个车间使用的技术不是我们的独创，是从法国梅里厄研究所购买的成熟技术，生产无氢氧化铝佐剂的维尔博高纯度狂犬疫苗。如今国内养宠物的人多，国家又强制推行宠物打防疫针，所以疫苗市场前景很好。"

"噢，我知道，你们上马狂犬疫苗时打过报告，那一段我不管工业，不过记得这事。"

梅茵笑着对金县长说，“我过去对你许诺过：这个工厂的产品不会和病毒搭界，这个许诺今天仍然有效——狂犬疫苗是减毒后的病毒，是治病的而不是致病的，没有危险。这个车间的管理比别处严，只是为了防止技术泄密。”

金县长放下心来。从车间情况看，虽然进出车间很严，但车间里的人都穿着普通工作衣和口罩，没有采取更严格的保护措施。他们来到生产线的尾端，从包装工人手中要过一支成品观看。梅茵说，这种狂犬疫苗抗原性强，效果稳定，抗体维持时间长，副作用小。单人注射量可以由原来的 2 毫升降到 0.5 毫升，注射次数可以由 14 针降为 5 针，所以在市场上很受欢迎。

车间参观完了，出了车间，外边还有一个规模中等的实验室，门锁着，从窗户看进去，里边没有一个人。梅茵说：

“这是一个辅助实验室，还没投入使用，所以锁闭着。我打电话让管理员把门打开。”她打了电话，回头说，“孙总说他马上通知管理员，十几分钟最多半个小时就过来。”

金县长看到这时已经放心，说：“算了，这儿就不看了，既然没投入使用，没啥可看的。”

“那我就回话，不让孙总通知了？”

“嗯，回话吧。”

薛愈从窗户里看见，实验室里边有三个带负压的全密封式超净工作台。这种负压工作台一般用在四级病毒的操作上，使用负压的作用是：万一操作时病毒从试管中泄漏，也不会泄漏到工作台外，而是被负压空气抽走，经过杀灭措施后再释放到大气中。他不知道，一个疫苗生产车间为什么要配这样一个实验室，不过他没有问。

三个人离开这里回孙总办公室，已经快到上午的下班时间，金县长让三人都上车，去县里的政府宾馆，饭菜他已经定好了。孙总笑着说：

“县长你就别埋汰人了，到了我的一亩三分地，能让你请客？走，都到我家去，标准的农家饭，你要不去就是嫌档次低。”

金县长强不过，只好打电话取消了酒席，四个人步行去孙总家。出了厂门，左手一条小径通向松林深处。小径用碎石铺就，石缝中长满碧绿的青草。院子和楼房依稀是13年前的模样，但已经修葺一新。院内不种菜了，墙周新增了浓绿欲滴的竹丛，门前立了一个紫藤架，紫藤夭矫如龙。金县长对院中景色连声叫好，说这是隐士之居呀，让北京上海的学者们看见，能把他们嫉妒死。薛愈也说，住在这儿真是神仙的日子。孙总自得地说："这1000亩松林中，我家是唯一的住户，这点特权来自于历史因缘，因为建厂前我家就在这儿。"

孙奶奶还健在，听见说话声，赶忙出门迎接，一头白发白得耀眼，不过身体挺硬朗，记性好得出奇，一看见金县长就说："小金你来了，稀客稀客，你怕有12年，不，13年没来了吧。"他孙子在她耳边大声说："人家已经是县长啦！咱们的父母官！"金县长说："孙总你骂我呀，在孙奶奶这儿，我多咱都是个孙子辈，我是孙子官！"

众人都笑。梅茵和薛愈前年来过一次，孙奶奶认得，很热情地招待他们坐下，少顷把一桌饭菜端出来。的确是农家饭菜，像蒸茼蒿、搅锅菜、回锅肉、羊肉糊汤面等。孙总笑着说："我奶奶就这个手艺，十几年没长进，我看这辈子也甭指望长进了。"三个客人都说："饭店里的饭菜早吃腻了，最盼的就是这样的农家菜。"

孙奶奶还是老规矩，端着碗蹲在厨房门前吃，无论怎么拉也拉不上桌，客人只好随她的意。三个客人正吃得风卷残云，蹲在厨房门口的孙奶奶忽然笑着说：

"小金，还有这位梅大姐，吃了这顿饭，得帮我办件大事！"

金县长和梅茵都说："什么大事，您只管说。"奶奶说：

"你们得催我这个孙子赶紧找媳妇，他今年已经36岁啦！我咋劝，咋骂，他也不听。真能打一辈子光棍？孙家绝了后，我伸腿后没法向老头子交代。小金你是县长，给他下命令。"

金县长笑了："这种事，县长的命令可不起作用。"但他实心实意地劝了几句，孙总只是笑着听，不应声。孙奶奶说：

"他梅大姐，你也劝劝他，我知道他最敬重的人就是你，你说话最管用。"

没等梅茵开口，孙景栓突然说：“奶奶你找梅姐劝我，算是找错人了，她也至今未婚呢。实话说，我这是向她学，总经理嘛，就得以董事长为榜样，对不对？我已经下了决心，多咱梅姐结婚，我再结婚。”

最后这句话虽然看似笑谑，但金县长听出来，其中含有很特别的意味。他暗暗算算，梅董今年 48 岁，比孙总整整大一轮。但面相很年轻，一身素妆，身材窈窕，与孙总颇为般配。但因为不知道梅茵的心意，他不好说什么，只能装糊涂。梅茵笑着，大声对老太太说：

“你老人家放心！得空儿我好好劝劝他！”

吃过饭，金县长说他得返回县城了，下午有会，县里派来接他的小车已经在厂门口等着。梅茵说：“你先走，今天下午我也要去市里，去孤儿院。明天返回武汉，走前就不和你告别了。”三人送金县长出门，告别后，金县长沿那条碎石小径去厂门口。薛愈忽然在后边喊：

“金县长我送送你，我有事同你说。”

他追上来，两人沿小路信步走着，踩着碎石中的野草和干松枝。金县长说：

“小薛你有啥事？尽管说。”

薛愈笑了：“啥事也没有，我是想给他俩留一点单独相处的时间。县长，你可能也看出来了，孙总对梅老师有意，虽然两人年龄差别大一点，我看是桩不错的婚姻。”

金县长大笑着拍拍他的肩膀，心中对他颇为欣赏。这小伙子虽然年轻，但人情世故上比较练达，会处事，有眼色，是个文武全才的好苗子。薛愈停下来说：“金县长我就不送你了，我在这林子中转转，等梅老师叫时我再回去。”两人笑着挥挥手，在这儿分手。

这边梅茵送走小金回屋，要帮孙奶奶收拾碗盘，把老太太吓了一跳：“这咋成！这咋成！俺哪能让贵客干这些粗活。”她硬把梅茵和孙子推到客厅里，自己到厨房忙活去了。孙景栓为梅姐沏了热茶，坐在她对面，静静地盯着她。13 年前，这个风度沉静的女人如仙子般偶然降临到这个院子里，从此改变了自己的一生，让一个小农场主变成了高技术公司的老总。他倒不是看轻农场主的职业，不过比起来，毕竟现在的职位让他的眼界更开阔。13年的相处，梅姐在他心目中是一个完人，是圣洁的女神，他愿意为梅姐去赴汤蹈火。他说：

“梅姐，你不会听我奶奶的话来劝我吧。我的决心不会变，除非你结婚，否则我一辈子独身。”

梅茵叹息一声，没说话，看着杯中的热气盘旋上升。孙景栓又说：

“梅姐你答应我吧，年龄差别根本不是问题。”他开玩笑地说，“咱俩正好相差一轮，是一个属相，我看这倒是一种缘分。”

梅茵摇摇头：“我不看重年龄差别，问题不在这儿。”

“那么问题在哪儿，能告诉我吗？”

梅茵沉默片刻：“恐怕我是一只不祥的蜥蜴。”

“蜥蜴？”

“俄罗斯传说，铜矿和孔雀石有一个保护女神，名字我忘了，原身是一只蜥蜴。它常引得年轻矿工们爱上它，但它只能给爱人带来噩运——虽然这并不是她的心愿。”

孙景栓笑着说：“我是中国人，不信俄罗斯的那个邪。”他又补充道，“其实自从参加十字组织，我已经对噩运做好了心理准备。”孙景栓直视着她，“梅姐，我知道你有一个心结，给我谈谈吧。”

梅茵又沉默了。她原想把往事永远埋在心底的，但在孙景栓的目光下意外地开口了：

“我在14年前，就是来这儿办厂的前一年，有过一次恋爱，是一个俄罗斯男人，虽然没有正式婚姻，但我一直把他当成我的丈夫。后来他自杀了，而且——他的自杀和我有某种关系。从那时起，我在感情上就无法接纳别的男人。”

14年来，这是她第一次向外人提到那个俄罗斯男人，虽然她说的并不完全是实情。她想起与斯捷布什金在街上的初遇，他在危难中的挺身而出，想起两人在河边的缠绵。那是个好男人，但坦率地说，她向这个好男人投怀送抱时，并不是一见钟情，而是为了完成教父的委托而去引诱他。后来斯捷布什金自杀了，自杀的原因，至少部分与自己有关吧。其实在最后一天的欢爱中，她已经从斯捷布什金的目光里读出了死亡的信息，但她仍带着撒旦的礼物决绝地走了。这让她一直怀着负罪感。孙景栓感觉到她心情的沉重，体贴地说：

“梅姐，实际我早就猜到，你有过一段碎裂的爱情。没关系，我会很小心地把碎了的东西拼复。”他用玩笑来冲淡气氛，“你了解我的，我最擅长干这种技术性的工作。”

梅茵静静地看着这个年轻男人，没有说话。这番话让她很温暖，也让她的心变年轻了。这些年她孤军奋斗，努力完成教父给她的任务。如果有一个男人与她同行，太疲累时靠在他肩膀上歇歇，未尝不是一件好事，哪怕这个肩膀还稍显单薄。孙景栓敏锐地发现了她态度的微妙变化，很高兴，鼓起勇气走过来，坐在她身边，揽住她的肩膀。他自嘲地想，这桩婚姻的障碍倒不是年龄的差别，而是地位的差别——梅姐在他心目中的地位太高，是他仰望的神祇，而仰望不能算是爱情吧。现在他要努力拉平这个差别。

梅茵在他怀里没有动，孙景栓继续鼓起勇气，吻了吻她。梅茵接受了，并且给了一个平静的回吻。孙景栓的血液在瞬间沸腾了，抱紧梅姐，狂热地吻遍她的脸。奶奶在厨房里干活，一直偷偷注意着这边的动静，这会儿忽然瞄见两人在亲吻，不禁又惊又喜。孙子对他梅姐的情义，奶奶早就看出来了，开始心中很是嘀咕，嫌梅茵年纪大。后来想通了——你就是想不通有啥办法？孙子的心已经死在梅茵身上了，何况梅茵确实是个好女人，是个“很中国”的女人，一点也不像美国人。想通之后，她就努力促使这桩婚姻早点定下，让他俩早点结婚生子。如今的女人们保养得好，48 岁还能生育。刚才她在饭桌上主动提起这个话茬，就是奔这个想头来的。这会儿她看见自己的小计谋已经生效，在厨房里偷着乐。

孙景栓的热吻点燃了梅茵的情欲，这种欲望在她刻意的冷冻下已经冬眠 14 年了。她也热烈地吻着对方，两人长久地吻着，还是梅茵首先冷静下来，轻轻推开孙景栓，抿抿头发，说：

“景栓，我知道你的心意，但你容我再考虑一下，下次我来时再定这件事吧，好不好？”

“好的。”

“这会儿我该走了，孤儿院的孩子们还在等我呢。小薛呢，还没回来？”

“恐怕是有意躲开吧。这小伙子很机灵。”

梅茵笑着点点头，说我唤他回来吧。刚掏出手机，手机响了，是美国的区号。她心里顿时有不祥的预感，急忙摁下接听键。她神情凝重地听完，用英语说：

“好的，我明天就赶回去。”

关了手机后她对孙景栓说：“是我义父的私人医生打来的，老人心脏病发作，这会儿刚刚送往医院。”

“有没有生命危险？”

“他说还好，发现得比较及时，估计不会有生命危险。但老人家已经86岁了，也难说。”她盘算片刻说，“这样吧，你让公司办公室赶紧预订机票，我即刻赶往郑州，能赶得上一班飞上海的红眼航班，再赶上明天上海去旧金山的飞机。”

孙景栓立即用电话联系，让秘书计算好旅程的衔接，预定郑州和上海的机票。这边，梅茵用手机把薛愈唤回来，简短地说明情况，又向武汉病毒所郑店实验室请了假。薛愈说他可以送梅老师去郑州，然后他直接从郑州返回武汉，也很方便的。两人上车，孙景栓过来同梅姐握手，说：

“替我向老人家问好，祝他早日康复。还有，我盼着你的答复。”

梅茵点点头，没有说话。孙景栓又与薛愈告别，托他照顾好梅董的一路起居。他们向孙奶奶告别，薛愈发动了汽车。

薛愈知道梅老师心中焦急，把车开得飞快。快到南阳市时梅茵说：

“我算算时间来得及，咱们到孤儿院停一下。孩子们已经知道我来南阳了，都在盼着我哪。”

“好的。不过咱们不要多停，赶早不赶晚。”

在老城区的小巷道内，汽车艰难地倒了几次，开进孤儿院。听见喇叭声，刘妈和陈妈忙往外走，不过她们还是落到小雪后边。小雪第一个扑到汽车旁，扑到刚刚跨出汽车的梅茵怀里，喊道：

“梅妈妈，梅妈妈，你可来了。梅妈妈，想死我了。”

梅茵把她抱起来，蹭着她的脸蛋：“我也想我的小雪女儿啊。”两人亲热一会儿，她把小雪放下地，说：“见过小薛叔叔。”

梅小雪仰头看看，好奇地说：“小雪叔叔好，你和我同名？那我是小小雪，你是大小雪。”

薛愈弹了一下她的小鼻头：“小傻瓜，那可不是我的名字。我姓薛，叫薛愈。”

小雪不好意思地笑了，偎在梅妈妈身边。十几个没上学的幼龄孤儿这会儿都涌出来，团团围着梅茵，七嘴八舌地喊着，乱得像一窝麻雀。梅茵脸上光彩流溢，抱了每个孩子，又同两位妈妈见过礼。刘妈感慨地说：

“梅院长，孩子们想你想得苦，特别是小雪，今天特意请了假守在屋里，听见点动静就往外跑，里里外外跑了有十几趟了。”

梅茵低下头，沉着脸说：“小雪……”

小雪知道她要说什么，立即接口说：“梅妈妈，我今天下午只有一节体育课，请假没关系的。刘妈说我里里外外跑了十几趟，不也等于上体育课了？”

四个大人都被逗乐了，梅茵刮刮她的鼻子说：“就你会编理由，你这个小八哥！”转过头对两个妈妈说：

“非常遗憾，我不能多停。一个小时前刚接的电话，我义父病危，得立即赶到郑州坐飞机回美国。这会儿正在上学的孩子们我见不着了，大家的生日宴会我也不能在场。你们给孩子们说明情况，等我从美国回来，一定为他们补一次。今天的生日蛋糕已经定了吧，你们先自己吃，等我回来再定一个更大的。”

听梅妈妈说马上要走，孩子们都不笑了，嘟着嘴。小雪的泪水已经刷刷地流出来。梅茵忙把她揽到怀里，责备她：

“小雪你看你！孩子们中间就你大，我还指望你帮我安慰他们呢。你倒好，先哭到前头。别难过，我最多两个星期就回来，到时候不回武汉，直接到这儿给你们过生日，你说行不行？”

薛愈惊奇地说：“小雪你哭啥？你们今年可占大便宜了，往年吃一次生日蛋糕，今年能吃两次。你们该笑才对呀。哈哈，小雪笑了！”

小雪真被逗笑了，扑过去捶打他，孩子们的感伤随即变成嬉笑。梅茵同每个孩子再度拥抱，告别，匆匆离开。薛愈在发动汽车时瞥见，站在门口挥别的小雪眼眶中又变得晶莹欲滴。

汽车开到高速路上，梅茵从离别的感伤中走出来，笑着夸薛愈：

“小薛你很善于同孩子们相处，刚才多亏你打岔。”

“我到哪儿都是个孩子王，最喜欢和孩子们闹。梅老师，我看孩子们对你感情很深，对亲妈也不过如此。”

梅茵轻轻叹息一声：“没错，这32个孩子都是我的开心果，有什么不如意的事，到这儿转一趟，什么坏心绪都烟消云散了。”

“那个叫小雪的，我看特别亲你。”

“她是我们收的第一个孤儿，那时孤儿院还没开张呢。我和她接触得最多，感情自然更深一些。”

“这孩子真可爱，又漂亮，一双眼睛特别水灵。叫我说，扔了她的那对狠心爹妈，真是瞎了眼。她今年13岁了？我敢说，不出五年，一定出落成南阳第一朵花。”

梅茵放声笑了，调侃他：“你不是还没女朋友吗？别谈了，耐心等五年，等梅小雪长大。”

薛愈笑着说：“不行啊，我倒不怕等这五年，但我是她叔叔，不能乱了辈分。”

这时梅茵的电话响了，是孙总的，“梅姐，联程机票已经定好，按行程算下来，可以在后天早上赶到旧金山。公司驻郑办事处的小李带着机票在郑州机场等你。梅姐，一路顺风。我等你回来。”他加重语气说。

“好的，再见。”

其后的行程中，梅茵不再说话，对义父的担心和思念逐渐膨胀，占据了整个思绪。算来离开义父已经23年，其间只见过两次面。义父已经是垂暮老人了。她想起义父第一次见到的自己，是一个赤身裸体在雪地里疯闹的两岁囡囡。穷人孩子坚韧的生命力让义父感到震撼，又通过他的眼睛，把这种强烈的印象反向输给自己。当时她还不记事吧，但现在只要一闭眼，就能想象出自己在雪中光着身子疯闹的场景。另一个印象最深的场景就是在非洲了，那年她 15 岁，义父带她到非洲看野生动物，遮天蔽地的角马群，河中凶残的鳄鱼，草丛中眈眈而视的狮子，在地上蹒跚而行的秃鹫，还有苏丹延比奥地区惨烈的疫情……就是从那一趟非洲之旅后，义父变成了教父。

薛愈见她陷入沉思，没有打扰她，专心开着车，有时悄悄瞟她一眼。三个小时后他们到达郑州机场，在机场大门口碰上守在那里的小李姑娘。小李给了机票，还有一个小皮箱，她说：

“孙总交代，给你准备一些换洗衣服和日用品，因为时间太仓促，只能凑合了，梅董你多包涵。”

梅茵谢了她，给薛愈留了一些钱，说：“开车回武汉太辛苦，你也坐飞机回吧。这辆车就存到机场的停车场，等我从美国回来时仍走郑州，开车回南阳市很方便的。”

他们交接妥当，去上海的乘客也该进候机室了，梅茵同大家告别，拎着那个新买的小皮箱走过安检站。

二

2011 年 9 月，美国旧金山市。

梅茵到达旧金山是第三天早上，义父的私人医生科奈瑞克在机场迎接她。医生说老沃尔特这次很危险，心肌梗死，差点儿要了命。眼下康复得还可以，虽然短时间不能出院，但已经没有生命危险了。梅茵这才放下心来。义父在 CDC 工作前曾在圣弗朗西斯科大学执教过，退休后他和妻子选择定居在这儿，房子在海边，濒临太平洋。他俩曾笑着说：“住在这儿，感觉和我们的中国女儿更近一些。”

他们沿着贝肖尔高速公路到了市立医院，沃尔特还在输液，心脏监视器单调低沉地响着。不过他精神很好，半躺在可调高度的病床上，看见女儿进来，他张开双臂，笑着说：

“我的小凯西回来了！”

梅茵忙跑过去，先把他的左臂按下，左手上还连着输液管呢，然后才同爸爸拥抱：

“爸爸，你把我吓坏了，我以为见不到你了。”她止不住有些哽咽，又笑着说，“不过我相信，你不会这么轻易被打败。”

沃尔特笑着说：“终归要被打败的，上帝的规则不可战胜，已经是86岁的老家伙啦。所以，下次回来如果见不到我，也不要难过。”

科奈瑞克说：“你们父女聊吧，我先走了。”梅茵送走医生，回来坐在床前，仔细看着义父。虽然两人在互联网上经常见面，但这会儿她更真切地看到了父亲的衰老，白发很稀疏，脸上和手背上长满了老年斑，皮肤变得枯干，锁骨深陷。她叹口气：

“爸爸，我真不该离开你，尤其是我妈妈去世后。”

沃尔特责备地摆摆手：“不要这样说，你回去发展没错，绝对是一步好棋。你看天道公司发展得多快，组织当年投入的三千万已经增值到十个亿，每年几千万美元的分红，给组织提供了宝贵的经费。”

“这主要归功于天道的总经理，那个小伙子干得确实不错。我已经把他发展成十字组织的成员，这次一共发展了11名。待会儿我把名单给你，等我返回中国前，希望能拿到刻好11人名字的十字架。”

“没问题。在世界各国，数你那儿发展得最快。”

“也许正如你所说，中国人的集体主义伦理更适合接受我们的教义。”

沃尔特握住女儿的手，关切地问：“你的婚姻呢？你上次在邮件中说，你可能作出某个决定。”

“是的。就是天道的总经理孙景栓，他向我求过三次婚了。他今年36岁，按中国人的属相，正好比我小一轮，都是属虎的。所以我一直不敢答应，因为按中国人的说法，一山不存二虎，这样的婚姻不会幸福，哈哈！”她爽朗地大笑。

“那么，现在作出决定了吗？年龄差别不是问题。”

“对，这不是问题，问题是如果答应与他结婚，我就要事先下决心，以48岁的高龄至少生育一个孩子，否则他的奶奶会伤心死的。刚才说中国人的传统道德，这位孙奶奶就是一个典型。她嫁到孙家后，可以说迷失了自我，几乎淡忘了自己的姓氏。现在她念念不忘的，就是要为孙家延续宗嗣。”她摇摇头说，“她对这一点非常执着，近乎走火入魔，西方人难以理解的。即使在中国的年轻人中也不被理解，认为是陈腐观念。不过依我看来，也许这样的执着更符合上帝的道德——关注种族的延续而不着眼个体的生死。”

停停她又说：“那是个很好的老人，我很敬重她。如果我决定答应孙的求婚，或者用中国人的话，嫁到孙家当媳妇，那我就不忍伤这位老人的心。正是这一点让我踌躇。”

“没关系的，在 48 岁生育完全不成问题。世界上年龄最大的妈妈好像是 67 岁吧，她甚至早已停经，是借用别人的卵子。”

“我知道。我想，我会在回中国前作出决定。”

“孩子，”老沃尔特笑着说，“你为尊重孙的奶奶而决定生孩子，从这一点看，你虽然在美国生活了 15 年，从本质上讲还是一个中国人。美国女人不会这样委屈自己的。”

“嗯，是的。其实这并非我的本意，但只要生活在中国，那里的空气中似乎有一种很沉重的东西，让你无法拒绝。”

两人聊的时间不短了，梅茵说：“不要说话了，你闭上眼休息一会儿，心脏病刚康复，不能劳累和激动。”

老沃尔特听话地闭眼休息一会儿，又睁开眼说：“凯西，你刚才说，这位孙奶奶的旧思想反倒更符合上帝的道德，让我想起一件事。这些年，这儿形成了一个自由论坛，名字叫‘上帝与我同在’，论坛偏重于哲理上的思考，其观点大都很偏激，但也十分锋利，不乏闪光之处。大家平常在网上交流，也在某一所大学定期聚会，一个季度一次，甚至有不少外国人也赶来与会。论坛成立以来我每次都参加的，为的是寻找思想上的同道，也确实找到了几位。这次你代我去吧，你可以把刚才的意思做个引申发言。聚会就在明天，地点在加州大学医学院的教室。”

“好的。”

他闭上眼，过一会儿说：“我让你去，还有一个目的。你开会时多注意一个叫齐亚·巴兹的人。他是我十几年前的学生，一个非常有才华的病毒学家，阿富汗裔或巴基斯坦裔，我记不清了，只记得他是巴阿边境一个普什图族长老的儿子。我退休后与他没联系，是几个月前在论坛聚会时邂逅的。十几年没见，他似乎有了很大变化。他在论坛发表的言论——怎么说呢，这儿所有的言论都很偏激，很怪异，但他的言论中似乎格外多了一些血腥味儿。我不知道他现在的政治信仰，但至少从感情上说，他与恐怖主义是同源的。你多注意他。”

“你的意思……”

“我的想法还不成熟。我想，也许这人能为我们所用。看看再说吧。”

梅茵点点头：“好的。”

一群医护进来，是例行查房。为首的是一位满脸络腮胡子的中年医生，很健谈，与寡言持重的科奈瑞克医生恰成对比。他一边用听诊器为患者检查心脏，一边高兴地聊着：

“凯西刚从中国回来？不用担心，你父亲身体基质不错，这只是小毛病、小故障，一台宝马发动机的火花塞稍许有点积炭，如此而已。等他抗过这场小灾难，一定能活到100岁。”

“100岁？”沃尔特怀疑地问。

主治医生看看他，放声大笑：“噢，我太吝啬了，那就做一个更正吧——你至少活到100岁。”

第二天上午，梅茵来到加州大学旧金山分校医学院的会议室。屋里摆着椭圆形的环形长桌，能容纳40多人。这会儿差不多坐满了，梅茵找一个空位坐下，大家都熟不拘礼地和她打招呼。每人面前放着一瓶矿泉水，环桌的中心放着几盆廉价的花草。环形桌前方是一面电子黑板，讲桌上放着一个蝴蝶形的只能遮住眼部的面具。义父介绍过，说它是论坛的一个小传统。每人发言前都要介绍自己的真实身份，这象征着发言者要为自己的言论负责；然后戴上面具再发言，这象征着发言人超脱了个人的爱憎利害，是站在客观的也可以说是上帝的立场。发言人认真执行着这个传统，梅茵打量着黑蝴蝶后冷静超然的眼睛，觉得这个传统倒挺不错。

这会儿是一个俄罗斯人在发言，他是圣彼得堡国立大学的教授，英语不太流利，有时要停下来寻找合适的词句，但大家都听得很认真。他的发言题目是“下一个世纪的能源”。他说：

“所有的物理定律都不是终极真理，而只是真理的某一级近似，比如罗蒙诺索夫提出的物质守恒定律和能量守恒定律就是不完备的，因为现在人们知道，只有把物质和能量合并起来考虑，守恒定律才正确。其实今天的质能守恒定律也不是终极真理，而只是真理在稍高一个层级的近似。下一步需要把熵增和能量合并考虑，在新的守恒框架中，‘熵增不可逆’和‘永动机不可能实现’的结论都将被推翻。因此，下一个世纪的能源将是微型黑洞。通过我设计的技术方法，发现和俘获微型黑洞，把社会代谢必然产生的垃圾——从本质上说就是熵——用可控方式投入黑洞，放出符合爱因斯坦质能公式的巨大能量，同时一劳永逸地解决了环境污染。请不要把这个设想看成仅仅技术性的进步，不，它是划时代的革命，过去一直认为不可逆转的熵增在这儿完全转化成能量。人类社会的可持续发展有了牢固的理论基石。或者可以说，我让宇宙变和谐了。”

梅茵听了他最后这句话，不由微微一笑：这人的口气太大了。不过义父已经事先说过，这个聚会的参加者都是些傲视上帝的家伙，那么这人的狂妄也不足为怪。梅茵对物理学理论缺乏深入了解，但至少在她看来，此人的设想中科幻成分居多，不能算是真正的技术设想。其他与会者大概也是同样的想法，不过这些绅士们都认真地倾听着。有一个人举手要求提问，在发言人同意后，他简短地问：

“如何控制黑洞，使它不至于吞噬地球？大家都知道，没有什么方法可以囚禁黑洞，连理论上的设想都没有。”

俄罗斯人也简短地回答：“用垃圾喂饱它。或者换句话说，用垃圾外壳把它同正常世界隔离，就像用磁场把可控核聚变同我们隔离。只要根据地球上垃圾的产生速率来适当选取黑洞的初始质量，就可以保证它不至于‘吃透’垃圾外壳而危及地球。”

以下是熟练的计算，计算一个100亿人口的地球，在“正常的社会代谢强度”下，需要多大初始质量的微型黑洞才能满足生产能量和吞噬垃圾的需要，又不致造成失控的危险。梅茵没能听清结论，因为一个很像中国人的老人进来了，那个人在屋内扫视一圈，发现了梅茵，立即喜悦地走过来，拉过一把椅子坐到梅茵身后，伏在她耳边，用汉语说：

“梅老师，这个世界太小了，没想到在这儿见到你。”见梅茵有些茫然，他说，“我是薛愈的舅舅，去年到武汉见他时，见过你一面。”

他这么一说，梅茵想起来了，这人叫赵与舟，是清华大学的退休教授，一个有点偏执和神经质的老人，在武汉病毒研究所郑店实验室的楼梯上曾与她有一面之交。

“我想起来了，赵先生，真是巧遇，我也想不到能在美国碰到你。”

“你是回来探亲？”

“对，我义父心脏病发作。你呢，是来探亲，还是工作访问？”

“不是，我是专程来参加这个会的。”他顿了一下说，“我是自费来的。没办法啊，天生的倔脾气，社会责任感太强。我在网上听腻了西方思想家们所谓‘敬畏上帝’的滥调，特地来同这些人当面斗争一番。这些反科学主义言论是毒害青少年的鸦片。”

梅茵微微一笑，心想，如果这位赵先生知道自己胸前的十字架上就刻着“敬畏上帝”四个字，不知道该是什么反应。不过她什么也没说，所谓敝帚自珍，每个人都珍视自己的观点，也有权利坚持自己的观点，这算不了什么。赵先生听说她是第一次参加这个论坛，觉得有责任保护她，就不厌其烦地介绍这个论坛的情况：主要有什么人参加、在网上发言者大都是什么观点，哪些人是“反动”的，等等。梅茵觉得在下面私语对发言人不礼貌，想委婉地制止他。她正要开口，忽然赵先生不说话了，竖着耳朵听发言。这会儿讲台上换了一个发言者，自我介绍说他是美国圣塔菲研究所的。这个研究所以复杂性研究而著名，但他讲的却是医学问题。他正说道：

“卓有成效的现代医学体系保护了各种遗传病患者，使他们得以寿享天年，并且延续他们的血脉。但这么一来，他们的不良基因也得以延续下去。众所周知，达尔文的进化论揭示：生物在繁衍中随机产生遗传变异，其中绝大部分是有害变异，只是因为生物界中有自然淘汰机制，有这个残忍高效的死亡之筛，才使有害基因逐渐淘汰，至少控制在某个比例之下。从这点上说，现代医学的重要原则——救助个人而不救助人类——是同进化论完全背道而驰的。”

他用电子笔在黑板上板书，依据人类遗传变异的正常速率、变异中“有害变异”的大致比例以及人类正常繁殖率等，进行了计算，得出的结论是：

“据我的计算，如果保持目前的状态不变，那么，最迟在一千年以内，人类的各种遗传病基因就会累积浓缩到一个临界点，使人类医疗体系不堪重负而全面崩溃。怎么走出这个怪圈？怎么既救助个人又不干扰上帝规定的自然进化？目前还没有办法，依人类思想所能达到的水平，目前看不到希望，连一丝希望的闪光也没有。不过，”他笑道，“我是个乐观主义者，如果我的计算可靠，那么我们还有一千年的缓刑期。相信一千年后的人类比我们聪明得多。”

他取下面具，潇洒地把电子笔扔到讲台上，走回原位。在他发言时，赵先生一直处于亢奋状态，两眼灼灼发光，就像发现了猎物的纯种寻血猎犬。他低声说：

“就是他！我来这儿，就是要对付这样的妄人！资产阶级的颓废，反人道，社会达尔文主义，他算是占全了。梅老师，我这就去发言。”

梅茵担心他的发言火药味儿太浓，温和地小声说：“赵先生，这是个自由论坛，只阐述自己的观点，一般不进行相互驳难。”

赵与舟不满地看了她一眼：“我绝不能容忍这样的邪教教义。”

梅茵不想再劝他，但坚决地说：“至少你不要在讲台上骂人。”

他勉为其难地答应了：“好吧。”

他走上讲台，先做了自我介绍，但没有照规矩戴上面具，可能是激动中忽略了。“我是自费来这儿参加聚会的，”他加重语气说。听众对这句话没有反应，他们都是自费来的，并不觉得需要强调这一点。只有梅茵知道他这句话的含意，这些年她对中国人的心理摸得很透了。对于平素只公费出国的这位老先生来说，强调这次是“自费”，那是隐晦地强调自己的牺牲精神和社会责任心，就像刚才对她所做的表白一样。公平地说，自费来美国一趟，对赵先生确实是一种牺牲，他退休得早，工资不可能太高，看样子也没有其他赚钱门路，能花费2000美元参加论坛，确属不易。可惜的是，他不了解外国听众的理解力，算是俏眉眼做给瞎子看了。赵与舟接着说：

“这个论坛的名字叫‘上帝与我同在’，我觉得很不合适。这儿标榜为自由论坛，但这个名字本身就表达了某种倾向，这其实是对言论自由的一种桎梏。我早就听腻了目前西方科学界时髦的‘敬畏自然’或‘敬畏上帝’的论调，科学用上千年的努力才把上帝拉下马，终不成又主动迎他复辟？不，我相信这种情况不可能发生。科学是天然正确的，一万年来的人类文明史已经完全证明了这一点。尽管有这样那样的波折，但科学一直帮助人类社会在向上发展，谁能否认这一点？偏偏有这么一些人，享受着科学的恩惠，却又卖力地诋毁科学，这只能叫忘恩负义！”

他说得口干，跑回原座位拿来矿泉水瓶，回到发言席上，喝了几口，接着说：

“刚才有一位妄……一位可敬的先生说，医学将让人类在一千年后灭亡，他的观点初看起来似乎颇具说服力，因为医学的发展确实中断了人类的自然进化，不过，不客气地说，他的阐述只是诡辩，他所说的危机其实正是文明的进步！不要怕什么有害基因的累积，科学即将发展出足够精细的DNA操作技术，在婴儿出生前就剔除有害基因；甚至对人类基因进行统筹设计，按照需要设计出新基因，比如设计出能完全抗病的基因，能适应海底生活的基因，能适应太空生活的基因，等等，从而实现人类的定向进化。毫无疑问，这种高效的、定向的进化，与大自然随机的、效率低下的进化绝对不可同日而语。说句根本不算狂妄的话吧，随着科学的发展，人类正在并且必然代替上帝，而且会比他干得更好。”

梅茵不禁暗暗佩服，这位有点神经质的老先生思路相当清晰，口才也不错，更可贵的是还有年轻人的激情。真理常常含有悖论，含有互相对立却又都属正确的两极，就像磁铁有两极一样。这位赵先生的发言虽然比较偏激，但他把“那一极”观点所含的合理性作了淋漓尽致的发挥。当然从总体上说，她并不信服赵的观点。科学是一把双刃剑——就像她胸前戴的这把微型双刃剑——而他的发言则只强调到了其中的一个刃，是以偏概全。赵先生讲了十几分钟，其他人都认真听着。等到答疑时，刚才发言的圣塔菲研究所的那人问：

"谁来做上帝的上帝？也就是说，当你代上帝去决定人类定向进化的方向时，谁来最终判定：这个方向确实是走向天堂，而不是走向地狱？"

梅茵暗暗点头，这句反诘非常锋利，确实问到了关键上。赵与舟稍稍一愣，随即回答：

"科学是天然正确的，关于这一点已经有人类万年文明史的发展确证。再说，我们可以根据效果，随时修改对基因的改进，随时校正进化的方向，用句中国话来说，就是用实践来检验真理。"他机敏地反诘，"自然进化就绝对正确吗？比如恐龙，它们经历了数亿年的自然淘汰，这是多么残酷的死亡之筛！好不容易进化出适应环境的身体结构，但环境又变化了，它们已经特化的身体不能适应新环境，最后导致自身的灭绝。"

梅茵哂然微笑，觉得这位老先生的功力毕竟不够，最后时刻显得底气不足。他的反诘虽然机敏但不厚重，缺乏足够的说服力。第一，说科学天然正确，这只能算是宗教信仰，本身就是反科学的，因为科学发展的基石就是提倡对权威的反叛；第二，人类万年文明史太短，它的统计数据根本不能用做论据——也许下一个万年走下坡路，谁知道呢？第三，赵先生最后一句实际上是从他的立场上做了后退，从"定向进化"不情愿地回到"随机进化"上，他所说的"根据效果随时调整基因设计"，从本质上说仍是随机的。

梅茵不再注意他的发言，开始按义父说的相貌特征，从与会人中寻找那位齐亚·巴兹。长桌远端的一个人似乎是他，40 岁左右，肤色稍黑，相貌和衣着都很普通，中等身材，偏瘦，属于芸芸众生中的普通一员，放在大街的人流中，你绝不会注意他。只有目光稍显特别，冷静、冷漠、冷硬，不与同屋人有任何目光交流，似乎刻意维持着自闭状态。梅茵没有猜错，等饶舌的赵先生终于从讲台上下来，此人走上讲台发言，先自我介绍说他叫齐亚·巴兹，美国爱达荷大学生物系的病毒学家。他发言的题目是"基因的本性"：

“在我参加这次论坛前，我刚与三个印第安人朋友告别，那三人打算重走印第安人历史上的‘眼泪之路’。这是一次温和的抗议行动，是想提醒美国白人记住历史的罪恶。”他声调冷漠地说，“不妨简单地回顾一下历史。1607年，一些在英国受迫害的新教徒移民来到美洲，濒临绝境，印第安一个酋长的女儿波卡洪塔丝救助了他们，教他们种烟草、土豆和玉米。1621年11月的第四个星期四，英国移民定出了‘感恩节’这个节日，以感谢印第安人的帮助。后来他们的确以实际行动感恩啦！两百年后，1836年，白人已经羽翼丰满，借口保护印第安人，把他们全部赶出富饶的平原，圈禁在西部贫瘠的山区。实际上，大半印第安人甚至没能到达圈禁地，而是死在西部荒凉的山路上，这就是美国历史上有名的眼泪之路。美国社会的基石下埋着110万印第安人的尸骨，占当时北美印第安人总数的80%！今天的美国人非常痛恨希特勒对犹太人的种族灭绝，实际上希特勒哪里比得上美国人呢，他们——不，我们才是种族灭绝的祖师爷，而且做得远比纳粹高效。到1854年，对印第安人土地的争夺再次演化成大屠杀，为了保护子民不被杀光，当时的一个印第安人大酋长西思尔不得不接受白人的不平等条约，他给当时的美国总统富兰克林——这可是美国白人心目中的伟大总统——写了著名的《天临终之歌》，这是一个民族灭绝前的凄婉的挽歌，信中说：‘当最后一个印第安人在地球上消失了的时候，印第安人只能像飘过大草原的云影一样，留在人们的记忆中。’噢，对了，我还忘了列举另一件史实：早在18世纪，当时的大不列颠北美总司令阿默斯特男爵就建议用天花对印第安人实行灭族，此人堪称生物战的伟大先驱。1763年1月24日，一个联队长艾寇尔故意将己方天花患者使用过的毛毯，留弃给北美印第安人部落。这家伙并不认为这是应该隐瞒的恶行，竟然把它作为功绩，得意扬扬地记载在日记里。由于印第安人缺乏对天花的特异免疫力，大批死亡，白人军队于是借助天花和枪炮战胜了北美大陆的原主人。”

在列举这些血淋淋的事实时，他的声音一直保持着冷漠，语调没有抑扬顿挫，活像一个朗读历史书的机器人。停了一会儿他接着说：

“这儿不是政治性的论坛，这些历史事实我就不多列举了。美国生物学家道金斯说：基因的本性是自私的，他说得对极了，也坦率极了；中国古人说‘天道酬善’，那是屁话。我那三位印第安朋友此刻正在进行‘温和的抗议’，有什么用处？能让美国人退出北美，把土地还给印第安人吗？波卡洪塔丝的好心，换来的是她后代的基本灭绝；那些双手鲜血的英国移民呢，却干净利落地完成了盎格鲁人的基因大扩张，完成了生存空间的大扩张，现在不仅成了北美的主人，还成了全世界的主人，可以洗净手上的鲜血，戴上白手套，向弱势民族施舍民主、人权、仁慈和善行了。其实我们不必单单责怪美国人，人类历史整个来说就是一部屠杀史。历史书上蒙上了太多的漂亮伪饰，剥去伪饰则全是血淋淋的真相。能够活到今天的人，都是某个嗜杀种族的后代。不仅昨天如此，今天如此，明天也是如此。比如，对于巴勒斯坦人来说，现在远不是谈人道的时候。什么时候能像美国人对待印第安人那样，尽力挤掉以色列人的生存空间，建立基因上的绝对优势，那时再谈人道、非暴力、仁慈与博爱也不迟。当然反过来说，以色列也应该这样干。不过犹太人早就深谙此道，不用外人教导了。”

他结束了发言，下面是例行的几分钟答疑时间，但没人提问。他的发言太……邪恶，在与会人中激起了明显的敌意。并不是说他的发言是一派胡言，不，他列举的史实完全真实，但正确的史实不一定导出正确的结论。真理多走一步就是谬误，实际上他是在公然宣扬民族仇恨，为民族仇杀罩上合理的外衣。

梅茵真正体会到了义父对此人的评价：血腥味儿，没错，他的发言中确实浸着浓浓的血腥味儿。这种观点在这儿明显是没有市场的，不合时宜的，它算不上哲理性的探讨，而更像恐怖分子的政治宣言。她想起义父说的：这人的思想与恐怖分子同源。义父说这话时大概留有余地吧，这人很可能本身就是一个恐怖分子。

让梅茵奇怪的是：他来论坛做这样的发言，有什么用意？义父说“让他为我所用”，又是什么意思？

与会人都很宽厚，虽然对他有敌意，但没人出来攻击他。齐亚·巴兹在众人冷淡的沉默中走回原位。他感受到周围的敌意，但冷笑着不为所动。下边又有几个人发了言，梅茵也讲了几句。论坛结束时，熟人们互相寒暄着离去，没人理睬那位齐亚·巴兹，只有赵先生主动迎过去。梅茵听见，他是在夸奖齐亚的发言：

“……你的观点十分锋利，撕开了西方人的旧疮疤，那可是他们有意无意隐藏着的杨梅大疮！听你的发言十分解气，但我不得不告诫你，”他严肃地说，“你最后的结论太偏激了，太过头了，甚至走到了危险的边缘……”

齐亚神色冷漠地听着他喋喋不休。梅茵颇为赵先生的冬烘摇头，纵然他天生好为人师，也得看看被教诲者的资质吧，齐亚这样的观点，是言语所能劝服的吗？她看赵先生的话头还长，不想和他告别了，便从他身后绕过去。倒是齐亚看见她，撂下赵先生，主动过来打招呼：

“您是代替沃尔特·狄克森先生来参加论坛的吧？我看你坐的是他常坐的位置，也知道他有一位华人血统的女儿。”

“是吗？我并不知道那是他的位置，我只是看到一个空位就坐下了。对，我是代义父来参加，他生病了，我从中国回来探望他。”

“他曾是我的老师，是一个好老师，我从他那儿学到很多有用的知识。请代为传达我的问候和对他的谢意。”

“对，他对我提到过你。等他出院后，欢迎你到我家做客，他的病情已经稳定了。”

齐亚摇摇头：“来不及了，我已经决定回国发展，马上就走。这是我在美国最后一次社交活动。”他补充道，“实际上，就是今天下午的机票。”

十年前，在巴阿边界的山洞里，齐亚·巴兹从阿布·法拉杰·哈姆扎手里接过来“撒旦的礼物”。从那以后，他非常谨慎地做好了让撒旦降临人间的准备。十年的时间是长了一些，不过没关系，经过充分发酵的复仇才最快意。不过十天前，电视上报道了“钩子大盗”哈姆扎在巴阿边境被美军逮捕的消息，他知道该行动了。虽然哈姆扎被捕后不一定会供出他，但他必须做最坏的打算。这些年，有一个让圣战者脸红的惯例：不少曾非常狂热坚定的圣战者，包括基地组织中地位相当高的人，在被美军逮捕后却很快屈膝，向美国人提供秘密情报，出卖昔日的战友。他们甚至比不上萨达姆，那个软骨头不敢率军队抵抗入侵者，躲在地洞里像狗一样被抓获，但至少他在法庭上倒是死硬到底，直到被绞死。哈姆扎被捕后究竟会怎样，他不敢保证。

今天是齐亚在这个世界的最后一次公开露面，也算是他对美国的临别赠言。等明天早上，美国航空公司的波音飞机降落在坎大哈机场后，他就会人间蒸发。不过在离开美国之前，他会给异教徒们留下一个很好的礼物，足以让他们铭记在心的。

从私人关系来说，他对老沃尔特没有任何恶感，但他刚才的问候却隐含嘲讽。他在美国学成了一流的病毒学家，那位老沃尔特也曾尽心尽意地教过他。现在，他要把这些知识用到施予者身上了。这也算是报应吧，就像美国佬一百年前用天花病毒和来复枪回报波卡洪塔丝的后代一样。

他同梅茵挥手作别，匆匆离开，去赶下午的班机，没有理会待在他身后准备继续诲人不倦的赵先生。

三

2011 年 9 月，美国爱达荷州伊蒙县。

爱达荷州伊蒙县 FBI 办事处的女特工罗莎·班布尔忙了一天，晚上很晚才回家。今天是 9·11 事件十周年，有几个恐怖组织在网上扬言，要以血与火纪念这个日子，所以美国各个情报组织今天都是一级战备。但一天来风平浪静，至少在美国本土没有发生一次恐怖袭击。看来经过十年各国政府的联手围剿，再加上确认本·拉登已经病死，恐怖分子大伤元气，只剩下嘴巴上使横的功夫了。

丈夫约翰和孙女埃米莉在看电视，约翰问她吃过晚饭了吗？罗莎疲乏地说吃了，是简单的工作盒饭，这会儿不饿，只想早点休息。她匆匆洗漱一番，换上睡衣出来。埃米莉看电视看得高兴，正咯咯地笑着。他们的儿子和儿媳刚刚去印度办了个软件公司，把七岁的孙女暂时留在家中，说等那边安顿好就把埃米莉接过去。埃米莉非常可爱，性格活泼，童趣天成。罗莎想，等她被接走那一天，自己和约翰肯定舍不得。这会儿埃米莉指着电视说：

“奶奶，那三个印第安人正在跳太阳舞呢！”

电视上正在报道三个印第安人的“缅怀之旅”，这趟“缅怀之旅”受到大部分媒体的漠视，只有爱达荷州地方电视台在做连续报道。这三人从三天前开始，驾驶一辆客货两用的福特车，重走当年印第安人的“眼泪之路”，在各地发表演讲。他们说组织这次“缅怀之旅”不是为了唤醒仇恨，而是表达和解，表达印第安人对“未来”的希望。沿途中他们常到小学和幼儿园去，给孩子们表演节目、玩魔术、讲笑话，吸引了很多孩子的眼球。

这会儿他们在一处印第安人保护区，四周围着树桩栅栏，里面散落着一些木板平房，平房内是木板床、低矮的方桌、板凳、泥灶和水缸，墙上挂着木柄锄头。保护区里人烟稀少，年轻人都到大城市去了。寥寥几个印第安人散漫地围在车前，笑着听他们的“西思尔酋长”训话。

福特车的厢板上画得花花绿绿，都是印第安各个部族所崇拜的动物图腾。车头上是一个伽马字母形的十字，这代表一百多年前，大神瓦坎·坦加传达给印第安霍比人的“大涤罪”的预言。这个预言说：浩劫将毁灭世界，包括毁灭白人，不过其后白人和印第安人都将在一个和睦的世界中得到重生。车上的三个人都是标准的印第安人打扮，为首那位装扮成西思尔酋长，即那位向富兰克林呈送《天临终之歌》的人。平直的黑发，黑眼珠，黄色皮肤，头上戴着很高的羽翎，赤着上身，脸上和身上涂着赤褐色的斜纹，脖子上挂着骨制项链、银制首饰、绿松石首饰和玉石佩件。其他两人的打扮大致与他相同，只是头上的羽翎要简单一些，身后背着弓箭，手中执着长矛。车厢里放着野牛皮制作的各种祭祀用品，包括鼓、仪仗和刀鞘等。镜头摇向远处，村寨的村口有一座足有五米高的印第安酋长半身木像，低头沉思着。镜头拉近时，能看见他脸上挂着很夸张的泪珠。不用说，这座木像是为了纪念“眼泪之路”而创作的。

不过“西思尔”的脸上可没有泪珠，只有兴高采烈的笑容。这会儿鼓声咚咚，两个印第安随从疯狂地跳着太阳舞，太阳舞据说是大神瓦坎·坦加教给印第安人的，在19世纪的印第安人中广为流行，跳太阳舞成为反抗白人的象征。那时，美国政府派驻印第安保留区的官员，有两项最重要的日常工作，就是严禁印第安人跳太阳舞，严禁儿童讲印第安方言，常常为此严厉惩处“犯罪者”。直到20世纪20年代，政府才取消了跳太阳舞的禁令。这两个人跳得并不熟练，似乎是刚学的，但跳得非常投入，他们仰望太阳，剧烈地摇摆着身体，如癫如狂。“西思尔”没有跳，他开心地笑着，装模作样地摆着酋长的架势，用英语大声问车下的几个印第安人：

“我的子民们，你们是否承认我是你们的酋长？”

下边的人笑着，参差不齐地回答：“是！”“承认！”

“你们是否授予我全权，与美国政府签订土地转让协议？”

“是！”

“那好，明天我将代表全美国的印第安人，代表纳瓦霍人、易洛魁人、西北印第安人……出头与美国政府谈判，一定把原来属于咱们的、全美国的土地卖个好价钱！你们相信我吗？”

“相信！”

“好，我们要走了，愿瓦坎·坦加神护佑你们！”

他挥挥手，两个随从停止跳舞，其中一个跳下车厢，钻进驾驶室，福特车缓缓开走了。等他们开出村寨，镜头转向一个30岁左右的白人女主持，她笑着向观众说：

“我是主持人伊丽莎白，在洛查克印第安保护区向你们做连续报道。明天，西思尔酋长将到达伊蒙县，那是1877年印第安内兹佩塞人约瑟夫率众起义的地方。在这个有纪念意义的地方，西思尔酋长将正式向美国政府提出土地费的索赔。他会开出什么样的天价，让我们拭目以待。”

拍摄车也随着前边的福特车开走了，在晃晃荡荡的车厢里，女主持人继续介绍背景资料。她说这位装扮西思尔酋长的人，真名叫罗伯特·詹姆斯，一个完全美国化的名字，他是美联保的一位职员，印第安族，属西北印第安人的特林吉特人，但一直生活在大城市，其实已经不会说印第安语了；其余两人沉默寡言，一直拒绝与采访者交谈，所以至今不知道他们的真实姓名，也不知道他俩属于印第安人的哪个部族。

今天的直播告一段落，电视上开始播放商业广告。埃米莉仍然兴趣盎然，问爷爷：

“他们明天要来咱们这里了，会到我们学校吗？”

“也许会吧，这三天他们一直选择在小学和幼儿园里停留。”约翰随意地说。

“我很喜欢西思尔酋长，他又风趣又亲切，奶奶你说是吗？”

罗莎躺在沙发上已经昏昏欲睡了，这会儿被唤醒：“你说什么？噢，对，他是一个很有趣的人。”

时间不早了，约翰和罗莎催埃米莉去洗漱睡觉。孩子与他们道过晚安后忽然问：

“他们说的是真的吗？”

“什么是真的？”

“美国的土地——确实是我们白人从他们手里夺过来的？”

约翰和罗莎对视一眼，这个问题不太好回答。罗莎说：

“从历史的角度看，是真的。当然历史非常复杂，并非是黑白截然分明。你还小，等你长大后会慢慢明白。”

埃米莉钻在被窝里，沉思地望着天花板。两个大人吻吻她，离开这个房间。快退出房门时听见孩子自语着：

“咱们的祖先是不是世界上最坏的人？他们夺走了印第安人的土地，杀死了一百万印第安人，又到非洲抢来那么多黑人奴隶。”

两人心里一震，没想到七岁的孩子能说出这番话。这个结论太刺耳，但……没有雄辩的理由来驳倒它。作为美国人，他们习惯于生活在道德的制高点上，以怜悯和厌恶的目光来藐视落后国家的道德沦丧。只是常常有意无意忘了祖先的罪恶，忘了美国社会的善之花是从恶的粪堆上长出来的。虽然身处21世纪，他们有足够的理性来聆听“西思尔”的控诉，其实内心深处是不大舒服的。他们没有回答，悄悄离开了。

这晚他们俩没有分屋睡。约翰听见妻子很久没有睡着，问：

“怎么没睡着？是不是因为埃米莉的话？”

罗莎扭过身说：“不是。我正在想，电视上那三个印第安人中，有两人我似乎熟悉，就是那两个一直不接受采访的随从。但在什么地方认识的？我在哪儿有这么两个印第安族的熟人？我一直没能回忆起来。”

“也许他们不是印第安人吧。”约翰笑着说。

他完全是信口而言，但罗莎却有所触动。这两人虽然也是黑头发，但其他方面似乎不像印第安人所属的蒙古人种。他们脸上和身上涂着褐色斜纹，几乎完全遮盖了原来的肤色，但斜纹间隙中的肤色似乎不是黄色，而是微黑色。他们的眼眶稍深，鼻梁也较高，这同样不是蒙古人种的特征。现在，她在意识中把那俩人的印第安装束剥去，还原出他们的原来面貌，觉得他们更像中亚或南亚人。那么，自己是在哪里见过他们呢？

约翰已经睡着了，鼻息声平缓均匀。忽然罗莎猛地坐起身来，丈夫被惊醒，问：

“怎么了？”

“我想起来了，我见过他们俩，在佩埃特国家森林入口处的一个小农场里。他们确实不是印第安人，而是一对阿富汗普什图族兄弟。”

“就是……十年前你曾调查监视过的那两人？”

“对，监视了两三年，没有发现疑点，后来取消了监视。”

“已经相隔十年了，你确认是他俩？”

“他们脸上的油彩太重，不易辨认，不过——大概能确定。”罗莎不大肯定地说，“这样吧，我明天想办法落实一下。”

“好吧。”

丈夫扭过身去，很快睡熟了，罗莎翻来覆去睡不着，怕惊动丈夫，就悄悄起身到另一个房间，枕着双臂回忆往事。十年前，接待了霍斯科克先生的第二天，她就到他说的那个小农场秘密查访。她开车到那个路口，栅栏门仍然锁着，罗莎按霍斯科克说的电话号码打过去，说她是县里的白蚁检查员，要到农场进行检查。电话那边似乎听不懂她的话，操着非常拙劣的英语说：有事请同齐亚·巴兹先生联系，并提供了莫斯科城（美国爱达荷州的一个城市）一个电话号码。她按新号码把电话打过去，对方用非常纯正的美式英语说，他是农场的名义主人，但一直在莫斯科城的爱达荷大学工作。农场里平常只有两个工人，是他在阿富汗的堂兄弟，他说：

“他们是9·11事变后、阿富汗战争前，为逃避战争到美国的。我的伯父，一个普什图族长老，给了我一笔钱，让我买下这个农场，以便他俩有碗饭吃。但他们刚来美国，眼下还不会英语，有什么事等我假期回去后再说吧。”

罗莎坚持一定要进农场检查，那人说：“你稍等一会儿，我和他俩说一声。”然后挂断电话，过了几分钟后回电说：

“好，你进去吧。栅栏门上是密码锁，密码219，你自己打开它。有一个人将在农场门口等你，带你到各处检查。如果检查中还需要同他们沟通，请再给我打电话。”

她按对方说的密码打开栅栏锁，驱车来到农场的主场区。一个大约三十六七岁、肤色微黑的中亚人在那里等她，戴着头巾，穿着齐膝的上衣。他面无表情，不声不响地带上她，去农场各处走。罗莎装模作样地检查白蚁，实则仔细观察着农场内的设施。直到把农场转完，她没有发现任何可疑之处。地里的玉米长得很茁壮，圈里的奶牛和羊驼哞哞地叫着，温室里培养着食用菌，完全是一个正常农场的情景。场院中，另一个肤色微黑的工人正在学习驾驶拖拉机，技术很不熟练，手忙脚乱，拖拉机开得歪歪扭扭。罗莎打手势让他停下来，爬上去，教了他一会儿。那人开得熟练一点儿了，用生硬的英语说了一声谢谢。

最后他们回到客厅，这儿布置了一个穆斯林的礼拜堂，地上摆着蒲团，圣坛上方是一弯新月。那位齐亚·巴兹打电话过来，问还有没有需要他沟通的地方。罗莎回答说已经检查完，没有发现白蚁，谢谢你们配合我的工作。那边也说了两句客气话。时间已经到午饭时分，这儿很偏僻，方圆几十千米内没有餐馆，但无论是齐亚或是在场的两个人都没挽留她，两人沉默不语地送她出了农场大门。

巡视之后，罗莎基本排除了对这个农场的怀疑。此前这两人拒绝霍斯科克的拜访，虽然看起来不通情理，其实情有可原，两个不会说英语的人，初来乍到，人地生疏，难免有自闭倾向。回家后她又调查了两人来美国的移民手续，手续都合法，是齐亚·巴兹先生在阿富汗战争爆发前亲自回阿富汗把他俩接来的。齐亚是爱达荷大学生物系一位优秀的病毒学家，阿富汗裔，在美国居住已经两代了。至于霍斯科克的另一项怀疑：购买农场的三个人为什么丝毫不关心农场的经营状况？也比较好解释——齐亚·巴兹先生本人并不精通农场经营，他是遵伯父之名买下这个农场，以便好歹能养住两张嘴，并不以赢利为目的。

虽然基本排除了怀疑，她仍保持着对那儿的注意。第二年和第三年，她仍以同样的名义去那里检查，仍然没有发现可疑之处。第三次去时，那两个阿富汗人已经改换了美国式的服装，基本掌握了英语，开拖拉机和干其他农活也都很熟练了。一句话，看来他们确实安分守己，打算在美国长期务农。她打电话对霍斯科克作了交代，以后就把这个农场从视野里清除出去了。

但这会儿她睡在床上，浓重的疑云不可遏止地冒出来。她基本可以肯定，电视上两个沉默不语的“印第安人”就是那两个阿富汗裔的农场工人。如果她没有认错，那他们为什么装扮成印第安人，不会仅仅是为了好玩吧？不过，也许自己认错人了，毕竟与他俩最后一次见面远在七年之前。她似睡非睡，漫无边际地思考着，三个数字从混沌的梦思中蹦了出来：219，219，219……这是当年那个栅栏锁的密码，她至今记得很清楚。她忽然心中一震，这个数字反过来就是——912，与那个令人惊悚的数字：911，是紧紧相连的。而且，明天恰好就是9月12日，是三个“印第安人”宣称向美国政府索赔的日子！

也许这一切——当年农场栅栏锁上的密码数字，还有“缅怀之旅”向美国政府索赔的日子，都不是巧合，而是经过精心选择，有清晰的政治含义：

——他们是9·11圣战者的后来人。

目前这还纯属臆猜，但足以让她心中七上八下。如果猜测属实，那么他们早在十年前，即定下“219”这个密码的时刻，就定好了邪恶的计划。她一夜无眠，第二天，她送走上学的埃米莉后急忙赶到办公室，扒出当年的记录，找到那个农场的电话号码。电话打过去，一直没人接听，单调的电话音不祥地重复响着。她又查到齐亚·巴兹的电话，这回很快打通了。一个陌生的男人声音说：

“这儿是爱达荷大学生物系，我能帮你做什么？”

“我要找贵系的齐亚·巴兹先生。”

“巴兹教授已经辞职，回国发展去了，他是阿富汗裔。是两天前的航班。”

“他留下联系方式了没有？”

“对不起，他没有留下联系方式，他说回国后才能确定。”

罗莎挂断电话，心中一阵阵发冷。齐亚·巴兹也恰好在这时离开美国，这就很难说是巧合了。这几处小迹象孤立地看都算不了什么，但凑到一块儿，就形成一个清晰的阴冷的轮廓。她没有再犹豫，立即驱车出城，向那个农场开去。她心中已经有了一个凶险的预感，依她的推理，这个预感应该能在农场得到证实。

早上九点钟，“缅怀之旅”的彩绘福特车开到了伊蒙县十一小学的门口，地方电视台的采访车跟在后边。那辆福特车在校门没有停顿，径直开进去。这会儿摄像镜头对着它的后尾部，主持人伊丽莎白不满地喊道：

“怎么，他们径直开进去了！小学正在上课，按说这会儿不该进去打扰孩子们。”她解释说，“我们不清楚他们的行程安排，如果事先知道，会劝阻他们的。看，学校办公室跑出来一个人，大概是本校的女校长，她拦在车头前，显然是想制止他们进校——我的上帝！”

伊丽莎白一声惊呼。这声惊呼随着电波传遍了爱达荷州，传到此刻收看电视的人的耳朵里，传到美国国土安全局驻本州的办事处。这声惊呼也拉开了一轮浩劫的序幕。她对着镜头急急地解说着：

“事态发生突变！车上三个印第安人中有两人忽然跳下车，手中都端着M-16步枪，不知道枪支是从哪里弄出来的。他们挟持了女校长，逼她向教室去……西思尔酋长也去了，手里拿一支印第安的长矛……他回过头，笑着向镜头做了一个V形手势，在这样的场合下，他竟然笑得十分灿烂！……他们正把各个教室的孩子们往一个教室驱赶，孩子们都惊恐万状，像羊群一样被赶到这个教室里。”女主持人显得愤怒和惊惧，“原来，这次所谓的缅怀之旅竟然是一场大阴谋！这三个人无疑是恐怖分子，要把几十个孩子劫做人质！……请此时收看节目的人，请地方电视台的工作人员，立即通知警方！我们将留在这儿继续报道，但不知道还能报道多久，不知道恐怖分子们是否容许我们继续待在这里。”

教室门关着，看不到内部的情况，校园又恢复了往常的寂静，但这是坟墓一样阴森的寂静，令人惊悚。在这半个小时内，伊蒙县、爱达荷州乃至全美国都被惊动了。有关警报被送往国土安全局驻伊蒙县办事处，送往爱达荷州州长办公室，送往国土安全总局的紧急预警和反应局，并准备呈送给总统。在伊蒙县，学生家长中只有少数正看电视的人在第一时间知道了这个消息，立即惊慌地从各个方向驱车赶往学校。这中间包括埃米莉的祖父约翰。

经过一阵瘆人的寂静后，西思尔酋长出来了，镜头立即对准他。出人意料的是，此刻他仍然笑得非常灿烂，态度温和地向伊丽莎白频频招手。伊丽莎白对着镜头疑虑地说：

“他们在唤我们进去！”她低声征求男摄影师弗朗西斯的意见，摄影师点点头，伊丽莎白对观众说，“进去后难保没有危险，但我们决定冒险进去，以便随时报道现场情况。现在我们进去了，不知道事态会如何发展，也许我们的报道会随时中断。”

她和摄影师下了车，一边保持着拍摄，一边走向教室。这时，校外响起尖利的警笛声，十几辆警车接踵而来，停在校外，穿卡其布警服的警察和穿迷彩服的国民自卫队员熟练地下车散开，占据有利地形。几个狙击手跑步上了办公楼，过了片刻，几个人影出现在办公楼顶层的窗户里，几支狙击步枪瞄准教室内。伊丽莎白的手机响了，是一个男人沉着的声音：

“你好，伊丽莎白女士，我是州国土安全局的霍夫曼。我已经到了现场，这会儿在大门口的警车后边。你可以进去，请不要挂断手机，保持开机状态。多加小心，谢谢！”

伊丽莎白多少放下心，走进教室。进去后她一下愣了，眼前完全是意料之外的情景：孩子们一片欢声笑语，“恐怖分子”也在笑，边笑边往孩子们身上戴炸弹背心，但炸药包小巧玲珑，显然只是玩具。孩子们对此非常配合，没有轮到的孩子们还在喊着：“叔叔，我也要戴！”伊丽莎白惊喜地看着这一切，不敢相信自己的眼睛，对着手机怀疑地低声说：

“不是恐怖袭击，只是一个恶作剧？霍夫曼先生？”

那边的现场指挥霍夫曼通过镜头看到这个场景，也被搞晕了，沉吟片刻说：

“还不能确定，继续观察。”他对着另一个对讲机低声说，“情况不明，建议暂不要报送总统。”

现场只有女校长怒气冲冲，厉声斥责三个人，说：“你们太过分了，立即从教室里出去！”从她的怒容看，显然已经确认这是一场恶作剧。西思尔酋长正在嬉皮笑脸地跟她软磨，两个印第安人随从给所有孩子穿好了炸弹背心，这时端着枪过来，威胁地指指女校长。虽然女校长知道他们不是恐怖分子，但毕竟两个枪口有相当的威慑力，只好不情愿地住口。酋长微笑着，挥手让孩子们安静。孩子们听话地静下来，酋长示意伊丽莎白把话筒和镜头都对准他。

屋内的一切随电波传向各地，此刻，电视机前的观众都被弄晕了，不知道他们目睹的究竟是一场恐怖袭击，还是一场滑稽表演。他们提心吊胆地看下去。

西思尔酋长在脸上堆出夸张的愤怒，瞪视着镜头，大声宣布：

“我昨天已经说过，今天我将代表全美国的印第安人和政府开始谈判。现在，我手中握有76个人质，我想这会大大加重我说话的分量，希望总统不要无视我的话！现在，我要向美国政府发出最后通牒：在你们卑鄙地占领北美洲四百年后，必须立即向印第安人补缴所有土地的转让费用，还有四百年的利息。我现在就宣布转让费用的金额，它是不可更改的，不可讨价还价的。那就是——”他有意静默很久才宣布，“一张野牛皮！”

孩子群中腾起一片笑声，教室外凡是能看到电视直播的人也都笑了。到了这会儿，完全可以肯定，这不过是一场荒诞剧，是印第安人用荒诞的形式来倾吐四百年的积怨。危险已经过去，连怒容满面的酋长也忍不住笑了，旋即收起笑容，厉声威吓：

“不许笑！你们——”他指着孩子们，“都不许笑！”

孩子们笑得更凶了。酋长竭力忍住笑，转过头对着镜头，嘶声喊：

“都不许笑，我是认真的！我警告，美国政府必须立即答应我的要求，否则，每小时我将释放一个人质！”

伊丽莎白以为自己听错了，忙把话筒再伸前一点："你说什么？请重复一遍。"

酋长加重声音说："在美国政府答应我的要求前，我们将每小时释放一个孩子，直到放完为止。"他向主持人点点头，"可爱的女主持人，你没听错，是'释放'而不是'处决'。但是，一旦人质放完，这笔交易也就宣告取消，那美国政府就惨啦！它将失去天下最划算的一笔生意。一张野牛皮买下全美国，比当年用720万美元从俄罗斯手里买下阿拉斯加可便宜多了！想想吧，只要象征性地付一张野牛皮，你们就可理直气壮地永远占有美国，以后再不会被人责难，再不会有负罪感。多么划算！"

他放声大笑，在场的孩子们也笑，但伊丽莎白和电视观众们却笑不出来，因为此人的嬉笑中含着深刻的讽刺，拨动了美国白人心中的一枚硬刺。这时，一个带着炸弹背心的小女孩挤过来，拉拉酋长的手，羞怯地问：

"酋长叔叔，一张野牛皮值多少钱？"

酋长低头看看她："依现在的价钱，三四十美元吧。"

小女孩高兴地说："那我来付这张野牛皮吧，我的存钱盒里有一百多呢。"

酋长笑了。伊丽莎白也忍不住笑，虽然她的笑容中多少带着苦味儿。酋长摸着女孩的头问：

"孩子，你叫什么名字？"

"我叫埃米莉。"

"谢谢你，埃米莉。但不能收你的钱，我们咋能要孩子的钱呢，我们得找那位欠债不还的正主儿。"他直起身对着镜头说："为了表示我们的威胁是认真的，喂，"他喊那两个随从，"向人群开枪！把这个小女孩的炸弹背心起爆！"

观众的心又被猛地揪住，在这种欢乐的场景下，大家不相信"恐怖分子"会真的开枪，但……谁敢保证呢。两个随从端平步枪，不由分说，对着孩子群扣响扳机！伊丽莎白，还有电视机前的观众，都不由得闭上眼睛，不敢看下去。但没有枪声，没有鲜血喷溅的场面，有的只是孩子们哄然的笑声。原来枪口里射出的不是子弹，而是成串的肥皂泡，它们满天飞舞，五彩缤纷。孩子们笑着跳着，伸手去捞那些飘飘摇摇向头顶坠落的泡泡。伊丽莎白仔细观察枪支，低声呼道：

“原来这两支M-16只是玩具枪！这三个鬼东西，我们上当了！”

埃米莉也在抢肥皂泡，这时酋长把她拉到镜头前，动作夸张地按动一个遥控器，埃米莉的炸弹背心轰的一声炸了，条状炸药包中喷出彩色烟雾、彩色纸屑，把身边的酋长、女主持人还有埃米莉本人都喷了一身。孩子们更乐了，围过来，缠着酋长，让他把自己身上的炸弹背心也起爆。被彩屑喷得花花绿绿的酋长从孩子群中挤出来，把埃米莉也拉出来，对着镜头说：

“这是第一个被释放的孩子。埃米莉，你走吧，催美国政府快点回复我们的要求。76个孩子的依次释放只需要三天零四个小时，也就是说，三天后的下午两点，我就要取消这笔天下最廉价的土地交易了。美国政府要是不抓紧，到时别后悔啊。”

他要结束讲话，两个随从拉拉他，指指自己的腰间，那两人的上衣敞着，腰间赫然也都是一排炸弹背心，这一排看起来却像真的。酋长笑着补充说：

“噢，对了，我忘了宣布一条规则：在人质没有释放完之前，女主持人和摄影师可以继续留在这里，但警方绝不容许进这个教室，否则——这两个兄弟腰间的炸弹可是真货色！”

他推着埃米莉往外走，埃米莉不愿走，在他的央求下恋恋不舍地走了。等她走出学校大门，爷爷冲过来，一把搂住她。几个警察也跑过来，检查她腰间已经爆炸的炸弹背心。那里当然没有TNT和锋利的弹片，确实只是几支常见的礼花爆竹的空壳，身上也没有任何伤痕。到这会儿，约翰惊魂稍定，才想起来该给妻子打个平安电话。罗莎显然对电视里报道的事毫不知情，在电话里吃惊地问：

“他们真的到了埃米莉的学校？”

“对。现在埃米莉已经被第一个释放。”

他对妻子讲了这里高潮迭起的戏剧性场面，讲了意外中的意外。埃米莉抢过手机说：

“奶奶，今天的事太刺激啦！太好玩啦！我要替政府偿还那张野牛皮，可惜酋长叔叔没有答应。你这会儿在哪儿？为什么不来看？”

“我在一百多千米外的一个农场呢。埃米莉，快叫你爷爷听电话！”

约翰接过手机，问她有啥事，那边停顿片刻后说：

“算了，等我进农场查证后再说吧。你这会儿陪着埃米莉，不要离开她，随时听我的电话。听见了吗？随时听我的电话！”

她的声调相当严重。约翰挂了电话，困惑地咕哝着：

“什么意思？看你奶奶神经兮兮的。”

酋长安排了有关事宜，让警方向屋里送食物、饮料和玩具，并要求警方准备足够的被褥，晚上之前送过来。他组织孩子们分拨儿玩游戏，每过一小时，就准时向外放一个人。孩子们兴趣正浓，所以被挑出来释放的孩子都嘟着嘴，非常不情愿。酋长央求他们听话，让编排好的剧情能顺利演下去，又答应每人离开时引爆他们的背心炸弹，他们才勉强同意离开。伊丽莎白抓住这个时间采访两个印第安随从，到现在为止还不知道他俩的真实身份呢。那两人生硬地推开话筒，仍像前几天一样坚决拒绝采访。伊丽莎白只好怏怏地离开他俩，钻到孩子群中采访去了。弗朗西斯有些疑虑地看看这俩人，把镜头转向孩子们。

手机中有低低的声音，伊丽莎白不想让霍夫曼的声音在电视上播放，悄悄关掉话筒。霍夫曼声音极低地问她：

“你能观察一下，两个印第安随从的腰间是真炸弹吗？”

伊丽莎白压低声音说：“外表似乎是真的，能看到电线和一个跳闪的小红点。怎么，你仍然怀疑他们是恐怖分子？”

她的回话虽然很悄密，还是不幸被发现了。一个随从注意到她不是在对话筒说话而是用手机通话，大步走过来，抢过她怀中的手机，恶狠狠地摔到地上。伊丽莎白没想到他会这样粗暴——既然眼前上演的只是一场乐趣融融的滑稽戏——吃惊地张大嘴。正在欢笑的孩子们中有人看到这一幕，笑容变成了惊恐。酋长也看见了，对这个随从非常不满，拉他到一边，恼怒地说着什么，那人非常勉强地点点头。然后酋长走回来，对伊丽莎白歉然道：

“对不起，他太粗暴了。”他迟疑片刻说，“他其实不是印第安人，是我一个朋友为我找的帮手，我不知道他是这么粗野的家伙。”

“他不是印第安人？”

“当然，你看他的肤色。不过你别担心，我已经教训他了。”

在他们低声交谈时，弗朗西斯一直把镜头对准这儿，所以这些无声场面也都播放到电视中。校门外的霍夫曼在用手机通话时，同时通过一个便携式电视在看，看到这儿，心中的警觉再次高涨。此前，当一次“缅怀之旅”突然变成恐怖袭击又突然还原成一场假面舞会时，所有观众的情绪都随之大起大落，从平静的观赏倏然转为惊慌，又从惊慌倏然转为兴奋轻松。只有霍夫曼一直不敢放松自己的警觉，凭着一个老特工的嗅觉，他嗅出这场假面舞会的欢乐中仍有邪恶的气味儿。那位酋长的身份已经查实，确如他自己所说，是美联保在本州办事处的一位职员，没有历史污点，是一个开朗诙谐、讨同事喜欢的家伙；至于那两个随从，则始终找不到认识他们的人，查不出他们的底细。而且，他俩的阴冷、警觉，似乎和酋长的开朗很不融洽，好像是两个色调不同的画面硬拼在一块儿，这不能不让他不安。现在，看到一个随从对女主持人的粗暴，看到酋长与随从之间的裂隙，霍夫曼心中的不安又提高了八度。

他已经让国土安全局的技术部门把两人的面貌输到电脑中，与资料库中的资料比对，尽快确定他俩的身份。这会儿结果传过来了，显示在他面前的手提电脑中。不过结果不是唯一的，每个人都比对出了四五个相似的相貌，一共九个疑似者的照片和名字依次列在表格里。霍夫曼仔细看着，猜度他俩更可能是其中哪一位。这时一位手下跑过来说：

“两个电话！都说有重要情报，一个人自称沃尔特·狄克森，退休前原是CDC的资深专家。另一个是伊蒙县FBI的女探员罗莎·班布尔。他们都强调：是极其重要的情报。”

久经战场的霍夫曼感到一阵晕眩，心跳骤然加快。在这一刹那间，虽然还不知道两份情报的具体内容，但他的不祥预感已经被证实了大半。他镇静了自己，声音沙哑地说：

“把电话转过来。先转那位狄克森先生的。你好狄克森先生，我是现场指挥霍夫曼，请讲。”

话筒里是一个女人的声音：“霍夫曼先生，我父亲心脏病还未痊愈，我代他讲。”梅茵简洁地说，“近几天我们注意到一些不确凿的迹象，尚无法得出肯定结论，只是提请你密切注意，你面对的可能是一场生物恐怖袭击，策划者可能是一个阿富汗裔美国人，病毒学家，昨天已经离开美国。如果你想作更具体的了解，可以派人来。我的话完了。”

霍夫曼问了她的地址：“谢谢，我马上派人去。喂，现在请把班布尔的电话转过来。你好班布尔，我是现场指挥霍夫曼，请讲。”

对方是一个训练有素的特工，说话言简意赅：“你好霍夫曼，此刻我在佩埃特森林公园入口处的一个小农场里，我已经确认了那两个印第安随从的身份。他俩是这儿的工人，阿富汗裔。我发现农场里有生物反应器，可能是用来培养病毒的。请立即来人确认。”

“生物反应器？你能否判断是培养病毒还是病菌？”

“病毒。这种生物反应器是培养动物细胞用的，而动物细胞专门用于病毒培养。”

“谢谢，我立即派人去。”

这会儿又一个孩子被释放，从那间被囚禁的教室出来，蹦蹦跳跳地走出校门口。十几个人笑着过去迎接。当他们把孩子围起来时，孩子身上的炸弹背心照例起爆，把彩雾和彩屑喷向四周，激起一片轻松的笑声。

孩子们的欢乐和这个事件本质的邪恶构成极强烈的反差，让现场中唯一知情的霍夫曼几乎不忍目睹。如果这个高潮迭起的假面舞会真是一场生物恐怖袭击，如果喷向孩子们的肥皂泡、彩雾和彩屑中包含着埃博拉或天花病毒……而且，恐怖分子很可能是在四天前，在所谓的“缅怀之旅”开始那天起就开始向人群撒播病毒了，那么，从那时到现在，一共有多少人接触到了病毒？四天内他们又辗转传播了多少人？这场灾疫之火要烧到什么时候才能中止？虽然霍夫曼身经百战，而且此前对生物恐怖袭击进行过多次沙盘推演，此刻也止不住冷汗涔涔。

反恐专家们最担心的、美国本土遭生物袭击的噩梦，今天要在他眼前变成现实了。正好是9·11恐怖袭击十周年的第二天。霍夫曼不再犹豫，果断地对手下说：

“立即呈报国土安全总局并上报总统，建议立即启动应对生物恐怖袭击预案！”

上午，罗莎·班布尔驱车行驶160千米，急急赶往那个农场，赶到那个路口时已经9点40分。路口栅栏门仍然锁着，那块“私人财产请勿入内”的牌子仍在，只是破旧多了。按老密码219开锁，打不开，密码已经变了。她往农场又打了一次电话，仍没人接。她不再犹豫，顾不上“非法擅入私宅”的罪名，到汽车工具箱中拿来榔头准备砸开它。就在她扬起榔头时，忽然脑海中灵光一闪，她放下榔头，按912的密码重开了一次。这次顺顺当当打开了。

就在密码锁打开的那一刻，她已经确认自己的怀疑是正确的。912，911的后续。农场的两个人，肯定再加上齐亚·巴兹，是铁了心要步基地组织后尘的。十年前他们定下219这个密码时，就已经在为今天筹划了。

手机响了，是丈夫。丈夫显然十分亢奋，急促地叙说了今天上午的经历，说刚刚经历了一次劫持人质事件，原来是一场虚惊，现在已经没事了，埃米莉作为第一个被释放的孩子现在就在我身边，你不用担心。罗莎非常担心——埃米莉此时是否已经安全还很难说呢。不过她不想在查清真相前让丈夫担惊受怕，就说等查证后再说吧。她挂断手机，驱车向主场区驶去。

农场内没有一个人，奶牛和羊驼急躁地叫着，用力撞着圈门，显然它们已经饿坏了。看见有人来，它们叫得更起劲。这个场景更加重了罗莎的危机感——正常的农场主是不会丢下牲畜不管的。这会儿罗莎没有工夫管它们，飞快地在全场转了一圈，检查有无异常。别的地方一切照旧，只有原来培育食用菌的一间大房子完全变样了，屋内原用来培养菌类的木架和枯木全被清走，换成一个圆滚滚的铁家伙，长度比她的克莱斯勒轿车长一倍，上面连有各种管线。作为专业特工，她具有足够的知识，能辨认出这是一种用来培养动物细胞和病毒的生物反应器，这正是她最怕见到的东西，此刻孙女埃米莉接触的肥皂泡里，很可能含有从这个反应器里出来的东西！

她不知道这玩意儿是什么时候购置安装的，因为近几年来她已经放弃了对这个农场的监视。看它的外观，大概是两年以内的事情。其他的设备都很简陋，只有一个超净台，一口灭菌锅，都是20世纪90年代的产品。一个书架上杂乱地堆着一些药品，地上几个脸盆里放着成叠的培养皿。这就是恐怖分子们用以培养病毒的全部家当。

她在反应器上发现一行血写的字，不知道是人血还是畜血，颜色已经发黑。文字是阿拉伯文，罗莎看不懂。但看着这行血迹淋漓、穷凶极恶的文字，凭本能就能判断出它的含意：肯定是“杀死异教徒！”或“以血还血！”之类叫嚣，是恐怖分子行动前的政治宣言，是临死前的一场吠叫。

罗莎来到正厅，这儿稍有变化，新增加了个壁龛，上部为带弧形的尖顶，周围饰着贝壳饰纹和山形花边，雕刻着古兰经的部分章节。这是那两人做礼拜的地方，因为在这个偏远的农场里没有穆斯林的集体礼拜堂。罗莎觉得非常内疚，她太麻痹了，辜负了霍斯科克先生的警惕性和责任心。回头剖析一下这件事的全过程，她想是这样的：肯定是她第一次冒充白蚁检查员来农场检查时，就激起了那三个恐怖分子主要是齐亚·巴兹的警惕，于是他们彻底“潜到水下”，在七八年的时间里扮演安分守己的好公民，没有任何活动。这样使各情报部门放松了对他们的监视。之后，当他们确认外边风平浪静时，就从假的外壳中蜕了出来，偷偷购买和安装了这台生物反应器。农场地处偏远，使他们受到保护，得以随心所欲地制造某种生物战剂。最后，他们精心组织实施了这场“缅怀之旅”。这是一次自杀式的袭击，两个具体实施行动的“阿富汗堂兄”肯定没打算活下去。策划者齐亚·巴兹没有出面，可能他确实出国了，在行动前逃跑了。现在她唯一不清楚的，是那个“西思尔酋长”是什么角色。

罗莎没有时间过细地推理。今天是9月12日啊，912，这个阴谋的高潮肯定在今天上演，埃米莉和所有孩子都处于高度危险中。时间紧迫，一刻也耽误不得，她先通过州地方电视台查到了此刻现场指挥霍夫曼的电话，通报了这儿的情况。然后她才向FBI的上司做了汇报。她苦笑着说：

“我只能自我囚禁在这个农场了。我刚才接触过生物反应器，也许已经感染了埃博拉病毒，或天花病毒，或其他什么邪恶玩意儿。你们赶紧派人来封锁农场，确认病毒种类，再把我包裹起来送到哪个隔离室去。我等着你们来救我，不过在救我之前要先救十一小学的学生，我的孙女埃米莉也在那儿。这些天杀的恐怖分子！”

她挂断电话，来到畜圈，把外边的饲草扔进去。饥饿的奶牛和羊驼发疯一般涌过来抢食。几只小牛犊和小羊驼羔跟在妈妈后边，顶着妈妈干瘪的乳房，不过它们的叫声不再焦躁，而是充满喜悦。罗莎苦笑着想，在这个世界上，还是做个牲畜安全感更强一些，至少在它们中间不会有专门戕害同类的恐怖分子，也没有用来残害同类的科学手段。

在几百千米外的圣弗朗西斯科，市立医院，狄克森的病房内，老人正在看电视上关于爱达荷州伊蒙县十一小学的直播场面，梅茵在匆匆收拾行装。义父的病情还没完全稳定，而且今天的事件让他比较亢奋，病情有反复，按说真不该在这会儿离开义父回国，但老沃尔特催她立即走。他说，国内很快就会启动针对生物袭击的紧急反应计划，是否宣布全国处于紧急状态也说不定。外国也会对来自美国的旅客加强检疫甚至进行隔离。如果她再不走，有可能被困在美国一段时间。所以她一定要打这个时间差，在应急措施浮出水面前离开美国。

她由衷佩服义父，86岁的老人，思维仍然非常机敏。昨天他说“也许齐亚·巴兹能为我所用”，果然很快就应验了。她回中国后要干的事有很强的时效性，绝不能在这儿耽误时间的。虽然于心不忍，但她知道义父的意见没错。刚才她同霍夫曼通完电话后，马上用电话预定了机票，还好，顺利定到了，是三个半小时后的班机。扣除去机场的时间，她还能和父亲在一块儿稍稍待上一会儿。她把收拾过的行李包放好，坐到义父床边，向电视瞄一眼，问：

“这会儿事态有没有变化？”

“没有。表面上非常平静。”

电视上现在是两个镜头轮流切换，一会儿是屋内的场景，主持人仍然是伊丽莎白；一会儿是屋外场景，主持人是州地方电视台的另一名男子，因为这儿发生了重大新闻，不久前电视台又派来一辆采访车。屋内的孩子们，还有三个印第安人，都显得比较疲乏，坐在地上闭目休息。有时某个印第安随从会扣动扳机，向空中射出一串肥皂泡，但孩子们大都不再动，只有个别孩子还有抓肥皂泡的兴趣。当然平静是假的，水面下的动作必然在紧锣密鼓地进行，比如，已经释放的孩子们，这会儿肯定已经被送往医院做病原体检查，以确定他们身体内有没有炭疽杆菌、鼠疫杆菌、天花病毒或埃博拉病毒。狄克森用遥控把电视机静音，说：

“估计这种表面上的平静还能保持一段时间。你快走了，还有什么话要说吗？”

梅茵惘然说：“我走得太匆忙了。这一趟回国，我还没回咱海边的家呢，也没去妈妈的墓前祭奠。”

“我会代你向她致意。你妈妈会理解的。”

“那你转告妈妈，我已经决定同中国的孙结婚，马上就办。我想赶在我……之前，最好能为孙家生育一个孩子。”她摇摇头，“我还是美国人吗？我一定是走火入魔了。”

“你的决定很好，美国人也一样啊，我也想早点看到孙子。前天医生说我能活一百岁，当然是吹牛，但我要争取活到那一天——能带我的孙子去非洲看角马和猎豹。”

梅茵喟然叹道：“你带我去非洲的情景似乎还在眼前，转眼间我已经48岁了。”

“凯西，”狄克森看看她，“按说这不是女儿临走前爸爸应该说的话，但我还是想说出来：我的身体没问题，如果你，还有你丈夫，将来有什么意外，尽管把孩子送到这儿来。”

梅茵并没有否定他的不祥预言，但没有直接回答，笑着说：“不会送给你的，还有孙奶奶呢，她能舍得孙子远离身边吗？”

两人沉默了，互相看着，目光里是深深的相知。最后狄克森说：

“不说这些了，你早点走吧，路上的时间宽裕一点好。”

梅茵起身同他吻别。这是她的义父，也是她的教父，是她人生之途的引路人。此地一别，也许就是永诀。她的眼睛有点湿润，看着86岁的父亲，眼中有了水光。两人都没让感伤外露，仅在互相拥抱时加了一些力度。然后梅茵提上简易行李，头也不回地走出病房。早已等在外面的出租车司机赶忙发动了汽车。

四

2011年9月底，中国豫鄂交界的南阳市。

梅茵乘机到达上海，再转机到郑州。她在机场服务大厅取出薛愈存放的汽车钥匙，从停车场中开出那辆吉利，连夜赶往南阳市新野县。因为百事挂心，她忘了通知孙景栓。深夜十二点她才赶到孙家，沿那条荒草小径小心地开到院门口，按了两声喇叭。喇叭声未落，院内一个窗户就亮了，很快就有踢踢踏踏的声音，大门打开，孙景栓只穿着三角裤头，披着一件上衣，惊喜地说：

“一听见喇叭响我就猜到是你，心灵感应吧。”又自己纠正，“不是心灵感应而是我的推理。美国出了那件大事，我知道你会很快回中国的。快点进屋吧。”他笑着说，“我这身打扮可是失礼了，我去穿外衣。”

梅茵从车中跨出来，一言不发，紧紧搂住孙景栓，把头埋在他赤裸的胸前。孙的身体不由得一阵战栗，知道梅茵对婚姻问题已经做出最后决定了。他很感动，搂着梅茵，轻轻抚摸她的头发。两人在静谧的松林中，在雪亮的汽车大灯光柱里，静静地搂抱着，如同石像。院内传来孙奶奶的声音：

“栓子！是谁来啦，厂里有急事？”

孙景栓熄了引擎，锁好院门，拥着爱人进屋，大声说：

“我已经起来了，奶奶你睡吧！”

不知道老人听清没听清，反正没再吱声。两人进了孙的卧室，热切地吻着，吻得天地都静止了。过一会儿，梅茵推开他说：

“把衣服穿上，小心着凉。”

孙景栓套了一件毛衣和秋裤，问：“在飞机上看最新报道了吗？”

“看了一些，但那是一天前的报道了。”

孙景栓拉她坐到电脑前，电脑没关，他动了一下鼠标，黑屏变到了新闻界面上。“看吧，我知道你肯定牵挂着这件事。”

新闻栏几乎全是关于这个事件的重磅轰炸：

噩梦一朝变成现实！美国国土安全局已经确定9·12事件为天花病毒恐怖袭击！

疫区已经全面封锁！

西思尔酋长和两个恐怖分子均已发病，头面出现疹子！

恐怖袭击的策划者齐亚·巴兹已经人间蒸发！

美国总统宣布全国进入紧急状态，所有航班暂停！

美国政府已在爱达荷及邻近州开始全民注射天花疫苗！

世界各国同声谴责生物恐怖行动！

WHO发言人呼吁世界各国联合行动，尽快扑灭疫情！

梅茵点开这些标题，快速浏览了有关内容。她离开美国满打满算不到两天，没想到事态进展得这样快。想想也不奇怪，这个“缅怀之旅”从开始到今天已经六七天了，天花病毒的潜伏期也就是这么长的时间，所以第一批患者的病情已经表面化。灾难的降临常常在潜伏期后有一个突然加速，现在正处于突然加速的期间。孙景栓问：

“你怎么知道齐亚·巴兹是策划者？”

“他曾是教父的学生，我前几天在美国时，在一个论坛上见过他，他那次发表了带着血腥味儿的讲话，引起了我的怀疑。”

身后的孙景栓从她手里要过鼠标，打开一段录像让她看，同情地说：

“三人中的西思尔酋长恐怕不是恐怖分子，只是个轻率的受骗者，他够倒霉的。你看这一段录像，我觉得他的表白是真实的。”

录像是在傍晚，背景是如血残阳。西思尔酋长头面上的斑疹已经十分明显，被高烧和寒战折磨得有气无力，但神志是清醒的，他对着镜头断断续续地说：

“一个朋友齐亚·巴兹建议我搞这次‘缅怀之旅’，我认为这个主意非常好，立即同意了。巴兹还慷慨地予以资助，为我聘来两个助手，备齐了所需的设备……我想让孱弱的印第安人振作起来，想让美国白人记住历史的罪恶，也想让两个族群真正和解，以一张野牛皮来结束过去……可是我太傻，不知道这个朋友竟然是恶魔！两个助手也是恶魔，他们刚刚告诉我，我们患的病是天花，他们对孩子们喷的肥皂泡……含着天花病毒！”他喘喘气说，“我的粗疏不可原谅，我愿意以死赎罪。只求我犯的过错不会激起白人和印第安人之间的仇恨。求上帝宽恕我。”

镜头转向那两个随从，他们堵在教室门口，敞着怀，腰间是一排狞恶的炸弹，身后是几十个惊惧的小学生，有些显然已经发病。俩假印第安人看来也发着高烧，满脸通红，斑疹遍布，病情比酋长还严重。其中一个家伙虽然病得有气无力，仍然凶恶地说：

“我们把底牌已经亮出来啦！但我们仍遵守诺言，每隔一个小时释放一个学生，直到放完为止。在这之前，任何人不准进入教室！警方要是想冒险，我俩就起爆背心炸弹！”

……

梅茵说：“他们是在尽量拖延时间，让疫情恶化。到现在为止，算来至少还有十几个孩子没放呢，可怜的孩子。”

孙景栓问：“那个齐亚·巴兹肯定是恶魔加天才，你看他把这个行动组织得天衣无缝。”他恨恨地骂了一句粗话，“这王八蛋！这会儿肯定正躲在阿富汗的哪个山洞里冷笑呢。”

“嗯，狄克森也这样评价他，他善于利用无辜者来实施他的计划，也充分利用了白人对印第安人的负罪感和亲近感。在‘缅怀之旅’开始后一段时间里，让整个美国社会放松了警觉，顺顺当当地把天花播撒一路。到现在为止，估计至少有十万人感染了天花。”

“幸亏发现得还算早，这多亏你和那位女探员的提醒。美国现有3000万支天花疫苗，这次灾疫虽然凶险，我想还是能控制的。”

“应该能吧，就看各国政府能否及时截住传播渠道了。现在航班已经暂停，应该能控制住。”

“噢，对了，”孙景栓又打开互联网窗口，调出一篇英文小文章。“刚才咱们说齐亚·巴兹是魔鬼天才，这儿有一篇文章也提到这种说法。”

梅茵快速浏览着。

“有人说齐亚·巴兹是魔鬼天才，这个评价非常中肯。但从本质上说，这次恐怖袭击的得逞并不是因为他的天才，而是因为上帝的阴险。上帝憎恶完美。上帝不允许任何物种在地球上占据绝对优势。所以，他居心叵测地给人类及任何物种留下一个阿喀琉斯之踵。有了它，再完善的消防措施也无法根除黄石森林的林火，再完善的防病毒系统也无法根除电脑病毒，再完善的反恐体制也无法根除恐怖主义。因为，由于上帝定下的机理，要想完全根除恐怖主义或者林火、电脑病毒，虽然理论上并非不可能，但防范成本太高，实际是系统无法承受的。

“所以，不管愿意与否，高度文明昌盛的社会不得不永远与低成本的恐怖主义相伴。我们的各项政策也只能以这种现实估计为基础。这样说来，当年全歼天花病毒的努力就未免得不偿失了。因为天花病毒的全歼造成了危险的真空，这种真空可以用极小的成本去打破，并造成极大损失，齐亚·巴兹就聪明地发现和利用了这一点。说句刻薄话，当年世界各国医疗卫生界的孜孜努力，只是为‘低成本恐怖主义’提供了丰腴的土壤，齐亚·巴兹会感谢他们的。全歼天花，或更多的病毒病菌，只能劳民伤财，建起一道医学上的马奇诺防线、巴列夫防线或万里长城，都是些大而无用的家伙。

“中国人说：福兮祸所伏，祸兮福所倚。从长远上说，齐亚·巴兹的这次天花恐怖袭击打破了病毒真空，也算是一件好事。”

文章署的是一个网名。孙景栓说：

“这篇短文很有见地，只是结论过于冷酷了。”

梅茵一眼看出这篇短文是义父写的，不过没说破，平淡地说：“是比较冷酷，但真理都不温情。”

孙景栓关了电脑：“你快点冲冲澡，上床休息，长途旅行加上时差，今天一定很累了。你睡这间屋吧，我给你换床干净被子。我到沙发上睡。别的屋里很久没住人，比较阴冷。”

梅茵拉住他：“不用，我俩都在这儿睡。”她直率地说，“既然答应了你的求婚，我就要抓紧时间，给你生一个儿女，一天都不想耽误了。只有这样才能讨老太太的欢心，对不对？”她开玩笑地说。停顿片刻后又说，“不是开玩笑，真的要抓紧时间，我不知道明天是什么样。”

孙景栓知道她暗示什么，默默地搂紧了她。梅茵想起一件事，推开他，到提包里找出那11枚十字架，从中挑出刻有孙景栓名字的那枚，为他戴到项上，说：

“把你拉入十字组织，也许我是做错了。跟着我，你这一辈子注定不会安生。记得我说的那个俄罗斯传说吗？我就是那只不祥的蜥蜴。”

孙景栓托起那枚十字架，认真端详着，笑道：“你没做错，我也不会后悔。你就是蜥蜴我也要娶你。不说这些了，快点洗澡吧，我已经急不可待了。”

梅茵匆匆冲了澡，赤着身子钻到爱人怀里。她虽然年纪大了一点，但因为没有生育，身体保养得很好，乳胸丰满，腰凹背挺，一头青丝飘拂如瀑布。自从与斯捷布什金离别，她一直没有性生活，所以有点生涩僵硬，但在孙景栓的爱抚下渐入佳境，焕发了沉睡多年的激情。事毕，梅茵睡在丈夫的臂弯里，两人都没有一点儿睡意，随便交谈着，听着凌晨松林中的鸟叫声。梅茵忽然想起一件事，抬起头认真交代：

“早上起床后见老太太，你就说咱俩已经领过结婚证了。”她微笑着说，“你我都不在乎这些世俗的规矩，但你奶奶会挑剔的。”

“行，我一定把话说到，让老人家满意。咱们明天上午就去登记，不，应该说今天上午了。”

“明晚，不，今晚我要到孤儿院，为孩子们补过集体生日……”

孙景栓侧过头盯着她：“真的要开始了？”

梅茵点点头。

“行啊，那就开始吧。”

好一会儿两人都没说话。他们为这一天已经做了十几年准备，但事到临头，仍有点临事而惧。毕竟这件事的后果有太多的不确定，也有伦理和感情上的冲突。等一会儿，梅茵把刚才那句话说完：

“你也去，这个生日宴会就算做咱们的婚礼吧。我是想尽量低调一点。”

“行，一切听你的。”

“这样安排婚礼，老太太答应吗？”

“肯定不乐意，不过我负责解释。再说她很喜欢你，有这么一位又漂亮又懂事的梅董当孙媳妇，她一高兴，结婚的老规矩就可以从宽了。”

梅茵被他逗笑了，忽然从被窝里钻出来：“走，到咱们的实验室去。”

“这会儿？”他看看座钟，“早着哪，才四点四十。行啊，去就去，反正睡不着了。”

两人穿好衣服，悄悄开门出去，奶奶那边没有一点儿动静。他们沿着荒草小路走出松林，来到工厂门口。值夜班的门卫发现是总经理和董事长，忙出来迎接，孙景栓摇摇手指，让他们不必出来。他们用电子卡片过了二道门，打开实验室，进去，这会儿空无一人。屋里安装着负压工作台、三台小型生物反应器及十几台设备。就是在这里，梅茵教会孙景栓培养天花病毒，孙景栓后来搞成功的 RYM 和 RNM 两个细胞系，最初就是为培养天花病毒而开发的。斯捷布什金 14 年前交给她的三小管菌种，即天花病毒的西非品系、亚洲品系和南美品系，已经培养出众多后代，数量以百公斤计。它们都静静地休眠在液氮中。那三台小型生物反应器一直保持着运转，三种品系的天花病毒都各自在这儿不间断地传代，这是为了保证病毒的活性。为了严格保密，主要工作都由孙景栓和梅茵来干，实验室的几个女工，只做些搬搬运运的事。梅茵不在新野时就苦了孙景栓一个人，他这个总经理一直担负着额外的实验员工作，而且是超负荷的。

他们静静地看着液氮冷藏箱和生物反应器，那些正休眠的或正分裂传代的病毒像人类一样，也是上帝最成功的造物之一，亿万年来参与着地球生物圈的沧桑变迁。它们是人类的宿敌，人类也是它们的宿敌。亿万年的恩恩怨怨谁能说得清！梅茵说：

“这些年你辛苦了。”

“不辛苦，甘愿为我的蜥蜴女神效劳。”孙景栓笑着说，“我身体好，熬点夜不算啥。”

“天花凶神在美国已经出世，咱们的秘密也保不了多久。记着咱们的决定：如果出什么意外，你要一口咬定这儿的事是我一人干的。”

孙景栓认真地说：“一定按你的吩咐。”

“一旦泄露，恐怕还要影响金县长的官帽，那是个好官，有事业心，实干，清廉。如果影响了他，真有点于心不忍。”

“咱们尽量疏远他吧。”

“还有，薛愈那小伙子不错，为人踏实，比较成熟，嘴巴严，技术上也很钻。我想把他发展进来，在这个实验室接你的班。不能老让你一个人忙里又忙外。”她想起在美国同薛愈舅舅的相遇，忍俊不禁地说，“在美国我见到了他舅舅，老先生十分冬烘可爱，还想对齐亚·巴兹进行教诲呢。”

“行啊，我对薛愈的印象也不错。”

梅茵笑了：“今天我是怎么了？弄得像是临终诀别。也许一切顺利，什么意外都不会有。”

“但愿吧。”

梅茵挥挥手，把这些思绪全部拂走：“不说这些了，从今天起，开始咱俩的蜜月！”

孙奶奶知道两人已经结婚，喜出望外，对结婚的老规矩也就不怎么苛求了。上午，两人对老太太说要去采买结婚物品，首先到民政上办理了登记。民政员不认得两人，但一问名字就叫起来：

“梅茵！孙景栓！你们可是新野县的名人啊。”

孙景栓笑着说：“我妻子最讨厌当名人，她想尽量低调地结婚，希望你不要张扬。”

民政员答应了，至于她能否守口如瓶，那又另当别论。梅茵打电话通知南阳市孤儿院的刘妈，说她已经回国了，晚饭前到孤儿院为孩子们补过集体生日，请刘妈定好蛋糕。刘妈高声嚷道：

“太好了太好了！娃儿们盼你都盼疯了，特别是梅小雪！”她突兀地转了话题，“梅院长，美国的娃儿们全都救出来啦！电视上刚刚播的。”

“真的？那可是好消息。怎么救的？”

“用什么高效麻醉剂，把那个屋子里的人都弄晕了，睡得呼呼的。武警们穿着防护服，悄悄进去，把两个坏蛋腰里的炸弹剪断电线，铐起他俩拉走，娃儿们都救出来了。梅院长，这些娃儿会不会变成麻子？”

梅茵顿了一下。算来这些孩子们接触天花病毒已经四天，而且是高浓度的病毒。虽然从现在起他们能接受最好的治疗——其实所谓最好的治疗也就是注射天花疫苗，医学对病毒传染病没有太多的办法——但对于免疫应答过程来说多少已经晚了。大部分孩子会发病，会变成麻子，甚至会有死亡。更早被传染的人们，像洛查克印第安人保护区里的那些人，此时应该已经发病了。她对刘妈简短地说：

“估计孩子们会大病一场。”

“这些天杀的恐怖分子，心太黑了，竟然喂孩子们吃病毒，仁慈的主绝不会宽恕他们！”

梅茵告诉她，自己已经和新野县天道公司的孙景栓结婚了，但正赶上这样的灾难，她不想张扬，不想举办正式婚宴，晚上和孩子们过生日时顺便分发喜糖，就算他们的婚礼了。刘妈很高兴，虽然觉得这样操办太委屈她，但在梅茵的坚持下也同意了。

梅茵又给武汉的薛愈打了个电话，说她已经回国，但暂时不能回病毒所，要在这儿度蜜月，让薛愈代她向所里说一声。薛愈欣喜地说：

“和孙总结婚了？那我也要赶去贺喜。这么大的喜事，我不能不去。”

“好，你来吧。送一把鲜花就行，不许送别的礼物。”

薛愈笑道：“那你就甭管了。”

孙景栓听她打完电话，问：“金县长那边呢——应该是金副市长了——决定不通知？他知道后肯定会见怪。”

“不通知，尽量疏远他，日后他会理解咱们的。”

午饭时孤儿院的孩子们都知道了梅妈妈要来的消息，饭桌上腾起一片欢呼。梅妈妈走前说可能要去两星期到一个月，没想到不足十天就回来了。刘妈还宣布了另一个好消息：梅妈妈已经结婚，新郎是新野县天道公司的孙总。孩子们更高兴，欢天喜地地闹着，说梅妈妈当新娘子啦当新娘子啦！这里只有梅小雪的心思比较复杂，她当然为梅妈妈高兴，但也有那么一丝惆怅。梅妈妈喜欢孤儿院的所有孩子，但小雪总觉得，梅妈妈最喜欢的是自己，常把自己珍藏在心窝窝里。对这一点她不会看错，一个孤儿的鼻子比猎狗还灵呢！有时，特别是她到梅妈妈的小屋里去闻“妈妈味儿”时，常常会做白日梦。她想自己也许是梅妈妈的亲生女儿，爸爸也是个非常好的人，可惜老天作梗，他和梅妈妈最终没能走到一块儿。梅妈妈悄悄为他生了个女儿，就是自己。梅妈妈舍不得和女儿分开，为了掩人耳目，干脆办了个孤儿院。也许有一天，梅妈妈会把自己从这儿接走。虽然自己舍不得孤儿院，但能回到妈妈家里、能每天晚上睡在妈妈身边闻“妈妈味儿”，那当然更好了。可是现在梅妈妈结婚了，这个孙总肯定不是自己的亲爸爸，他太年轻，那么，以后梅妈妈要接自己回家时，他会乐意吗？

她也知道自己是在做白日梦，但同样的梦做得太久，就好像变成真的了。

梅妈妈的小屋子已经打扫过，门口贴着红色的喜字，桌上摆着鲜花，床上铺着颜色喜庆的新床单。虽然梅妈妈交代不让张扬，但刘妈和陈妈觉得还是不能让新人太委屈。屋里已经很干净，但小雪还是习惯性地扫地抹桌，为妈妈尽自己的一点心意。刘妈跑来交代：“下午你有正课，不要随便请假。”小雪被她事先说破心中的小九九，只好难为情地答应了。

下午一放学她就飞跑回来，在院中发现了梅妈妈的黑色汽车，她喊着“梅妈妈，梅妈妈”跑进屋里，梅妈妈把她抱起来，贴着她的脸颊，说：

“小雪，这是孙叔叔。”

小雪打量了她身边的男人，放心了。这人笑容灿烂，目光纯净，显然是个心地明朗的好人——不是好人梅妈妈也不会嫁给他。她调皮地说：

“不是孙叔叔，是孙爸爸。孙爸爸好！”

旁边的刘妈和陈妈都笑了，说就咱小雪的小嘴最甜！孙景栓抱起她，亲了亲她的脸。这时一辆出租车鸣着笛开进院里，薛愈跳下来，手里捧着一捧鲜花和一个礼盒，急匆匆走过来说：

“紧赶慢赶，总算赶上了今晚的宴会。梅老师，孙总，这是给你们的礼物。噢，我该改称呼了，可我还不知道该咋喊呢。男老师的妻子称师母，女老师的丈夫是不是该称师爸？”

他把大家又逗得大笑一场。

他向梅老师简单地问了美国的情况，说：“经历了这次生物恐怖袭击，我觉得你过去说得太对了。人无远虑必有近忧，刻意保持的病毒真空是悬在人类头顶上的达摩克利斯之剑，恐怖分子能用很小的成本割断那根头发。”

“我在美国巧遇了你舅舅，他是专程去参加一个自由论坛的。”

薛愈笑着说：“他老人家的发言是不是很偏激？我知道他是个强科学主义者，认为科学家能用数学公式设计人的思维，认为连人类本身最终也能在工厂里批量生产。”

梅茵只是笑笑，没有表示意见。

半个小时后，在孤儿院的集体餐桌上，刘妈领孩子们做了饭前祷告，然后熄了电灯。今天是阴历八月二十四，一钩残月斜挂天边，月光从窗户里泻到屋里。陈妈端着一个特别大的蛋糕从厨房出来，圆周有 32 支迷你蜡烛，象征着孤儿院的 32 个孤儿；中央是两根粗蜡烛，象征着一对新婚夫妻。34 只蜡烛放射着温馨的金黄色的光。蛋糕放到桌上，上面是鲜艳晶莹的奶油花，还用花体字写着“生日快乐”“新婚志喜”。薛愈今天自荐当司仪，这会儿笑着宣布：

“今天是孙景栓先生和梅茵女士的新婚之日，也是他们 32 个孩子的集体生日。我敢说，带着 32 个孩子结婚，这样的婚礼在世界上是头一份，可以申请吉尼斯纪录。现在，请大家闭上眼睛许愿吧。”

每个人都闭上眼睛，认真地许了愿，包括梅茵和孙景栓。然后 37 张嘴一起用力吹熄蜡烛，薛愈执餐刀为大伙儿分发蛋糕：

“第一块儿给谁？”

孩子们一片声嚷着：“给梅妈妈，给梅妈妈！”薛愈对小雪使了个眼色，机灵的小雪马上明白了，说：

“给梅妈妈和孙爸爸，让他俩一块儿吃！”

薛愈把第一块蛋糕送给新人，笑着说：“按规矩，吹蜡烛前许的愿是不能说出来的，不过我想破个例。我刚才许的愿是：祝愿你们夫妻恩爱，早生贵子！”他忙补充，“我说的‘贵子’是个泛称，包括女儿在内，你们别说我重男轻女。”

梅茵与丈夫甜蜜地对视一眼，坦然说：“谢谢你的祝福。”孙景栓加了一句：“我们一定努力！”

大人们都笑了，孩子们也跟着稀里糊涂地笑。

薛愈接着为刘妈、陈妈和32个孩子分了蛋糕。他一直注意着梅小雪，心中有点涩。这个小女孩的感情特别细腻，宴会中始终不错眼珠地盯着梅妈妈，爱意从目光中溢出来，几乎到了发痴的地步，真让人感动。宴会中梅茵宣布，蜜月旅行前她将在南阳市停几天，白天到新野县的孙家陪孙奶奶，晚上尽量住在孤儿院。“这是个难得的机会，我要多陪陪孩子们，这些年来我太忙，在这儿停的时间太短。”孩子们自然一片欢呼，尤其是小雪，幸福得都醉了。薛愈逗她：

“小雪我没说错吧，这回你们可占大便宜了，多吃一回蛋糕不说，还能让梅妈妈陪你们几天。小雪你可不能放过这个机会，要多闻闻‘妈妈味儿’。刘妈你说是不是？”

上次来孤儿院，听刘妈说过这个细节，薛愈印象很深。小雪脸色通红，看看梅妈妈，又埋怨地看看刘妈妈，羞涩地埋下头。

这个宴会闹腾到十点，大家把新人送回那间简陋的新房。刘妈没让薛愈到宾馆定房间，她和陈妈合铺，给自己屋里换了一床新被子，让薛愈睡。孤儿院的卧室都不带卫生间，薛愈铺好床，到院子里的厕所小解。路过新房，屋里的灯已经熄了。新房门口旁边、那辆吉利车后面有一个小身影，此刻又是摇头又是摆手的不让薛愈过去。原来是小雪，薛愈奇怪地过去，小声问：

“小小雪，你在干啥？”

小雪轻声说："大小薛，我在为梅妈妈站岗呢。刚才梅小凯、薛媛媛几个来听墙根，让我撵跑了。"

薛愈逗她："为啥？新人结婚，都该闹新房、听墙根，这是老规矩。"

小雪不好意思地说："我想梅妈妈年纪……不年轻，闹得太厉害，她会尴尬的。"

薛愈拉她离开这儿，拍拍她的脑袋："真是个心思周密的好孩子，回去吧，这么晚了，不会再有人听墙根。你最喜欢梅妈妈，对吗？"

"那当然！她是天下最好的人，我想她就像印度的特里莎修女。"

薛愈笑着摇头："你梅妈妈可不是修女，虽然经常戴着一枚十字架，但她不信上帝。"

"那有什么。别看我们每天饭前祷告，我们也不信。告诉你吧，连刘妈其实也不一定信，那天我问刘妈，天上真有上帝吗？她说，上帝是人们想象出来的一个好人，坐在高处，看你干不干坏事。人们只要心里存着这个怕惧，就不会干坏事了。至于有没有一个真的上帝，刘妈没说。"

"小小雪，你干过坏事吗？"

"没有。"

"真的没有？一件也没有？"

"真的没有。"她看看薛愈，理直气壮地说，"这有啥奇怪的，我想梅妈妈活了 48 年，肯定也没干过一件坏事。"

薛愈顿了一会儿，他真的很感动，既感动于小雪的纯洁，她能理直气壮地宣布自己从没干过一件坏事，也感动于她对梅妈妈的信任。他说天不早了，快回屋睡吧。小雪同他告别，蹦蹦跳跳地走了。

薛愈一直看着她的背影消失，才摇摇头，回自己房间。此后很长时间，这次生日宴会兼新婚宴会的情景，还有此后与小雪的闲聊，一直刻在薛愈的记忆里。记忆多少有些变形，在他印象中，背景光不是月光，不是电灯光，而一直是金黄色的烛光。烛光在空间中流淌漫溢，浓浓的爱意和欢乐也在空气中流淌漫溢，浓得化不开，浓得可以用手掬起，浓得充斥了每个毛孔，浓得你行走其中时能感到它的黏滞。后来，当灾难扑着黑翅突然降临到孤儿院，降临到漂亮可爱的小雪身上；当他狠下心向政府告发自己的梅老师；当他在人海中苦苦寻觅失踪的梅小雪时——这个金黄色的场景还会不时闪现。但在那时，它不再是对幸福的追忆，却变成了对他内心的折磨。

五

2011年12月，日本东京。

女老板拉开推拉门，满脸堆笑，对中村昭二和奥马尔·纳西里鞠躬如也：“两位贵客请，请。”

两人进来，老板娘膝行退出，拉上门。这间和室的装饰很简洁，旧式的纸扇推拉门，当面有一座竹编的透空屏风。屏风前摆着一盆虬枝盘旋的松树盆景，墙上挂着一张中国水墨古画。屋里温暖如春，但这是相对于外边的冰天雪地而言。实际上室温并不高，保持着凉爽，这是为了防止为客人服务的艺妓出汗。鉴于女体盛服务的特殊性，她是绝对不能出汗的。

为他们服务的艺妓已经做好准备，全身赤裸，只有乳头和阴部用花瓣遮盖着，平躺在餐桌上——实际上，今天她本人才是餐桌——身下是一个原木制成的船形底座。她的头发成扇形优雅地散开，上面精心地缀着花瓣。眼睛一直盯着天花板，脸上挂着固定的微笑。这种形态是女体盛工作规则所严格要求的，所以她的笑容难免僵硬一点。这不奇怪，在这种宴会中，艺妓的作用本来就是一件死的器物。

两个客人都穿着传统的浴衣，在她身边盘腿坐下。寿司还没倒在艺妓身上，但那位叫奥马尔的贵客已经目光发直，因为眼前这具胴体“秀色可餐”，或者说这才是今天的主菜。作“女体盛”的艺妓必须有姣好的身材，今天为了接待贵客，又选了其中最出色的。她的胸部和臀部非常丰满，腰部纤细，皮肤像奶油一样细腻嫩滑，近乎透明，皮肤后纤细的血管隐约可见，三朵花瓣半掩之处更能激发男人的想象。

东道主中村昭二为客人介绍说，在日本，对女体盛艺伎的要求很高，必须是体态姣好的处女。在服务前的净身程序极严格，要先将腿部、腋下和阴部仔细除毛，用勺子舀温水淋遍全身，再用无香味的肥皂揉搓一块海绵，以海绵揉搓身体；接着用装满麦麸的小麻袋揉搓每一寸肌肤，除去老化角质皮层。然后用热水冲泡全身，再用丝瓜纤维揉搓。最后是冰水淋浴，以防止流汗；香水是严禁使用的，因为香气会影响寿司的味道。中村笑着说：

“感觉怎么样？这是日本最优秀的国粹，是一种极为精细的艺术。”

“不好。”奥马尔笑着说，“为什么要保留那三朵花瓣？”

中村大笑：“我很欣赏你的直率！不过，有这三朵花瓣就可以称为艺术，去掉它们就只剩下纯粹的色和性了。”

“我很佩服日本人，我是指日本男人。你们的想象力太丰富了，能把女人的身体侍弄得这般细致，形成一门流传不衰的技艺，确实令人佩服。”

两人肆无忌惮地评论这具胴体，评论乳房、臀部、阴部哪儿最漂亮，哪儿稍有瑕疵。那位艺妓脸上一直凝固着微笑，似乎他们谈论的对象并不是自己。这时一名助工膝行进来，把一盆寿司熟练地倒在她的身上。中村昭二说：

“请。寿司必须趁新鲜吃才最美味。”

奥马尔学着他的样子使用筷子吃起来，开始时用筷子很笨拙，用了一会儿总算能够驾驭了。吃着美味的寿司，喝着日本清酒，欣赏着全裸的美女，奥马尔不由想，这次差使比他十年前到穷山恶水的巴阿边境去受罪，实在强多了。

这回他是为领袖来日本访问打前站的。自从领袖十年前浪子回头后，又成了西方政府的座上常客。当然，西方人并不是喜欢这个手上沾过鲜血的、性格怪诞的领袖，而是喜欢这个国家的石油。领袖年岁大了，但当年的怪癖丝毫不改，最著名的就是他的老三样：骆驼、帐篷和女侍卫，这次来日本访问同样少不了这些。女侍卫倒没关系，不至于影响访问的日程安排，但要支帐篷拴骆驼喂草料清粪便，在东京这样车水马龙、高楼林立的地方就不容易了。奥马尔·纳西里这趟秘密访问，是专为处理这些杂务的。

他历来喜欢这样的秘密差使，因为不必端着架子说外交辞令，不用对付讨厌的记者，也常常有油水可捞，至少可以饱饱眼福、满足口腹之欲吧。一般来说，受访国中负责这些秘密事务的人都是很知趣的人，不像公开部门的人那样，只会摆出道貌岸然、公事公办的样子。比如这次他提出来，想见识见识有名的日本女体盛，接待他的中村先生只是笑着说：

“这不违反你们的教规吗？”

然后就痛快地安排了这次女体盛的盛宴，当然也不用奥马尔掏腰包。

十年前，化名穆罕默德的奥马尔经办了一次艰苦的差使——为基地组织的老朋友送一件最后的礼物。在那趟旅程中，他是以胃的感觉而不是以头脑，体会到了领袖决定“当叛徒”的正确：养尊处优的他们绝不能回头过苦行僧的生活了，尤其是像他，青年时代已经习惯了西方生活，绝对做不到哈姆扎那样，睡岩洞、吃猪狗食、过没有女人的日子。这会儿在日本东京，在女体盛的盛宴前，他更是以所有感官包括胃部、眼睛、鼻子、手指和男人的隐处体悟到了领袖的英明。

这顿饭吃了五六个小时，现在已经是深夜十二点。艺妓确实久经训练，仍然一动不动，保持着开始的姿态。助工不时换来新鲜寿司，原料有马林鱼、鲔鱼、乌贼、扇贝、旗鱼、鳗鱼等。日本清酒虽然度数不高，奥马尔也喝得醉醺醺的，艺妓身上的那三朵花瓣早被他夹走了，他色眯眯地盯着那些地方，说话越来越不入流，手也开始不老实。中村似乎也醉得不轻，对他的违规动作视而不见，但眼睛深处却保持着清醒。他看看手表，忽然说：

“噢，忘记说了，你有一个老朋友想要在这儿见见你。”

“老朋友？谁？”

没有等他同意，中村已经起身拉开推拉门，一个高个子西方男人进来，也是穿一件日本式的浴衣，但浴衣只到他的大腿部。与个子瘦小的中村相比，他就像人猿泰山一样。他径直过来，盘腿坐在奥马尔对面，平静地注视着他。

“老朋友？你是……”奥马尔用他的醉脑瓜努力回想着。

“你不认识我。但我们有一个共同的朋友，他托我问候你。”

他掏出一张相片递过来，是个年龄稍大的男人，独眼，满面花白胡须，穿着囚服，目光萎靡。奥马尔已经醉糊涂了，一时没有认出这人是谁。等他看到囚服袖口处的两支铁钩时，立即想起来了，体内的酒精霎时变成了冷汗。

“认出他啦？”那个白人男子讥讽地说，“看你的眼神，肯定是认出来了。”

奥马尔恶狠狠地瞪着他，再瞪中村一眼，中村微笑着，满脸无辜的样子。

奥马尔阴着脸，矢口否认：

“他是谁？童话中的钩子海盗船长？我从来不认识他。”

“你不认识这个叫阿布·法拉杰·哈姆扎的基地组织头头？”

“当然不认识，我没这个荣幸。”

“也没有在十年前专程去巴阿边境，给他送过撒旦的礼物？”

“当然没有。我完全听不懂你在说什么。也许，”他讥讽地说，“你会把我绑架到美国，接受一次测谎实验？或者弄到关塔那摩监狱拷打一番？啊，用‘拷打’这个词太粗野了，我知道在美国政府文件中有一些委婉说法，叫‘另类审问技术’或者‘身体劝服’什么的。中村先生，你大概会尽力帮他‘劝服’我吧。”

中村这会儿像老僧入定，保持着脸上的微笑，眼皮也不抬一下。白人男子收起笑容，用剃刀一样锋利的目光看着他：

“听着，穆罕默德·艾哈迈德·谢格姆先生，或者是奥马尔·纳西里先生，听我给你念一组数据。三个月前，2011 年 9 月 6 日到 12 日，一个叫齐亚·巴兹的恐怖分子在美国爱达荷州精心组织了一次生物恐怖袭击。据统计共有 100481 人感染了天花，其中确诊病例为 34545 人——三万人哪！所幸美国有强大的卫生防疫系统，再加上灾疫地区相对偏僻一些，这场灾疫很快被扑灭，没有蔓延到全世界。即使如此，在美国也造成 143 人死亡，一万人被毁容，终生不得不与麻脸为伴。这场灾疫给美国造成的经济损失尚未精确统计，估计在 500 亿美元以上。现在，听了这组数据后，依你看来，我们会对灾疫的祸首讲仁慈吗？或者你以为美国特工对你鞭长莫及？或者你认为某个喜欢住帐篷骑骆驼的权势人物能够庇护你？”

奥马尔觉得冷汗从脊沟中滚下来。此人的威胁不是空的，如果他想干“黑活”，自己的外交人员身份没有任何用处，而热情好客的中村先生在交出他时也不会皱皱眉头。他没敢回应这人的威胁。那人又说：

“你可能已经知道，哈姆扎于今年八月底就被捕了，而且他并非坚贞不屈。可惜他招供太晚，我们没能事先制止那场袭击。”

奥马尔毕竟久经风浪，这会儿已经镇静下来。那件事他做得很小心，绝对没有别的物证。单凭哈姆扎一人的口供，美国无法把一个国家送到被告席上——十年前关于伊拉克的假情报已经把美国的信誉毁得差不多了。而且，如果他们真要那样做，就不会在这样的隐秘场合来见他。想到这一点，他放下心来，堆出笑容，按一下叫人铃，对进来的老板娘说：

“请给这位先生一份餐具。”他彬彬有礼地说，“咱们边吃边谈好吗？请，请用餐。你的指控很有趣，请继续讲。”

白人男子摆摆手拒绝了，等老板娘退出，他冷笑道：

“不过请你放心，我们不想把这件事闹大，毕竟你的主子是西方树立的改邪归正的典型，唯一的典型，摆在那儿还有用处。我们不想把他逼得走回头路。”

奥马尔更放心了，竖着耳朵听下去。

“我来找你只有两件事。咱们痛快一点，办完我立即走人。第一，请你确认一下，这个叫齐亚·巴兹的病毒学家，你是不是在哈姆扎那儿见过？”

他推过来另一张照片，这个男人比哈姆扎年轻得多，面庞清瘦，肤色微黑，神色冷漠，目光锐利。奥马尔仔细辨认一会儿，没有说话，但轻轻点头，他不想被人秘密录音。

“很好，谢谢你的合作。第二件事，美国在这场灾疫中受到很大损失，而你的主人历来是乐善好施的，也许他会以某种名义，为受害人捐出50亿美元？尽管这远不足以补偿你们的罪恶，但聊胜于无吧。回去后把我的话传达给你的主人，他是个聪明人，知道该怎么做，不会让我再次催促。”

他起身离去，临走时指指下边的艺妓，对中村简短地说：“这位小姐肯定听力不好吧。”

中村点点头：“你放心，她什么也没有听到。”

那人走后，笑容自动回到中村脸上，他诚恳地说：

“对不起，安排这次见面，我事先没有征得你的同意。不过你知道，这种事是拦不住的，你们双方及早把话说透，我想对你更好一些。”

奥马尔懒得去骂中村，而且中村说的不无道理。他阴着脸，考虑着回去后如何向领袖汇报。当时办这件事是秉承领袖的意旨，所以他倒没什么可怵的，50亿美元不用他掏一个子儿。问题是……有点儿窝囊。早知道有今天，他真不该来日本。中村殷勤地问他，吃好没有，是否需要再加菜，他烦躁地说不用了。然后脱口骂道：

“笨蛋！猪一样蠢的家伙！”他这是骂齐亚·巴兹，“才弄死143人，抵不上安在飞机上的一枚炸弹。白白糟蹋了我的礼物！”

中村昭二的脸色唰地沉下来。像他这类经常搞“幕后外交”的人员都不是圣人，对政界污秽有很强的耐受力。但即使如此，奥马尔的这番话也太恶毒了，超出了他道德的底线。美国那次劫难的受害者中包括一个日本旅游团队，中村一位朋友就在其中，这位朋友没能逃过此劫，身死异国，留下悲痛欲绝的妻女。奥马尔十年前的行径已经非常可恨了，更可恨的是至今没有半分忏悔。此后中村一直没怎么说话，结了账，带奥马尔离开这里，送他回国宾馆，一路上都端着一张冷脸。奥马尔知道自己失言了，彻底得罪了中村。他在此地的公务已经办完，第二天，他匆匆离开日本回国。

几天后，中村昭二接到对方的外交公函，说因领袖的“健康原因”取消原定国事访问。接公函当天在电视上看到一则报道：一位中年男子闯进美国驻那个国家的大使馆，一向戒备森严的外部警卫这次只是象征性地拦了一下，由着他长驱直入。大使馆一位保卫人员迎上去拦住，准备进行询问，但闯入者没说一句话，掏出手枪，对着自己的嘴巴干净利落地开了一枪。报道还说，至今未能查清死者的身份和他闯入美国使馆自杀的动机。

中村看着屏幕上奥马尔鲜血淋漓的面孔，只有苦笑。美国政府不知道此人的身份和动机？他们比谁都清楚，但对外只能装聋作哑。中村实在佩服奥马尔的那位主子，在玩弄无赖手段方面，美国人不一定是他的对手。毫无疑问，奥马尔的自杀是被迫的，但也可以解释为：回国后他不敢把50亿美元的天价勒索告诉领袖，因走投无路而自杀。他朝嘴巴开枪就是无声的表白——这张嘴巴被他自己封死啦。既然那位主子根本没接到这个口信，自然不用付50亿了。而美国政府呢，也无法就此事与他对质。

此后，中村一直关注着，有没有从那个国家流向美国的大笔捐款。一年后有一笔给爱达荷州印第安人保留区的一笔捐款，用以资助美洲原住民历史的研究，数额是 1430 万。中村马上想到，灾疫中死亡人数是 143 人。除此以外就没有大笔捐款了。此后，两个国家有没有更深层面下的交锋，中村不得而知。

第三章　锁定疫源

2011 年秋天，中国豫鄂交界的南阳市。

那晚的集体生日宴会兼结婚宴会后，薛愈在南阳多停留了一天。第二天上午，梅老师邀他到工厂里，参观他上次没能进去的那个实验室。梅老师掏出磁卡打开门：

“进去吧，这是孙总为我建的实验室，可以说是为我一个人专用的。”

薛愈笑着说：“你有这儿的门卡？上次你对金县长说……”

梅茵笑了，坦率地说：“蒙他的。不想让他进来，这儿的东西让他看了没什么好处。”

“行啊梅老师，你……”他本想说“你说假话不带气喘的”，觉得不礼貌，最终换成：“你的演技不错啊。”

他在实验室里仔细观察。这儿设备相当不错，几乎不亚于武汉病毒所的郑店实验室，当然从规模上说小了几号。实验室干净整洁，收拾得没有一点瑕疵。设备也很齐全，除了上次看到的负压工作台外，还有透射电子显微镜、多功能高效液相色谱仪、气相色谱仪、超速离心机、DNA/RNA 合成仪、PCR 扩增仪等设备。小隔间里有三个小型的生物反应器，这会儿处在工作状态，有轻微的嗡嗡声，上面的指示灯也亮着。薛愈问：

“这里面在搞什么？”

“是我的一个私人研究项目：研究从猴痘病毒中变异出的白痘病毒。它与天花极其相似，在实验室条件下无法区分，但不能对人类致病。我想你应该看过有关的资料吧。”

“嗯，我见过有关报道，是 1972 年从非洲野猴的肾脏中分离出来的，学名叫白色疱疹病毒，对吧？”

"对。众所周知，生物进化基本是一个随机过程，一般来说，生物绝不会重复已经有过的变异，几率太小了。但病毒例外。它们的构造太简单，其变异可以用排列组合穷举出来。也就是说，这种与天花极其相似的白痘，有可能在自然界中'再次'变异出能够对人致病的天花病毒来。"她说，"上面是理论上的推测，至于实践上呢……这么说吧，我怀疑有关'白痘不能对人类致病'的结论不一定正确，正在探讨这个问题。当然难度比较大，又不能做人体实验——除了我自己。"她笑着说。

薛愈不由得环顾一下这个开放式的实验室，担心地说："如果你的怀疑是真的……太危险了。"

"是有危险。不过，既然自然状态下存在这种危险性，那就需要研究它，打一个提前量。"

薛愈没有说话。梅老师的眼光很远，但这并不能减轻他的担心。关键是"天花"的恶名太盛，什么事只要和它牵连上，就不能不让人心存惊惧——地球那边，美国爱达荷州的几万名患者正在受病魔的蹂躏呢。难怪她不想让金县长进这个实验室。梅茵回头看看他：

"我希望你来接手这项研究，怎么样？工资待遇会让你满意，问题是这项研究比较偏，不敢保证什么时候会出成果。如果你接手，得像孙总一样耐得住寂寞，也许在成功之前需要在这儿默默地趴上十年。你考虑一下吧，一个月内给我回话就行。"

薛愈想了想，倾向于不答应。这项研究有一定危险性，不是说不该搞，但应该经过科学界充分的公开讨论，并报有关方面批准，不应该是私人性质的研究。为礼貌起见他没有立即拒绝，说：

"好，我考虑一下。"

孙总和妻子马上要开始蜜月旅行，他先对工厂里的事务做了安排。晚上新婚夫妻回南阳市孤儿院，准备同孩子们告个别，就从那儿出发开始行程。薛愈也跟着去了，第二天他要从南阳坐火车回武汉。晚饭后他们陪孩子们在大餐厅里玩，电视上照旧播放着对美国天花灾疫的报道。治疗较早的患者，比如学校中第一个被恐怖分子放出来的埃米莉，现在已经很幸运地扛过去了，没有发病；她的外婆罗莎也比较幸运，在农场检查过程中没有受到传染，现在已经回家了；受传染较早或治疗较晚的病人，疫苗对他们无效，现在已经有 43 人转为出血化脓性天花，死于肺部感染、败血症或全身器官衰竭，还有一百多人处于危险期，包括女主持人伊丽莎白和摄影师弗朗西斯。两个恐怖分子，还有受骗的西思尔酋长，此刻已经生命垂危，估计救不活了。更多的人虽然病状较轻，也被病魔蹂躏得一片惨相：高烧、寒战、惊厥，头面四肢长满了疱疹。屏幕上对过于恐怖的图像都做了虚化，但病房中绝望阴郁的气氛仍使人窒息。小雪难过地说：

“这些病人真可怜。那俩坏蛋真该千刀万剐！”

虔信基督教义的陈妈这会儿也忘了宽容，恨恨地说：“让他俩下十八层地狱，下油锅，点天灯！”

梅小凯问：“梅妈妈，不是说天花病毒早就灭绝了吗，他们散播的天花是从哪里来的？”

“世界上还有两个实验室保存着天花病毒样本，就是俄罗斯的威克特研究所和美国的 CDC。不过恐怖分子不一定是从那儿弄来的，有可能是偶然得到的野病毒。虽然世界卫生组织宣布了天花灭绝，但不敢保证它在自然界完全绝迹。也不排除有个别国家当年没有按 WHO 的决定销毁天花病毒，偷偷保留下来。”

新闻联播一播完，孩子们立即喊起来：“该看动画片了！刘妈快换台！”已经上中学的孩子们平素晚上有自习，上小学的孩子有家庭作业，不能随便看电视的，所以每星期六看动画片是他们的最大享受，虽然地球那一边正处在灾难之中，也不能中断它。刘妈把节目调到少儿频道，几个大人离开孩子们，聚到院里葡萄架下闲聊。小雪也溜出来了，梅茵问她：

“小雪你不看动画片？”

小雪撇着嘴说：“我才不看哪，那是哄小郎当们的。”

“哈，咱们的小雪长成大姑娘啦。”刘妈说，“我知道你是想和梅妈妈多亲热一会儿。”

小雪不好意思地默认了。初秋的天气已经有些凉意，梅茵说：“小雪你过来，我搂着你。”小雪高兴地过来，趴在梅妈妈腿上，梅妈妈用两只手圈住她的肩膀。小雪挨着妈妈，感觉着妈妈的温暖，闻着“妈妈味儿”，听着大人们的闲磕牙，心中有宁静的满足。今天他们谈话的内容比较深，她听不太懂，不过只要能挨着梅妈妈，她就很高兴了。

几个人坐定后，薛愈叹息道：

“要是世上根本没有病毒病菌该多好！可惜这只是幻想。梅老师，昨天我舅舅在中央10台接受采访，你看了没有？他说他是个乐观主义者，他相信，人类医学的进步终将全部消灭病原体，未来的人类将生活在没有疾病的伊甸园里。这真是典型的强科学主义观点，幼稚得可爱。中央10台的编辑们竟然把这样的论点不加批判地播出来，也够幼稚了。”

梅茵宽容地说：“人类文明总的说来还处于少年期，应该允许一点不切实际的幻想。”

“梅老师，虽然我是学病毒的，我对‘病毒从何而来’却没有一点概念。生物进化都是从简单到复杂，病毒的生命构造最简单，几乎算是生命与非生命的过渡态，但它的诞生肯定比单细胞生物晚，因为病毒必须依靠活细胞才能生存。这个弯弯绕该咋解释？”

“对于病毒的来源，科学上尚无定论。可能是从单细胞生物退化而来的——其实退化也是一种进化，比如寄生虫退化得只剩下消化器官和繁殖器官，就是对寄生环境的高度适应；另一种可能，病毒是从多细胞生物的DNA中逃逸出来的，逃出来的这部分DNA最后成了独立的生命。这是针对DNA病毒而言，至于RNA病毒的来源就更难定论了。”

薛愈开玩笑地说：“上帝真是居心叵测，既然造出精妙绝伦的人、猎豹、金枪鱼和雨燕，为啥还要造出病毒病菌来祸害它们？真是太阴险了。简直有点变态。”

梅茵回头看看刘妈，怕薛愈这句话伤害了她的感情。孙景栓也意识到这一点，用肘子扛扛薛愈。刘妈看出来了，笑着说：

“梅院长你别怕我受不住这句话，其实我早看开了。有句话我是不敢当着陈妈的面说的。我俩都信主，可从你这儿学了一些病毒的知识后，我对世上有没有上帝，心里没把握了。真要有上帝，爱他的羔羊，他干吗在创造万物时又造出病毒来？造出病毒，又瞒着人们，不写到圣经里，叫人们吃尽苦头，瞎摸索，死了几千万人后才发现它。哪有这样狠心的天父？没道理嘛。”

小雪听刘妈说得有趣，咯咯地笑起来。梅茵也笑了，平和地说：

“刘妈你可以这样理解：确实有一个上帝，不过他不单单是人类的上帝，而是所有生命的上帝。他不偏爱人类或羚羊，也不偏爱病毒或苍蝇。他只定下几条规则，然后让各种生灵自己去折腾，谁能活下来谁就是成功者。”

“这样倒说得通。可是——那样信不信主也没得关系了，反正他不会单单来护佑咱们。”

薛愈放声大笑，他真没想到，在福音堂里泡了20年的刘妈能这样“看得开”，能有这样清晰的思维。梅茵也笑，说：“刘妈你既然能想到这一层我就不劝你了。”又说：

“其实我也是个乐观主义者，不过我的乐观和薛愈舅舅的乐观不一样。”

“怎么个不一样？”

“人类文明的发展一直伴随着‘和谐’一层层的扩大，相信它会从人类内部扩大到物种之间。过去的一些敌对物种，像老虎、野狼等，现在已经受到保护了。这还不完全，这个范围迟早会扩大到病原体。自然界所有生物都是生物圈的一部分，在上帝那里都是有公民权的，都有生存下去的权利。”

小雪从她腿上抬起头，疑惑地问：“包括天花病毒那么凶恶的家伙？”

“病毒并非有意识地与人类为敌，它只关心自己的生存。如果它能和寄主和平共处，其实最符合它的利益。你想嘛，假如寄主全死了，它也没有存身之地了嘛。所以，从大方向上说，病原体和寄主间的敌对关系，在进化中会趋于温和。历史上感冒病毒、梅毒杆菌甚至天花病毒确实如此，比如说，旧大陆的移民远比印第安人更能抵抗天花和感冒。我相信，狂犬病毒、埃博拉病毒和艾滋病毒将来也会走这样的路，当然时间会很漫长。如果科学家能顺势引导，可以缩短这个过程。”她对薛愈说，“这就是我和你舅舅的分歧。我认为人类在自然面前并非无能为力，但科学的干涉必须顺势而不能逆势。比如他想全歼病原体就是逆天而行，注定行不通。”

薛愈问："该咋样'顺势'引导？"

梅茵与丈夫相视一笑，说："人类文明还没发展到这个份上，真的实行起来有很多伦理上的禁忌。目前只能说说而已。"

孙景栓说："这个话题打住吧，你看，小雪嫌这个话题太枯燥，已经快睡着了。是不是小雪？"

小雪确实有点迷糊了，但她反应很快，从梅妈妈腿上抬起头说："谁说我睡着了？你们说的我都听见了。"

梅妈妈说："时间不早了，小雪明天要上学，我们明天也要早早出发。走，回屋睡觉去。"小雪拉着妈妈的手回到集体宿舍，与妈妈道了晚安。

这个晚上大人的谈话，有一半她是在半睡半醒状态下听到的。奇怪的是，到了13年后她已经是七岁孩子的妈妈，在她经历了重重波折后回过头来回忆这晚的谈话，她确实能记得清清楚楚。只有到了那时，她才能体会到这番谈话的深意，还有它内含的残酷。

第二天早饭后，新婚夫妇发动了汽车准备出发，小雪送到门口，依依不舍。梅茵把她搂到怀里说：

"你孙叔叔平时太忙，这回难得有个休息的机会，我们准备多走几个地方，估计两三个星期后回来。回来后我们还能在孤儿院待一天，好吗？小雪你别送了，快去上学吧。"

"不，我要把你们送走再上学。时间来得及，不会迟到的。"

孙景栓喊妻子上车，同小雪、刘妈、陈妈和一群小郎当们挥别。车开到巷口，一辆黑色奥迪正好开来挡住了去路。金副市长从驾驶位下来，脸色阴得能拧下水：

"二位是去蜜月旅行？你们的保密工作做得很好啊。"

孙梅二人忙从车上下来，难为情地笑着解释，这次是低调办婚礼，任何人都没通知，尤其不想惊动官方。金副市长不客气地说：

"我不是官方，我是你们的私人朋友。现在倒好，竟然让我从别人嘴里听到你们结婚的消息！是不是我高攀了？"

两人一时语塞，尴尬地对视着。他俩的苦心是无法对小金直说的，但把结婚大事瞒着小金确实不合情理。好在金市长不为已甚，脸色和缓下来，掏出1000元钱：

“时间太仓促，连红包都来不及准备。这点钱算是我的贺礼吧。”

梅茵没敢再推，连忙收下来，说：“等我们旅行回来再补请你。”孙景栓笑着加了一句：“酒席上再负荆请罪。”金副市长哼一声，说他有公事不能耽误，在巷口艰难地倒了车，从车窗里挥手告别，然后一溜儿烟开走了。梅茵和孙景栓送走他，自嘲地摇摇头。两人没有立即上车，回头久久望着巷内的孤儿院。他们这次出门，是有意离开这儿一段时间，蜜月旅行只是个幌子。虽然是早就安排好的计划，但临别在即，仍免不了心头的沉重。梅茵轻声叹息着：

“景栓，真不忍心在这个时候离开。”

丈夫没有劝她，知道她不用劝。过一会儿，梅茵拂去心头的灰暗，决绝地说：

“走！古人说，慈不掌兵！”

随后赶来的梅小雪听到两人的话，很感动，眼睛湿润了。梅妈妈没发现她，和丈夫上车，关上车门，驾车离开。小雪痴痴地目送着汽车，直到它消失在街口。

梅小雪是在梅妈妈出门十天后生病的。中午她帮两位妈妈开饭，刘妈问：

“小雪你是不是不舒服？我看你眼泪汪汪的，双眼皮更深了。”

这是小雪的习惯，只要一生病，双眼皮会变得更深，两个妈妈曾经开玩笑，说小雪是越病越漂亮。小雪勉强笑笑，说有点头疼，不碍事。她照旧喂小牛吃了饭，自己把饭飞快地扒完，又帮妈妈们收拾了碗筷，上学去了。晚上她开始发烧，她强撑着，喝了几大碗开水，没惊动两个妈妈。第二天上午她实在坚持不住了，从学校里请假回来。刘妈见她小脸烧得通红，摸摸额头，惊呼道：“呀，这么烫！快，我领你去诊所！”

孤儿院的孩子们看病都是在巷口的健强诊所，是退休的马医生开的，他今年70多岁，中西医都拿得起来，经验丰富，收费也低。现在正规大医院里设备齐全，医生们对设备依赖惯了，大病小病，都让你先去做几项检查，几百元钱哗哗地就出去了。但圣心孤儿院是私人出资维持的，花不起这个冤枉钱。马医生一向知道孤儿院的难处，尽量以经验代替检查。他为小雪号了脉，量了体温，拨开她的头发看了耳后和发际，说：

“不要紧，孩子是出水痘，小毛病，就是体温偏高，我给开点西咪替丁，输两天水。刘妈你注意观察，如果体温过高还来找我，或者送大医院。”

“水痘传染不？”

“传染。它的病原体是水痘——带状疱疹病毒，小孩儿感染后患原发性水痘，一星期就会自愈。但这是不完全免疫，病毒还潜伏在体内，等他长大成人后有可能复发，复发后就是带状疱疹，俗称蛇蛋疮或缠腰龙，是一种比较缠人的病。不过，等带状疱疹痊愈后，就是完全免疫了。”

“用不用隔离？”

“应该隔离，尤其是集体儿童。”

刘妈很作难，孤儿院的孩子们都是集体宿舍，房子有限，不好隔离。她把小雪留下来打点滴，自己先回去安排隔离的事。健强诊所条件简陋，输液时没有床位，病人坐在竹椅上。马医生这会儿没病号，就坐旁边跟小雪聊天。他说：

“小雪你别担心，水痘这种病不算啥，就是不打针也会自愈，病好后也不会留疤，咱们小雪还会像以前那样漂亮。对了，你们孤儿院这两天车来车往，是不是梅院长回来了？”

小雪烧得难受，仍然很有礼貌地说：“是，梅院长刚刚结婚，她和孙叔叔去蜜月旅行了。”

马医生感叹地说：“那是个好人哪，自己出钱养着孤儿院，已经十年了，记得我退休前，她就来南阳办了孤儿院，一直把你们养大，不容易啊！”

打完点滴，小雪自己撑着走回去。刘妈已经和陈妈商量好，让小雪住到梅院长的新房中，虽然拿新房当病房有点不吉利，但她们了解梅院长，她不会在乎的。

刘妈给小雪做了病号饭，小雪勉强吃一碗就睡了。她的体温太高，浑身酸痛，尤其是头疼背疼，四肢困得没处可放。两个妈妈要照护32个孩子，往常小雪能当大半个人用，现在没了小雪帮忙，她们更忙了，没时间多陪小雪，只能隔三差五地来问一声。小凯和媛媛来看过她，小雪怕传染，没让他俩进门。小凯隔着窗户说，小雪班里的同学也要来孤儿院看她，小雪急忙说：

“可不能来！水痘会传染的，你帮我劝劝他们。”

现在，她孤独地待在屋里，在高烧中呻吟着，昏昏沉沉地看着屋内的摆设：墙上贴的喜字，桌上的一盆鲜花，一个简易书柜，衣架上挂着梅妈妈换下来的衣服，枕头上有妈妈的味道。她还提醒自己别忘了每天给花浇水。13年来她已经习惯了孤儿的生活，也几乎忘了这一点，唯有生病时她真切地体会到什么是孤儿。她多想像班里的同学那样，难受时钻到妈妈怀里，给妈妈撒娇，甚至发发小脾气，而爸妈会乖啊娇啊地哄她。她悄悄哭了，泪水湿透了枕巾。

她输了两天水，第三天烧退了一些，但头面及四肢上出了更多的疹子，好像口腔里也有。另外，孤儿院里又有六七个小家伙开始发烧。刘妈慌了，赶忙领小雪又来找马医生。马医生神色凝重地检查着，刘妈嗫嚅着说：

“马先儿，你看会不会是……会不会是……美国那儿正得这种病呢？”

她不敢把“天花”那两个字说出来，那两个字太邪恶了，哪怕单是说说就瘆人。想想电视上播放的美国疫区的惨状吧！马医生也正在疑惑。小雪的疹子以头面居多，这个病状像天花，而水痘是躯干上居多。不过天花的疹子应该较深较重，多数呈中央凹陷的脐形，而小雪的疹子相对较浅，脐形也不多。水痘和天花的症状本来比较相似，在症状早期尤其难以判断。现在天花早已灭绝，他行医40年，从没接触过天花病人。教科书上把有关天花的内容都删掉了，医生们轻易不会做出这种判定。美国那儿的灾疫是恐怖分子搞的，是特殊情形，而且电视上说因为发现得早，传播途径被有效切断了，至今没有发现美国之外出现疫情，怎么会传到相对偏僻的南阳市呢……他忽然一震，想起梅院长是美籍华人，忙问：

“你们梅院长最近去没去过美国？”

刘妈几乎哭出声来，其实她已经想到这一点啦，但实在不愿说出来——

那样似乎就把责任推给梅院长了，她不愿让梅院长那么好的人成为传播天花的元凶。但瞒是不能瞒的，她带着哭腔说：

“梅院长是13天前，不，14天前刚从美国回来的，没回武汉，直接就到孤儿院了。可是她在美国天花袭击前就回国了，而且听梅院长说，她在美国没有去过暴发天花的爱啥子州，也不像有病……”

马医生悔得要死，他前天怎么那样疏忽，没有询问病人的接触史呢。14天，那正是天花的潜伏期。“你说梅院长没病，那不能说明问题。有些人有免疫力但照样能成为带菌者。”马医生这回没有犹豫，果断地说，“按国家法规，发现天花疑似病例，应在六小时内报告给国家的CDC机构。我要立即报告了。”

他到电话机旁，在桌上焦急地找地址，一边絮絮地自语着：“CDC电话号码是多少？我记在哪儿啦？”司药姑娘惊得说不出话来，她做梦也没想到天花凶神会突然闯到这间小诊所里！虽然电视上播了美国的疫情，但在她的感觉中，那是世界另一边的事，离这儿非常遥远的。现在不光是小雪，还有她自己、马医生、刘妈、孤儿院所有的孩子，都处在死亡的威胁之中了。她怯怯地说：

“马爷爷，别找了，打114查吧。”

马医生这才恍然大悟：“对，打114！我乱了方寸了。”

他总算把CDC的电话打通，这边，梅小雪呆呆地盯着刘妈，喃喃地说：

“马爷爷说啥？天——花？”

刘妈忍不住，抱着小雪大哭起来。

马医生的电话拉开了一次国家行动的序幕。市卫生防疫站与CDC是一个单位两套牌子，流行病科的小肖接了这个电话，她吃惊地回头，瞪圆了眼睛：

“科长，天花！”

科长杨纪村忽然觉得嘴里发干，他担心了多天的灾祸真的来了。自从美国那边发生疫情，虽然官方的说法是“传播途径已经被有效截断”，但他从本能上不相信。如今交通这样发达，地球变成了一个村庄，尤其是中美之间的人员来往如此频繁，怎么可能全部截断呢？偏偏生物战剂袭击就是这种特点：只要有一人漏网，你的封锁就算完全失败，星星之火可以燎原啊！

杨纪村今年32岁，博士学历，在烈性传染病学上颇有造诣。正因为如此，他的忧虑比别人，比如这会儿仍圆瞪双眼的小肖，要更深刻。天花是烈性传染病的第一凶，几千年来，它对人类文明的破坏性影响没有哪种灾疫可以与之相比，包括曾全球三度大流行、造成数千万人死亡的黑死病也屈居其后。公元前1200年埃及拉美西斯二世的木乃伊尸体上就有天花的痕迹，公元前6世纪印度有关于天花的记载。天花病毒属于痘病毒科，在生物安全管制标准上，它被列为最危险的第四级。古代时，中国、波斯及土耳其都曾凭经验用患者的结痂或疱疹液接种来预防天花，但不够安全。1796年，法国人琴纳发明了牛痘接种法，其后天花发病率逐渐下降。1977年10月索马里发生最后一例天花，1980年5月世界卫生组织宣布人类中已消灭天花。这是人类对病原体的战争中最伟大的一场胜利，也是唯一的一次“完胜”。脊髓灰质炎病毒已经基本消灭，但尚未全歼。

问题是这场胜利的代价太大了。人类经历了几十年的天花真空，现在绝大多数人，包括曾接种过疫苗的老一代人，都丧失了对天花的特异免疫力。汉族由于历史因缘，对天花的抵抗力要强一些，比如强于关外的满族。满族入主中原后最怕的就是天花，专门设有“查痘章京”的官职，可见其重视程度。康熙皇帝就是因为小时候得过天花，有抵抗力，才被选作太子，成就了一代明君。但在几十年的天花真空后，汉族人的特异免疫力也消失殆尽，退回到零线上。现在天花凶神再度降临华夏大陆，但中国的防疫系统远没有美国有效，尤其是牛痘的存量有限——中国原来甚至没有储存，在美国暴发天花疫情后，才在欧洲紧急采购了一百万支牛痘疫苗——很难对付一场大的天花疫情。而天花的治疗除了疫苗外没有任何有效的手段，而且如果在感染天花后4~6天内没有及时接种疫苗，再种就很难成功。政府这些年非常重视传染病防治，资金措施都很到位，比如对艾滋病的鉴定，现今不出南阳就能做。问题是这重视不包括天花！天花“已经”灭绝了！

一场弥天大祸啊！晋代葛洪在《肘后备急方》中记载，天花“以建武中于南阳击虏所得，乃呼虏疮”。书中说的建武，一般认为是东晋元帝建武年间，即公元317年。南阳在1700年前是中国的天花发源地，莫非历史还要重来一次？

他急步过去，从小肖手里接过电话。好在自美国9·12事件后，他已经复习了有关天花的诊断知识，心中底气足一点。新教科书上已经没有天花章节了，他是在一本1979年版、耿贯一主编的《流行病学》上才查到的。马医生再次说了病状，确实与天花的症状相似。杨科长问：

“你用针刺了没有？针刺疹子后是否塌陷，也是水痘与天花的重要区别。”

那边难为情地说：“噢，我忘了这一条，现在就试——咳，我记不准哪个塌陷哪个不塌陷了。应该是天花不塌陷，对不对？”

“对。”

电话里窸窸窣窣一阵儿，然后说，“针刺后没有塌陷。是天花！”

“知道了。控制病人，不要与外界接触，我马上派人去取病毒样本，进行实验室确认。”

杨纪村详细问了病源，一边听，一边在心里勾勒着疫区封锁的区域。孤儿院好说，那是一个相对封闭的地域。问题是孤儿中有人在外边上学，牵涉到一所小学和一所中学，牵涉到病人的同学、老师加上所有人的亲属，那范围就大多了，估计要封锁全部城区。这还好说，更可怕的是那位从美国回来的最初带菌者梅茵正在同丈夫蜜月旅行，十天前出发的。天哪，他俩在十天的旅程中该跑了多少地方？接触了多少人？还要再接触多少人？

杨纪村努力保持镇静，但这种前景确实太可怕，他禁不住眼前一阵阵发黑。挂了电话，他立即向林站长和陈书记做了汇报，然后他带上小肖出发，亲自去取病毒样本。林站长和陈书记商量一下，决定先给主管文教卫生的金副市长打个电话。电话打通了，林站长匆匆汇报了疫情，说：

“疫情刚刚报来，还没正式确认，只是先给你吹吹风。因为考虑你刚刚上任，可能对情况还不熟悉。从美国暴发天花以来，防疫站这边早就做好了应急预案，虽然困难，还是可以对付的。最大的问题是那位正在蜜月旅行的原始带菌者。”

那边苦笑道：“那位梅茵我认识，她本人就是有名的病毒学家啊。与她联系没有？赶紧把她两口子控制住。”

“好的，我们立即联系。”

金副市长变了主意：“算啦，我直接和她联系吧，我有她的手机号。”

金副市长挂断电话，脸色阴郁地沉思片刻。命运可真厚爱他啊，刚刚坐上副市长的位子，这么大的一副担子就凭空压下来。这副担子太重，有可能把他压垮的。但职责所系，再重他也只能硬顶。他忽然想起一个月前，自己离开新野县前，曾专门到梅茵的工厂里去察访，那时他是担心工厂里面有什么影响自己宦途的秘密。也许他是凭第六感预知了今天的灾祸？你看，虽然并未应验他当时的担心，但灾祸的起由仍在梅茵身上。

时间紧迫，不容他想这些事，他立即拨通了梅茵的电话。电话接通了，那边是呼呼的杂音。听梅茵笑着说：

“小金？有什么事吗？——喂，景栓你关上车窗，风声太大。”手机里变得安静多了。“小金你是不是急着喝喜酒？别急，我们不会忘的。正在从九寨沟往回赶，最多两天就能到。这儿的高原风光太美了！雄浑苍凉，这会儿我们正在茫茫云海之上呢……哟，小金你有事快说，手机快没电了，前天把两个充电器都忘宾馆了。”

她的声音非常欢快，看来爱情让她年轻了。听着手机里欢快的声音，金明诚几乎难以忍受——反差过于强烈，一边是弥天大祸，一边是满溢的快乐，尤其一想到，她就是这样欢笑着把病毒洒了一路。金明诚赶紧摇摇头，把这个想法抖掉。这样的想法对梅茵太苛刻，她不知情啊。他简捷地说了这边的情况，那边惊呼道：

“天花？不可能，我离开美国时，疫情才刚刚暴发，而且我一直在陪我义父，基本和外界没有接触。啊，天哪……”

手机里沉默了几秒钟，听见她和丈夫低声说了几句什么。等再说话时，梅茵已经恢复了平素的冷静严谨。她有条不紊地说：

“我想起来了，我可能确实是带菌者。在美国我仅有过一次社会活动，我参加了一个自由论坛。会上一个叫齐亚·巴兹的人发表了带血腥味儿的讲话，还透露说他的三个印第安朋友正在搞一次‘缅怀之旅’。我正是凭这些蛛丝马迹，向美国国土安全局预报了那场生物袭击。现在看来我的预警不完整，那个齐亚·巴兹在论坛上不光是动了嘴，有可能也动了手——向与会者散发了天花病毒。”

金明诚的心一下子沉下去。听了这段话，他对这场灾难已经没有任何怀疑了。“噢，是这样。”

“小金，我们将星夜兼程赶回去。”

金明诚沉吟着：“是否赶到附近的哪个大城市，住进医院的隔离病房更好一些？我担心你们在路上……”

“你不必担心，从现在起我们将关紧车门窗，不和任何人接触，直接开回封锁区，这比停在某个城市更保险。至于我们来时已经接触的人，”手机里顿了一会儿，低声说，“只有祈求上帝了。”

金明诚思索片刻，认为这种方法确实更保险：“好吧，就这样，你们尽快赶回，但要注意安全。千万注意！千万！别嫌我乌鸦嘴，如果出个车祸，再来个大场面的抢救，那时局面就不可收拾了。”

“一定注意，我们俩轮流开车。”

“如果这边确定是天花，会马上宣布疫区封锁的。”

“我们赶回来就直接开进封锁区，住在那里，直到疫情结束。孩子们需要我。别为我俩担心，我俩至今没发病，说明对天花有抵抗力。”

“你们回来后，孙总也住封锁区内？”

“只能这样。我们在一起这么长时间，他肯定也是带菌者。不要紧，他可以在电话里指挥公司事务。”

“好，替孩子们谢谢你。”

那边落寞地说：“谢什么啊，只要……”她没把话说下去。

挂了电话，金明诚吩咐秘书对所有电话和来访挡驾，他要静下心，思考即将启动的应急预案。本市的疫情控制相对好办一些，最担心的是梅茵夫妇这十天的旅行，把疫情从“点”拉成了“线”，但愿它不会扩展成“面”！不过，尽管形势凶险，他还是有信心的。毕竟中国在几年前经受过“非典”的考验，那时没经验，疫情初期比现在混乱得多，但很快就把秩序理顺了。那次疫情换得了宝贵的经验。忽然他想到一个问题：梅茵夫妇说他们回程中将不和任何人接触，但他们总得过收费站和加油吧，至少得往外递钞票吧，那也足以造成传染了。他得赶紧警告一下梅茵夫妇，想一个妥善的办法。他把电话打过去，那边一直接不通，只有总机甜美的声音：对不起，对方手机已经关机。他们当然不会在这个时刻关机的，那就是他们的手机没电了，在最关键的时候断了联系。这会儿金副市长非常窝心，当时奖给梅茵的汽车，为什么不配置车载电话呢?

办法还是有的，可以让沿路的收费站代为通知，不过这方法只能等到公开宣布疫情后才能实行。现在，就等防疫站小杨他们的结果了。

杨纪村从第一个病人梅小雪身上取来疱疹内积液，刮取了疱疹底部上皮细胞，从她喉咙取了试样，也抽了血。他回到CDC的实验室，把疱疹液涂片和疱疹基底组织压印片用巴兴法染色，在油浸镜下观察。他屏住呼吸，慢慢转动镜头，现在病毒颗粒清楚地聚焦出来，是砖型病毒，而不是水痘病毒的20面体。病毒排列成链状，成双或成堆，这是天花病毒的典型形态。他把镜头让给旁边的林站长，林站长看后，沉默着点点头。

当然最好还要做病毒培养，做血清学试验和荧光抗体试验。但前者费时较长，需要四天以上；后者需要高价免疫血清或荧光抗体，南阳CDC没有存货。他们准备把样本直接送到国家CDC去做，但在这之前要首先通知金市长。天花已经从甲类传染病中删除，但那只是因为天花已经“灭绝”。按照疫病应急反应条例，只要临床诊断高度怀疑为甲类传染病，就可启动应急机制，何况现在已经有了镜检结果。

林站长立即拨通金市长的电话。金市长此刻在市政府三楼会议室里，屋里坐着卫生检疫部门、动物检疫部门、交通局、公安局、民政局、全市民兵指挥部、各大医院等各路人马。一句话，凡是与疫病应急机制有关的、在他管辖范围内的单位，他都召集来了，只有武警部队不在他的管辖范围，他没有通知。会议已经开了三个小时，会上他宣布南阳发现某种甲类传染病，可能是鼠疫、炭疽、霍乱或天花，今天要议决如何动员。他的神态非常严肃，所以，尽管大家都知道这是一场实战演习，仍然非常认真地讨论着，最后形成了一致意见。

该讨论的都讨论完了，但金市长仍不宣布散会，让大家在原地休息一会儿。老烟枪们早已打熬不住，这会儿忙抽出烟卷，互相礼让着，一会儿屋里就烟雾腾腾。中心医院的何院长对旁边的交通局郭局长说："咱们这个新市长有表演天才，你看你把脸板了三四个小时，就像真有疫情似的！"郭局长笑道："真有疫情早该让咱们出发啦，还能在这儿有紧没慢地闲磕牙！还有，真有疫情，防疫站的站长能不来？该他唱主角。"会场上只有卫生防疫站的书记知道内情——站长正和小杨一块儿做试验呢。但金市长事先交代过，在没有确定疫情之前先不要透露，他听着旁人的议论，一言不发，只是时不时和金市长交换一个意味深长的目光。

时间已经超过夜里12点，市政府的工作人员都下班了，听见走廊里连续不断的脚步声和说话声。金市长仍板着脸不说散会，大伙儿开始纳闷，哧嘈声慢慢静下来，都把目光盯着主持人。金市长表面镇静，心里很焦灼。他在等防疫站的电话，如果是好消息，他会哈哈一笑，对大家说："今天是演习，谢谢大家的配合，散会，回家！"这样不至于造成社会不必要的动荡。如果是坏消息，当然要立即实施刚才议决的内容，这样可以最大限度地节约时间。终于，手机响了，他立即走出会议室，摁下通话键。听完林站长的汇报，他返回会场，苦笑着说：

"大家肯定在想，今天只不过是场演习，我也很希望是这样，可惜不是。卫生防疫站，或者说疾病预防及控制中心，已经确定南阳发生了天花疫情，疫源地是市区一家孤儿院，病毒有可能是孤儿院梅院长从美国返回时带来的。"

会场里静得瘆人，有人轻咳一声，马上捂住嘴。金市长与卫生防疫站的书记交换一下目光，平静地宣布：

“立即启动疫病应急机制，就按刚才会上议决的内容，分头行动吧。我这就通知武警，他们也要配合咱们的行动。”

梅茵夫妇还没有到家，电话仍然打不通，不过他们的行程已经在指挥部的掌握之中。这要感谢遍布全国的收费站。指挥部已经通过国务院，向各地的收费站和加油站发了紧急通知：如果发现车号为豫 R-C5360 的黑色吉利车，立即免费放行和免费加油，并向南阳市疫情指挥部通报。通知发出后不久就有消息传来，说昨天就发现了这样一辆车，在通过四川某收费站时不开侧窗，左车窗上的遮阳膜全被撕掉，里面的人举着一张从笔记本上撕下来的纸，纸上有六个用钢笔描粗的大字：“急性传染病人”。收费姑娘的第一个反应是：车内人想逃费，这可是她见过的最新鲜的逃费歪招了。但她看两个乘客风度翩翩，而且把昂贵的遮阳膜都撕掉了，不像是为了省几个过路费。收费员犹豫了一会儿，觉得宁可信其有，少收十元钱是小事，别为此染上什么急病，便不情愿地放了行。

听到这个消息，金明诚不由莞尔一笑：梅茵他们有足够的急智，可以放心了。之后就一切顺利了，沿途的收费站和加油站不断送来报告，从这些报告上可以看出，那辆车正快速向南阳开来，此刻已经到了离南阳 100 千米的襄樊市，一个钟头后就要到了。金明诚急切地盼他们回来，一是回来后就能对有关情况做深入了解，再者，梅茵是一流的病毒学家，有她回来，心中更踏实一些。还有一点也不可忽视：梅茵若能回到孤儿院，对安定孩子们的情绪肯定大有好处，他知道梅茵在孩子们心中的威望。

金副市长那时不知道，此刻还有一个人也正加速向南阳市赶来，他的到来将掀起一场更大的波涛。

疫情后第二天下午七点钟，天色已黑的时候，梅茵夫妇赶回南阳市。城区已经封锁，警车横在路口，警灯不停地闪烁着，戴着口罩的警察在拦截外来车辆，请他们无条件返回。两排手执武器的武警警惕地守在两旁。梅茵把车停下，降下车窗，一个警察早已看清了车号，走上前行个礼，把一个对讲机塞到车窗里，然后挥手放行。梅茵一手开车，一手摁下对讲键：

“喂，是金市长吗？我们已经到达城区，正往孤儿院开。完毕。”

“我是小金。一路还顺利吧。完毕。”

“顺利。我们同外界没有任何接触，吃的是干粮，收费站一路绿灯。完毕。”

“你们的身体？完毕。”

“没有任何发病的迹象。疫区内的情况？完毕。”

“相对乐观。重病人只有两人，其中一个是孤儿院的梅小雪。疑似病人有一千多个，但症状相当轻。防疫站的专家们对此相当纳闷。完毕。”

“梅小雪她……算了，我们马上就到孤儿院了。完毕。”

汽车开到第二层封锁线，这儿比外围封锁线更严，空气中弥漫着浓重的石炭酸味儿，警卫们都穿着白色臃肿的棉防护服，戴着面罩，像一伙儿太空人。路上清冷寂寥，没有一个行人，如果没有闪烁的警灯和姿态僵硬的警卫，这儿就像一座死城。警卫们看到这辆车，老远就做出放行的手势。吉利车直接开进孤儿院，两个太空人已经守在那里，手里托着两套防护服，显然是为他俩准备的。梅茵开门出来，笑着摆摆手：

“谢谢，我们俩用不着，要传染早该染上了。”

太空人之一是防疫站的周医生，他在面具后瓮声瓮气地坚持：“至少得戴上口罩。”

“不，口罩也用不上，真的不用。”

孙景栓从另一侧车门出来，也温和地摆手拒绝：“确实用不着，我们有抵抗力。领我们看看病人吧。”

周医生领他们过去，一边介绍说，孤儿院的 34 个人中有 14 人未发病，确认后已经疏散出去，现余 20 人都处于出疹期，但病状相对较轻，这点让人纳闷，因为——恐怖分子在美国撒播的可是天花的强毒株啊。

梅茵对他的话未置可否。他们进了孩子们的集体宿舍，刘妈与 16 个女孩住在这屋，陈妈和几个男孩在另一间屋里。显然没人预先通报梅茵的到来，梅茵一进屋，屋里人都愣了，几秒钟后才反应过来，屋里腾起一片声浪：

“梅院长！梅妈妈！梅妈妈回来啦！”

孩子们向她扑过来。刘妈着急地喊：“别过来！梅院长你先穿上防护服！”但已经来不及了，梅茵笑着摆摆手，把孩子们揽到怀里，孙景栓也笑着抱起两个小女孩，亲亲她们的脸蛋。梅茵检查了她们的病情，头面部都有疹子，但较浅较稀。出疹期本来就会暂时退烧，所以她们的精神都很好。孩子们叽叽喳喳闹个不停，都想挤到前边，挤到梅茵的怀里，让梅妈妈的手摸摸自己的脸蛋。梅茵眼中含着泪光，不停地说：

“你们都好，我就放心了。你们很快会痊愈的，别怕。在你们痊愈前，梅妈妈会留在这儿一直陪你们，好吗？”

孩子们一片欢呼。

他俩又去另一间屋里看了男孩子们，梅茵对两位妈妈说：“你们辛苦了。”

“我们辛苦点算啥，只是苦了孩子们，尤其是小雪。”

“她在哪儿？我去看她。”

刘妈领他俩到那间新房。没有旁人时，刘妈小心地问：“梅院长，病毒真是你从美国带回来的？”

梅茵扭头看看她，平和地说：“很有可能，我在美国虽然未到疫区，但在一次会上接触过一个人，后来才知道他是这次恐怖袭击的策划者。也许他在会上……”

她没有说下去。刘妈叹口气，不再问了。虽然梅院长只是无心之失，但无论如何，只要想起是她把病毒带到孤儿院的，刘妈心里就难过。

独自隔离的小雪已经听到了那边的欢呼声，看到梅妈妈在向这边走来，早就急不可待了。护理她的护士守在门口，婉言劝她在屋里等，不要出来。这会儿她喊起来：

“梅妈妈，梅妈妈！孙叔叔！”

两人加快步伐过来，把小雪紧紧揽在怀里。小雪把头深深埋在妈妈怀里，等她抬起头时泪流满面，把梅茵的胸前都濡湿了。她的病状确实很重，头面及四肢远端都长满了红疹，有些已经开始转为疱疹，这会儿体温不算高，但前一阶段的高烧已经把她蹂躏得很惨了，面色苍白，走路发飘，目光有点迷离，说话时中气不足。梅茵紧紧贴着她的脸蛋，声音哽咽：

“小雪你受苦了。别担心，你一定会痊愈的。这些天梅妈妈会一直陪着你。”

梅小雪的眼睛立即放出光芒！这些年她一直有个隐秘的愿望，羞于对别人讲，那就是和梅妈妈睡到一张床上，挨着妈妈的乳房，甚至用手摸一摸。对于一个13岁的女孩来说，这个愿望未免太孩子气了，问题是——她的孩提时代从未享受过这样的幸福啊。如果这场病能换来这样的幸福，那她就非常值了。她怯怯地问：

“梅妈妈，你晚上会住到这儿吗？”

“会的，我会一直陪你睡到这儿。”

“呀，不行，会传染的！”她忽然想起这一点，赶紧离开梅茵的怀抱，着急地说，“梅妈妈你为啥不穿防护服？会传染的！”

梅茵笑了，把她重新揽回怀中：“不要紧，妈妈和孙叔叔都有抵抗力。真的，不骗你。”

小雪放心了，注意到久被冷落的孙叔叔，歪着头想了想，体贴地说：“梅妈妈你白天陪我们就行了，晚上还是和孙叔叔住到一块儿吧。”

孙景栓刮了刮她的小鼻头：“小机灵鬼，就你心眼多。让梅妈妈陪你吧，我还要陪梅小凯那几个男孩呢。”

到这时小雪才相信，那个久已企盼的幸福真要降临了，于是迷离的目光焕发出光彩。

晚上梅茵搂着小雪睡，小雪老用脸蛋蹭妈妈的胸脯。梅茵体会到她隐秘的心愿，有些心酸，干脆脱了乳罩，把小雪的两只小手按到自己的乳房上。小雪幸福得醉了，脸挨着，手摸着，沉默了很长时间，忽然抬头问：

“梅妈妈，我想问你一件事，行吗？”

“问吧，尽管问。”

小雪鼓足勇气问：“梅妈妈，你是不是我的亲妈？”

梅茵顿了一下：“你就把我当成你的亲生母亲，好不好？”

这个回答没能让小雪满意，她失落地轻吁一口气。梅茵又一次感到心酸，把孩子搂紧，暗暗为她担心。小雪的症状很典型，现在出的是红疹，很快她的体温就会回升，红疹变为脐形疱疹；此后体温会继续升高，疱疹变为脓疱疹，甚至出现危险的脓毒血症。虽然她已经注射了疫苗，但时间太晚，疫苗已经不大起作用了，以后只能靠她本人的抵抗力，靠造化之神赐予每个生物的免疫力。死亡的可能性倒不大，但麻脸看来逃不脱了。当然现在有足以乱真的美容手术，对麻脸疤痕可用特殊的快速磨头磨面修整，效果不错，但毕竟不是原璧了。这会儿小雪安心地钻在她的怀里，钻到母爱的羽翼之下，她还没有意识到以后的灾难啊，可怜的小雪。

小雪的病是她造成的。这次疫情中会有少量重病号，甚至少量死亡，是她早就预料到的，也是无法避免的。虽然她从道理上看得很透，但对小雪仍然充满歉疚。就在这一刻她做出一个重要的私人决定，把小雪的脸扳过来，看着她的眼睛说：

“小雪，我有一个计划。等你病好，我就办理领养手续，把你接到我家中，做我和孙叔叔的女儿。你同意吗？”

小雪惊呆了，不相信幸福会这样毫无预兆地突然降临：“真——的？”

“当然。梅妈妈会骗你吗？我还没和你孙叔叔商量，但他肯定会同意的。”

小雪仍愣了很久，突然双手攀住梅茵的脖子，泪水汹涌奔流。她的泪水过于凶猛，梅茵一时也被吓住了。她贴着小雪的脸蛋说：

“别哭，小雪别哭。啊，我知道了，小雪这么伤心，肯定是不乐意当我的女儿，那我就收回刚才的话，你看行不？”

小雪被逗得带着泪水笑了，低声喊：“妈妈，妈妈。”

她已经把称呼改了。梅茵欣喜地抚着她的背，喃喃地说：“乖女儿啊，你是天下最漂亮的女儿，最可爱的女儿。”

她们絮絮地说了很久，小雪搂着妈妈，带着泪水和笑容进入梦乡。

这会儿是晚上十一点，薛愈晚饭后乘一辆出租车从武汉出发，此刻刚刚赶到南阳。新闻联播已经通告了这儿是疫区，人们对非典记忆犹新，哪个司机敢往疫区跑？薛愈好容易用高价和恳求打动了一个司机，但说好不进封锁区，在封锁线上撂下乘客就走，司机才答应了。电视上说，中国这次天花爆发，源于一位回美国探亲的旅行者梅茵，是她从美国带回了病毒，但薛愈从听到这个新闻的第一刻起，心中就扎着某种尖锐的担心。他必须把自己的担心告诉梅老师，否则，如果他的担心属实——真正的疫源并非美国，而是在孙总的工厂里，那目前的所有防范措施都会失效。他发疯一样打梅老师手机，一直联系不上，连孙总的手机也打不通。但他的担心又不想直接捅给官方，无疑那会给梅老师带来很大的麻烦。无奈之下，他立即租车往南阳赶，他估计，蜜月旅行的梅老师此刻肯定也从电视上得知了这个消息，一定在加速赶回南阳。

出租车在封锁线外停下，放下薛愈，司机一分钟也不多停，立即拨马而回。薛愈问了警卫，知道梅老师确实已经回到本市，一下子放心了。他要求进去见面，警卫训斥道：

“你不想活了？不看这是什么时候，还愣往疫区里闯。”

薛愈说我确实有急事啊，你不让我进去，给我梅老师的电话号码也行。警卫说他们也不知道，爱莫能助。薛愈火了：

“我真有急事，与扑灭疫情有关，十万火急！你们不让我进，以后出了问题谁负责？”

警卫看他说得硬气，便打电话向总指挥请示，然后他开来一辆警车，说：

“走，我带你去。”

警卫没带他去见梅老师，带到疫区封锁总指挥这儿了。现场指挥部设在梅小雪所在的中学，离孤儿院不远。这会儿正在一个大教室里开会，与会的有国家CDC的张副主任，这是中国最年轻的司级干部之一，精明强干，官场中普遍看好他的发展，说他最多三年之内就会当上副总理；有WHO派来的专家、日本人松本义良，一个态度谦恭的老人；有南阳市委齐书记和唐市长；会议由主管文教卫生的副市长金明诚主持；还有一大群中外记者，中国的不说，国外的有CNN、共同社、路透社、俄通社、安莎社、埃菲社……比正式与会人员还多，齐齐地坐满了后排。由于是内部会议，不安排同声翻译，所以各通讯社都派了懂汉语的精兵强将来，个别不懂汉语的人只有求助于懂汉语的同行了。

让外国记者同步报道疫情，是张主任决定的，并经中央批准。中国在非典初期因地方瞒报，既干扰了疫情的扑灭，又为国际舆论所诟病。张主任说，这回决不允许再出现这样害人害己的蠢事了。

这会儿市 CDC 的杨纪村科长在汇报疫情。总的说情况很好，超出流行病专家的预料。南阳市目前确诊天花患者为 343 人，疑似患者 1345 人。但病情普遍较轻，症状类似变种天花或小天花，但中国并不属于小天花流行区。杨纪村向大家解释：小天花又称类天花，曾在南美一些国家流行。它的病状较轻，死亡率为 1%。是天花病毒一种稳定变种，与天花有交叉免疫。小天花与正型天花病毒用实验室方法不易区别，有人用二者在鸡胚绒毛尿囊膜上生长所需要的温度来区分。从美国疫情来看，那儿显然是正型天花。所以，如果承认这儿的天花是梅院长从美国带来的，这点矛盾就无法解释。疫区内只有两个重病人有生命危险，即孤儿院的梅小雪和最先报告疫情的马医生。前者是因为发病最早，后者是因为年纪大，体质弱，他早年种过牛痘，但只种过一次，没有复种，所以特异免疫力已经消失了。此前国家CDC最担心的局面，是天花沿梅茵他们蜜月旅行的路线扩散，所以让梅茵提供了详细的行程记录，沿这条线严密监视，并确实发现了数十名疑似病例，但病情同样较轻。天花主要靠飞沫传染，由于梅茵他们是蜜月旅行，没有在某一地方过多停留，即使播撒了病毒也很快被稀释，所以传染强度并不大。从目前情况看，疫病的扩散势头已经被有效遏止。

按会议安排，杨科长汇报完，将安排记者提问时间。这时一名工作人员找到金明诚，附耳低言一会儿，金明诚对旁边的唐市长说：“代我主持一会儿，有一个武汉病毒所的年轻专家远道赶来，说有紧急情况。”然后匆匆离开会场。他的离开在后排记者中引起一阵骚动，这些记者都是些超级人精，眼光锐利如刀，是不会放过任何蛛丝马迹的。

金明诚来到会场外，同薛愈握手，说：

“有什么紧急情况？”

薛愈为难地说：“只是我的怀疑，我想先同梅老师交换一下意见。”

金明诚沉下脸：“你要说的事是否同疫情有关？如果无关，请你回武汉去，这儿无暇接待你。”

“当然有关……”

“那就快说！我是疫区总指挥，有权在第一时间得到与疫情有关的任何情况。如果确实需要同梅老师交换意见，我会安排的。”

薛愈脸红了，知道自己的做法有点傻，有点迂。疫情关天啊，容不得他像平常日子里那样按部就班地行事。他其实也是个精明强干的人，立即收拢心神，简明扼要地讲了天道公司那个实验室的情况。他说：

“如果真像梅老师所说，这种变异的白痘病毒也能致病，而且症状类似天花的话，那就要考虑：也许这次的疫源并非来自美国的天花病毒，而是那个实验室中变异白痘病毒的意外泄露。正好在疫病暴发前梅老师领我去过那里，也许就是那次她无意中接触了白痘病毒？”

金明诚的心沉了下去，他的第一反应是不那么光明的，先考虑的是自己的宦途。他在调离新野县前曾特意去天道公司的新车间视察过，怀疑新车间里有蹊跷，也许那时他就感觉到了命运中要出现的坎坷？可惜他没有视察实验室，已经走到门边却没有进去，太草率太马虎了。话说回来，即使进去，以他这个外行恐怕也看不出什么名堂。这会儿他对梅茵滋生了极度的不满——梅茵违背了投资时她作出的“工厂与病毒完全无关”的许诺，悄悄搞了这么个研究病毒的实验室，太过分了，太胆大妄为了。如果那儿果真是疫源，不说梅茵得倒霉，自己的官也算做到头了。他的宦途是从那次成功的引资开始的，也许又要因梅茵而终结了。

他摇摇头，抛掉这些思绪。现在是疫情关天的时候，现场指挥的片刻犹豫都可能多增加几十个几百个牺牲者。形势不容他分心，更不容他妄图隐瞒，妄图把薛愈的反映悄悄压下去。他说：

“谢谢你的责任心，也谢谢你的锐敏目光。我是外行，想再确认一句：你刚才说的白痘病毒会变异得类似天花，能够致病——确实有这种可能吗？”

薛愈犹豫着没有回答，目光非常复杂。金明诚敏锐地察觉到了，这回他没有厉声斥责，而是温和地说：

“不管有什么想法，都如实告诉我吧，一点也不要隐瞒。知道吗？我对这件事盘根究底，实际上也是为自己的官场升迁自掘坟墓。无论是作为当年的招商局局长，还是后来的新野县县长，我都对这个秘密实验室负有领导责任，但我只能这样做。”

薛愈听出他的沉闷感伤，脸红了。现在确实不是考虑个人得失的时候，哪怕涉及他一向敬重的梅老师。他坦率地说：

“如果是自然变异，可能性极小。目前医学界公认的看法是：猴痘病毒包括其变异的白痘偶然能感染人，但没有继发传染能力，也就是说不能由人再传染他人，这样就不可能造成大规模的疫情。除非是——进行人工诱导。”

金明诚震惊地问：“把无害病毒故意变成杀人病毒？为什么这样做？”

薛愈忙说：“并不像你想的那样简单。科学家这样做有完全合理的理由，是防患于未然。而且，破译了病毒从无害到有害的过程，有助于医学战胜病毒。当然，”他困难地承认，“这种研究有危险性，事先应进行充分的公开讨论和有关方面的批准，不应该是私人的行为。”

尽管他的语气尽量委婉，但这已经是相当严厉的批评了。金明诚看看这位梅茵的学生，没再说什么。他一向敬重梅茵，甚至视她为完人。她宅心仁厚，稳重严谨，待人如春风，视孤儿们如亲子，看钱财如粪土。他做梦也想不到，梅茵会干出这样“不稳重”的事。他点点头：

“走吧，跟我到会场去，我们当场处理这件事。小薛，谢谢你。”

金明诚作为会议主持人，离会的时间太长了一些，后排的记者，尤其是外国记者越来越骚动，不时有人回头向门外看。金明诚进来时，齐书记和唐市长都不动声色地看看他，眼光中暗含着疑问。后排的记者们更加骚动，齐齐把目光聚到他及随他进来的那个年轻人身上，有人站起来给薛愈拍照。法警过去干涉，但那个记者已经完成了抢拍，笑着坐下，向法警张开双手。薛愈在前排找到一个空位坐下，金明诚入位后匆匆写了一行字，交给齐唐二位。齐唐二位看完，低声交谈两句，又转给国家 CDC 的张主任。张主任不动声色地看着，足足看了五分钟。下边变得非常安静，正在汇报的杨纪村感受到这种异常，也顿住了，疑惑地看看主持会议的唐市长。这时张主任已经做出决定，摆摆手让杨纪村暂停，让工作人员把麦克风移到他面前，笑着说：

“有一点突发情况。事先说明，这是未经证实的情况，也许只是一场虚惊。但既然我们保证新闻媒体要同步了解所有进展，我就当场公布，随后再落实。但务必请各路记者如实报道，不要夸大，把它炒得像既成事实。现在我要念了，纸条内容的专业性较强，不大好懂，我念慢一点。”

他清清嗓子，一字一顿地念出纸条上的内容：

“梅茵研究员的一位学生薛愈反映：请考虑疫源的另一种可能。梅茵任董事长的本市新野县天道公司有一个实验室，梅茵在这儿研究能致病的白痘病毒，它是猴痘病毒的一种变异，与天花非常相似。这是一项纯属个人性质的研究。”

这绝对是一个爆炸性的消息，与会人听得很认真，后排的记者们飞快地记录着，不懂汉语的急不可耐地询问同行。日本专家松本义良的身边配有翻译，快速为他翻译着，有时低声讨论两句。张主任说：

“也就是说，薛愈同志——薛愈先生认为，有可能这次疫情的作祟者不是天花，而是变异的、能引起同样病状的白痘病毒，是不是？”

他问台下的薛愈。薛愈站起来，简捷地说：“是。”

有技术背景的张主任轻轻摇头：“以我的知识面来看，这种可能性不大，但我们还是听听专家们的意见吧。请WHO的松本先生回答。”

松本站起来，这是个满头白发的老人，中等个子，面相清癯。他向大家鞠躬，说了几句。翻译说：“松本先生说可能性极小，除非它经过定向突变诱导，即使如此，也必须经过长期的筛选。不过松本先生说：不必在这儿耽误时间，对病毒扩增后做一个DNA测序或者探针杂交就可以区分了，中国科学院微生物研究所就能做。”

松本又补充了两句，翻译说：“松本先生又说，虽然他不大相信白痘致病的可能，但这儿的疫情显然比美国的轻，病毒的毒力较小。从这点看，两处疫情不大像是同源的。这与南阳CDC杨先生刚才的怀疑是一致的。”

张主任把杨纪村叫到主席台前，小声问了两句，然后对麦克风说：“在此之前，南阳市CDC已经把样本送北京去做DNA测序了，明天就可能回来结果。不过，我们还有另一个更直接的办法。”他转向金明诚，“请主持人联系上天道公司董事长、武汉病毒研究所的外籍专家、美籍华人梅茵研究员，她中断旅行赶回来后，一直在封锁区内帮助工作。我们可以直接向她询问。”

金明诚没有说话，让工作人员拿来对讲机，摁下通话键。他从张主任的话中感受到了阵阵寒意。张主任着力强调了梅茵的外国人身份，这似乎不是好兆头。他理解张主任的做法，如果梅茵这项秘密研究属实，如果真是她引发了这场灾疫，那她只能自承其果了，谁也救不了她。把她果断地抛出来，倒可以减少外国的猜疑，认为这是某种国家行为——此前类似的不负责任的西方炒作实在是太多了。这会儿金明诚既愤怒于梅茵的大胆妄为，也为她的命运担忧。他把对讲机送给张主任。张主任平和地问：

“是梅茵研究员吗？我是国家 CDC 的张士远，有一个问题想请你回答。完毕。”

那边的声音也很平和：“我是梅茵。张主任请讲。完毕。”

“你应该清楚以下问题的分量，我相信你一定会如实回答。完毕。”

“当然会的。完毕。”

“你的学生薛愈刚刚向会议提出一个可能：疫源不一定来自美国，有可能是由你研究的白痘病毒所引发的。请问你是否在新野县天道公司的一个实验室里研究白痘的变异？完毕。”

那边顿了一下，虽然时间不长，但在场人都感觉到了。然后那边平静地回答：“是的。完毕。”

为了让记者们能听到双方的通话，张主任把通话音调到最大。这简单的两个字就像一次核爆，把全场一下震呆了。会场里极度安静，后排的记者们侧着耳朵辨听着通话器里的声音，飞速记录着。张主任问：

“那么，依你看来，薛愈的怀疑是否有可能？完毕。”

他的语气仍很平静，但平静中已经含有更浓的寒意。那边回答：

“有可能。我已经确认，我这儿的病毒确实有致病能力。”

她没有说“我这儿的白痘病毒”，而有意用了一个比较模糊的提法。在场的人们，包括最熟悉情况的薛愈，当时都没注意到这点细微差别，只是到了真相大白时，薛愈才体会到她当时的措辞是很严格的。梅茵继续说：

“想知道这次的疫源究竟来自何处，很容易。请CDC到那个实验室取样本，做一个DNA测序，与疫区的病毒来个比对，就可以了，也可用其他方法来鉴别。完毕。”

这句话——她的病毒有致病能力——再次引发一场核爆，记者们知道今天可要逮住一条大鱼了，不免喜形于色，尽管他们的喜悦嵌在疫情的大背景下有些残忍。当然他们也有些疑惑：如果这位梅茵真是疫情的罪魁，她会如此平静吗？甚至主动请求做DNA鉴定？张主任非常愤怒，不再掩饰语气中的严厉：

“你这项研究是谁策划的，谁批准的？完毕。”

“是我的私人研究，没有任何人批准，甚至天道公司的孙总也不知情。完毕。”稍停她补充道，“我愿意为自己的行为负一切责任。完毕。”

张主任放缓口气：“责任追究以后再说，现在第一要务是先把疫情扑灭。我马上派人去那个实验室取样本，请你配合。完毕。”

“你们直接去就行，病毒保存在液氮中，反应器内有活病毒。顺便说一句，即使确定疫源是那儿，目前的防范措施依然有效，牛痘疫苗也有效，不必做什么更动。完毕。”

这句话说得太肯定，给人的印象是：其实她对这件事了然于心，早已知道是自己实验室的病毒泄漏引发了这场疫情，但一直隐瞒着。张主任抑住内心的怒气，冷淡地说：

“谢谢。完毕。”

“不必谢，是我的本分。”她有些突然地加了一句，“倒是要谢谢我的学生薛愈，谢谢他的社会责任心。我没看错他。完毕。”

大家把目光转向薛愈，薛愈脸红了，在众多目光的烧灼下如坐针毡。他这次“告发”梅老师是形势逼出来的，而且他自问毫无私念，良心清白。但是，道德上的自信并不能减轻他对老师的愧疚，尤其是，如果最后导致梅老师身陷囹圄的话。依事态发展看，这已经大有可能了。在这样的心态下听见梅老师对他的夸奖，觉得这是最刻薄的讽刺。他想不会啊，梅老师不是这样刻薄的人。这时他听见金市长在喊他：

“小薛，你领着杨科长去吧，你对那儿熟悉。”

薛愈唯有苦笑，好，“叛徒”要被示众了，要去直面工厂里众人的鄙视了。他一咬牙，心想去他妈的，反正自己没有干亏心事。他说：“好吧，我领着去，我对那儿很熟，我曾是梅老师最器重的学生，她曾经想让我接手那儿的研究哩。”张主任从他的啰唆中知道他此刻心绪复杂，同情地说：

“小薛，我也要谢谢你，谢谢你的社会责任心。我想所有人都会感谢你的。喂，咱们都去吧，包括松本先生，记者们愿意去的也都去。走吧。”

与 CDC 的张主任通话时，梅茵和丈夫都在小雪住的小屋里。小雪的丘疹已经转为疱疹和脓疱疹，体温回升，出现了脓毒血症，神志模糊，有时表现狂躁。这些天一直在为她输水，用特异高效价的抗天花丙种球蛋白进行治疗，防止并发肺炎。虽然她神志模糊，但有一件事是忘不了的，就是时时刻刻要确认妈妈在身边。她或者拉着妈妈的手不放，或者在呓语中喃喃地唤着妈妈。看着她的病情，梅茵心疼如绞。尽管她散布的是弱毒天花，但不排除个别特别敏感的患者会有重度反应。此前她早就料到这一点，但理性认识和直观感受是有距离的。现在，在被病魔蹂躏的小雪面前，她难以排除心中的负罪感。她同张主任通完话，对丈夫说：

“我真的感激薛愈，他让我解脱了。只要在实验室取来样本，真相就大白于天下了。”

丈夫把她的手握到自己的掌心，说：“我也同样解脱了。”

“别傻，一切按既定计划办。别去表现你的骑士精神，你顶不了我的罪。”

“但我也脱不了罪的，没人相信我会一点儿不知情。”

“管他们信不信呢，法律讲究证据，你就一口咬定不知道，至少可以争取个轻判啊。工厂离不了你，孤儿院也得你替我扛起来。还有——咱们的女儿，不能让她刚有了父母又变孤儿。”

孙景栓点点头：“我知道。我会尽吃奶力气对法院耍赖的。如果你真被判刑，我在外边等你。”

梅茵平淡地说："有可能出不来了，估计是20年的重刑。"

"不管多少年，我等你。"

他们不再说这件事了，低下头看小雪。小雪满脸通红，疱疹几乎满掩了皮肤，露出的皮肤显得发红和微肿。她闭着眼，长长的睫毛时而颤动着，嘴唇也时而翕动，像是对冥冥中的神灵祷告。梅茵心疼地说：

"小雪受苦了，是我害了她。"

"心放开点。狄克森先生说得对，疾病是人类不可豁免的痛苦。还说过，上帝只关爱群体而不关爱个体，这才是大爱之所在。这都是你教我的观点啊。"

"我知道。我对自己做的事不会后悔。只是看着小雪这个样子……景栓，我昨天来例假了。"她突兀地说。"非常抱歉，我不能为你和奶奶生育一个孩子。来不及了。"

她的声音里含着浓重的苦涩，孙景栓心中也发苦，他努力把苦涩变成玩笑：

"还来得及，在拘捕之前咱们努把力，争取怀上。别忘了，孕妇还能缓刑呢。"

梅茵低头看看小雪，叹息道："不行，小雪和孩子们病成这样，我没有一点兴致。"

孙景栓叹了一声："其实我也一样啊。那就不要勉强，听从命运的安排吧。"

床上的小雪忽然弹动着，狂躁状态又发作了，梅茵忙按住她扎着针的左手。小雪喃喃地说："妈妈，领我回家。"

说话时她没有睁眼，显然是高烧中的呓语。梅茵摸摸她的脸，心酸地说："小雪好好养病，病好后妈妈就领你回家，好吗？"

"妈妈领我回家。不去坐牢。"

梅茵夫妇大吃一惊。她是在呓语？但从她第二句话看来，她显然听到了也听懂了两人刚才的谈话。俩人仔细观察小雪，她闭着眼，表情漠然，显然仍在昏迷中。梅茵眼眶红了，柔声重复着：

“小雪好好养病，病好后爸妈就领你回家，回到咱的家。好吗？”

薛愈领着南阳市 CDC 的杨科长，去天道公司那个实验室取了病毒样本。同去的还有张主任、唐市长、金副市长、WHO 的松本先生，和十几个中外记者。提取样本是在众人监督下进行的，共取了三份，一份送中国科学院微生物研究所，另两份由松本先生签封，派专人直接送美国亚特兰大 CDC 和日内瓦的 WHO 进行鉴定。是张主任主动这样安排的，熟悉中国官场潜规则的人都为他捏一把汗，因为这件事很可能是一颗炸弹，这么兴师动众地去排弹，成功了自然好，万一在公众目光中忽然爆炸，那他就惨了。但年轻的张主任坦然自若。新闻必须公开透明，这回如果还捂着盖着，相信当天晚上就会在网络上，或某家国外大报上，出现这么一条耸人听闻的新闻：

某国军方在秘密研制生物战剂，近日发生泄漏，引发天花疫情！

张主任敢这样做也是有底气的，他知道中国并没有这样的秘密研究，肯定是梅茵的个人行为。他愤恨地想，这个美国女人太胆大妄为了！既然如此，又有什么好遮掩的？反倒可以借 WHO 代表和外国记者的眼睛来报道事实的真相。三份样本送出去了，三家研究所都很慎重，三四天内没有公布结果。令人欣慰的是，所有目睹了样本提取的记者都没有急于制造新闻，而是谨慎地报道着事态的进展，或是暂时无进展。

即使有了这个缓冲期，当五天后，三家机构同时公布鉴定结果时，仍然引发了猛烈的舆论爆炸。

孙梅夫妇早就知道会是什么鉴定结果——实验室里储存的根本不是什么白痘，而是从俄罗斯获取的天花——但在结果公布之前他们完全撇开了这件事，全力照顾小雪和其他孩子。这些天，孤儿院疫区也做了进一步的划分，院中拉了一条隔离带，基本痊愈的孩子们由刘妈和陈妈领着，住在一个区域；这边只剩下梅小雪、梅小凯和牛牛，由梅茵夫妇照顾。刘妈她们不放心这边，老是站在隔离线那边大声喊梅院长，问小雪他们咋样了？梅茵一直劝她们放心。

今天他们听到了一个噩耗：最先报告疫情的马老先生因病重去世。到目前为止，他是这场疫情中唯一的牺牲者。梅茵和孙景栓都很沉痛，马老先生是因他们而死的。纵然他俩熟知“疾病是人类不可豁免的痛苦”，但当死亡真切地砸到他们身上时，仍然有难以承受之重。马医生的死也势必加重对梅茵的量刑，但这反倒不是她关心的焦点。

自从参加义父的十字组织，她早就为这样的结局做好了准备。

小雪的病情仍未见轻，几个全副武装的医护在她身边忙碌着，屋里拉来了氧气瓶、人工呼吸器等急救设备。输氧器的水泡哔哔地响着。出疹期是天花病人传染力最强的时候，但梅茵没有任何防护，连口罩也不戴，就这么着护理着小雪，帮她翻身，为她擦去脓液，把她抱到怀里。她做得坦然自若，但在几位医护的眼里，她这么“赤膊上阵”简直让人不寒而栗。他们诚心地劝梅茵加强防护，梅茵都一笑而罢。

小雪发病后的第 13 天，病情终于稳定下来，体温开始下降，脓疱疹开始结痂，神志也开始恢复清醒。梅茵悬了多日的心终于放下来，在心里默诵“感谢上帝”——当然这不是那个宗教的上帝，而是大自然。她知道，虽然有医生的尽心救治，但究其根源，是小雪年轻的身体战胜了病毒，是天生的免疫系统救了她。这个免疫系统是大自然 40 亿年进化的结晶，无比的高效、精细和巧妙，是任何医学手段都望尘莫及的，尽管现代医学已经是无比巍峨壮丽的大厦了。

医护们撤走了，把病情好转的小雪留给梅茵单独看护。小雪踏踏实实睡了一个好觉，清晨她睁开眼，用清醒的目光打量着四周。太阳已经升起，一缕阳光从窗户里斜射进来，无数微尘在光柱里飞舞。屋里充溢着好闻的石炭酸的味道。窗户里嵌着一块四方的蓝天，白云悠悠地在这个四方背景上飘过。一片落叶落到窗户上，在玻璃上贴了片刻，很不情愿地缓缓滑下去。小鸟在院里的树上欢快地鸣啭着。

生命真好。她总算挣脱了死神的利爪，可以重新享受生命了。

睡在另一头的梅茵被惊醒，忙起身走过来："小雪你醒了？"

"妈——妈。"小雪虚弱地喊一声。梅茵十天来衣不解带，这会儿显得相当憔悴，特别是，在她的一头青丝中，小雪竟然发现了几根白发。她感动地说："妈妈你有白头发了，一定是这几天累的。"

梅茵笑着说："早就有了，妈妈已经是48岁的人啦。小雪，你的病很快就会痊愈，现在已经结痂，等痂皮脱净，你就可以出院了。"

她想应该告诉小雪，痂皮脱落后她会变成麻子，但不要紧，现在的美容手术可以重塑她的美貌。但这个真相只能慢慢掀开，否则她会难以承受的。小雪还没意识到这一点，她的心思被另一件事占据着。她声音低微地唤道：

"妈妈。"

"怎么啦小雪？"

小雪苦恼地说："妈妈，我在昏迷中好像听到一个坏消息，究竟是什么，我记不清了。是不是有坏人要来抓你？"

梅茵顿了一下。这么说，小雪在高烧中的那句呓语并非空穴来风，她确实在昏迷中听到了自己和丈夫的谈话，而且刻印在记忆中了。她怎么会在昏迷中单单筛出与妈妈有关的话语呢，这让梅茵非常感动。与小雪分别在即，是否是永别也说不定，因而梅茵的情绪也有点失控，几乎止不住哽咽。她稳定了情绪，笑着说：

"做噩梦了吧。哪儿有什么坏人来抓我？"

小雪想想，确实也没有这种可能，难为情地笑了，放心地把脸贴到妈妈的手心。

对讲机有信号。梅茵摁下通话键：

"是奶奶？奶奶你放心吧，这儿情况很好，最后一个病人，梅小雪，也快痊愈了。"

奶奶没有回应她的话，甚至没有喊她的名字，只是问："栓子在不在？"

"在，我去喊他。"梅茵很敏感，已经感受到奶奶入骨的冷淡。她苦笑着摇摇头，站门口喊了两声。孙景栓跑过来，接过对讲机，他们不想让小雪听见，走到屋外接听。

“奶奶，是我。你这会儿在哪儿？”

“我听到一些消息，不放心，坐车到市里了。站岗的不让我进，说封锁还没解除，让我对着这个大手机讲话。栓子，咱家工厂被解放军包围啦，你知道不？”

“我知道，不是解放军，是民兵和武警。也是对疫区的封锁，和这边一样。”

“上边派人去厂子里，取了啥子病毒样本？”

“对，这事我知道。”

“都说梅茵在那儿研究啥子病毒，这场大祸就是她戳出来的？”

孙景栓苦笑着对妻子点点头，那意思是说：“你现在已经成人民公敌了，连我也要和你划清界限啦。”他说：

“奶奶，我也听说了。老实说，实验室里的事我不清楚，是梅茵直接负责的。她说是在研究白痘病毒，对人无害。”

“对人没害处，为啥解放军要封锁？栓子，你给我说实话。有人说话可难听啦，说你媳妇是美国特务。”

虽然按夫妻俩事先的商定，孙景栓应该和妻子拉远距离了，但他还是忍不住，对奶奶放了一句重话：“奶奶你老糊涂了？不要听别人瞎说。你孙媳妇是啥样人，你还不清楚？十二成的好人，和特里莎修女一样高尚。她就是出了啥错，也是好心办了坏事。”

那边沉默了相当长时间，然后说：“栓子你说得对，叫你媳妇听电话。”

梅茵接过对讲机：“奶奶是我。”

“栓子家的，奶奶刚才错怪你啦，别生奶奶的气……真要是犯了错，就老实对政府承认，争取个宽大。记住没？”

“记住了，奶奶你放心吧。噢，对了，有件事央奶奶帮忙。我和景栓准备认孤儿院的小雪当干女儿，她是个非常好的女孩，你一见就会喜欢的。如果我短时间回不去，麻烦你帮忙照看她，好吗？”

奶奶那边久久没回话，等回话时已经带着哭声，她知道梅茵是在交代后事了：“你放心，我会照顾她，只要这把老骨头还管用。”

对讲机挂断后，孙景栓的眼眶也红了。梅茵朝他嘘了一声，指指屋里的小雪，低声说：

“不要冲动。不管别人怎么看怎么说，都不要为我辩解。忘了你的许诺啦？”

孙景栓默然点头。

孤儿院里没有电脑，不能上网，又处于封锁状态，得不到外界的消息。从实验室取的病毒样本送去鉴定后，算来已经快一个月了，鉴定结果肯定早就出来了，但一直没有人通知他们，估计是有意对他俩封锁消息。与孙梅二人关系密切的金市长这一个月来也没与他们联系。这是大难前的寂静，梅茵清楚地感受到了。不过她真的没有把它放在心里——反正是躲不过去的结局，想也没用。这些天，她把全部心思都放到小雪身上了。小雪已经基本痊愈，早就不发烧了，身上的疱疹已经结痂，正在逐步脱落。从发病到现在已经超过一个月了，一直没有洗澡，身上满是难闻的汗味，头发粘做一团，前天换的衣服今天又馊了。不过现在还不敢洗澡，梅茵为她换了衣服，然后细心地帮她把锈发梳开，编出小辫。她说小雪这么一梳理真漂亮！手上这些小疤痕不怕的，现在美容术非常先进，完全可以把它复原如初。小雪来了兴致，说：

“妈妈你把镜子拿来，我看看你编的辫子。”

梅茵到桌边看看：“镜子在哪儿？这几天我一直没见。”

“就在桌上啊。”

梅茵找了找：“没有啊，不知道谁把镜子拿走了。”

是梅茵把镜子藏起来了，在小雪做好思想准备之前，她不想让小雪看到自己的容貌。

久病初愈的小雪精神很好，腻在妈妈怀里，小八哥似的，有说不完的话。她问妈妈：“啥时候能把认养手续办好？”梅茵说：“尽快吧，你病好后我就去办这件事。”小雪说：“我身上结痂的地方痒死了，痒得忍不住，让我挠挠吧。”梅茵说：“尽量忍住不要乱挠，来，妈妈帮你挠一会儿。”小雪问：“我离开孤儿院后，是住到武汉，还是新野县孙爸爸那儿，还是留在南阳上学？”梅茵说：“初步打算是让你转学到新野县，住爸爸那儿，我和你爸爸都上班时让老奶照顾你。”小雪又突然想到一个问题：

“妈妈你怎么有那么强的抵抗力？你看别的医生护士都是全副武装，可你口罩也不戴，还敢搂着我睡觉。”

梅茵欣慰地说：“我有抵抗力呀。小雪，你得了这场病后，同样有抵抗力了，这一辈子再也不怕天花了。”

“真的？”

“当然是真的。”

她给小雪详细讲了人类免疫系统的功能，讲了特异免疫力如何建立。种牛痘后得到的免疫力一般只能维持四五年，如果复种一次可以延长，但患天花后获得的免疫力能够维持终生。小雪说：“妈妈你是天下最有学问的人，长大了我也要上医学院，学得像你一样。”梅茵高兴地说：“好啊，我和孙爸爸都教你，你一定会超过我们的。”

这会儿气氛很欢快，梅茵准备说那句最难启齿的话了——小雪的麻脸。她知道这对一个漂亮女孩意味着什么，但是孩子，世界就是这样啊。疾病是人类永远不能豁免的痛苦。上帝憎恶完美。祸兮福所倚，福兮祸所伏。寄生虫能避免花粉热，麻脸能带来宝贵的天花免疫力。小雪还小，长大后才会真正明白这些道理。她说：

“小雪，妈妈要给你说一件事。我知道咱们小雪是个懂事的、勇敢的孩子，对不？”

小雪很敏锐，听出话头不对，担心地问：“妈妈，什么事啊，是不是坏消息？”

她这样敏感，梅茵一时倒不好开口，心里盘算着如何才能说得委婉。不过，她没能把这次谈话继续下去。听见蹬蹬的脚步声，一个戴口罩穿防护服的警察跑进来，行了礼：

“梅董事长，金市长派我来通知你和孙总，到指挥部开一个重要的会。马上就去。”

梅茵微微一笑，知道闷了这么多天的盖子该揭开了，惩罚之剑眼看就要落到她头上：“好的，你到对面屋里喊上孙总，咱们马上走。”

警察出去了，梅茵搂住床上的小雪，恋恋不舍地看着她。这一走，以后就很难见到她了。自己肯定要坐牢，很可能是二十年的长刑，丈夫也不敢说能逃脱。万一丈夫同样身陷囹圄，谁带小雪去做美容手术？不知道，只能走一步说一步了。怪她准备不足，她事先没打算认小雪为义女，这会儿没法留给小雪一个确定的未来，为此她很歉疚。她亲了亲孩子满是瘢皮的脸蛋，笑着说：

“妈妈去开会。估计那个市长叔叔要我出去办事，不知道啥时候才能回来。好好养病，听刘妈陈妈的话，好不好？”

小雪困惑地用力点头。妈妈的眼神好奇怪啊，她是怎么啦？不就是去开个会嘛。妈妈同她再见，又同刘妈陈妈和其他孩子告别，然后随丈夫走出孤儿院的门口。两个护士等在那儿，再次为他们仔细消了毒，按时间算来，孤儿院的带菌者已经失去感染力了，不过还是保险点为好。一辆警车在等着他们，两位警察把住车门，客气而冷淡地请他们上车。另有几个警察把周围的菜贩隔离开。菜贩们都熟悉梅院长，也闻到了警察们的敌意，他们挤在隔离带外惊奇地看着这一幕。梅孙两人回头留恋地看看孤儿院，看看秋意瑟瑟的旧城区，看看蓝天白云。一行南飞的大雁排成人字形，在头顶飞过，提醒他们已经是深秋天气了。他们伤感地相视一笑，相随着上了车。

警察把他们带到小雪那个中学的会议室内，屋里是椭圆形的长会议桌，一边坐着国家 CDC 张主任、金副市长、日本专家松本先生。剩下的多为中外记者，都坐在靠墙的椅子上。长桌的一边空着，显然是为梅茵夫妇留的，这个架势有点类似于审讯者与被告的关系。梅茵夫妇微微一笑，坐到被告席上。

薛愈坐在金副市长的身后，梅茵看见他，笑着点头问好。此刻薛愈心中真是五味杂陈！他虽然问心无愧，但很难坦然面对老师的目光。他已经预感到了梅老师的下场，既怜悯又难过。这种种思绪乱柴一样叉在他心里。

对面的三个“审判者”向梅孙二人点头致意。张主任和金副市长的态度相当冷淡，这些天两人交换过意见，一致认为这个美国女人太胆大妄为了！竟然敢冒天下之大不韪，走私极危险的天花病毒，并加以秘密保存和培养！

当年洽谈投资时，梅茵曾许诺“这个工厂不会和病毒搭界”，现在看那完全是谎言。金明诚现在有个想法：当年梅茵在这儿投资，根本目的就是为天花病毒建造个庇护所。这个想法确实是正确的。她把南阳市和新野县变成全国谈之色变的灾难之源，实在太缺德了。她的行为已经严重触犯了中国法律，谁也救不了她。但想起她将在监狱里度过余生，金明诚颇为不忍，毕竟有十几年的交情，而且天道公司确实为新野县经济贡献颇多。还有，梅茵的私德是有目共睹的，比如她为孤儿们所做的一切也许只是出于赎罪心理？但——还是那句话，她是自作自受，谁也救不了她。

这场疫情顺利扑灭，今天就要宣布解除疫区封锁。作为国家一级和市一级的直接指挥者，张主任和金副市长自然很欣慰。正事忙完了，有时间想点私事——他们的宦途。虽然这次战斗指挥很成功，但两人的宦途并非一片光明。张主任一直在担心，他这次推行的“疫情透明化报道”会不会在某一个环节失控，弄得不可收拾？那他的升迁就算中止了，这辈子甭指望当副总理。金副市长则担心有人算他的旧账，他曾是新野县县长，在他眼皮下窝藏了这个秘密实验室，恐怕逃不了失察的责任。

这些心思只能私下里揣摸，不能摆到桌面上。张主任微笑道：

“梅董事长、孙总，向你们报告个好消息，从第一个病人发病到现在，已经40天。病人都已经痊愈，疫区封锁马上要解除。这些天你们一直在疫情最烈的孤儿院里照顾孩子们，确实辛苦了。特别是梅女士，作为美国人，能和我们共赴国难，非常难得。我代表中国政府谢谢你，谢谢孙先生。”

两人都说应该的，不用客气。梅茵敏锐地意识到，张主任又一次强调了她的美国人身份，肯定是有用意的——想和罪犯拉开距离。她忽然想和张主任开一个玩笑，便佯做无意地笑着说：

“我虽然是美国国籍，但我是中国血统，在中国出生，在中国度过大半生，又嫁了一个中国丈夫，其实应该算作中国人。您千万不要见外。”

张主任冰雪聪明，知道她是在调侃自己，不由脸色微红。他佯做没意识到对方话中的刀锋，继续说：

“从天道公司实验室取到的病毒样本已经做过鉴定，三家的鉴定结果都已经公布。你们是否已经得知？”

梅茵直率地说：“毫不知情，我想这些天你们是有意对我俩封锁消息吧。”张主任再次脸红了，但梅茵笑笑，很快把话头滑过去，没有让他太难为情。“这些天我们一直全心照顾孩子们，本来也无暇顾及他事。我猜，”她微笑着说，“世界上正在刮一场十二级台风，但当事人却处于平静的台风眼。”

“你的比喻很贴切，这么说，你们已经猜到了鉴定结果？”

孙景栓非常困惑地摇头：“我不知道。是什么结果？”

梅茵坦然说：“我丈夫猜不到的，我说过，他对实验室里的一切毫不知情，但我能猜得到。鉴定结果是：它们并不是变异的白痘病毒，而是天花病毒。”

孙景栓脱口而出：“你说什么？是天花？”侧过脸震惊地望着妻子。梅茵暗暗夸奖：行，丈夫的表演不错，是个不错的演员。她歉然对丈夫说：

“对不起，我一直瞒着你。我在那儿研究的所谓‘变异白痘’实际是天花，包括天花三种品系，即非洲品系、西亚品系和欧洲品系。”

纵然这是外界都已知道的事实，但张主任、金市长和松本先生绝没料到梅茵会坦然承认。要知道，承认这一点，实际上也就承认了她的犯罪事实！张主任和金市长的脸色都沉下来，张主任冷声问：

“那么，鉴定报告中的另一个结论你也能猜到？”

“对，我能猜到。引发中国疫情的天花病毒，并非源于美国，而是从我的实验室里不慎泄漏的。记得在40天前，为了向我的学生薛愈介绍实验室的概况，我曾带他参观过，肯定是那时泄漏的。”

张主任询问地看看身后的薛愈，薛愈肯定地点点头。这会儿孙景栓惊得张口结舌——当然只是表演。梅茵叹息一声：

“其实疫情一暴发，我就想到有两种可能——病毒或者是我从美国带来的，或者是本地泄漏的。但那时急于扑灭疫情，没时间来考证它。我觉得本地泄漏的可能性较大，因为这次中国的疫情显然比美国轻得多，两处的疫源不大可能是同样的病毒，大概是我这儿多年的冷藏保存降低了病毒毒性。”她补充一句，“我没有急着考证这件事，是因为：反正不管哪种可能，防治措施都是一样的。”

这两个结论，在三家机构的鉴定报告中都已经明确指出来了，但即使这样，听到当事人，或者说是犯罪嫌疑人，痛快承认这两点，仍是一个重大新闻。屋里的中外记者都飞速地记录着。张主任的声音越来越严厉：

“那么，你能否披露一下，你实验室里的天花从何而来？”

梅茵平静地说：“暂时无可奉告。”

张主任冷冷一笑：“也许有一个人能帮你回忆。请，米格尔·德·拉斯卡萨斯先生，请你直接来提问吧。”他请身后一位记者坐到前排，向屋里人介绍，“拉斯卡萨斯先生是西班牙《马卡报》的记者，三天前那篇分量颇重的爆料文章就是他写的。以下的采访以拉斯卡萨斯先生为主，其他记者如果有问题，也可以直接提问。”

张主任今天的举措属于行险，但也是局势逼的。那篇爆料文章相当真实和客观，但也隐晦地暗示，梅茵从俄罗斯走私天花病毒有可能是中国的“国家行为”，是为中国军方研制生物战剂。张主任非常清楚，西方还有很多人习惯于戴着有色眼镜看中国，这点隐晦的暗示已经在国际上掀起一阵鼓噪。而且这种事很难辟谣，越抹越黑，再严肃的官方声明也会被舆论认为是外交辞令。等你好容易把事实摆清楚，既成影响已经不可挽回了。因此他决定行一步险棋，解铃还须系铃人，借助于爆料文章的作者来辟谣，这才有分量。所以，在看到那篇文章的当天，他就发邮件邀请拉斯卡萨斯，请他来中国直接采访当事人。他在电子邮件中说：

“我相信你是位正直的记者，希望你来这里，把你看到的真相客观地告诉世界，不管你看到的真相是什么。”

拉斯卡萨斯是一位瘦削的中年男人，黑发，皮肤较黑，眼睛炯炯有神。七天前，突然有一位俄罗斯官员在马德里约见他，从那时起把他推到了世界舆论的中心。那位俄罗斯官员以匿名为条件，向他主动提供了一大堆内幕消息。依老记者的直觉，他相信这些内幕是真实的，有很多平淡琐碎但真实的细节。他根据此人的介绍，在报上捅出一篇爆料文章，在世界上引起轩然大波。他没想到的是，随之意外收到中国CDC主任的邀请信，结果促成了他的中国之行。他很感谢也很佩服这位中国官员主动请他来中国，在第一时间采访当事人，这显示了中方的胸襟。但他心中同时存着警惕：也许在这种“透明化”之后是一个精心设计的陷阱？他要处处小心，努力剥去谎言，揭示出事情的真相。

他在梅茵和孙景栓面前坐下，仔细打量着这个风度优雅的女人，问：

“请问梅茵女士，张先生说你和丈夫这些天一直在封锁区内照顾病人，没有看到我的文章，是这样吗？”

梅茵点点头：“是这样的。孤儿院没有电脑可以上网。”

“你懂西班牙文吗？”

“抱歉，我不懂。”

“正好，我为你准备了一份英文的打印文稿。非常抱歉，因时间有限，我没来得及准备中文稿。不知道你丈夫是否通晓英文。”

“没关系，我丈夫的英文水平也很好。”

“那么，请你们先看看我的文章再说吧。”

他递过来一叠纸。标题是：

中国的天花疫情源自俄罗斯？

梅茵一目十行地浏览着，每看过一页就递给丈夫。文章叙述了一位匿名的俄罗斯官员主动约见拉斯卡萨斯，爆料了14年前俄罗斯威克特研究中心的一宗非正常死亡事件。俄罗斯警方在那次调查过程中，剥茧抽丝，一步步摸索前行，最终锁定一位叫梅茵的美籍华人，这个女人行事果决，武功高强，曾在斯捷布什金死前与他有过一段欢爱。有合理的理由可以断定，梅茵此行应该与威克特中心的四级病毒有关。只是由于当时威克特中心正处于苏联解体后最混乱的时候，一直没能查出是否丢失了病毒，以及丢失了哪种病毒。而当事人斯捷布什金又死了，这个案件也就不了了之。现在，在梅茵的秘密实验室里已经发现了三种品系的天花样本，那么，联想到梅茵14年前的这次威克特之行，只有傻瓜才相信两者没有联系。

文章写得很翔实，细节丰富，脉络清晰，远非一般的臆测文章，所以有极强的说服力。梅茵也被吸引住了，虽然她是当事人，但现在是通过“别人的眼睛”来看自己的那次行动，读起来也颇为新鲜。俄罗斯特工们从蛛丝马迹中还原出来的“事件”基本符合事实，只是没有提及斯捷布什金的自杀凶器，不知何故。从文章的内容分析，那个匿名的俄罗斯官员很可能就是这个案件的亲历者，他的主动爆料并非哗众取宠或意在金钱，应该是秉承上级意志吧。大概是想用这种办法来逼出事情的真相——梅茵盗取天花病毒究竟是不是中国的国家行为。选取西班牙报纸来爆料也是思谋周密的，因为在世界几极的对峙中，这家报纸的地位相对超脱一些。文章最后援引这名匿名官员的话说：

“自斯捷布什金死后的14年来，俄罗斯有关情报部门一直注视着梅茵的动向。但俄罗斯在中国的情报网络相对弱小，所以至今未能证实，她是否以非法谋取的四级病毒为起点，在为中国军方研究生物战剂。当然，如果说她处心积虑地获取四级病毒只是一种个人行为，是出自怪诞的个人爱好，与中国官方完全无关，那也太不可思议了。”

正是这点暗示在世界上引起轩然大波。

梅茵很快看完，沉思着。文章把她带回14年前，带回那片阒无人迹的小河边，带回到她同那个俄罗斯男人的欢爱中。斯捷布什金是她的头一个男人，不过当她在河里引诱他时并不是因为爱情，而是为了教父的嘱托。对此她倒没什么可忏悔的，早在15岁那年跟义父去非洲时，义父就教会她：为了纯洁的目的，可以用一点卑鄙的手段。当然，得知斯捷布什金的死讯后，也难以排除负罪感。她一直不结婚，把斯捷布什金作为丈夫供在心灵的神坛上，就是无言的赎罪。后来碰到了孙景栓，是他把自己从负罪感中解脱出来的。

她侧脸看看丈夫，孙景栓也看完了文章，心潮起伏。倒不是因为文中对于梅茵获取天花病毒的过程描写，这些他早就大致知道了，而是因为文中关于斯捷布什金的一些细节。梅茵在拒绝孙的求婚时曾说，她有过一个俄罗斯情人，一直把他当丈夫放在心灵的神龛上，那人死了，她也关闭了自己的爱情。但从文中看来并非完全如此——她与那人的情爱，至少在最初阶段另有实用目的。现在他看到了梅茵的另一面：强硬果决，为了信仰可以毫不犹豫地抛弃道德束缚。这让他对梅茵的仰视中又多了一些畏惧。

两人在看这篇文章时，全屋人都紧紧地盯着他们的表情，尤其是拉斯卡萨斯，他从两人眼睛里看到起伏的波涛，波涛慢慢平息了，梅茵的目光重新变得平静澄澈。拉斯卡萨斯及时发问：

"梅茵女士，看了这篇文章，请问你有什么评价？"

"文章内容基本属实。"

她的坦然承认，再次让所有记者大跌眼镜！梅茵微笑着调侃：

"除了关于我武功高强的那一段。我很想有这样的武功，很可惜啊，没有。我只学过一两年的跆拳道，并没有接受过专门的特工训练，不管是中国的还是美国的。"

拉斯卡萨斯紧追着问："那么，你确实曾潜往俄罗斯新西伯利亚州威克特病毒中心，从斯捷布什金那里获取了天花等可用作生物战剂的病毒？"

"如果你把'等'字去掉，我可以给你一个肯定的回答：没错，我从斯捷布什金手里获取了天花病毒，共三个品系。只有天花，没有别的病毒。"

拉斯卡萨斯紧追不舍："你能坦诚告诉我们，你这样做是出于什么动机？爱国主义？金钱？对世人的仇恨？请原谅我的用语不大礼貌，因为除此之外，我真的想不出其他动机。"

几十双眼睛紧张地盯着梅茵，看她会做出哪种石破天惊的回答。也许最紧张的是张主任，他敢走这步险棋是因为有底气——中国确实没有开发这样的生物战剂。但局势会如何发展，他心里并非完全有底。局面也可能失控，比如，如果梅茵是某国特工，或恐怖分子，或对中国政府素有仇恨，也许她会反咬一口，说她就是受中国政府的派遣。当然这样也不可怕，那就一步步逼问她受派遣的细节，总能找出漏洞的，再高明的谎言也不可能没有破绽，但那样一来肯定比较被动。金市长和薛愈也都紧张地盯着她，不管她做出什么回答，反正这个在被告席上镇静自若的女人，已经不是他们印象中那个春风沐人、宽和慈爱的女性了。

梅茵在心中做出决定：既然真相已经遮掩不住，那就索性借势而行，把十字组织的政治宣言公布于世吧。上次去美国时，其实她已经对教父谈到这一点。此前他们一直低调行事，重点是在志同道合者中招收成员，现在羽翼丰满，已经到公开亮相的时候了。但教父没同意她的意见，希望把这一天尽量往后推，这是为了保护梅茵不致触陷法律之网。可惜，这会儿梅茵无法再去征求教父的意见。她笑着问对方：

“你希望我在三个答案中选哪一个？选爱国主义？我想这个答案最有爆炸性，会让很多记者高兴。想想吧，一个美籍华人病毒学家，以色相引诱俄罗斯科学家，盗取四级病毒，并为中国开发生物战剂……一定能写出一篇轰动的报道。”

拉斯卡萨斯立即顶回去：“我不会为追求轰动而放弃记者的职业道德。我不敢为其他记者作保，但至少我没有任何偏见，我只关心事实真相。”

“那我就告诉你真相。很可惜，你的三个答案都不对。”回答之前她先侧脸对丈夫说，“对不起，我一直瞒着你很多事情，让你受连累了。”

她这是再次提醒丈夫遵守事先的计划，与妻子拉开距离，尽量从这件事中脱身。孙景栓目光复杂地看看她，此刻他的复杂心态并非表演。他低声说：

“我不怪你，我相信你的动机是纯洁无私的。”

梅茵伤感地说：“谢谢你的信任。有你这一句话，我即使在牢房里度过余生，也没有遗憾了。”她向对面的金明诚说，“对不起小金，我在新野县投资时滥用了你的信任，不过你以后会知道，我的动机没有恶意。”

金市长这会儿没法回答，只能保持沉默。梅茵对大家说：

“我到俄罗斯去取病毒，是完成我义父沃尔特·狄克森的嘱托。在我义父的周围集合着一群志同道合的朋友，项间都戴着这样一枚十字架，”她举起十字架让记者们看，“这个十字并不代表基督教信仰。十字是很多原始民族通用的一种文化符号，其本来意义是对自然的敬畏。自然界的生命并非上帝所创造，而是来自简单的自组织过程，来自一些最简单的物理化学规则。生命在诞生发展的过程中，没有任何蓝图、计划、目标、协调这类东西，只是一个随机的试错过程。错的就死，对的就活着。就这么简单，就这么明晰。虽然如此，40亿年的自然淘汰造就了今天的大千世界，它是如此绚丽多姿、精巧高效、富有独创性。假如冥冥中当真有一个永恒的、无限的、最善的、无实体的、全能的、全知的上帝，看着今天地球上自发产生的生命，他也只能击节称赞，自叹不如。

“经过 40 亿年残酷的试错过程，能存活到今天的任何生物，都是生命的强者，是大自然不可复制的瑰宝。它们共同组成了地球生物圈，都有在生物圈中继续生存下去的权利，包括草原狼、鬣狗、蚊子、蛔虫、狗尿苔、节节草等，当然也应该包括病毒和细菌。人类只不过是生物圈中的一员，而且是一个晚来者，有什么权利宣布某种生命的死刑？兔子有权宣布草原狼非法吗？”

她看着大家，略作停顿。拉斯卡萨斯点点头，插了一句：“西方思想界有这样的思潮，名之为物种共产主义，或者叫广义人权，将世人珍重的人权拓展至所有生命了。”

梅茵摇摇头说：“其实我达不到这样的高度。我之所以接受义父宣扬的教义，更多是出于实用主义，出于人类的利己天性。今天的生物圈是 40 亿年进化的结晶，天然具有最大的稳定性。人类是这个生物圈的最大受益者，理应战战兢兢地维护它的稳定，这才符合人类的最大利益。可惜人类认识不到这一点，自命不凡，动辄对大自然进行粗暴干涉。就像一个五岁孩童，刚学会用螺丝刀，就鲁莽地拆卸家里的所有电器，至于他能不能把精密的自动玩具复原，或者在拆卸强电开关时有没有危险，都不在考虑之中。人类脱离蒙昧充其量只有数万年，对 40 亿年的生物圈能有多深入的了解，就自命为大自然的法官？比如对天花病毒，它是人类在自然界中全歼的第一种病毒，目前仅仅在美国和俄罗斯的两个实验室里存有样本，这些样本也马上要销毁。但是，天花病毒也许并非十恶不赦，它的绝迹有可能导致了艾滋病的泛滥，除了腾出生态位，天花似乎能够提供类似疫苗的效果。这只是我正在研究的一个假说，尚未证实，但至少它还没有被证伪。可是，如果天花样本全部销毁，等人类想为天花平反时，它已经不能复生了！”

拉斯卡萨斯问：“所以，你，或者说是你义父建立的某个组织，决定在国际社会销毁天花病毒之前，盗取病毒样本，并秘密保存下去？”

“对。俄罗斯威克特中心的斯捷布什金也是我的同志。不过，他对盗取并保存天花病毒也有疑虑，他曾对我说过一句很沉重的话：不知道自己行的是天使之善还是魔鬼之恶。后来他在矛盾中自杀了。他是一位殉道者，我非常敬重他。”

拉斯卡萨斯一边听，一边在大脑里严格过滤着梅茵的叙述。给他的感觉是：梅茵的叙述与俄罗斯那位匿名官员提供的事实相当吻合，丝丝入扣，合榫合卯，大概不是谎言。那个俄罗斯科学家负罪自杀，从心理脉络上也是说得通的。所以，这件事是由“十字”组织所策划，而无关中国军方，从逻辑上更可信一些。严格过滤一遍后，他心里仅存一点怀疑——

“你承认，此地疫情的疫源并非来自美国，而是由于你那个实验室的不慎泄漏？”

“我想是这样的。”

“你不觉得这两个时间太巧合了吗？”

梅茵摇摇头：“我无话可说。世界上确实有巧合的，否则人类语言中就不会有这个名词了。”

拉斯卡萨斯回头对张主任说：“我暂时没有问题了。我想到那个实验室进行现场采访，可以吗？”

“当然可以，我马上就安排。其他记者已经去过一次了，是那次取天花样本时去的，从那之后实验室一直封着。已经去过的记者如果愿意，也可以再去一次。”

拉斯卡萨斯说：“梅茵女士，能否提供你义父的通信地址？我想去你的实验室现场采访后，立即赶到美国采访他，完成对这个事件的完整报道。”

他这样说，实际上基本默认了梅茵这番话的真实性。梅茵说：

“当然可以。我随后给你。”

张主任非常满意，到此时为止，可以说他对事件进行全程、同步、透明化报道的大胆决策成功了，这些记者们除了确实别有用心者，大概不会再说“中国秘密研制生物战剂”了。现在他对梅茵的态度也有些变化：从厌恶恼怒，转到钦佩厌恶兼而有之。钦佩是因为梅茵的行为是无私的，甚至她个人为此承担了巨大的牺牲，她也像斯捷布什金一样，是个殉道者；厌恶是因为不管怎样，她的所作所为太轻率了，几乎在中国造成一次惨烈的灾疫，也差一点把无辜的中国政府钉死在被告席上！好在事情有惊无险，风浪基本过去了。他问旁边的松本先生：

“松本先生，你有什么要说的吗？”

松本为人非常谨慎，他这次来中国，一直是多听、多看、少说、少表态。今天他在会上一直没说话，直至张主任问到头上，他才谨慎地说：

“我想说，我不赞成梅茵女士的行为。即使‘保护天花不被销毁’的观点是正确的，那也不能是个人行为。它太重大了，必须由各国政府和舆论达成共识，谨慎行事，否则……不会每次都有这次的幸运。”顿了顿又说，“不过我也想公开我的观点。在 WHO 的专家中，对是否销毁天花样本有赞成派和反对派，我属于坚定的反对派，历来强烈反对销毁它们。”

他朝梅茵点点头，送去无言的支持。梅茵感激地用目光作了回应。

张主任同另一侧的金市长低声交谈几句，后者点点头。金明诚听了梅茵这番表白，已经不再恼恨她了，现在只剩下怜悯和钦佩。不管她的信念是对是错，她能不顾一切实行自己的信念，单单这一点就叫人佩服。她为这个信念付出太多，无论在金钱上，抑或个人生活上，都是如此。她就像一个虔诚的苦修者。如今的世界上，比如在中国社会中，这样的殉道者太少了。但不管怎样，她的行为是对抗法律的，南阳市检察院在慎重请示了省高检和中央之后，决定对她起诉。批捕手续已经办好，这次会议结束后她和孙景栓就要被抓到看守所，等待法庭审判。她这样的好人，不该是这样的下场啊，单只想想她为孤儿们做的事，也不该有这样的恶报。金明诚心中阴郁，不忍直视她的眼睛。

张主任对其他记者说：“诸位有什么问题，可以继续提问。”

新华社一位女记者感受到会场上对梅茵无声的同情，非常反感，像梅茵这样行事乖僻的妄人不该享受这样的同情！她激烈地问：

“梅茵女士，我可以相信你对自己动机的表白。但不管怎样，你的行为已经造成恶劣后果。且不说经济损失，单说人身损失吧。第一个报告疫情的马老先生去世了，还有一些漂亮的孤儿院女孩会变成麻子。刚才松本先生说了，这次中国的疫情被迅速扑灭只是因为幸运，本来可能会死亡十万人一百万人的。在法庭上，你有勇气直视这些人及亲属的目光吗？”

梅茵被她戳到痛处，明显地抖了一下。马医生她没见过，对他的不幸虽然内疚，倒还没有太直观的感受。但梅小雪的形象时时在她心中：小雪是南阳市最漂亮的女孩，明眉皓齿，肤色细腻，红中透白，脸上总洋溢着灿烂纯真的笑容，但现在那张脸上已经布满丑陋的疤痕。当然，对于波澜壮阔的人类文明之河来说，一个人的麻脸与否太微小了，不值一提，连一朵小浪花都算不上。可是，对某个特定的个人特别是一个曾经美丽过的小女孩而言，这足以毁掉她的一生。在她面前摆出哲人的架势，说什么“疾病和死亡是人类不可豁免的痛苦”，未免太冷酷，太残忍。她痛楚地说：

“我对他们负有罪责。我愿意接受法律的严惩。”

女记者没有想到她会这样痛快地认罪，倒无话可说了。其他记者也提了一些问题，但没有女记者那样尖刻。他们被梅茵的人格力量所感化，而且从逻辑上也认可了梅茵这些话的真实性。这个事件的大轮廓已定，他们的问题只是一些小补充。一位中国香港记者问：

“我想问孙先生，你对梅茵女士的这些行为知情吗？”

孙景栓摇摇头：“不知情。梅董事长让我建那个实验室时，只说要进行一项私人研究，是研究变异的白痘病毒，对人无害。我丝毫不知道那是天花，我愿意为我的轻信和渎职而接受惩处。不过，在听了她刚才的观点后我想说一句——如果我当时知情，仍会支持她。”

他扭头看看梅茵，梅茵感激地点点头。

肯定有记者不相信孙的“不知情”，但没人再穷究。梅茵目光坦荡地环视四周，在后排找到了薛愈，笑着点了他的名：

“你好，小薛。你是否记得，我曾动员你接手我的研究？如果那会儿你答应，我会告诉你全部真相的。不过这样也好，没把你牵连进来。”

薛愈心中五味杂陈，只能苦笑。

“小薛，托你办一件事。如果我和丈夫……请你替我照顾梅小雪，孩子们中就她的麻脸最重，肯定很痛苦。”

薛愈知道她是在交代后事了，心中凄然，庄重地说：“你放心，我会照顾好她。”

张主任说：“那好，这边没什么事了，二位可以离开了。”梅孙二人起身，向四周点头告别，走出会议室。他们快到门口时，松本先生做出一个让大家意外的举动。他抢前几步赶到门口，对两人恭恭敬敬行了一个90度的鞠躬礼。梅茵被他的过于郑重弄得有点失措，忙不迭地笑着回礼。松本没有同她交谈，一言不发地回到原位坐下。金市长随之起身，对张主任说：

“我送送他们。小薛你来不来？你也来吧。”

两人走了，张主任对大家宣布了一条重要消息：

“非常遗憾哪，尽管这位梅茵女士的动机可能是好的，尽管她对自己的信念身体力行，这种操守值得佩服，但无论如何，她的行为违犯了中国法律，而法律是没有弹性的。现在，南阳检察院已经将他俩批捕，很快就会在南阳市中级法院进行公开审判。开庭前我们会通知在座诸位，欢迎你们参加。”他对拉斯卡萨斯说，“尤其欢迎你参加。你不是说要完成一个完整的报道吗？参加完审判后才算完整。”

此时张主任彻底放心了，这幕惊险剧的大幕已经落下，他的大胆决策到此功德圆满，不会再有波折。尽管他对梅茵的结局心有不忍，但没法子，谁也救不了她。抛出她而换得国家的清白，还是值得的。拉斯卡萨斯的目光很锐利，看透了这位中国官员内心的欣慰，心中突然涌出强烈的不快。张主任作为一个CDC的官员，做的这一切无可厚非，甚至可以说相当出色，但他对梅茵这样的好人未免过于凉薄。他沉吟片刻，委婉地说：

“梅茵现在只能算是犯罪嫌疑人吧，尚不能肯定地说她‘违犯法律’。”

张主任有点脸红，忙说：“那是自然。是我口误了。”

“张先生，我到美国采访完狄克森先生后马上返回，届时我能否探望梅茵夫妇？如果他们同意，我想为他们请一个称职的国外律师。”

张主任迅速看他一眼，张主任是个聪明人，听出了拉斯卡萨斯对自己的不满。他想，这个转变也太快啦，三天前此人还在报道中影射梅茵是中国的“细菌博士塔哈”（塔哈是伊拉克萨达姆时代负责研制生物武器的首席女科学家），今天就把屁股坐到她那边啦？不过这也是好事，至少说明梅茵的话让他们信服了，不会再有人纠缠“中国研制生物战剂”了。他堆出笑容，亲切地说：

“谢谢，我替梅茵夫妇谢谢你的关心。不过你大概不熟悉中国法律，中国的司法制度规定，只允许具有中华人民共和国律师资格并有执业证书的律师在中国开业。你想请外国律师也可以，但必须具有双重律师资格。其实中国也有高水准的律师，像任何国家的律师一样称职。我们像你一样关心梅茵女士的命运。”

“是吗？很高兴听到这句话。”拉斯卡萨斯冷淡地说。

警车开到市公安局，逮捕的具体手续在这儿办理。主办官员宣读了逮捕令，让两人签了字。审判定罪前他们将被羁押在市看守所。公安们开始检查二人的随身物品，钱包、钥匙等暂时收缴，开了收据。皮带、小刀也收走了，这是为了防止犯人自杀。连皮鞋也收走了，换成拖鞋，这是惯例，因为有些皮鞋有铁夹层，也能用做自杀的工具。公安们做起这些来娴熟有致，非常敬业。办这些手续时金市长一直陪在旁边。像这样由一个副市长亲自送嫌疑人进看守所，公安们还是第一次见，知道两个嫌疑人来历不凡，对他俩非常客气。他们想收走梅茵脖子上的十字架时，梅茵挡住伸来的手，温和地说：

“它牵涉到我的宗教信仰，请留下。”

公安有些为难，看看金市长。金市长知道梅茵并非基督徒，她所说的宗教信仰只是托言。但他没有揭穿，摆摆手，警察也就不再坚持了。手续办好后，两副锃亮的手铐铐住了两人的手。旁观的薛愈心中一直非常沉重，这时再也忍不住，眼泪哗哗地流下来。他一向敬重的梅老师和孙总真的戴上手铐了！真的成犯人了！尤其是梅老师，很可能在大牢里蹲一二十年，差不多要耗尽她的余生。这个下场是拜他所赐，是他的那次“告发”促成的。可是——他并没有做错事，他的良心是清清白白的。这些思绪绞在一起，理不清楚。他不说话，只是流泪。梅茵用铐着的双手替他擦擦泪，温和地说：

“小薛别哭鼻子啦，26岁的男子汉，让人笑话。我不怪你，真的不怪你。”

她重复道，“替我照顾好小雪，我就放心了。”

薛愈哭着点头。

两个犯人上了车，警车闪着警灯开走了。金市长和薛愈在门口目送警车消失，坐一辆车返回指挥部，一路上默然无语。路过孤儿院时薛愈下车，金市长也下了车，从车的另一边绕过来，仍然没有说话，只是重重地拍拍他的肩头，然后上车离开。孤儿院的封锁线已经解除，薛愈擦擦泪，到院里去找小雪，那个在他印象中像鲜花一样娇艳的女孩，去完成梅老师对他的托付。

多少年后，当梅小雪回忆起这一天时，她意识到，其实当时她已经看到了前面路上的两大灾难，但她几乎是故意闭眼不看，属于心理性的眼盲。梅妈妈给她描绘的前景太亮，太灿烂，把她的眼睛耀花了。她马上就要有妈妈和爸爸，就像所有同学一样，每天放学后可以蹦蹦跳跳地回家，真正的家，不是孤儿院这个大家。她可以偎在妈妈怀里睡觉，闻“妈妈味儿”，可以爬上爸爸宽阔的肩膀，让他驮着到公园去玩。生病也不怕了，有爸妈在身边。其实最好再生一场病，昏昏沉沉地睡在床上，等待着一只温暖的手摸她的额头，那当然是妈妈的手，她是天下最好的妈妈！

她一直在屋里做白日梦，没有注意到孤儿院已经乱作一团，恰如失去蜂王又被竹竿捅了的蜂箱。梅小凯和薛媛媛闯进来，惊慌失措地喊：

“小雪，小雪，你咋还钻在屋里，出大事了！可是出大事了！”

梅小雪说：“咦，你们咋进我屋里了？出去，出去，梅妈妈和刘妈都说过的，我是重病号，要隔离。”

小凯说隔离已经解除了，刘妈走前就宣布了。小雪在他俩的额部发现了浅浅的麻点，心里抖了一下。她想自己肯定也和她俩差不多吧，这些天她找不到镜子，但甚至用手都能摸到脸上的凹凸。不过不要紧，梅妈妈说可以做手术磨平的。小凯气喘吁吁地说：

“你还不知道？梅妈妈被警察抓走了！说咱们得的天花不是美国传来的，是梅妈妈在新野县天道公司实验室里藏的天花病毒，不小心跑出来了！就是那次咱们过生日，她把天花传给咱们了。”

小雪目瞪口呆，觉得一个非常美好的东西正在她心中慢慢地、无可逆转地崩塌。她嘶声喊：“不！那是造谣！我不信！”

媛媛流着泪说：“才听俺俩也不信，可是——好多人都说呢。刘妈陈妈为啥都不在院里？她们去看守所探望梅妈妈去了，给她送换洗衣服。她们怕你太难过，没敢告诉你。”

“不，我就是不信！”

小凯说：“你记得那天来的薛愈叔叔不？是梅妈妈的学生，过生日那天来过……”

媛媛愤怒地打断他：“别喊他叔叔，他是汉奸！”

小凯说：“嗯，说汉奸不合适，应该算叛徒吧，就是他告发的梅妈妈，还亲自带人到新野县搜查。孙叔叔也被抓走了。听说，孙奶奶知道孙子被抓走后，喊了一声，一下子直挺挺地摔到地上，是脑溢血，恐怕救不活了。”

小雪现在相信了。她突然想起，那天警察来唤梅妈妈去开会，她同自己告别时的奇怪眼神，当时小雪就感到困惑，现在才知道，那是梅妈妈在同自己诀别呀。一个13岁的女孩承受不了这样的打击，她突然放声大哭，哭得直噎气。小凯和媛媛惊慌地劝她，怎么也劝不住。院里没有被疏散走的七八个孩子听见哭声都来了，挤在门口。他们看大姐姐哭得这样痛，很害怕，也都扁着嘴哭起来。小凯和媛媛只好出去，把他们哄走。

屋里只剩下小雪，她哭着，泪眼模糊地看着屋里，床上是妈妈睡过的被子，床头有妈妈看的医学书，桌上有一些简单的化妆品、木梳、发卡等。妈妈在这儿陪了她十几天，在这十几天里，一个孤儿第一次享受到真正的母爱。妈妈还说要把自己接回家，真正变成妈妈，可惜这个美丽的肥皂泡在一瞬间就被戳破了。现在她已经相信了小凯报的信，因为她想起来，这些天妈妈的眼神常常很奇怪，那是负疚和痛楚的混合。也许——她要接自己回家，就是出于赎罪心理？

她哭累了，趴到床尾抽泣。无意中摸到一个硬硬的圆东西，是梅妈妈的镜子。这两天一直找不到它，原来梅妈妈把镜子塞到褥子下边了。小雪摸出镜子，照了照自己。在这一瞬间，第二个灾难残忍地砸到她身上——刚才她还在为小凯和媛媛脸上的麻点心疼，原来自己比他俩惨多了，他俩脸上只有浅浅的斑痕，而自己却是密密的麻点。她已经成了地地道道的麻子！丑陋的麻子！

难怪梅妈妈要藏起镜子，还一再说美容的事。

难怪梅妈妈、小凯、媛媛还有刘妈、陈妈这些天总是不敢直视她，目光在她脸上一溜就赶紧挪走。

是梅妈妈藏在实验室里的天花病毒把她害成这样的！

小雪不哭了，悲伤到极点的人是没有眼泪的。

天色已晚，时光平静地流淌。很长时间里小雪脑子里空空的，没有任何思维，只余下浸透全身心的毁灭感。后来她听见院里有人声，一个男人问：请问梅小雪在哪里？然后是孩子们七嘴八舌的谩骂："你找小雪姐干啥？汉奸！是你害了梅妈妈！"

她朝门外看看，是薛愈。他在孩子们的围攻下尴尬得无地自容。刘妈撵走了孩子，但对他也没什么好脸色，很冷淡地指指小雪的房间。

薛愈脸色灰暗地走过来，那扇门在他面前咣当一声关死。薛愈敲着门，柔声说：

"小雪开开门，是梅妈妈托我来的。她要我照顾你，带你做美容手术。小雪，真的是梅妈妈托我来的。"

屋门紧闭着，里面没有任何声音。薛愈足足劝了半个小时，里面仍像坟墓一样寂静。那边，被刘妈撵走的孩子们还在远远地骂他，他不好多停，对着屋门说了一句：

"小雪，明天我再来见你。"

然后尴尬地离开这里。

那天晚上孤儿院开饭很晚，刘妈和陈妈在整整一天里方寸大乱，先是到看守所探望梅院长，没见到，公安只是让她们把换洗衣服留下。回来后又要照顾乱作一团的孩子，还要操心日后孤儿院的经济来源。梅院长一直以工资支撑这个孤儿院，她入狱后没了收入，就是想资助也无能为力了。等到八九点时她们才把晚饭安排好，早已饿坏的孩子们连惯常的饭前祈祷也不做了，抱上饭碗一阵狼吞虎咽。刘妈说：

“小凯，喊你小雪姐来吃饭，她已经不用隔离了。”

小凯去了，很快回来：“刘妈，小雪姐不在屋里，院里也没有！”

刘妈咕哝道：“她能去哪儿？你们先吃，我去找。”

过一会儿，听见刘妈在院里带着哭腔的喊声：

“小雪！小雪！孩子你到哪儿去啦？小雪你千万别做傻事啊！”

她到处找不到小雪，怕小雪寻了短见。陈妈和七八个孩子顾不上吃饭了，都涌出来，在全院找，到附近街上找，都找不到。最后是媛媛在小雪的枕下找到了一封信：

刘妈、陈妈：

对不起，我走了，到很远的地方去，再也不会回这儿，你们不用找我。

小凯和媛媛，请你们替我照顾弟弟妹妹们。

梅小雪

刘妈看完信后号啕大哭：

“小雪，你这个傻孩子，你自个儿出门咋活下去呀。小雪，你叫我咋向梅院长交代？”

此后几个月里，刘妈和陈妈四处寻找，但小雪一直杳无音讯。

第四章　梅茵获罪

一

2012年春天，中国南阳。

梅茵一案的正式开庭是三个月之后，寒冬过去，春天悄悄来临，那次突然而至又悄然离去的灾疫已经成了过眼云烟，连本地人也几乎淡忘了。但世界没有忘记这儿，没有忘记那件诡异的“走私病毒案”。这次审判吸引了全世界的注意，各大媒体都派了精兵强将来采访。中国官方有意鼓励国外记者来，仍大力贯彻“透明化报道”的方针，以防别有用心的西方媒体把一潭清水搅混。这些天南阳的高档宾馆人满为患，高档出租轿车十分紧俏。庭审在有一千个座位的大审判厅，因为来人太多，法院决定凭证旁听，于是旁听证也成了紧俏商品，一票难求。

第一次开庭，参加旁听的有新华社、中国中央电视台、俄通社、共同社、美联社、半岛电视台、路透社、安莎社、埃菲社……共100多名记者。有武汉病毒研究所的代表。这次天花走私及泄漏事件其实和该所没有任何关系，但毕竟梅茵是他们聘请的外籍专家，不来人说不过去。该所有意低调处理，仅派来两个低级工作人员，而且只听不说，对媒体的采访只是笑着摆手。薛愈也来了，他是以个人身份请假来的，梅老师的命运让他寝食难安，他肯定要来旁听的。三个月的时间已经让人们足够冷静，没人再骂他是“汉奸”“毒蛇”了，说到底，薛愈的“告发”没有任何私利，没有任何卑鄙动机，人们已经理解他了。但薛愈仍有些“理亏”，自我封闭着，默默地坐在后排旁听席上，不与外人搭话，连舅舅也不多说话。他舅舅赵与舟教授也来了，他从网上知道，原来梅茵是一个反科学主义者，反对销毁天花病毒，反对“科学对自然的强干涉”，不由义愤填膺。他历来仇恨这些“受科学之惠又中伤科学的人”，希望能亲眼看见她被烧死在正义的火刑柱上。反正他已经退休，闲得拧肠掉尾的，就巴巴地坐火车赶来了。孤儿院的刘妈陈妈因为要照顾孩子们，只能轮流来旁听，梅茵虽然不信教，但她们与梅茵的关系比教中姊妹还亲，14年的交情啊！梅茵被捕后，孤儿院失去了经济来源，后来民政上解决一部分，其余由天道公司解决，孤儿院得以维持下去。她们想来告诉梅院长，让她放心。

另有五个名人的到来让中国官方和外国媒体都吃了一惊。他们是：美国加州大学材料专家斯科特·李（十字组织的标志——那把无比锋利的双刃剑就是他造的）、WHO日本专家松本义良、英国剑桥大学“科学学”权威R·M·威廉斯、莫斯科理工大学控制论专家阿卡迪·拉布斯基、瑞典数学家奥厄·伦德尔。他们都没惊动中国官方，持旅游护照悄悄来到中国。但他们都是世界一流的科学家，即使再低调，还是引起了媒体的注意。媒体猜测，他们这次来，是“十字组织”有意做一个集体亮相。开庭这一天他们仍是悄悄进来，默默地坐在较后一排，脖子上都戴着一枚式样相同的银光闪闪的十字标志。其中松本义良是几天前才参加十字组织的。他们中间空了两个座位，那是为梅茵的义父也是他们的教父沃尔特·狄克森先生预留的。87岁的老狄克森本来要同他们一道来，但临走那天心脏病再度发作，不得不推迟行期，美国女科学家苏珊留下，等他病愈后一块来。

旁听席上还有西班牙记者拉斯卡萨斯，项间的十字闪闪发光。他是个热血质的人，上次采访梅茵后马上来个180度的大转弯，拜伏在她的圣坛下。在他心目中，这是个圣母一样高贵的女性，为了信仰不惜牺牲一生。虽然他不赞成她的观点，但从心底佩服她。等他去美国对梅茵的义父进行深入采访后，又往前跨了一步，对梅茵父女所宣扬的观点也由衷信服了。他在美国办了两件事，一是参加了十字组织，二是履行了他对梅茵的许诺，为她请来一位一流华裔律师杜纯明先生，英文名字是罗贝尔·杜，有中国和美国双重律师资格，精通中英文，在中国工作起来比较方便。离开美国前，狄克森、杜律师、拉斯卡萨斯，还有另外几位十字组织的成员，凑在一块儿开了一次长会，定出了此次出庭辩护的宗旨和策略：既要借机大力宣扬十字组织的观点，又要聪明地保护梅茵不被定罪。杜律师想出了一个巧妙的策略，估计会成功的。

两位被告人和各自的辩护律师先后走进法庭，坐在两个被告人席上。中国法律规定，同案被告必须延请不同的律师，所以孙景栓另外请了一位年轻的李岩律师。梅茵夫妇都戴着孝，孙奶奶脑溢血后抢救无效，已经于两个月前去世。梅茵坐下前，先与另一被告席上的丈夫致意。夫妇两人进了看守所之后，虽然近在咫尺，但三个月来没见过一面。看守所里没有集体放风，那儿的囚室都各带半间露天囚室，放风是单独进行的，主要是为了避免犯人们在审判前串供。丈夫眉间锁着悲怆，面容惨淡。他最亲的奶奶去世了，这对他的打击太重了。他是个至孝的人，至今陷于深深的负罪感中不能自拔。其实梅茵的负罪感也不轻啊，因为马医生和孙奶奶的死，还有梅小雪的麻脸和失踪。

梅茵对庭内环视一番，看见刘妈、薛愈、六个项戴十字的外国人，便向他们点头示意。外国人中间空着两个座位，她知道是为义父预留的。她曾通过杜律师劝阻义父不要来了，但义父说，他怎么可能不来呢，只要身体许可，他一定马上赶来。她忽然在人群中看到了赵与舟，稍稍一愣，不知道这位老先生怎么在这儿出现。不过她很快看懂了赵与舟隐含得意的目光，知道他此来是为了满足正义的复仇欲。而且肯定又是自费来的，不知道他这次是否会把他的“自费”向别人宣扬？她对他微笑致意，赵先生冷眼相看，没有回应。

书记员宣布了法庭纪律，三名审判官鱼贯而入，全庭起立。审判长落棰宣布：

“梅茵和孙景栓涉嫌扩散传染病病毒案，现在开庭。”

南阳市人民检察院的仝光武检察官宣读了起诉书。检察院非常重视这个案件。两个月前，北京一位领导特意来南阳，把公检法三家召集起来，搞了一次非正式的座谈。领导说他不想影响司法的独立性，这次他来就是为了强调这一点。在这次天花事件中，虽然中国政府是完全清白的，而且实施了非常透明化的报道，但仍有个别外国媒体咬定姓梅的美籍华人是中国政府的秘密雇员，还把她封为中国研究生物战剂的首席科学家。这位领导说：

“贼咬一口入骨三分，鉴于生物战的极端秘密性，本身就难以取证，所以这件事弄不好，会硬生生把一潭清水搅混，最后弄成‘查无实据’但‘事出有因’。如果咱们弄出这么个不清不白的结果，那就是我们的失败，是反华势力的胜利！”领导非常郑重地说，“在这儿我可以负责任地告诉大家，中国确实没有发展生物战剂，梅茵从俄罗斯走私天花病毒纯属个人行为，与政府毫无关系。对梅茵的审判一定要严肃，要穷追到底，把真正的隐情大白于天下！”

这位“不想影响司法独立”的领导实际上是对检察院下达了“只许赢不许输”的死命令——必须实现对梅茵严厉的求刑，以彰示中国的清白。仝光武心中有不小的压力。这个事件按说脉络分明，“天道公司实验室秘密保存天花病毒”这一点证据确凿，无可怀疑；麻烦的是，案件的前半段，即梅茵从俄罗斯走私天花病毒的罪行，却没有过硬的证据。梅茵曾在上次记者会上公开承认过，但那没用，她完全可以翻供。再说，梅茵的辩护律师可不是好对付的主儿，此前杜律师曾代理过几起有国际影响的大案，没有一次失败。杜律师尤其擅长那些与高科技有关的案件，因为据他私下说，法律是一件僵硬的几丁质外壳，而科学每时每刻都在膨胀，注定会在法律之壳上绷出裂口，可以借这些裂口金蝉脱壳的，只看律师有没有本事来发现它了。

杜律师曾经经手过一桩澳大利亚的财产案，它就属于“科技超前于法律”的典型范例。一对没有生育能力的富翁夫妇，用社会捐赠的精卵子，在试管中受精，又找了一个代孕母亲。但胎儿出生前，富翁夫妇因飞机失事双双身亡，没来得及办理收养手续。孩子同富翁夫妇双方都没有血缘关系，现行法律不承认这个遗腹子的继承权。这是个很困难的案子，但神通广大的杜律师毅然接下来。他采用声东击西的办法，先是坚决要求法庭取消这个遗腹子的出生权，立即流产，因为他没有遵守“上帝所定的繁衍方式”。当然这个要求不能满足，于是他转而大声疾呼：

“既然我们已经变革了上帝所定的繁衍方式，为什么一定要拘泥于依照传统繁衍方式所订立的法律呢？”

结果，他硬是打赢了这场官司，为遗腹子和贫穷的代孕母亲争到了巨额资产。至于律师得到的酬金，自然也是天文数字。

杜纯明身材颀长，戴金丝眼镜，文质彬彬，脸上总是浮着温和的笑容。但他藏在眼镜片后的眼睛偶尔一闪时，会透出非常犀利的目光，能看透人的五脏六腑。他在法庭里环视着，撞上公诉人的目光后，友好地点头微笑。

仝光武也向他微笑示意，心中想："且看你这次如何翻云覆雨吧。"

他念完起诉书的结论：

"……本院认为，被告人梅茵，其行为触犯了《中华人民共和国刑法》第三百三十一条之规定，应当以传染病菌种、毒种扩散罪追究其刑事责任。被告人孙景栓，其行为触犯了《中华人民共和国刑法》第三百九十七条之规定，应当以玩忽职守罪追究其刑事责任。根据《中华人民共和国刑事诉讼法》第一百三十六条之规定，特对两被告提出公诉，请依法判决。"

旁听席上的薛愈心中越来越紧张。他这些天详细阅读了刑法，按起诉书指控梅茵的罪名，大致为十年以上徒刑，甚至是无期徒刑或死刑。看来检察院决心从重求刑，以彰示梅茵与中国官方没有秘密关系。至于对孙景栓则明显网开一面，将来最多是判一年缓一年。

以下是审判长对被告的例行质询。梅茵的陈述非常简单：

"公诉人指控我从国外非法运输天花病毒，我不承认这项罪名。"

下边起了一阵骚动。三个月前，当着很多中外记者的面，梅茵曾亲口承认她从俄罗斯威克特研究中心取得了天花样品，还明确承认是三种品系，现在却全盘推翻她的供述。这个断茬未免太陡峭了，它预示着这场审判会波谲云诡。

实际上，梅茵今天是遵照教父和杜律师的意见。杜律师告诉梅茵，依他们已经拟定的庭辩策略，大致能保证梅茵从法网中脱身。既然这样，"保护梅茵"就应该定为第一项目标，至于"公开十字组织的主张"可以向后推一推。梅茵感激教父的用心，同意了这个意见。

另一名被告孙景栓则爽快承认了自己的玩忽职守罪。下边开始法庭调查。公诉人先向法官提供了日内瓦的 WHO、美国 CDC 和中科院微生物研究所提供的鉴定报告。具体内容因专业性太强没有宣读，只宣读了三家机构的结论：

"所提供的实验室样本为天花病毒，含西亚、非洲和欧洲三个品系。其中第一品系病毒与从中国南阳疫区天花病人身上提取的病毒有高度一致性。”

审判长质询被告方对此证据有无疑义，杜律师微微一笑：

“这三家都是世界上鉴定病毒最权威的机构，我们当然不会怀疑。不过，在承认这三个鉴定报告的同时，我们将在适当时机做出补充说明。现在请继续。”

公诉人提供的第二份证据是俄罗斯新西伯利亚州克拉索诺市警察局提供的证言。证言很谨慎，只罗列了一些事实，没有做出明确的结论。证言说，美籍华人梅茵女士在1997年9月20日至9月25日经哈萨克斯坦进入俄罗斯，在克拉索诺逗留了三天，与威克特病毒学及生物工艺学国家研究中心科学家斯捷布什金有过密切接触。警方在斯氏家中提取了梅茵的多处指纹，在床上发现了黑色长发并做了DNA鉴定，已经与梅茵的DNA作了比照，有高度一致性。斯捷布什金在她离开后的当天自杀。

后两条虽然没有说破，但不言而喻地指证了梅茵与斯氏有性关系。旁听者骚动起来，不约而同地把目光集中到梅茵的丈夫身上。中国听众对男女之事的反应一般比较强烈，何况当事人的丈夫就在当场！但孙景栓和梅茵都非常平静。杜律师温和地说：

“我的当事人不否认她曾有过一个俄罗斯情人，从某种意义上说，这是她的第一个丈夫。她确实在1997年去俄罗斯见过他。不过请记住，这条证言里并未包括交接病毒的内容。”

下面是法庭质证。传唤的第一个证人是中俄边境的贸易商张军。

“请问你的名字和职业。”

“我叫张军，哈尔滨人，现在是乌鲁木齐安诚边贸集团公司总经理。”

工作人员按惯例检查证人的身份证。15年过去，张军已经发福了，生意做得很大，说话不改东北人的豪爽。他盯着被告席上的梅茵上下打量，恨得牙痒痒的。这么一个又漂亮又有亲和力的女人，咋会是条毒蛇呢。竟然骗自己替她夹带病毒到中国，她存的啥狼心狗肺？想在中国杀死一百万人？小日本的731部队干过这种丧天良的事，可那是日本法西斯啊，她可是中国血统！真真白披一张人皮，看，这会儿她还有脸向自己笑着打招呼哩！他横了梅茵一眼，对审判长说：

“1997年9月26日，这个梅茵让我夹带一个小盒子，经新疆阿拉山口口岸过境，据她说，这是从土库曼斯坦弄来的汗血马的冷配精液。俺们都信啦，心想能让汗血马重新回到中国是件大好事，就帮她走私了，没收她一分钱的好处费。要是知道盒里装着天花病毒，能害死成千上万的人，说啥我也不会帮她！缺德带冒烟的东西！”

杜律师立即说：“异议！你只能证明帮她夹带过境了一个盒子，并不能断言那里面是天花病毒，你这样说会误导法庭。”

审判长接受了他的异议：“证人张军，请你只讲你知道的东西。”

公诉人接着问：“请证人描述盒子的形状。”

“盒子不大，比拳头大不了多少，外壳是不锈钢做的。梅茵当时说过那是冷藏盒，里面装有液氮，我接过来时，感觉到盒子凉冰冰的。”

“被告确实说过那是冷藏盒吗？”

“对，我肯定没记错。”

“好，我没问题了。”

审判长问：“被告人和辩护人有没有问题？”

杜律师笑着说：“没有。我和公诉人一样相信那是个冷藏盒。既然特意用冷藏盒，肯定是用来装某种生物制品的，比如病毒、病菌、冷配精液，或其他东西。”他着重念出最后四个字。

接着传唤的证人是天道公司秘密实验室的辅助人员，是一个四五十岁的妇女，穿戴风度属于蓝领阶层，文化水平不高。面对法庭显得很窘迫，不大敢抬头，有时她向被告溜一眼，马上又低下目光，好像对今天来作证很愧疚似的。显然她过去很敬畏梅茵，即使到了今天也走不出旧日的惯性。

“姓名和职业。”

“俺叫胡翠花，在天道公司老总实验室当勤杂工。”她解释道，“那个实验室只有梅董和孙总用，俺们私下里叫它老总实验室。”

“有几个勤杂工？”

“五个。”

“你们在实验室都干些什么日常工作？”

“俺们干的都是力气活，搬搬运运，打扫卫生，也从别的车间往这儿运动物细胞，一般都是桶装，要加到生物反应器里。”

“你们见过生物反应器的制成品吗？”

“没有。那些事都是梅博士自己干的，梅董不在时孙总干。”

“你知道生物反应器和液氮冷藏箱里装的是什么吗？”

胡翠花胆怯地看看梅茵，有点勉强地说：“不知道。直到孤儿院出了天花，警察来实验室取样本，才听说里面是天花病毒。听说那很危险的，得着就死。”

旁听席上又起了一阵骚动。梅茵把五个无知工人放到这么危险的地方，一直对她们隐瞒病毒的真相，实在太残忍了。公诉人满意地说：

“好，我没问题了。”

杜律师聪明地感受到下边的情绪不满，甚至是敌意。但奇怪的是，他不但不躲避，反而有意把这件事描粗。他问：

“请问，梅茵博士对你们采取什么防护措施了吗？比如防护服、密封面罩、进出实验室的消毒？”

“没有，啥也没有啊。俺们都奇怪呢，别人一碰上就得病，俺五个整天在里面，连口罩都没戴过，咋也没得病？”

“梅博士和孙总是否穿防护服？”

胡翠花老老实实地说：“不，他们也从没穿过。别人说梅董坏话时，我就拿这事为她辩解，我说梅董在实验室里待的时间比俺们还长，工人下班后，她一个人老是在里面熬到深夜。她就不怕传染？”

“好，我没问题了。”

法庭传唤下一个证人。

“姓名和职业。”

“我叫薛愈，是武汉病毒研究所的工作人员，曾经是被告梅茵的博士生。”

“在疫情发生前，被告曾告诉你，这个实验室里存有变异的、有可能产生致病能力的白痘病毒，对不对？”

“对。”

“疫情发生前，被告曾带你参观过实验室？”

“对。她是想劝我到这儿工作，接手这项研究，我没有答应。”

“能否告诉法庭，你为什么没有答应？”

“这项研究并非没有必要，但人工诱导病毒产生致病性，这项研究相当危险，应该经过充分的公开的安全论证，不应是私人性质的研究。当然后来我知道，梅茵老师当时并没有告诉我真相。她所说的可能有致病性的病毒并不是变异白痘，而是天花。”

“那天她打开液氮冷藏箱或生物反应器了吗？”

“那天我在实验室停的时间很短，印象不深了，好像打开过。”

“我没有问题了。”

审判长问被告方，杜律师很干脆地说：“没有问题。”

法庭质证又进行了一会儿，这个案件的脉络已经相当清楚了。双方做总结性陈述。公诉人说：

“被告在一个开放式实验室里秘密保存最危险的四级病毒，因管理不善造成泄漏，从而导致这次疫情。这些犯罪事实证据确凿。至于被告从俄罗斯非法运送天花病毒入境的犯罪事实，由于证人斯捷布什金已于15年前死亡，无法得到确凿的证言。但我们认为，俄罗斯克拉索诺警方、张军、胡翠花等人的证言，包括实验室确实存在天花病毒的事实，已经构成了明确完整的证据链，可以对其偷运天花入境的犯罪事实做出合理的推论。”

他对审判的进展很满意，公诉陈述清晰有力，已经在三位审判员和听众中形成了深刻的印象。他看看杜律师，到目前为止，被告方律师一直采取守势，却一直摆着一副处变不惊、胸有成竹的样子。庭审已经到了关键时刻，他还能使出什么惊人的招数不成？

轮到被告方做总结性陈述，旁听席上忽然有轻微的骚动。一位白人老者被一位白人中年女子搀扶着，步履蹒跚地走进法庭。他满头银发，白须飘飘，形容枯槁，目光明亮，项上戴一枚十字架，像宗教画中描绘的戒斋苦修的先知。五个戴同样十字架的外国人看见了，连忙离席迎接，把他俩安顿到中间的空位上。被告席上的梅茵看到义父抱病前来，眼睛湿润了。她担心义父的身体，远远地用目光询问。老人向她摆摆手，又点点头，示意她放心。

旁听席安静下来，但在众人的感觉中，会场中已经出现一个无形的但人人能感觉到的变化。狄克森的到来吸引了很多记者和其他人的目光，在他周围形成一个视力的旋涡，一个无形的磁力场，一个有强大质量的黑洞。这个不可见的中心似乎能暗中影响别人的心态，改变庭审的走向。

公诉人警惕地盯着他。老狄克森是在病况稍好后匆匆抱病赶来的，但在公诉人的眼里，他是有意选择在最关键的时刻走进法庭的，因为从他进来后，杜律师的神态就不一样了，他目光炯炯，开始了被告方的反击。杜律师说：

“对公诉人所陈述的事件的脉络，我的当事人没有太大的异议，除了关键的一点——她从俄罗斯夹带入境的冷藏箱里装的并非天花病毒。至于究竟是什么，我现在就要加以解释。”

并非天花？此前听众们都已经从心理上接受了这个事实，这会儿竖起耳朵听他的话。也许最疑虑的是薛愈，他对实验室的接触最多，对那个事实已经确认无疑了，怎么杜律师敢于否认它？杜律师不急不缓地说：

“为了说明事实，我要多少介绍一下梅茵的义父美国的狄克森先生和他创建的十字组织。我的当事人已经公开说过，她去俄罗斯是受义父的委派。我很奇怪，公诉方对她这项检举怎么一直置若罔闻？惩罚犯罪的执行者是应该的，总不能让幕后的教唆犯逍遥法外吧，即使那人并非中国国籍。我这会儿就来帮法庭做这份工作，对我来说属于分外的工作。”他笑着说，旁听席上有克制不住的笑声。公诉人和审判员们都觉得尴尬，他们审理此案时不想节外生枝，一直避免追究那个远在美国的老狄克森，但这么明显的宽纵，在法理上确实说不通。“下面，请法庭容许我占用两分钟时间，介绍十字组织的一些信仰，因为这些观点将与我即将陈述的事实有很大关系。”

审判长说：“请只讲与案情有关的东西。”

“好的，我会注意。十字组织是一批志同道合的科学家所建立的松散组织，今天有九个成员在场。他们在以下观点上有共识，这张纸条就是他们写的。”

他照着一张纸念下去：

“地球生物圈中所有生物都是合法成员，具有生存权利。不能以人类的好恶肆意宣判某个物种的死罪，不管它是害兽、寄生虫还是病原体；人类在用科学这个利器来变革自然的同时，也应保持对自然的敬畏。应尽量保持自然的原有平衡态，不要过于粗暴地干涉，因为人类常常迷恋于短浅的利益，以一碗红豆汤而贱卖长子继承权；科学界有远见的人不能再沉默或仅仅坐而论道，应以实际行动中止人类对自然的强奸。

“具体到天花病毒这个对象上，他们认为：目前全歼天花病毒的决策值得商榷。虽然它使人类免除了天花上千年的蹂躏，这当然是巨大的进步；但它造就了非常危险的天花真空，这种真空可以用极小的代价轻易打破，从而把人类永远置于达摩克利斯之剑的威胁下，此前美国的恐怖袭击就是明证。何况天花本身也有益处，比如它对艾滋病可能有抑制作用。最好的办法是适当减弱天花的毒性，让其在自然界中继续存在下去。”

他文绉绉地宣读了这些观点，又恢复他嬉笑怒骂的风格：

“观点的宣讲就到此为止吧，下边转到审判员们关心的犯罪事实。正因为十字组织有上述观点，或者说是信仰也未尝不可，其中一位俄罗斯成员、优秀的病毒学家斯捷布什金，就借工作之便，在威克特中心对天花病毒进行人工诱导，培养弱毒天花。后来，梅茵受义父委派，接过他的工作，进行进一步的减毒培养。没错，我的当事人后来不慎造成天花泄漏，但你们想过没有，为什么它所引起的疫情如此轻微？为什么实验室的工作人员，包括梅孙两人，长期接触也不受传染？只有一个原因，我的当事人私运入境并长期保存研究的东西，并不是天花病毒，而是——”他一字一顿地宣布，“天花的减毒活疫苗！”

会场一下子变得非常安静，人们在努力消化他提出的这个新说法。公诉人仝光武像挨了一闷棍，心想这场官司怕是要输，达不到“严惩梅茵”的目的了。把事件前后联系起来看，梅茵十几年来秘密进行的工作，应该确实是减毒培养。这次她无意泄漏的极有可能不是强毒天花，而是减毒活疫苗。仝光武不是医学专家，不知道二者在细胞结构上能否区分，恐怕没有明显的分界线。但名称不同，对梅茵的量罪就大大不同了。他不甘心认输，反驳道：

“被告律师似乎忘了三家权威机构提供的鉴定报告，刚才宣读鉴定报告时，被告方对上面的结论并无疑义。”

杜律师从容地说：“我至今仍不表示疑义——减毒的天花活疫苗从广义上说仍是天花病毒，而不是白痘，也不是水痘。活疫苗和原生病毒在细胞结构上有细微区别，但主要区别是致病性。你们提供样本要求鉴定时，是要求分辨它是天花还是白痘，三家机构给出了正确的结论。但如果你们要求分辨是天花还是减毒天花，他们肯定需要做另外的鉴定。我谨告知法庭，我们已经申请第二次鉴定，结果可能在两天后拿到。”他解释道，“病毒与其减毒后变成的活疫苗，在DNA结构上还是可以区分的，可以通过PCR，即聚合酶链式反应，扩增之后测序。而在产生毒性的蛋白质层次上，做抗体实验可以区分，通常是Western印记实验。此外，对蛋白质做酶活性检验，或制成晶体之后做X射线衍射实验，都能分辨。”

他看公诉人显然还没有从这记闷棍中醒过来，便好整以暇地说，“我不妨班门弄斧，多少介绍一点活疫苗的常识吧。早在1885年，巴斯德就用久置干燥的办法对狂犬病毒减毒，发明了狂犬病毒的减毒活疫苗。还有，今天世界上广泛使用的卡介苗是肺结核菌的减毒活疫苗。小儿口服的脊髓灰质炎糖丸也是活疫苗，有三种亚型。过去对天花的治疗不使用活疫苗，这是由于自然界存在一种巧合——牛痘病毒与天花结构相近，既不使人致病又能激发对天花的免疫力，所以对天花活疫苗的研究基本被忽略。天花病毒经家兔、牛犊、猴等动物连续传代后也可变成痘苗病毒，相当稳定，不易返祖为天花病毒。但有人认为这些试验不可靠，是实验室污染所致，所谓痘苗病毒实际上仍是牛痘。但斯捷布什金和梅茵在这方面另辟蹊径，研究成功了天花活疫苗。也是三种亚型，含天花的西亚型、非洲型和欧洲型。”

公诉人冷笑道：“但你说的活疫苗却让一千人传染上了天花，死了一人，数人被毁容。”

杜律师心平气和地说：“其实受感染的远不止一千人，我的当事人估计有十万人以上，但大部分人症状很轻，没有进入统计数据——但他们已经悄悄获得了天花的免疫力。你以为种牛痘就没有牺牲者吗？我可以给一个统计数据，美国在全国接种牛痘期间，每年因种痘死亡七万五千人，有几十万分之一的接种者会发生坏疽痘、过敏性紫癜及痘后脑炎等严重并发症。七万五千人啊！死者背后至少还有30万悲痛欲绝的亲属。可是没办法，疫苗既然要能激发免疫力，就必然具有相当的毒性，这是一个解拆不开的死结。上帝就是这样居心叵测。我的当事人对这种减毒天花活疫苗的研究还没有最后完成，毒力还稍强，造成了一例死亡和几例毁容，我的当事人对此深感负疚。但我想再给一个数据：即使按官方统计数据，这次泄漏也至少为一千人提供了终身免疫力，而天花的死亡率曾高达80%。这次美国的疫情，虽然有世界上最完善的医疗手段，也有143人死亡，数万人被毁容。你们可以计算一下，我的当事人避免了多少人的潜在死亡。”

公诉人有点难以招架了。看来，被告的确对天花病毒进行过减毒，这些减毒过的病毒究竟算是天花，还是活疫苗——这只是个语义学上的问题，两者从物理结构上说只有很小的区别，但刑法上却有截然的分界！刑法上有毒种和菌种扩散罪，可没有活疫苗扩散罪！只要有这点空子，这个姓杜的家伙足以把水搅混，让被告脱去主要罪名。至于天花从俄罗斯偷运入境时是否已经减过毒，只有天知道。斯捷布什金已经死了14年，死无对证。

法庭上的一千双眼睛都在看着公诉人，匆忙中他来不及仔细推敲，说：

“被告律师辩称，被告从俄罗斯偷运入境的不是天花，而是减毒活疫苗，请提供确凿的证据。”

杜律师会心地笑了，觉得胜券在握——公诉人其实已默认实验室里的是天花活疫苗，现在把矛头转到“过境时的天花”了，但这样的提法恰恰是公诉人的最大败笔。杜律师轻松地笑着：

“啊，我不知道。上面所说的只是我的推理，至于那个冷藏箱在夹带过境时，里边究竟是天花，是活疫苗，还是男人的精子——没准我的当事人想用人工授精的办法为俄罗斯情人生育儿女呢——我完全不能确认。既然公诉人指控我的当事人有‘非法运输传染病病原体’的犯罪行为，就请公诉人举证吧。”

公诉人脸红过耳，知道在慌急中犯了大错——这个举证责任确实应该属于起诉方，但这个举证很难。关于走私天花的证据本来就薄弱，是从“实验室有天花”反推过去才形成证据链。现在，实验室的证据一旦坍塌，那个证据链也就绷断了。他同助手紧张地商量着，一时无法回答。

听众席上的薛愈十分欣喜。依他的了解和判断，梅老师这些年应该是在做天花的减毒培养，这一点没什么疑问。可自己为什么就想不到从这儿做文章，为梅老师免罪呢？这个姓杜的家伙真是天才，看来他真能助梅老师从法网中脱身了。现在他心中唯有一点不安，也就是拉斯卡萨斯说过的一句话：为什么美国天花疫情和这儿的泄露在时间上这么巧合。不过，这点不安只是地平线上一朵不起眼的乌云，薛愈并没太看重它。一直到几天后他才发现，这朵小乌云变成了一场暴风雨。

他身边的金明诚听到这时，不禁暗自摇头。他一直关注着梅茵案的审理，但作为副市长，不想太招摇，所以审判开始后才悄悄进来，坐到后排。这会儿他暗暗恼火，检察院怎么派了这么个没有机变的家伙来上阵。上边要“严惩梅茵”，一是恼火她太胆大妄为，因为私人的莽撞行为差点把一个国家装进去；二是想以此来对世界彰示中国的清白，并非一定要和梅茵本人过不去。现在，如果能从根本上否定“从俄罗斯盗取天花”这个事实，公诉人完全可以就腿搓绳，既达到原定目的，又放梅茵一马，何乐而不为。毕竟梅茵从私德上讲是个难得的好人，不，简直可以说是圣人。不管她的观点多么偏激怪诞，但她有宗教般的虔诚，为了信念不惜搭上一生，这种人在今天的世上已经极少见了。

公诉人仍然没有想出有力的反辩词，金明诚替他们尴尬，便转过脸，打量着听众席上的人。最惹眼的当然是一溜坐着的七个外国人，尤其是中间那个老人，形容枯槁，脊背挺直，银发银须，像一个宗教先知。七个人一直默不作声，之间也不交谈，但仅仅他们的存在就是一种无形的威慑。金明诚与梅茵交往多年，非常清楚梅茵对义父的敬重，甚至是敬仰，所以他对老狄克森也一直有神秘感。他从没见过老人的照片，今天这个人才从神秘中走出来。

被告席上的梅茵其实没怎么注意法庭辩论，一直远远地注视着义父。义父笔挺地坐在后排，有如雕像，让她回想起 34 年前，义父领自己到非洲旅游，正好赶上扎伊尔的埃博拉疫情。处理完疫情的一天，义父就这样笔挺地坐在金合欢树下，整整思考了一夜。这一夜相当于释迦牟尼在菩提树下的 49 天，夜睹明星，开悟成佛。从那之后，义父创建了十字组织，而梅茵成了第一批成员。这些年，她燃尽了自己的青春、精力、金钱甚至爱情，一直在不懈地推行着义父的信仰——杜律师刚才的宣讲其实尚未接触到这种信仰的核心——她对此从不后悔。

金明诚也注意到那对父女之间无声的交流。交流持续了很长时间，忽然梅茵的神情有些变化，悄声同律师说了两句，律师迅速向下边瞥了一眼，匆匆写了个纸条交给审判长。审判长也匆匆向台下瞥一眼，唤来一名法警，附耳低言几句。法警匆匆走到旁听席的后排，对七个外国人中坐在外边的那位说了两句。那个外国人非常震惊地跳起来，向坐在中间的狄克森俯身过去，喊他，用手推他，狄克森一动也不动。六个人都慌了，用英语说：

“快，救护车！”

陪老人来的苏珊摸了摸老人的手，试试鼻息，又翻开眼皮看看他的瞳孔，摇摇头说：

“没用了。”

金明诚的英语不行，听不懂他们的交谈，但这种场合其实用不着语言。狄克森先生已经过世了，坐化了。从他身体的僵硬看，他去世肯定已经有相当的时间，但他一直保持着笔直的坐姿，所以连近在身边的同伴都没有觉察。远处的梅茵是如何觉察的？她同义父之间有心灵感应吗？他走到门口，用手机要了救护车，想了想，又要了殡仪车。

梅茵看到那边的忙乱，知道自己的担心应验了。她想过来，询问地看看审判长。审判长犹豫片刻，侧身同两个审判员商量一下，站起来宣布：

“因法庭中出现意外情况，今天的审理中止，现在休庭。”

他向被告点点头：“你可以去了。”梅茵和律师匆匆走下被告席，向旁听席走去。这时，大部分旁听者才知道发生了什么事，法庭内乱了，法警们努力维持秩序，敦促和引导旁听者包括记者们尽快离去。被赶走的人们不时扭过身，踮着脚往这边看，有记者把相机高高举过头顶，对着这边抢拍。

现在大厅里只剩下十几个人，除了六个外国人外，还有梅茵夫妇及律师、两名法警、金市长、拉斯卡萨斯和薛愈。老狄克森仍端坐在那儿，表情安详，身体还没完全僵硬，但手足已经冰凉了。眼睛没有完全闭上，似乎是半眯着眼在看世界。梅茵伤感地看着义父的遗容，眼眶红红的，但努力忍着，没有让泪水流下来。孙景栓走近，把妻子搂在怀里。身后的法警想干涉，犹豫一下，最后没有动。

救护车和殡仪车同时到了，两拨人都拉着担架车跑过来，看到这个架势，不知道该如何办，询问地看着死者的家属。梅茵叹息一声，说：

“送火葬场吧。”回身对六名外国人说，“有劳你们操办他的后事，骨灰随便洒在什么地方都行，我父亲心中没有国籍、地域的概念。小金，也有劳你了。”

金明诚简短地说：“交给我好了。等葬礼时你们两位也参加，看守所那边我去交涉。”

“谢谢。”

她看了看薛愈，但没有说话。薛愈知道她是想催问寻找小雪的事，自那天小雪突然失踪，至今已经三个月。他尽力找了，还让警方发了通告，但没有一点线索。他知道这是梅老师最挂心的事，内疚地说：

“梅老师，寻找小雪的事我仍在尽力办，无论如何我要找到她，你放心吧。”

“谢谢。”

老狄克森被平放到担架上，小心地送进殡仪车，后车门咣地关上，把他同人世永远隔开。白色的殡仪车缓缓开走了。梅茵同其他人用目光告别，同孙景栓上了警车。

看守所对梅茵夫妇很优待，两人都住着单人囚室。虽说是单人间，但屋中设备同集体囚房是一样的，屋里只有一张大通铺，能睡十七八个人，用角钢焊成，木板嵌死在上面，防止犯人用来做武器。屋里除了大床就只有一人宽的通道，集体囚室的规矩，如果不是睡觉时间，犯人们就得整整齐齐蹲在这个通道里。天花板很高，吊着一只昏暗的灯泡，像一个眼神混浊的独眼老人，晚上一直默默地盯着你。住室外面连着半间露天房，是犯人放风用的，上方焊着结实的钢筋网，墙角处有水池、水龙头和便盆，是犯人洗脸和小便的地方。其他则一无所有，没有桌子、椅子、台灯等任何东西。

这儿条件虽然简陋，梅茵倒不在乎。她从小就习惯了吃苦，即使跟义父到美国后也是如此，义父作为流行病专家，经常去世界上最贫穷的地方，在那些地方，能有这样一张大通铺已经是奢侈了。义父想培养女儿也当病毒学家，所以一直用艰苦磨砺她。

看守所对她的优待还有一条：住室和放风室之间的二道门不锁闭，可以随意出入。这天晚上她辗转反侧睡不着觉，就披上衣服来到露天室，盘腿坐在冰凉的水泥地上，仰望着钢筋网之外的星空。记得那次在非洲，义父“悟道”的那天，他也是这样，盘膝坐在帐篷外面，透过稀疏的金合欢树的叶子，久久仰望非洲深邃的天穹。他曾笑着说：坐在非洲的天空下，感觉离上帝更近。

当然他说的上帝不是耶和华，而是大自然。的确，处在灯火辉煌、车水马龙的美国，和处在天地洪荒的非洲，心灵上的感受大不一样。前者让你感受到科技的威力，觉得科技已经充斥天地间，把大自然变成百依百顺的妾奴；后者让你想到，人类不过是地球舞台上的晚到者，甚至只是一个匆匆的过客，人类在地球上扮演主角的时间能否像其他物种比如繁盛上亿年的恐龙那样长久，还很难说呢。

真的很难说，如果人类仍像现在这样狂妄强横、不知敬畏自然的话。

去非洲那年她 15 岁，对义父的好些话并没有很深的感悟。感悟随年龄而加深，也许直到义父在她面前坐化这一刻，她的感悟才到了火中涅槃的地步。依今天法庭辩论的情况，她很有可能脱罪，但她现在的想法有了变化。她不想拖延下去了，她要借此机会把义父的主张和盘托出，把它合法化，变成社会意识的主流，这才是对死者最好的安慰。至于这样做是否会加重自己的刑期，真的不是她关心的事。

似乎听到隔墙囚室里有脚步声，那是丈夫的囚室，莫非今晚他也失眠了？三个月来两人虽然隔墙而居，却如远隔银汉，半点儿消息也不能互通。她走到墙边，想叩击墙壁引起丈夫的注意，但看看屋角的监视镜头，微微一笑，打消了这个鲁莽的主意。看守所对她已经很优待了，她不能滥用这种优待。孙景栓爱她极深，但两人的婚姻能否维持下去却是疑问。要推行义父的主张，首先得把心淬硬，因为你必然得面对那“不可豁免的痛苦和死亡”，包括马医生的不幸、小雪的毁容甚至包括孙奶奶和义父的死，也免不了“用卑鄙的手段达到高尚的目的”。但孙景栓心太软，太正统，尤其是奶奶的死几乎把他压垮了，近来他一直陷于深重的负罪感中，她不忍丈夫这样受煎熬。

那就劝他走吧，离开自己，卸下这副担子。

门上的监视孔被打开，是晚上的例行查房。女看守发现她独坐在露天室里，知道她才失去亲人，肯定很悲伤，就柔声劝道：

“这么晚了，还是休息吧。请节哀顺变。”

她平静地说：“谢谢，我这就回去睡。”

她回到那张大通铺上，仍睡不着，思绪转到小雪身上。小雪这会儿在哪儿？梅茵自己也是在孤儿院长大的，十岁时义父才把她接走，接到美国，在一个孤儿面前展开了一个全新的世界。所以她非常理解小雪对家庭和父母的渴望心情。现在小雪的愿望突然破灭，容貌又被毁，这些打击太大了，梅茵很担心她能否扛过去。

但愿薛愈很快找到她，但愿吧。

二

1979年，非洲。

梅茵十岁那年，义父终于在中国办妥烦琐的手续，把孤儿梅茵带到了美国，在她面前展开了一个全新的五彩斑斓的世界。十五岁那年，义父带她到非洲旅游，在她面前又展开了另一个全然不同的世界，蛮荒、美丽、入骨的贫穷、惨烈的疫情、强悍的生命洪流……这一切最终汇成她在人生观上的升华。

1979年暑假，义父带她到非洲塞伦盖蒂国家公园去看野生动物，没想到先碰上一场疫情。两人乘飞机到肯尼亚内罗毕的威尔逊机场，一走出通道口，就有一个四十岁的官员迎过来：

“你是亚特兰大CDC的狄克森博士吗？我是美国驻肯尼亚大使馆的史密斯。”

义父笑着说：“对，我是狄克森。我来这儿是一次私人性质的旅游，可没奢望受到大使馆的欢迎。”

史密斯苦笑道：“恐怕你的旅游要延期了。CDC有一封电报，委托我务必尽快转给你。”

电报上说：

“苏丹南部延比奥地区发现疫情，非常致命，疑为埃博拉。CDC和WHO马上派队前去。欣悉狄克森博士此刻正偕女儿前往非洲旅游，请使馆务必通知博士，先去延比奥取得病毒样本。博士知道哪儿有所需设备。致谢。”

狄克森知道，所需设备没有问题。两年前非洲第一次暴发埃博拉，狄克森也参加了医疗组，那次任务完成后设备没有带走，注射器、玻片、抽样瓶、手摇离心机等，都存在附近一所比利时教会中，甚至在教会的冰箱中还存有一些埃博拉痊愈者的康复血浆。那是一台以煤油做能源的冰箱，非洲的电力供应太不可靠。医疗组估计可能很快就会用上的，他们不幸而言中了。狄克森手中没有去苏丹的签证，问题也不大。在非洲，疫区常常横跨几个国家，因为病毒越境是不需要护照的。医疗组常常需要临时转赴另外的国家，签证往往来不及办，他们早就有了对付这种情况的办法，有时拿一张WHO的疫菌注射黄卡就能通过海关。狄克森看完电报稍稍沉吟一会儿，对于流行病学家来说，这个工作责无旁贷，他只是在想如何安置女儿。史密斯说：

“你女儿可以留到大使馆，我负责照顾她。她是不是来看野生动物？我可以找人带她去，不会耽误她的行程。”

梅茵立即说：“爸爸，我跟你一块儿去疫区。”

狄克森还没有说话，史密斯大吃一惊：“到疫区去？黑头发的小姑娘，你大概不知道那是什么地方，那儿是地狱！连航空公司都很难往那儿发航班，没有驾驶员愿意去。”

梅茵没回答，看着义父。她来到美国五年，差不多已经变成了一个美国少女，不过有些中国印记是去不掉的。比如，美国的小孩可以直呼父母的名字，这点她就学不来。再比如，她忘不了中国的生身父母，虽然父母死时她才两岁多。生身父母死于鼠疫，所以她立志要做一个像义父那样有名的流行病学家。狄克森知道她的志向，沉吟一会儿说：

“好的，你随我去吧。”他对吃惊的史密斯说，“我女儿的志愿是当流行病学家，这对她是一次难得的实践机会，正好我也需要一个助手。安全问题你尽管放心，其实，所谓的四级病毒虽然可怕，并非不可防范。我们已经很熟悉它了。”

史密斯大大地摇头，努力劝了一会儿，劝不动，只好认可。史密斯办妥了机票，三人待在候机室里等下一班飞往喀土穆的航班。史密斯问狄克森，这次可能是什么疫情，是拉沙热、绿猴病、黄热病、克里米亚－刚果热，还是1976年新发现的埃博拉？

狄克森摇摇头：“这正是我要去干的事。我估计会是埃博拉。”

那时梅茵已经知道，史密斯说的几种病都是非常致命的，尤其是埃博拉，依靠空气和接触传染，在1976年扎伊尔的疫情中，死亡率高达90%。至今尚未研究出疫苗，没有任何治疗办法。史密斯困惑地问：

“狄克森先生，你是专家，能否告诉我，病魔为什么特别钟爱非洲这块地方？凡是欧亚有的疫病，这儿基本都有，像麻风、天花、结核、狂犬病等。更有不少新病毒是这儿独有的，像拉沙热、绿猴病病毒（玛尔伯格病毒）、克里米亚－刚果热、埃博拉、由布氏锥虫引起的昏睡病等，都是一些特别凶残的病毒。新大陆的情况恰恰相反。发现美洲和澳洲时，土人传给移民者的病只有梅毒，是一种相对温和的病；而移民者带去的天花和流感，却对土人绝对致命。”

他举的例子都很正确，甚至少说了一条：更为凶残的艾滋病。艾滋病是1981年在美国发现的，已经确认它源于非洲。实际上，1976年在扎伊尔扬比库埃博拉疫区，医疗组保存了病愈者的600份血液样本，其中就有艾滋病毒，是在十年后复检时才检查出来的，狄克森差一点为此送命，不过此刻他对此尚不知情。史密斯的问题让狄克森思索了一会儿，说：

“我不知道。我猜测，可能因为这儿是‘旧大陆’吧。这儿是人类的发祥地，很可能也是病原体的发祥地。长期的进化使病原体变得多样化。”

“这就不对了！我知道医学界有一种说法：病原体与人类的关系总体上是趋于温和化的。一方面人类会慢慢产生特异免疫力，另一方面从病原体本身来说，如果毒力过于烈性，让寄主与它们同归于尽，也没什么好处，所以在进化中，温和病原体更容易占优势。从欧亚美澳各洲天花和流感的历史变迁来看，这种说法没错。但为什么这个理论在非洲就行不通？你看，在非洲这个人类发源地，病毒反而更烈性。”

狄克森沉默了很久，老实承认：“我不知道。在这个问题上，专家知道的不比门外汉多。我考虑一下，看能不能给你个说得过去的答案。”

去喀土穆的乘客要进场了，史密斯最后劝了一次：“去疫区太危险了，最好让小姑娘留在大使馆里。”梅茵只是笑着摇头，狄克森也说：“谢谢你的关心，不过还是让她去吧。”史密斯叹息一声，拍拍梅茵的肩膀：

“好吧，祝你一路顺风，勇敢的小姑娘。我真佩服你的勇气。”

他们到了喀土穆，需要转乘飞机到恩扎拉。果然如史密斯所说，没有去那里的航班。狄克森在这方面已经有丰富的经验，找到美国驻苏丹大使馆，通过他们联系到一架警用飞机，专程把他们送过去。坐飞机时，狄克森悄悄对梅茵说：

“不要在驾驶员面前提疫区的事。”

梅茵看看义父，轻声问：“他们不知道是飞往疫区吗？”

“听他们的口气，大概还不知道，至少不知道疫情那么厉害。如果他们知道，可能就——”他耸耸肩，没有说下去。

梅茵觉得义父这样做似乎不够光明——欺骗不知情的驾驶员前往疫区。但义父说话时表情很平静，他觉得为了挽救疫区的千万濒死者，即使不得不说几句谎话，上帝也会原谅的。着陆时已经是黄昏。恩扎拉机场只是一段凹凸不平的柏油路，机场大厅则是马口铁皮作屋顶的简陋棚子。驾驶员同机场人员交谈几句，马上知道了疫情的惨烈，脸色变得阴沉，恨不得马上离开。但这架飞机没有自动导航，只能靠肉眼飞行，所以驾驶员们必须在这儿停留一夜，这让他们格外胆战心惊。狄克森倒是暗自庆幸，这样他就可以连夜提取血液样本，粗检之后，让返程飞机把样品送到美国驻喀土穆大使馆，再转送到CDC做鉴定。在1979年，对埃博拉等病毒还没有更灵敏的检测手段，只能用间接免疫荧光检测验明特定的抗体。要想从培养的组织或细胞中分辨出某种病毒，需要更多时间和专业的设备。早完成一天，就可能救下几百条人命。

驾驶员在当地的政府招待所住下，父女俩到比利时教会取来设备，连夜赶往延比奥的医院。虽然梅茵在贫穷的中国长到十岁，但这儿入骨的贫穷仍让她瞠目。医院是一排泥土墙的茅屋，小煤油灯闪烁不定的灯光照耀着二十多个濒死的病人，都躺在泥土地面的草席上，身体僵硬，喉咙里呼噜呼噜地响着。这儿只有一个叫埃迪的医生，别的医护全部弃职逃命了。有些病人有家属陪着，更多的则是独自躺在草席上等死。狄克森已经看惯了疫情的惨烈，这次也感到震惊，非洲土人非常看重血缘关系，病人都能受到很好的照料，常常有一大群亲戚来医院照料病人，病人死亡后要按风俗清洗死者的内脏和身体，全族人都为病人守灵，号啕大哭，用灰烬涂在脸上。送葬仪式一般要持续十几天。这种风俗常常造成疫病的大传播，过去，医疗组为了阻止亲戚们来医院，可没少费唇舌。像这样病人孤零零地等死的情况是绝对没有的。看来，凶暴的疫病已经冲溃了非洲传统社会的基石。

埃迪是个好心肠的医生，黑色卷发，爱喝棕榈酒，生性乐观，不拘小节，能说几句简单的英语。虽然这儿的局势完全无望，他仍然劲头十足地在各个病房里巡行着，用虚幻的希望安慰濒死者。狄克森从他这儿找到了疫情的起因。疫情是几个吃黑猩猩肉的土人引发的，但正是这所医院才造成了疫情的大传播。这儿医疗条件很差，医护们不具备起码的知识，一个针头要用好多次。直到他们来后，埃迪仍在这样干。狄克森感慨地想，现代技术如果落在愚昧的人手里，反倒是疫病最得力的帮凶。就像十九世纪的欧洲，妇产医院成了产褥热的发源地。一位奥地利医生塞麦尔维斯发现并指出了这一点，结果反而遭到医疗界的群起攻击，丢掉工作，在激愤中精神失常。狄克森没时间埋怨埃迪，毕竟他是唯一自愿留在这个地狱里的医生。狄克森只是郑重告诫：以后千万不能这样干了！即使没有多余的针头，用过的针头在重新使用前也必须用煮沸法消毒。

他为梅茵穿上了白色塑料膜制成的防护服，戴上防毒面具。狄克森本人没穿，这种防护服太笨重，又不透风，在非洲的盛夏热得难以忍受，工作起来十分不便。虽然埃博拉十分可怕，但依上次疫情的经验，只要戴好口罩，通过空气传染的几率很小，关键是防止针头刺伤等意外。不过为保险起见，他还是给女儿穿上了防护服。

狄克森跪在地上检查病人，梅茵端着煤油灯为他照明，两眼圆圆地看着义父如何工作。依病情看，很可能是埃博拉，是这种病在人类中的第二次暴发。狄克森一边检查，一边对梅茵讲如何临床诊断埃博拉。轻微出血是埃博拉的典型早期症状，但在黑皮肤的非洲人身上，又在昏暗的煤油灯光下，想要找出皮肤出血形成的微小淤斑非常困难。狄克森扒开病人的眼皮寻找眼白出血。或让病人张开嘴，在上腭寻找疹子，观察喉头是否肿胀发红。检查完二十一个病人后，他确认至少有七人患的是埃博拉，其余的为疑似。他让埃迪告诉病人家属，把这七个人集中到一个房间里隔离，然后对他们抽取血液。这些工作得赶快进行，因为抽血后还得把血清同红细胞分离。这儿没有电，只能用手摇离心机，至少要摇上一个半小时才能分离完。

埃迪已经连续值了五天班，确实支撑不住了。初步检查完病人后，狄克森强迫他回家休息。现在要对病人抽取血样，狄克森操作，梅茵帮忙按着病人的胳膊，因为很多病人陷于昏迷，无法配合医生。先对七个确诊病人抽血，抽完已经是深夜两点。狄克森父女经历了二十多个小时的旅程，紧接着又是医院的操劳，乏得睁不开眼。狄克森让女儿先去休息，梅茵使劲摇摇头，赶走乏意，在面具后瓮声瓮气地说：

“不，我帮你把血抽完，我不困。”

狄克森非常心疼女儿，但抽血确实需要一个助手，就点点头说：“好吧，抽完这几个样本你就去睡。”

现在要抽几个疑似病人的血。其中一个是老妇，皮肤松弛，瘦骨嶙峋。非洲人不大好判断年龄，她可能是60岁，也可能是75岁。她发着高烧，嘴里说着胡话。在她身上没有发现出血症状，但她是从确认有埃博拉的地区来的，狄克森高度怀疑她也是患者。梅茵按着她的胳膊，狄克森把针头插进她的静脉，开始回抽。两人都没想到，她在这时突然翻身，力气大得异常。梅茵可能太疲乏了，没按住，针头滑了出来，刺穿了狄克森左手的手套。

狄克森立即脱下手套，在拇指甲根部发现一滴鲜血，肯定是他自己的血。这么说，带有埃博拉病毒的针头可能已经将病毒带到他体内。

那一会儿，狄克森的大脑一片空白。他完全知道这个小意外的后果，1976年第一次埃博拉疫情之后，在伦敦实验室里，一位同行普拉特里做动物试验时也被针头刺伤过。尽管普拉特马上用消毒剂彻底清洗了伤口，后来仍大病一场，几乎送命。好在事发时他在英国而不是在非洲，能享受最高级的医疗护理。他病愈后，英国卫生部门专意为这桩意外召开一次质询会，会上一位英国官员问，他那时为什么不当机立断，把受伤的拇指剁掉？这可不是玩笑，相比染上埃博拉的后果，剁掉一个拇指是相当小的牺牲。这会儿狄克森没按这个办法去做，多半不是心疼一个拇指，而是怕把女儿吓着。

梅茵的脸色变得惨白，因为自己的疏忽，义父很可能会送命！她的泪珠扑嗒扑嗒掉下来，在面具上流出两条河，肩膀抽动着。狄克森忙安慰她：

“别怕，别怕。我现在立即消毒，没问题的。”

他把拇指彻底消毒。埃博拉无药可治，唯一办法是用埃博拉患者痊愈后的康复血浆来注射，痊愈者血中有相应的抗体，按理说应该起作用。他手边就有上次疫情中收集到的血清，虽然不新鲜了，但经过仔细的过滤，除净了其中的绿色杂质，用它来注射，至少在心理上是个安慰吧。他用干净针头吸进有抗体的血清，让梅茵为他进行注射。

现在只有等待了。除了祈祷这个老妇不是埃博拉病人，也祈祷抗体起作用。虽然心情阴郁，极度疲累，他仍然不能休息，还得完成离心血清的工作。梅茵擦擦泪水，说：

“爸爸你休息吧，我来做分离。”

狄克森知道这会儿没法劝女儿睡觉，当然他也不放心女儿独自操作，就坐一边指导着她，把十几管样品血做完分离，用从喀土穆带来的干冰冷冻起来。手摇离心机摇起来很累人，但梅茵坚持不让父亲换她。她是以此来弥补内心的负罪感。这些工作做完后，已经是清晨了，深蓝的天空中残星闪烁，非洲的旷野蒙在雾气中。狄克森硬逼着女儿去休息，他自己不能睡，还要对病人的血清作荧光抗体试验，以初步确定这次疫情。今天做这个试验格外重要——那位老妇是不是埃博拉病人，对狄克森可是生命攸关的。

梅茵毕竟是个孩子，确实坚持不住了，脱了隔离服，躺在父亲身边的草席上，不一会儿就睡熟。这边狄克森把含病毒的一份血清吸进小瓶里，用来检测病毒的玻璃片已经备好，上面有固定好受埃博拉感染的细胞。把血清滴到玻璃片上，加上荧光标记，然后在显微镜下观察，如果它闪闪发亮，那就是阳性。

狄克森把那位老妇人的试验放到最后去做——把命运的揭晓尽量推迟吧。前面所做的试验有七例是埃博拉，闪闪发亮的荧光实际上宣判了那七个病人的死刑，基本没救的。等狄克森做最后一例试验时，禁不住嗓子发干，手也微微颤抖。他镇静了自己，慢慢调整着显微镜，玻璃片上，细胞显露出它们的轮廓和细胞核，都呈灰色、绿色和黑色，附着荧光的斑点，但它们没有闪闪发光。是阴性！

狄克森长长地松了一口气。这次的阴性结果并不能确切排除埃博拉的可能，也许病人尚在发病初期，没有产生抗体。但至少说，他的死刑被缓期了。他真想把这个好消息立即告诉女儿，但梅茵睡得正熟，不忍心唤醒她。就在这个时候，仿佛与他有心灵感应，梅茵抬起头，迷迷糊糊地问：

“爸爸，荧光试验做完了吗？是不是阴性？”

她在睡梦里还在挂念着试验的结果呢。狄克森想吻吻她，不过及时止住了这个念头——他的病还没最终排除呢。他轻松地说：

“对，是阴性。”

梅茵的睡意一下子没了，跳起来，抱着爸爸的脖子欢呼，眸子里闪闪发光。狄克森赶紧用手挡住梅茵的嘴唇，不让狂喜的女儿吻到自己。

早上，狄克森和梅茵赶到恩扎拉机场，飞机驾驶员已经准备起飞，他们一分钟也不愿在疫区多停。狄克森把包装好的血清和组织样本交给机长，请他务必尽快转到美国大使馆。机长对医学一窍不通，不知道这个包包内装的恰恰是他们急于逃脱的埃博拉病毒。机长只是随口问一句：

“什么东西这样关紧？”

狄克森面不改色地说：“是我的证件，快过期了，要赶快送大使馆重新签证。”

能够马上离开这儿，机长的情绪好多了，笑着说：“放心，我一定尽快转交。”

那架破旧的警用飞机在凹凸不平的柏油路上颠簸着前进，让旁观者非常担心它能不能起飞。不过最终它飞起来了，消失在北方的天空。梅茵偷偷看着父亲的表情，父亲显得很平静，没有为刚才的谎话而内疚。当然，那些样本经过仔细的包装，一般来说，机长没有受到传染的可能——如果他过于好奇而私自打开，或者飞机失事而把样本流落到不知情的人手里，那又另当别论。义父的行事方式给梅茵上了第二课，很重要的一课：

当你全力去实现一个高尚的目的时，可以使用一些不大高尚的手段。

十几年后，梅茵用色相引诱斯捷布什金，或者在孤儿院中撒播病毒时，都遵循着这样的道德准则。

对这几个病人的抗体荧光试验连续做了几天，最后确诊老妇人不是埃博拉患者，狄克森彻底得救了。那时 WHO 派来的后续部队已经赶到，为首的是海伦，一个身材高大的女人，曾经当过比利时伞兵，是一位雷厉风行又颇具同情心的人。海伦接手后就催促狄克森走：

“走吧走吧，快点带女儿去看野生动物。你们的义务已经完成了，剩下的苦难该由我们来承担。”

父女俩同埃迪医生告别，临走时又去看望了那位老妇人。她已经彻底痊愈了，坐在床上，用手指梳着锈成一团的头发，用他们听不懂的语言同邻床友好地交谈。她当然不知道为她抽血时发生的那一幕，不知道自己的痊愈意味着另一人也被死神赦免。梅茵和父亲相视而笑，心中说不出的轻快。

直到十年后的1986年，那时艾滋病已经发现五年了，狄克森忽然想起那批1976年从扎伊尔抽取的600份血样。那些血样全部做过埃博拉病毒检查，但里面会不会也混杂有艾滋病毒？梅茵那时已经从北卡罗来纳大学毕业，在CDC的艾滋病新实验室工作。狄克森提出建议，并经CDC同意，从冷藏箱里取出这批旧血样，让女儿做了认真的细胞培养。因为血样太陈旧，做起来很难。不过梅茵最后成功了，得出了确实的结果——在这批血样中有0.8%的艾滋病毒。

梅茵提取的这些病毒成了艾滋病的原型菌株，对此后研究艾滋病毒的衍变立了大功。此后CDC在中部非洲几个国家做了大规模的检查，结果证明，且不管艾滋病是否来自密林中的黑猩猩，但至少它已经在中部非洲农村稳定存在了相当长时期，发病率为0.8%到0.9%，是一种比较温和的传染病。而且，至迟截止到二十世纪八十年代末期，它在非洲农村仍保持着这个较低的传染比率。只是在城市中，主要是由于性方式的改变，出现了大批所谓的“自由妇女”，即妓女，这种生活方式的急剧改变使艾滋病突然变成一场世纪性灾疫。

在600份旧血清中确认艾滋病毒的那一刻，狄克森与女儿相对苦笑，止不住后怕！幸亏十年前他给自己注射的那管血清不在0.8%之列，否则他就会成为美国第一个艾滋病病人了。回想当年，狄克森看到苏丹延比奥医院用未经消毒的针头重复注射，对埃博拉疫情推波助澜，那时他曾感慨：现代技术一旦被愚昧的医生滥用，就会比原始社会的无医无药还可怕。现在呢，他发现自己其实也是埃迪医生那样愚昧的人，不过层面不同而已。而且以后的科学家们会不会犯类似的错误，谁也不敢断言。今人笑古人，后人复笑今人，问题是谁都不愿把自己摆在小丑的位置。

这对狄克森是一个警示：自视甚高的科学精英们其实远不能把握科学的副作用。科学家能透过表面，看透较深层面的大自然运行机理，也许还能看透第三层、第四层……但自然界还有第五层、第一百层、第一万层机理呢，你永远无法穷尽它。

两人离开疫区，匆匆赶往坦桑尼亚和肯尼亚交界处的塞伦盖蒂大草原。塞伦盖蒂在土著语中指“永远流动的土地”，并不是指草原的流动，而是动物的流动。每年夏季，成百万的角马、斑马会从这儿向北迁徙，去马塞马拉湿地，等塞伦盖蒂的旱季过去后再返回。这种行为已经刻印到这些动物的基因中，成了它们永远不会改变的天性。坦桑尼亚政府因为人类的利害曾想阻止它们，在它们迁徙的必经之路上树起了重重铁丝栅栏。结果可想而知，浩浩荡荡的动物大军势不可挡地踏平了栅栏，继续它们已经延续百万年的行军，把坦桑尼亚政府的努力变成了笑柄。

梅茵在电视上看过角马的大迁徙，非常向往，也许是记忆上的“返祖作用”吧，梅茵像大多数人一样，天然地向往着蛮荒和野性世界。她在电视上看了以后还不过瘾，老对义父说：什么时候能去非洲亲眼看一看？她的心愿最终促成了这次非洲之行。现在，因为在扎伊尔耽误了几天，时间有些晚了，角马的大迁徙已经开始。狄克森租了一辆吉普，提前赶往格鲁美地河等候角马群，这条河与迁徙路线斜交，是迁徙途中唯一的水源，角马群肯定会经过这里。司机兼向导是一个土著马萨依人，鼻子上挂着奇形怪状的饰物，穿着色彩鲜艳的民族服装。他只会说很少的法语，而狄克森的法语也仅够最简单的交谈。不能沟通时，马萨依司机就露出白牙齿憨厚地笑，恭顺地对客人连连点头——然后照着他自己原来的行程进行。后来狄克森父女干脆把行程全托付给他，反正这是没法的事儿。其实这位马萨依人已经是部落里少有的“现代化先驱”了。吉普车途中经过一些马萨依部落，这儿没有现代文明的任何痕迹，居民住在一种用牛粪砌成的房子里。他们很热情好客，在路边向吉普挥手，群声尖叫，露着白牙齿憨笑。他们虽然贫穷，但都很健康，黝黑的肤色，弹性十足的步伐，洋溢着十足的活力和野性。看着他们，梅茵不由想起扎伊尔那些同样贫穷但却失去了健康的人群，心想两者之间的反差太大了。那时她有一个想法：也许处于蒙昧中的土著人并非不幸福，反倒是刚刚接触现代文明的土著人要承受苦难。

他们在河边停下，车上有毛毯，铺在地上就是简单的床铺。他们吃了干粮，喝水就喝河水。这对梅茵来说已经不啻琼浆玉液，在扎伊尔疫区，他们一直在饮用水中加碘化物杀菌，味道极为难喝。那晚他们乏透了，很快入睡。第二天，太阳升起后，忽然地面之下隐隐传来擂鼓一样的声音。司机兼向导趴在地上听听，指着远方兴高采烈地说：

“来了！来了！”

地平线上腾起大团的烟尘，然后，清晨的阳光照出一片流动的生命，一条肉体的洪流。成百万头角马以磅礴的气势从南边出现，向格鲁美地河跑过来。草食动物群的周围则是狮子和猎豹，它们不紧不慢地跟在旁边，盯着群体中的幼仔，有时借着尘土的掩护发动一场奇袭。角马群对此逆来顺受，只有母马扑过去同狮群缠斗一会儿，但这通常改变不了幼仔的命运。等幼仔的死亡已经无可挽回时，母亲们悲哀地嘶叫着，抛下幼仔的尸体，回到角马群中，继续它们的行程。现在它们到了河边，陡峭的河岸下就是它们十分渴望的饮水，但冥冥中的本能告诉它们，河里同样有凶残的敌人——鳄鱼。领头的角马磨磨蹭蹭地走向河岸，走几步，嗅一嗅，嘶叫一声，又退回去，进进退退犹如死亡之舞。身后的角马群都闻到了水的气息，迫不及待地向前挤过来，慢慢将前边的角马向河里挤去。终于，汹涌的角马群将一头角马挤到了水中，它恐慌起来，四肢乱蹬地往回扒，在角马群中引发强烈的骚乱。隐伏在水下的鳄鱼乘势开始进攻，利齿一闪，咬住一头角马的脖子，又用剧烈的翻滚把角马的喉咙撕裂。紧接着又有几头角马被咬死，拖入水中，鲜血在水中扩散，染红了大片的河水。这时大部分角马反而不害怕了，悲壮地嘶叫着，踏着同伴的尸体甚至鳄鱼的身体，汹涌地向对岸涌过去。这中间仍不时留下几个牺牲者，但大批角马顺利抵达彼岸，在岸上蹦跳着甩干身上的水，一刻也不多停，立即向对岸的草地跑去。它们的欢快之情伸手可掬。

马萨依向导笑嘻嘻地看着，对这个场景见惯不惊。梅茵则被深深打动，几乎忍不住自己的泪水，毕竟亲眼所见比电视上的场景更为真切。这是生与死的搏斗，是物种的宿命。尸体侧畔是流动的生命之河，个体的牺牲换来种群的延续和昌盛。这幕活剧已经上演了亿万年，还要永远延续下去。她的心弦被拨动，发出悲凉悠长的共鸣。她不想让义父看见自己流泪，就把脸扭向一边。实际上，狄克森受到的震撼也不在女儿之下。

一头角马从鳄鱼的利齿下逃生，摇摇晃晃地爬回这边河岸。它受的伤看来并不重，但晃悠一会儿，最终倒在地下，倒下的地点离这儿不远。作为一个流行病学家，狄克森对此很敏感，对梅茵说：

“它像是生病了？走，咱们去看看。”

两人走过去，蹲下去观察。果然是一头病角马，流泪，流涎，口腔黏膜潮红，坏死处呈现深红色的地图样烂斑。倒下时，屁股后还拉了一摊带血色的稀屎，恶臭异常。它看见两人走近，想挣扎着站起来，但已经无力起来了。有一头豹子一直在窥伺着这头角马，这会儿慢慢走过来，朝他俩凶恶地龇牙咆哮。向导忙把他们拉到吉普车上。豹子并不打算与人类为敌，衔上战利品迅速撤退，藏身到树丛后。狄克森在车上盯着豹子消失，对女儿说：

“那头豹子其实是在做好事。那头角马得了牛瘟，已经没救了。被豹子吃掉，反倒减少了在同类中传播的机会。”

他向女儿介绍了牛瘟的有关知识。牛瘟也是病毒引起的，是一种急性、高度接触性传染病，以消化道黏膜坏死为主要特征，在家畜和野生动物中都能传播，OIE（世界动物卫生组织）将其列为A类疫病，它对家畜的危害是毁灭性的，不亚于人类中的天花。梅茵认真听着，没有说什么，等到吃晚饭时她忽然问：

“爸爸，你说牛瘟是高度传染性的疫病，为啥野生角马群没有被牛瘟灭绝？你看，角马和人类一样也属于哺乳动物，身体结构大致类似，免疫系统应该差不多吧。它们这样密集地迁徙，挤挤蹭蹭地，比大城市的人群还要容易传染。再说，”她笑着说，“角马社会中没有医学，没有疫苗和抗生素，没有讨厌的隔离服和面具。”

狄克森笑了，前几天穿防护服戴面具，把梅茵折腾苦了，最后一天她坚决不再穿戴，狄克森只好答应。他说：

“对啊，要是这成百万头角马都戴上防毒面具，那才威风呢。”停停他说，“角马社会中也有医学，那是上帝的医学，是自然淘汰。容易患病的个体很难活下去，不是病死就是被吃掉，于是种群中只剩下抵抗力强的个体。当然这种办法在人类这儿行不通。从希波克拉底时代开始，医学就与人道主义密不可分。医学建基于对个体命运的关切之上，医学的目的是一行大写的金字：救助个体，而不是救助群体。”

“哼，至少这些野生动物活得非常自在。你看这些角马，多么强壮，多么生气勃勃！看着它们在草原上奔跑，我觉得它们不是动物，简直是飞舞的精灵。所以嘛，依我看来，上帝的医学和人类的医学一样管用。”

这句话让狄克森一愣。他想我们真是瞎子啊，搞了30年的医学研究，却一直闭眼无视这个最明白的事实。现代医学已经发展成无比巍峨的大厦，其成就足以使人类精英们自我膨胀，藐视上帝。但跳出医学的圈子回头看看，就种族的整体而言，人类的健康水平并不比角马强，甚至还不如后者。现在，上帝在非洲的荒野上导演了一场大剧，演员是数百万头活力四射的生灵。生灵们用形象的语言诠释了上帝的意旨——而且是一个孩子首先看懂了。他叹息道：

“不一样。”

梅茵不服气：“为啥不一样？”

狄克森苦笑着说：“我说不一样，是因为上帝的医学似乎更管用。在上帝的医学里，个体时刻处在死亡的危险中，但种群整体与病原体的关系是稳定平衡，有起伏，但不会太剧烈，不会因某种原因突然崩塌；而在人类的医学中，虽然个体受到了最充分的保护，但就人类整体来说，与病原体的关系是不稳定平衡，有太多的因素会使整个体系突然崩塌，像出现超级抗药病菌、出现新病毒、南极冰盖融化使旧病毒复活、实验室天花泄露、恐怖分子搞生物战剂袭击，等等。”他沉思着说，“真的，科学家该认真想想你提的问题。”他又说，“说到问题，我想起在内罗毕机场，史密斯提的那个问题，现在我可以回答了。”

“是吗？”

“嗯。答案是这样的：病原体与宿主的关系，从总体上说确实趋于温和化，这个观点没错。非洲的病毒因为历史久远，比其他大陆更具多样性。其实它们在原来的宿主种群中，像绿猴、大猩猩等，也是温和的病毒。仅仅因为现代文明过于剧烈地搅乱了原有的平衡态，再加上非洲病毒的多样性，才造成它们在人类中的凶残。”

那时他举的例证中还少了重要一条：世纪灾疫艾滋病早期在非洲农村中也曾是相对温和的传染病。梅茵沉思着：

“噢，是这样。”

晚上，河边仍滞留着大群的角马，它们大都吃饱了，喝足了，甩着尾巴，在河边悠闲地踱步，幼仔在母亲腹下钻来钻去，玩得兴高采烈。狮群仍在附近，也都吃饱了，卧在河边休憩。角马、斑马和瞪羚此时对狮群视若无睹，甚至敢到离狮群很近的地方玩耍，它们凭本能知道，当狮子的肚子下垂时就表示它们吃饱了，这时候决不会杀生。晚霞笼罩着草原，河边洋溢着安详静谧的气氛，就像白天的屠杀根本没出现过。

他们决定仍在这儿露宿。虽然国家公园的旅游须知上禁止这样做，但是连小角马都不怕狮子，何况他们？马萨依向导更不用说了，他们历来把狮子角马看成家族的成员。向导铺好毛毯，很快安然入睡。梅茵和父亲盘腿坐在草地上，仰望天穹，看晚霞渐隐，繁星渐现，一轮新月慢慢升起。四野笼罩在黑暗中，没有一丝灯光，没有人类文明的任何痕迹。大自然已经这样运行了几十亿年，还要继续运行下去，不会在乎某种智慧生物的兴衰枯荣。

梅茵不知不觉间趴在父亲腿上睡着了，深夜她醒来，见父亲仍保持着同样的坐姿，仰望天穹，目光闪闪发亮。她喃喃地问：“爸爸你还不睡？”不记得爸爸说了什么，她又迷迷糊糊地进入梦乡。那晚狄克森差不多坐了一夜，日后十字组织的“教义”，就在这个晚上基本成型。他认识到，生物世界经过几十亿年的进化，已经天然达到最稳定的平衡态。如果过于剧烈地干涉就会酿成大祸，实际上人类的多少次疫病都是因社会剧烈变化而引发的，科学所引发的灾难和它对人类的造福几乎一样多。并不是要人类回到角马那样的自然状态，想回也回不去了，人类自从掉了尾巴也就断了后路。人类只能沿着“这条路”继续走下去，这是进化的宿命。但至少我们在变革大自然时要保持一颗敬畏之心，要尽力维持原来的平衡态，学会与大自然和谐相处。

梅茵当时并不了解义父在心灵上的净化和升华，但她感觉到了。早上义父摇醒她，说:“起来吧，你看非洲的拂晓多美！”景色确实美，向上升腾的雾霭中，远处动物们的影像扭曲流动，恍如梦幻中的精灵。义父的笑容同样美，笑容是从心底深处流淌出来的，他脸上焕发着奇异的光彩。

三

2012年春天，中国南阳。

狄克森的葬礼在第三天举行。金市长亲自去看守所作保，为两名在押被告人请了假，让他俩也去火葬场参加葬礼。几名十字组织的成员自然都来了，还有薛愈，除此而外没有旁人，能盛千人的吊唁大厅空荡荡的。氧气炮轰鸣着，哀乐低回。老狄克森项间的十字架被取下，交给梅茵，他的遗体在异国他乡变成一抔温热的骨灰。梅茵把一半骨灰就近洒到了河里，另一半骨灰托苏珊女士带回美国。虽然义父是一个世界公民，没有地域和国家的概念，但那儿毕竟是他的故乡，他若地下有灵，故乡还是更亲切一些。

第二天法庭开庭。薛愈早早到了，为金市长占了一个位置。孤儿院今天轮到陈妈来，她坐在薛愈另一边，担心地絮叨着：梅院长咋样？会不会判刑？梅院长真是祸不单行，婆家奶刚去世，干爹也死了，自己和男人又要坐牢，一个人咋受得了这么多祸事啊。

今天金市长也来得很早，坐下后，陈妈认出他，忙俯身过来，把那些话又说了一遍。金市长安慰她：

“判刑不判刑得法院说了算，不过看上一次庭审的情况，也许会轻判的。”

“那就好，那就好。”

昨天市政法委牵头，市委、市政府、公检法有关人员碰了碰头，认为这次法庭审判的主要目的——彰示中国的清白——已经达到，既然如此，对梅茵的判刑可以不必太苛求。如果她的律师能让她脱罪，那就不妨送个顺水人情，反正梅茵的作为并非与人类为敌，虽然观点和行为相当异端，动机还是好的。再说，她最主要的罪名——从国外偷运天花病毒入境——缺乏有力的证据。碰头会上公诉方的态度有所软化。

那几个外国人也来了，仍坐在原地，中间为死者留了一个位置。老人死了，但他仍活在众人心中。后排的有些记者认出了金市长，指着他窃窃私语。被告、公诉人和审判员们都到齐了，宣布开庭。审判长说：

“被告方上次说要对天道公司实验室的病毒样本重新鉴定，请你们提供第二次鉴定的结果。”

被告人律师苦笑道：“已经用不着了，我的当事人决定把无罪抗辩改为认罪。”

法庭中平空落下一个炸雷，听众都不敢相信自己的耳朵。薛愈震惊地望着梅老师，但他的位置只能看清侧影，看不见梅老师此刻的表情。身边的陈妈怀疑地问：“小薛，那个律师说啥？他说梅院长自己承认有罪？”几十名中外记者非常困惑地互相问：“被告表示认罪？”下面吵吵的声音太大，法警过来让他们肃静。另一名被告孙景栓显然也很意外，不解地侧脸盯着妻子。梅茵的律师满脸无奈，明明白白是在告诉别人：“那是被告自己的决定，跟我无关，也并非我无能。”

也许最困惑的人是金明诚。上次庭审对被告非常有利，市里又和检察院做了沟通。昨天他和杜律师见过面，隐晦地通报了有关情况。据他所知，杜律师随后和梅茵也见了面。在这个关头她怎么会突然表示认罪？

审判长的惊讶显然不在众人之下，他扭过头同左右审判员低声说了两句，转过头来问被告：

“被告，你承认有罪吗？”

梅茵平静地说：“对。我确实从俄罗斯偷运入境了天花病毒。给我提供病毒的威克特科学家斯捷布什金没有做过减毒工作，所以，在偷运入境时，它确实是烈性的四级病毒。”

“你这样做有什么目的？”

“我是执行义父狄克森的教义——用实际行动打破科学造成的天花真空。此后我对这些天花进行了十几年的减毒培养，但并不是把它们变成减毒活疫苗，而是培养成可以在自然界独立生存的低毒性病毒。这种低毒性病毒是一个新的医学概念，是否需要我做一点解释？”

她问审判长，后者点点头。她说：

“先说活疫苗。与死疫苗、抗毒素、类毒素这类免疫方法相比，活疫苗有很大的优势：它在病人体内能够自我繁衍，发挥生命体的优势，免疫效果比较长久。但是，‘生命体’的优势在活疫苗身上尚未充分发挥，因为它首先必须在工厂里培育出来，也需要人工储藏和分发，所以仍相当低效，不得不受制于‘人’，无法形成自然界的稳定平衡。比如说，如果战争切断了疫苗生产、储存和分发的链条，疫病就会复燃。而低毒病毒就不一样了，它们在自然界有较强的生存能力，能够排挤原来的强毒病毒，形成低毒的优势种群，使接触者获得对原病毒的免疫力。总之一句话，培养低毒病毒、主动投放到自然环境中，用这个方法可以加速病毒的温和化，打破危险的天花真空。”

这番话专业性太强，听众的表情表明他们都没听懂。能听懂的人，除了孙景栓和几个十字组织的外国成员，恐怕就只有薛愈了，他受到很大震动。这是个全新的概念，如果梅老师真的能做到——从南阳的天花疫情来看，她基本上做到了——无疑是个历史性的变革，其意义不亚于琴纳发明牛痘疫苗和弗莱明发明抗生素。同时他也感到极度震惊，震惊于梅茵说的“主动投放”，这四个字的内在含义太可怕了。但审判员们和听众们显然还没从眩晕中清醒，没有意识到这句话意味着什么。梅茵微笑着说：

“这段话比较艰涩，举几个例子吧。如今常用的脊髓灰质炎疫苗就是活疫苗，在长期的使用中，大量活疫苗排泄到自然环境中，现在已变成了自然环境中的优势种。当然这只是无意中成就的低毒病毒，而我是有意这样做。再举一个医学之外的例子，美国林业部门多年致力于防范林火，但防范措施越成功，森林中可燃物的堆积越厉害。等到超过临界值，就必然引起一场大火，任何防范都无济于事。所以，美国有关部门在痛苦地经历了几次巨型火灾后，终于改变了观念和办法，即放任林火燃烧，甚至有意来一些低烈度的纵火，及时消耗森林中的可燃物，破坏灾难发生的临界状态，以此来预防损失更大的巨型火灾。这种方法其实与投放低毒病毒的方法完全一致。”她以一句话做结束语：

“自然界各种事物的机理都是相通的。”

审判长终于理清了她说的话，极为困惑地问：“你是说——孤儿院的天花病毒是你有意投放的？”

梅茵直视着他，平和地说：“对，我想点一把小火来烧毁非常危险的天花真空。我说的低毒病毒就撒在那次集体生日的蛋糕里。”

又是一道无声的霹雳。刚才她在对低毒病毒的作用娓娓而讲时，很多人在内心里是赞同的，特别是文化程度较高的记者们。但只有这时，他们才意识到那个方法的真正含意，都感到不寒而栗。这句话也如闪电一样，划破薛愈脑海中的迷蒙。他早就怀疑，为什么这儿的天花泄漏紧随着美国的天花袭击，时间上未免太过巧合，那个西班牙记者就问过类似的问题。如果是主动投放的，这事就能解释通了——梅老师是巧借美国发生天花的时机，趁乱投放低毒天花病毒。这样不易被察觉，可以减轻社会的敌意，操办者也不至于获刑。她的这个计谋几乎成功了，但想不通的是，这会儿她为什么突然“彻底坦白”？

陈妈听不懂梅院长大段的话，只有最后一句话听懂了。她转向薛愈，两眼木呆，喃喃地说：

“小薛，梅院长她说啥，把天花病毒放到生日蛋糕里？我一定听错了。小薛，我听错了，对不对？”

薛愈不敢直视她的眼睛，回过头，与身边的金市长相对苦笑。陈妈从他的表情中知道自己没有听错，她心目中的圣母确实在孩子们的蛋糕上撒了病毒。陈妈受不了这样的打击，愣了一会儿，号啕大哭着跑出审判厅。

她的举动在大厅里激起一片纷扰，法警喝令大伙肃静。梅茵看着陈妈的背影，同杜律师还有丈夫交换着沉重的目光。其实，她在决定和盘托出真情时，已经料到社会的激烈反应。正是因为这个原因，此前他们在宣讲十字组织的观点时，一直对“主动投放病毒”讳莫如深。它太敏感了，肯定会激起全社会的敌意，为千夫所指，实施者也会被法律严惩。义父和杜律师拟定的庭辩策略，就一直小心地绕开这一点。但梅茵一直认为，这是一个必须迈过去的关口，再难也得迈过去——向社会公开十字组织的做法，并努力获得社会的认可，否则，十字组织的主张就无法有效推行。就像这次，她和丈夫多年筹划，终于在孤儿院点燃了星星之火。他们借口蜜月旅行，有意离开一段时间，就是给它提供一个燃烧和扩散的时间。但它刚刚变成火苗，就被过于有效的防疫体系给扑灭了！而她和丈夫还不得不违心地飞速赶回，配合灭火！

从那时起，她就决定要闯过这个关口，后来义父在法庭上平静地死去，更坚定了她的打算。昨天在同杜律师商量这个决定时，杜律师坚决反对，但梅茵平静地说：

“义父已经去天国了，那就让我下地狱吧。”

杜律师知道她心意已决，劝也无用，叹息着离开。

孙景栓事先不知道她的这个决定，乍听之下颇为震动，但他明白妻子的心思。他感伤地看着梅茵，心绪复杂。妻子是个勇者，殉道者，他佩服妻子，但已经没有勇气跟她一块前行了，奶奶的死让他万念成灰。他的律师用肘子碰碰他，用目光警告：到了这时候，一定要和她拉开距离！

审判长很困惑，依案情的审理情况，特别是上次案件研究会上形成的共识，法庭已经准备轻判梅茵。但这会儿她突然当庭认罪，承认走私病毒及投放病毒的具体罪行，那事态发展就只能向另外的方向走了。他问：

“被告是否承认，你有意向孤儿院投放病毒，从而造成了马医生的死亡和梅小雪等人的毁容？”

金市长和薛愈都一下子掉到冰窖里，这句话意味着梅茵是“故意杀人”。孙景栓也悲哀地看着妻子，这样一来，她的结局就非常悲惨了。梅茵的律师这会儿完全成了局外人，只能怜悯地看着当事人一步步向深坑滑去。

梅茵回答：“我并非有意，但我在投放低毒病毒时确实能预见到这种后果。为了让投放的病毒有足够的‘唤醒免疫力’的作用，它必须保持一定的毒性，对绝大多数人无害，但有可能对少数特别敏感者造成伤害。其实还有一点，低毒的天花病毒在自然环境中也有可能变异出烈性病毒来，虽然可能性较小，但不能完全排除。上帝憎恶完美，任何人、任何办法都不可能十全十美，这是没办法的事。”她直视着审判长说，“我并不想以玄谈来为自己脱罪。我对马先生的死和梅小雪的毁容负有全责，我愿意接受法律的严惩。”

审判长这会儿意识到，自己刚才的问题不大妥当，如果造成“法庭要定故意杀人罪”的印象，以后就不好转圜了。他随即提了一个新问题：

“我想问一下被告，狄克森先生对低毒天花病毒的研究，”他有意加重了“研究”这两个字，实际上是在刚才的定性上悄悄后退，“为什么不在美国进行？那儿的环境应该更适宜。”

梅茵很干脆地否认：“不，那儿不适宜。这种新的医学观点要想成为新医学，为社会广泛承认，必然取决于社会的深层意识。西方社会非常崇尚个人，为了一个大兵瑞恩可以牺牲八个人。这种对个体生命的尊重是历史的进步，但像世上任何事情一样，它也有两面性。在它的基础上建立的西方医学观——只救助个人，不关心群体——忽视了人类作为种群的利益，这和新医学的观点恰好背道而驰。狄克森先生认为，中国文化天然地浸透了集体主义，又是世界上唯一没有全民宗教信仰的社会，伦理上的禁忌较为宽松，这种优势在全世界唯此一家。所以他慎重决策后，把突破点选在中国。”

法庭的情绪有了一点微妙的变化，这番话满足了中国人潜意识中的自尊心，多少熨平了听众刚才产生的敌意。梅茵又说：

“我有一个要求：请 WHO 的松本先生对低毒病毒的功与罪提供证言。”

按照法庭规则，开庭前被告方已经把要传唤的证人名单提交法庭，审判长同意了。这些天一直沉默不语的松本先生走上证人席，一位日语翻译跟着他。

“你的名字和职业。”

“我叫松本义良，在世界卫生组织特殊病原体分部工作，是 WHO 医学伦理委员会委员。”

“请向法庭陈述。”

“对于梅茵博士的行为是否违犯了中国现行法律，我当然不宜于表示意见。我谨代表 WHO 十一名资深专家向中国政府呼吁：保留梅茵博士的实验室和她培育的低毒天花病毒株。这种低毒病毒的防病方法是否有价值，是否会成功，只能等待历史的验证。但至少已经确认它对人类的毒性很低，是基本安全的。以这种方式保留天花病毒株有益而少害，权衡利弊，应当允许这项研究继续下去。”

他念了在证言上签名的十一名医学科学家的名字。又补充一句：

“噢，对了，我们十一人将努力说服 WHO，为这项研究提供长期资助。”

他向审判员和听众都鞠了躬，走下证人席。

这段证言有效地改变了法庭气氛，把梅茵的“刑事犯罪”拉回到“学术研究”的位置。审判长让公诉方和被告方都做了最后陈述，然后休庭，审判员们闭门讨论，一会儿要当庭宣判。休息期间，旁听席上充斥着紧张的气氛，几乎划根火柴就能引爆。人们三三两两交谈，努力压低声音，仿佛声音大了会影响到宣判结果。旁听者差不多都同情梅茵。这是位殉道者，没有任何私利，她的所作所为都是为了人类的未来。她在上帝面前是无罪的，但依“人类法律”她肯定无法脱罪，如果“故意杀人罪”成立，按中国刑法是要判死刑的。对于梅茵这样的圣人，这个结局太悲惨，无人能接受。可是——想想她竟然往孤儿的生日蛋糕上撒放病毒！无论是低毒性高毒性，这么做都太过分了，没人能从感情上接受。大家的心理很矛盾，理性的认知和感性的认知互相抵触，形成陡峭的断茬。几个外国记者凑到松本义良、拉斯卡萨斯那一排，用英语低声商量着。他们想得比较远，考虑着如果真的判了死刑，是否可以请一些外国元首出面，呼吁赦免。金市长坐得离他们不远，他的英语水平不行，就让薛愈为他翻译。薛愈担心地问：

“有可能判死刑吗？”

金市长原来有把握对梅茵轻判的，但法庭上波谲云诡，这会儿他也说不好了。只是说：“耐心等着吧。”

三个审判员依次回到法庭，众人起立，开始宣读判决书：

“……本院认为，被告梅茵，其行为已构成传染病菌种、毒种扩散罪和过失致人死亡罪，公诉机关指控罪名成立，本院予以支持；故依照《中华人民共和国刑法》第三百三十一条之规定，被告人梅茵犯传染病菌种、毒种扩散罪，判处有期徒刑六年；依照中华人民共和国刑法第二百三十三条之规定，被告犯过失致人死亡罪，判处有期徒刑五年；二罪并罚，执行有期徒刑八年。

刑期自判决之日起计算，判决执行前先行羁押的，羁押一日抵刑期一日，即自2011年10月12日起到2019年10月12日止。”

梅茵的律师杜纯明松了一口气，这个判决当然不能令人满意，与他决定打这场法律之战时的初衷相差太远。但这只能怪梅茵，依她自承的罪名本来可以判死刑的，毕竟中国的法官们能够把握分寸。下面的听众，包括薛愈、金市长差不多也是这个心情。也许最轻松的是梅茵，她帮十字组织迈过了最难迈的一道关口，以后可以坦然面对社会了，义父九泉之下也能瞑目。而且，她毕生从事的工作欠了太多的良心债，欠斯捷布什金的、马医生的、孙奶奶的、梅小雪的，甚至金市长的、薛愈的、丈夫的，现在她把这些债连本带息一次付清了。

下面对孙景栓的判决已经没有悬念。法庭对他明显网开一面，最后判决他犯玩忽职守罪，有期徒刑六个月，缓刑六个月。孙景栓听完判决马上把目光转向梅茵，自己如愿脱罪了，但妻子却得蹲八年大牢。纵然这是两人在被拘捕前的共识，他仍然于心不忍。梅茵回了一个灿烂的笑，嘴唇翕动着，孙景栓非常明白地读懂了她的话：

“小雪。帮我照顾小雪。”

梅茵侧过身，对杜律师低声说：“谢谢。”杜律师遗憾地摇摇头。梅茵也向后边的听众，尤其是八个外国人、金市长和薛愈，用目光表达了谢意。法庭要闭庭了，这时听众席上发生了意外。是薛愈的舅舅赵与舟，这些天没人注意到他，连薛愈也几乎把他忘了，但他其实一直在旁听席上。这会儿他忽然站起来，愤怒地喊：

“法庭徇情，重罪轻判！我强烈抗议！我要在网上公布我的抗议，你们等着接受世人的谴责吧！”

法庭上除了薛愈和梅茵外，没人认识他，都不知道这个老头儿为啥会突然跳出来。有人好奇地看他，在他背后嘀咕着：这老头儿是谁？是不是与梅茵有私仇？赵与舟听见后边的私语，非常委屈。他与梅茵没有任何私人过节，他的义愤完全是无私的，是科学信徒对科学叛徒的义愤。这个走火入魔的女人已经蜕变成杀人女巫，但法庭却轻描淡写地判了仅仅八年刑期，甚至还有不少人同情他！这个世道太令人失望了。

群众的好奇心是有限的，不一会儿他周围的人都离开了，连记者也都走了，没人来采访他。薛愈想过去劝他，但犹豫片刻，摇摇头，径自走出去。赵教授未免尴尬，气嘟嘟地离开法庭。

第五章 小雪新生

2018 年，亳州、北京和南阳。

这是安徽亳州城乡接合部的一家菜市场，占地面积不小，中心是粗糙的水泥台面，露天摆放着各种蔬菜和豆制品，也有挂着鲜肉的肉架子。两侧是店铺，大多是干货、粮食、卤肉、面条铺、蒸馍店等。露天部分扯着黑色的布料，挡雨是挡不了的，能多少遮挡烈日的暴晒。这会儿是夏天的中午，太阳非常灼人。菜市场里人头攒动，好多男人打着赤膊，女人们也都很节约布料，浓重的汗味儿伴着讨价声在人群中升腾。

薛愈没有在门口多停，径直向里走。他的西服革履在这儿有点扎眼，人长得又帅，走过后吸引了不少眼球。菜市场最里面是卖活鸡鸭、卖活鱼和宰牛的，这些店面最脏，一般都放在菜市场的最里面。这会儿鱼店门前人不少，七八个人挤在两个大鱼盆前，有人蹲着有人站着。卖鱼的是一位十八九岁的年轻姑娘，这会儿正蹲在鱼盆前，手脚麻利地剖鱼刮鳞，一边大声喊着：

“活蹦乱跳的草欢（草鱼），三块五一斤！”

她的声音很脆，是标准的普通话，在地方话的基调里显得比较另类。从人缝里看，她腰里系着黑色的防水橡胶裙，上身穿 T 恤，因为这会儿正低头用力，显出了清晰的乳沟，有些男人的目光专注地盯在那里。再往上看，薛愈看到了梅小雪的脸，一张丑陋的麻脸，麻脸上是黑亮灵活的眼睛，小巧的鼻梁，湿润鲜红的嘴唇，细腻白皙的皮肤，这一切与脸上的麻坑形成极强烈的反差。

没错，是小雪，终于找到她了。

薛愈没有往前挤，站在人群后，在人缝里心酸地看着她的面容。女大十八变，13 岁的梅小雪今天比七年前更漂亮——如果不算麻脸的话。她的美貌和麻脸合在一起，形成了一种残忍的美，对异性有一种古怪的震慑力。这群顾客中，至少有那么两三个男人恐怕不是来买鱼，而是来看人的。

小雪已经把两条鱼拾掇好，站起来称重，收钱。她笑着问大伙儿谁还要？一个女顾客指着盆里一条鱼让她剖。小雪往人群扫了一眼，看见人群后一个西装革履的男人，穿戴风度明显与众人不同，而且似乎面貌有点熟。但她没认出来，又蹲下去，飞速地刮着，鱼鳞如雪片一样落地。

那边挤过来两个男人，有一个边走边问："哪个是麻子西施？在哪儿？"另一个男人警告他："小声一点，那姑娘可不是善茬儿！"但他的警告已经晚了，里边的梅小雪已经听见，她腾地站起来，拿剖鱼刀指着外面破口大骂："哪个挨千刀的臭男人来糟蹋你姑奶奶？有种你过来，姑奶奶和你三刀六洞！"那俩男人慌忙向后溜走，缩到人群中，等他们觉得安全后，在人群后爆出一阵大笑。这边儿小雪脸色惨白，脸上的麻坑都变白了，泪水汹涌地往下流。旁边卖活鸡的中年妇女赶忙过来，把小雪搂到怀里劝："小雪别哭，不值得为那样的畜生生气。来，郭姨为你出气。老三！老三！"她喊宰牛的男人，说："又有人欺负咱小雪，你去咒死他个坏蛋！"

宰牛男人跑过来，对着两个男人消失的方向大骂起来。薛愈这回真领教了安徽民间语言的丰富，那人骂得中气十足，朗朗上口，各色又新鲜又刻毒的骂人话滔滔不绝，有些能听懂，有些薛愈不懂。那俩臭男人一声不回，看来已经被咒死了，老三还在骂个不休。郭姨被逗笑了，买鱼的几个顾客也笑，都劝小雪别生气，说有了老三这通毒骂，那俩人非长疔疮不行。小雪显然早已习惯这种场面，没过多久就不哭了，擦擦眼泪，蹲下去继续为顾客剖鱼。

薛愈默默看着她，心里像针扎一样疼。过一会儿，顾客散去，只剩下薛愈，小雪注意地打量他，问：

"你买鱼不？"

薛愈苦涩地说："小雪，是我。"

梅小雪一下子认出了他："小薛叔……薛愈？"她的脸色又变得煞白，"你这个叛徒，白眼狼，你来这儿干啥？"

薛愈苦笑着说："来听你骂呀，好长时间没有这样挨骂了。"

梅小雪慢慢回过味儿来。她骂薛愈只是一时冲动，其实她对薛愈，还有梅妈妈，心情一直非常矛盾。她知道小薛叔叔的“告发”是光明正大的。不错，他的告发害了梅妈妈，可梅妈妈有错在先，她从外国偷运来天花病毒，又不小心带到孤儿院，害了自己的一生！她心里波涛翻滚，低下头，久久沉默着。

活鸡店的郭姨觉察到了异常，心想这小白脸也是来欺负小雪的？警惕地远远盯着他。过了很久，小雪抬起头，难为情地说：

“小——薛——叔叔，”这个称呼喊出口仍然很生涩，“对不起，我不该骂你，我知道你是好人。”

薛愈心中发哽，很想把她揽到怀里，但最终忍住了。小雪已经是大姑娘，不是当年的毛丫头了。他直截了当地说：

“梅妈妈托我找你。我，还有孙总，找你六七年了。”

一提到梅妈妈，让她又恨又眷恋的梅妈妈，小雪忍不住大哭起来，她没有哭出声，但泪流如泉，肩膀一耸一耸的。郭姨赶忙跑过来，把小雪再度揽到怀里，怀疑地瞪着薛愈，连声问：“小雪咋啦？是不是他又欺负你？老三！老三你过来！”小雪忙忍住泪说：

“不是，这是我家乡人，是我小薛叔叔。”她甜蜜地加了一句，“他和梅妈妈找我，已经六七年了。”

郭姨非常高兴，一迭声说：“那好，那就好了，小雪这下有亲人了。”寒暄一会儿，小雪让郭姨替她照护店面，她要带小薛叔叔认认家门，中午要请他上饭店。小雪的家离这儿不远，是在一户农家院里的楼上，房间很小，家具非常简陋，但收拾得干干净净。一个木箱上铺着花塑料布，权当梳妆台，上边放着一些低档的化妆品。薛愈注意观察着，看梳妆台上有没有镜子，没有。他心酸地想：小雪恐怕没有勇气面对镜子吧。

小雪不好意思地请他回避一下，她要换衣服。薛愈走出去，站在门外，少顷小雪出来了，换了一条白色的新T恤，绿色短裙，更显得身材窈窕。她挽上薛愈，说要到天河大酒店为他接风，薛愈没有推辞，随她去了。

天河大酒店的侍者很有教养，点菜时目光一直回避着小雪的麻脸，但他目光的躲闪还是能看出来的。小雪没有在意，她对异样的目光已经习惯了。小雪问薛愈："你怎么找到我的？这七年我可跑了不少地方，在新疆干过，还到吉尔吉斯待过三四年。你咋找到我的？"薛愈笑着说："到处打听呗，这次是孙总打听出来，让我来找的。"

他没有说出全部实情。没错，寻找她确实很难，但毕竟她是21世纪中国唯一因天花导致的麻子，孤儿院其他人的麻脸都不明显，她又是个非常漂亮的姑娘，两者结合起来是非常鲜明的特征，打听起来还是相对容易的。

菜一道道上来，有鱼香肉丝，水煮肉片，荷香扣肉，炒土豆丝。都是大路菜，但这无疑是小雪心目中最好的菜，薛愈想，仅从她点菜的品位看，这些年她真是受苦了。两人扯了一会儿闲话，小雪一直回避着有关梅妈妈的话题。那是她最想知道的，又不由自主地躲着它。薛愈能理解她的心思，先把话题引过来：

"小雪，梅妈妈再三托我找你。她一直在坐牢，身体不好，得了风湿性心脏病和风湿性关节炎，现在行路都不方便。你——还记恨她吗？"

小雪低下头，泪水刷刷地涌出来。她怨恨梅妈妈，也想她。其实，恨是虚的，想是实的，拂开表层的怨恨，下面是坚实的爱。她永远也忘不了梅妈妈的生日蛋糕，忘不了幸福的生病期间——晚上挨着妈妈睡，闻"妈妈味儿"，摸着妈妈的乳房，昏迷或熟睡中，额头上常常有一双温暖柔软的手。而且，相当奇怪的是，她最忘不了的是高烧昏迷中的一个晚上，那晚，梅妈妈和孙叔叔守着她，俩人低声说过一些话。是什么话，她已经记不清了，只有模模糊糊一个感觉，似乎妈妈已经知道要坐牢，她舍不得女儿小雪，她在交代丈夫要带好女儿。这些年小雪孤身生活，夜里还会梦见妈妈坐在身边。妈妈依依不舍地望着她，说："小雪，我要坐牢去了，咱们永别了。"小雪哭着伸手拉妈妈，拉了一个空，从梦中突然醒来。然后是一夜无眠，泪眼模糊中浮着妈妈的影子。

她叹息一声："不记恨了。今天知道她一直在找我，更不会记恨她了。不管怎么说，那只是个事故，又不是有意的。"

薛愈迅速看她一眼。从她的话里听出来，她还不知道六年前的天花是梅妈妈有意撒放的。报纸电台网络上把这次疫情热炒了两三年，她怎么会不知道呢？后来他想，可能那会儿小雪在国外吧，在那儿语言不通，她实际上身处信息监牢之中。

小雪热切地问有关妈妈的详情：监狱里有好医生吗？看病花不花钱？她的刑期是几年，还剩几年？薛愈都做了回答。小雪又问：

“孙叔叔好吗？我走前听说他的奶奶去世了。”

“孙叔叔没有坐牢，还在天道公司当老总。现在我是他的副总。孙奶奶确实已经去世。”薛愈小心地说，“不过，孙叔叔和你梅妈妈离婚了。”

小雪惊得几乎把筷子掉下来：“为啥？梅妈妈还在坐牢，他竟然……”

“不怪他，是你梅妈妈执意离婚，她说她不能生育了，但不想让孙奶奶的愿望落空。”他看看小雪，解释说，“孙奶奶是老思想，儿子结婚后她一直在念叨，想早点见到孙子孙女。梅老师对这一点非常了解。”

“噢，是这样。”

薛愈没把话说透。那两人未能把婚姻坚守到底，还有另处一个更重要的因素：孙奶奶因那个事件突然去世后，孙总的负罪感太深，至今走不出心理的阴影。这几年来，他一直在努力培养薛愈接班。也许一两年后，等梅茵出狱、薛愈又能独力支撑公司时，他就要远走他乡，离开这片伤心地了。这个打算他从来没有明说，但薛愈能猜到他的心思。薛愈一直为两人惋惜，他们都是道德高洁的君子，非常相配，应该白头到老。可惜他们心中都有一个太深太重的结，他们活得太累了。

其实他自己何尝不是如此？这些年，失踪的小雪始终是压在他心中的结，虽然小雪的得病和失踪，他没有任何责任。

聊了一会儿，小雪的情绪恢复正常，薛愈说到了正题：

“小雪，梅妈妈让我找你，是要尽早带你到北京做美容。你随我去吧，今天就走，不回南阳，直接去北京，去中国科学院医学整形医院。告诉你吧，五年前我就和那儿的陈奂冉医生预约好了，他是全国搞美容的头把刀，到他那儿做手术的人得排两年队，但他答应我，啥时候找到你，啥时候就去做。”

小雪很感动，低声说：“我也有这个打算，一直在攒钱。”

薛愈掏出一个卡:“我早替你存够了——不许推辞，这是我的心愿，也是梅妈妈和孙叔叔的心愿。我现在是天道公司副总，钞票大大的有。先用我的钱去把手术做了，以后你再慢慢攒钱还我，行不行?我知道你是个听话的好孩子。”

小雪的眼睛中溢出七色光彩。这是她盼了七年的梦啊，原想到十年十五年后才能实现，没想到今天就能成真。小薛叔叔说得情真意切，是真心要帮她，她不再推辞，快活地说:

“好的。不过咱们得签个借据，等我挣够钱，一定还你。”

“当然，当然。到时候你不还，我会向你讨要的。不过用不着借据，拉拉钩就行，咱们梅小雪拉过钩的话还能赖账吗?绝不会，我信得过你。来，拉钩，上吊，一百年，不许赖。”

小雪咯咯笑着和他拉了钩。拉完钩，薛愈把她的小手握到手里。这只像工艺品一样漂亮的小手上也有众多疤痕。薛愈看着她的手，看着她疤痕累累的颈部和前胸，忽然情绪有点失控，眼圈慢慢红了。小雪看到了，嗓子里也发哽。她不想让小薛叔叔尴尬，就装着没看见，调皮地说:

“不过，你不许再说我是孩子，我今年周岁十九，在江湖上闯荡七年，早就是大人了。”

“对，你已经是老江湖了，失敬，失敬!”

两人哈哈大笑。

饭后他们回到菜市场，小雪同郭姨和老三伯告了别，把鱼店交郭姨暂时代管，说等她做完手术就回来。薛愈想，他不会让小雪再孤身一人回到这里了，但他没有明说，笑着立在一旁，任由小雪同他们办理交接。郭姨和老三伯也乐得了不得，这个可怜的丫头今天碰上贵人，总算熬出头了。临走时老三伯说:

“小雪你赶紧做完美容，回来让老三伯看看，漂亮成啥模样。这位兄弟，小雪就托付给你啦。我是个粗人，丑话说前头，你要是让小雪受委屈，我可跟你……”

薛愈抢过话头，学着小雪刚才说过的话："三刀六洞！"

"对对，三刀六洞！"四个人都哈哈大笑。

他俩坐当天的火车，第二天上午赶到北京，直接去位于八大处的中科院医学整形医院。陈奂冉医生此前已经看过小雪七年前的照片，此刻看到本人，很高兴，一个劲儿夸她的先天条件好：

"你看她额头宽，额头、鼻尖、唇珠和下巴尖比较高，两眼之间、鼻额交界处和人中沟凹陷，几乎完全符合我提出的'三庭五眼，四高三低'的美女标准！只是下巴和人中略有瑕疵，这点很容易手术改善。太好了！我要把她塑造成中国美女的一个样板！"

薛愈和小雪听他在夸，虽然高兴，但都有点糊涂——小雪来整容是为了脸上的麻子，怎么他尽往一边扯？陈医生看出他们的心思，轻松地说：

"至于脸上的麻坑，那是小问题，已经有成熟的手段，可以用一种特殊的磨棒来磨平，基本可以让面部皮肤恢复如初。小雪你不要担心，你只当今天没洗脸，脸上有一点污垢，洗把脸就会好的。"

"陈大夫，我想只修复麻点，其他的美容……"

"不行！上了我这条贼船就由不得你了。你这么好的先天条件，一定要达到尽善尽美！"他转向薛愈，"她是否担心费用？我可以把这例手术作为学生观摩教学的案例，手术费减半。"

薛愈笑着说："谢谢陈医生，就按你的意见办，一定要尽善尽美。对了，除了脸部的麻坑，身上的麻坑也要修复，像颈部、胸部上的。费用不管多少，我来解决。"

陈医生仍然上下打量着小雪。整形医生类似于雕塑家，这会儿他已经进入创作冲动中。他说：

"当然，你不说我也要这样做。为了做到尽善尽美，她的手术时间可能长一些。我建议你们在附近租一间民房，不需住院的时段就不要住院，在民房里吃住，会节约一些。你们去把房子安排一下，明天就来做手术。"

"好的。"

"还有，小姑娘，我只负责身体上的美容，你自己要负责心理上的美容。

我知道凡是身体有缺陷的人，特别是年轻姑娘，会有很深的自卑感。你有没有，我不知道。如果有，就要赶快把它扔掉。我给你说一个诀窍：那些相信自己漂亮的姑娘就会真的变漂亮，至少比原来漂亮 30%。这可不是痴人说梦，完全是经验之谈，因为自信会让你的面容焕发出无形的光彩！”

小雪欣喜地笑着：“陈伯伯，我听你的话。”

“这就对了，还有——如果你有的话——要扔掉心理上的阴暗、嫉恨、牢骚、猥琐，等等。我会为你塑造出一个像羊脂玉雕一样完美的面容，希望与它相配的是一个完美的内心。我相信你会做到的。”

小雪的眼睛闪闪发光：“谢谢陈伯伯。我一定做到。”

午饭后他们到附近打听，租了一套民房，一室一厅，带家具。虽然小但干净，环境也不错，离医院有几站路，交通很方便。薛愈又陪她去超市，买齐了居家用品，特别是买了几样比较高档的化妆品。把一切安排好，薛愈把银联卡递给小雪，说：

“小雪，对不起，家里工作紧，我不能陪你了。我坐今晚的火车走。”

小雪有点恋恋不舍，不过她知道，小薛叔叔不可能在这儿陪她几个月的，便点点头：“好吧。”

“卡上的钱足够你花。在这儿的生活不能将就，别心疼钱。等我下次来，要是你瘦了，我可不答应。”

小雪笑着答应。

“如果有出差的机会，我会来看你。”

小雪想了想：“不，我不许你来。在我手术全部完成前，你绝对不要来。”

薛愈知道她的心思——想以全新面貌出现在自己的视野里。他觉得很欣慰，那个受伤的、粗野的、心中有仇恨的小雪迅速变了，变成一个透明的阳光女孩。这不奇怪，她本来就是这样的女孩，那个外壳是不公平的命运强加给她的。这会儿，在爱心的温暖下它已经迅速崩解。“好的，我一切听你的。我等你的通知。”

薛愈要走了，小雪迟疑着说：“还有一件事。”

“什么事？”

小雪红着脸说:“我有一个要求,你必须答应。”

“什么要求我必须答应?这么霸道!好好,我答应,我答应。你说吧。”

“我已经长大了,不能再喊你叔叔,那样我太吃亏。”

薛愈失声大笑:“这是哪国的歪理,你长大了,再喊我叔叔就要吃亏?你别忘了,你长了七岁,我也长了七岁。”

小雪的脸更红了,横蛮地说:“那不一样!七年前你的年龄正好是我的两倍,我当然要喊你叔叔。现在我快二十岁了,你只比我大十二岁,喊哥哥就足够了。”

“什么二十!你今年十九,咱们刚见面时你说过的。”

“虚岁二十!”

薛愈知道小雪这个要求的用意,心中涌出一股暖流。其实,这也是他心中隐隐的盼望啊。便郑重地说:“好的,我答应你的要求。”

小雪眉开眼笑,立马改了称呼:“这就对了。大薛哥哥,回去后代我问梅妈妈和孙叔叔好。等我一回去,就去监狱里探望梅妈妈。”

“行,我一定把话带到,小雪妹——妹。”他摇摇头说,“这个称呼咋这么别扭。照这个辈分,我回去咋称呼那两位,跟着你喊梅阿姨、孙叔叔?这下子你不吃亏,我可吃亏了。”

小雪红着脸笑了:“你吃啥亏?按年龄说他们本来就是你的阿姨叔叔。”她挽上薛愈,送他去西客站。

三个月后薛愈应小雪的通知回到这儿。门上贴着一张纸条:“大薛哥哥:我去买菜,一会儿就回来。你先进屋休息。”薛愈用随身带的钥匙打开门,屋里的家具没有变化,收拾得像鸡蛋壳一样干净,薛愈首先看到小床头柜上放着一个大圆镜,这是唯一新添置的家具。这个细节让他觉得放心,它说明小雪的心理已经正常了,不扭曲了。床头和桌上放着不少大部头的书,他原想可能是有关美容的,但近前看看,都是医学书,像流行病学、病毒学、细胞工程等。薛愈非常欣慰,他已经考虑到小雪的文化水平太低,准备手术结束后就让她上成人学校。现在看,她已经不声不响地开始努力,而且对他瞒得滴水不漏。还是那句话：她是想让自己看到一个全新的梅小雪，不光是容貌，还包括心理和学识。

但薛愈担心，以她初二的水平能不能看懂这些大学教科书。他随便翻了翻，至少《流行病学》这本书她是看完了，因为直到书的末尾都有折叠的痕迹和笔的划痕。桌上还有她的笔记，薛愈也翻了翻，上面简略地记着某页某个问题不懂，有些话后来又划掉，肯定是后来看懂了想通了。薛愈忽然发现有一页明显不同，不像其他页的书写，而是密密麻麻地写着：梅妈妈孙叔叔小薛叔叔大薛哥哥梅妈妈孙叔叔大薛哥哥……这些字就这么排下去，字迹越来越潦草，显然这是小雪元神出窍时下意识的涂鸦。到了最后，“大薛哥哥”变成了“薛愈”，变成了“愈”，而且写得力透纸背，可以想见她当时的亢奋。

看着这些，薛愈的心醉了。

有钥匙开门声，小雪拎着几袋东西进来。她惊喜地喊：“薛愈……大薛哥哥！”

薛愈盯着她的容貌，又惊又喜。陈医生不愧为全国“头把刀”，确实能妙手回春。小雪脸上的麻坑看不到了，虽说比不上她原来的皮肤，但已经相差无几。除了皮肤，五官也有变化。要说究竟哪儿有变化，薛愈指不出来，但合到一起的效果是：美艳惊人。小雪紧张地盯着薛愈，要从他的眼神中看出他的第一眼印象。薛愈呻吟着：

“天哪，我看不见了，你的光辉把我眼睛都耀花了。非常漂亮，漂亮得超出我的预料。”

“真的？”

“当然！快跟我回南阳，梅妈妈和孙叔叔看见你的样子，不知道咋高兴呢。”

小雪欢声笑着，扔下购物袋，抱着薛愈在屋里打转。不过转了一会儿，她的笑声停了，凉凉的泪水滴到薛愈肩上，她哽咽着说：“薛愈哥，谢谢你，还有梅妈妈和孙叔叔。”

薛愈把她的脸扳过来，为她擦干泪水：“不许哭，这会儿该高兴。噢，对了，我看你在看医书。怎么样，能看懂吗？”

“大部分能看懂。”

“我已经做好打算，回去后就安排你上成人学校，把丢失的七年时间补过来。”

小雪摇摇头，坚决地说：“不，我想工作，边工作边自学。”

“为什么？”

小雪对将来已经做好了筹谋。她当然愿意重新回到学校，至少上到大学毕业。但以她现在的文化程度，恐怕至少需要五六年，那时薛愈已经38岁，太晚了——结婚和生儿育女太晚了，她不能耽误他。想到这儿她不由得脸红过耳，她已经把自己和薛愈的一生连到一块儿，但她还没拿准薛愈的心思。他当然爱自己，看他的眼神就能拿准这一点，但——毕竟自己学历太低，没有知识，野姑娘一个，还有过残疾。她没法子向薛愈解释自己的这个决定，只能说：

“反正我不上学，我要边工作边自学。”

薛愈此刻已经悟出小雪的心思。他总是能看透小雪的内心活动，也许这是缘分吧。手术之后的小雪已经很“阳光”了，但还不行，心灵最深处还有一点自卑没有完全消除。他把小雪拉到沙发上坐好，深吸一口气，说：

“小雪，我先得鼓足勇气，想对你说一番话。”

小雪敏感地问：“什么话？”

“我知道有这么一个男人，七年前，在一家孤儿院，第一次见到一位鲜花般的小姑娘。不是说这个男人当时就有什么非分之想，那他就太扯了。但确实说来，那个天山雪莲般的小姑娘在他心中留下了难以磨灭的印象。后来，阴差阳错，这个男人一直没有结婚，他的人生之路一直和这个姑娘绞在一起，一直等到这个小姑娘长大，长到十九岁，不，”他笑着说，“长到虚岁二十，可以向她表白爱情了。但这个男人不敢，为什么？他自卑呀，他比人家整整大了一轮，十二岁！”

梅小雪笑靥如花：“大十二岁算啥？我……那个姑娘肯定不在乎！”

“还是不行啊，两人都属虎，按麻衣相术，一山不存二虎，两只老虎结婚，将来肯定不会幸福。”

“鬼话！全是鬼话！我才不信……你才不会信这些鬼话呢。”

两人互相看着，忽然大笑着拥在一起，狂热地互相吻着。两人的婚事就这么飞快地确定了，好像是冥冥中早就安排好的宿命，是天经地义顺理成章的事。那天他们商量了今后的生活，薛愈同意了小雪的意见：在工作中自学，反正薛愈可以当她的老师，这么着可以大大缩短学习时间。两人准备最近就结婚，这样小雪的生活容易安排一些，但孩子可以晚些要，不耽误小雪的学习。薛愈现在住着孙景栓原来的房子。孙已经重新组织了家庭，不愿住在这个奶奶非正常死亡的地方，就把这套房子转让给薛愈了。

说到孙叔叔的再婚，小雪有些难过。她理解孙叔叔的决定，但仍然为梅妈妈感到惋惜。那晚薛愈和小雪住在一起。浴后，小雪给他指了原先有疤痕的地方，像胸部、下肢和足部，现在这些地方都平复如初。薛愈吻遍了恋人的每一寸皮肤，也许毕竟他大了十二岁，当他同小雪颠鸾倒凤时，他的体内不光是男人的激情，还有很深的疼惜。小雪的美貌曾经经过一次毁损，现在复原了。他要格外珍爱她，保护她，让她自此远离所有的伤痛。

第二天他们拜访了陈医生，向他表示了谢意。陈医生很自豪，说小雪是他“最得意的创作之一”。当天他们离开北京，先回到安徽亳州，小雪要同郭姨和老三伯告别。郭姨和老三伯简直认不出小雪了，惊天动地地称赞。市场中凡是知道“麻子西施”的人也都涌过来，啧啧称赞，羞得小雪面如红霞。郭姨和老三伯知道小雪和薛愈已经订婚，更为高兴，让小雪提前发喜糖，省得结婚时他们赶不去。两人笑着答应，不光发了喜糖，还办了喜宴，在那家天河大酒店里宴请了小雪的所有熟人。

第三天他们返回南阳，先去孤儿院拜访。当年的孤儿有一大半已经离开，只有几个当年的小不点儿还认得“小雪大姐姐”，生疏了一会儿，就亲亲热热地扑过来了。刘妈陈妈还在这儿工作，她俩对小雪今天的美貌倒没有亳州郭姨老三伯那样惊奇，因为在她们的印象中，小雪的麻脸非常短暂，只是为时十几天的噩梦，已经被她们淡忘了。她们清晰记着的，是小雪原来的美貌，现在，小时候的美貌同整容后的美貌圆滑地接续在一起，略去了中间七年的一段丑陋。刘妈拉着小雪的手，没怎么寒暄先掉泪：

“小雪，你梅妈妈还在蹲大牢，身体也不好，她太可怜了！”

小雪眼睛红着，说：“刘妈陈妈，明天我就去监狱里看她。”

当晚他俩回到新野天道公司，孙总在办公室等着他们。七年不见，孙总已经老多了，不是容貌变老，而是明显可见的心态上的沧桑感。小雪喊了一声“孙叔叔”就哽住了，不由想起七年前在孤儿院中，她说“我不再喊孙叔叔，要喊孙爸爸”的景象。那时她认为梅妈妈的婚姻是天下最美满的，可如今两人却分手了！尽管她知道孙叔叔是个好人，但在内心深处有一个地方，还是不能原谅他。

孙叔叔上下打量着她，满意地说：“手术很成功，我心里这块石头总算落地了。”

他问了两人的打算，说：“行，你们的打算不错。让小雪到实验室半工半读，估计三五年后就能当实验室主任。我明天让人力资源部来办这件事，现在你们早点回家吧。”

两人离开工厂，步行回家，沿着松林中的小径，踩着软软的松针，看着在树杈上伸头伸脑的小松鼠。小雪过去没来过这儿，好奇地四下打量着。松林深处是原来孙家的院子，院子很大，种着各种花木。中间是一个紫藤架，架下是精致的石头圆桌和圆凳。院子东侧是汽车库。房屋的外观比较沧桑，但内部装修很现代化，最精致的是一间闺房，暖色调的装修，点缀着各种女性化的小饰件，还有一个象牙白的梳妆台。薛愈说：

“这是早就为你准备的，是你的小天地。当然，我搞装修时没料到咱俩的关系进展这样快。”他笑着说，“现在我更希望你住到主卧室，那才是主妇的位置。”

小雪欣喜地看着屋里的布置，没有正面回答，说：“呀，这么多房间！”

薛愈说房间是比较多，他雇有一个女嫂打扫卫生，每星期来两次。小雪说：“不要雇女嫂了，我来打扫。为我的手术你肯定落了不少债，咱们得赶紧把债还完。”薛愈笑着说：

“已经还完了，至少还了一多半啦！”

他指的不是金钱债，而是良心债。七年前“告发”梅老师，让他欠下一笔良心债。现在他帮梅老师找到小雪并做了美容，算是还了这笔债。至于最后小雪变成他妻子，则是他事先没有料到的一笔丰厚利息。

小雪觉得很新奇，旅途的疲劳被冲淡了。她要看遍每个房间和院里每个角落，薛愈笑着给她一串钥匙，让她自己去看。这边薛愈穿上围裙做晚饭，听着小雪带着孩子气的欢呼声，楼上楼下，院内院外。一会儿，他喊小雪过来吃饭，小雪兴奋地说：

“真大！真漂亮！我从来没住过这样大的房间，这样宽敞的院子，就是把梅妈妈接来也足够住了。愈，明天带我去见梅妈妈吧。”

第二天正好是监狱探视的日子，两人驱车来到监狱。接待间用厚玻璃隔成内外间，探视者和犯人隔着玻璃用电话交谈。玻璃对面有狱警在监视着。犯人一个个进来，在小雪焦灼的目光中，梅妈妈最后一个进来。她坐着轮椅，一位女警推着她。小雪一下子愣住了，回头看看薛愈，薛愈叹息一声：

“她的关节炎更重了，我去北京前给她买的轮椅。”

小雪努力忍住眼泪，不想让梅妈妈看见，这时梅妈妈已经坐到玻璃对面了，身体羸瘦，头发花白，但目光仍熠熠生彩，衣服整洁，头发一丝不乱。她先打量着小雪的容貌，欣喜地说：

“小雪，你比七年前更漂亮。小薛——我是指大小薛，真得感谢你。”

薛愈简单地说：“我应该做的。”

“小雪，七年来你跑哪儿去了？妈妈好想你。”

“妈妈我也——想——你。”小雪只说这一句，嗓口被堵住了。

“妈妈害你得了病，让你吃了七年苦，妈妈对不起你。”

“不，妈妈我早就不记恨你了，其实我从来没有真正怨恨过你。”小雪用力摇头，说不出话。她知道只要一说话，汹涌的眼泪就会跟着涌出来。梅妈妈亲切地说：

“不说这些了，今天见到你，咱们该高兴的。薛愈这回去北京前对我说，他要鼓足勇气向你求婚，怎么样，做到了吗？小雪你答应没？”

小雪破涕为笑：“妈妈，他挺可怜的，我不想答应，又不忍心拒绝。我听妈妈的意见吧。”

梅茵爽朗地笑了：“薛愈你听见没，你的幸福可是捏在我的手里！”回头对小雪说，“答应他吧，这是个好男人，你们的婚姻一定会非常美满的。”

她的眼神有刹那间的暗淡。她想到了另一个“好男人”，可惜两人分手了；也想到还有一个“好男人”，可惜他早就死了。这只能怪命运。三人絮絮谈了很久，探视时间快结束了，梅茵突然想起一件事：

“小雪，这几年你怎么过生日，还是九月的第一个星期天吗？”小雪没有回答，这七年她哪儿庆祝过生日！梅茵猜到这一点，笑着对薛愈说，“快到小雪的生日了，可不能忘记，这是对你的第一次考验。小雪，让薛愈代妈妈为你庆贺生日吧。”

时间到了，那位女警过来，态度温和地催他们告别，推着轮椅离开。两人驱车回家，路上小雪再也忍不住泪水，痛痛快快哭了一场。她对薛愈说：

“愈，我想接梅妈妈回家，行不？咱们能不能帮她办保外就医？薛愈哥哥，帮我把她接回来，好吗？”薛愈没有立即答应，手扶方向盘，侧脸看看她，他的目光中有一些奇特的东西。小雪看出来了，但不知道这种“奇特”意味着什么。她担心地问，“你不答应吗？是不是你和她之间有什么心结？”

薛愈把车开到一条小河边停下，唤小雪下来，他搂着小雪坐到草地上。河水平静地流淌，偶尔一条小鱼跳出来，搅出一片水花。

“不，我和梅老师之间没有什么心结。小雪，梅老师的保外就医问题不大，她在监狱里表现很好，孙总和我正在办，估计很快会有结果。不过——有件事我原想瞒着你的，你既然想接梅妈妈出来并住在咱家，我觉得还是告诉你为好。”

小雪心中有不祥的预感：“什么事？你尽管说。”

“其实不是什么秘密，所有人都知道的，也许就你不知道。小雪，七年前那次天花传染并不是无意的泄漏，而是梅妈妈有意撒放的，就撒在你们的生日蛋糕上。”

“什——么！？”

“对，你没听错，是她有意撒放的。当然她并不是为了害你们，这要牵涉到一个比较复杂的医学观点，三两句话说不清，你听我慢慢说。”

小雪没有听见他的后几句话，她全身的血液往头上冲，把听觉暂时堵塞了。有意的撒放！在孩子们的生日蛋糕上！刹那间，所有迹象全都串到一起，拼成一张再清晰不过的真相：妈妈当年的负疚表情；小雪昏迷中听到的只言片语；梅妈妈忽然要认她做女儿；小雪第一次在镜中看见麻脸时万念俱灰的心情；七年中无数不怀好意的男人目光……没错，这才是真相，而作为当事人，她是最后一个知道的，这对她太残酷了。

她心目中梅妈妈的形象忽然变了，变得阴森，变得可怕。可是——她不相信梅妈妈会是这样的人！

薛愈心疼地看着她在痛苦中煎熬，搂紧她，往下说道：“我知道，你突然得知真相后，心里肯定不好受。不过，并不是你想象的那样，在这个真相后还有更深的真相。梅妈妈其实是爱你的，是更深层次的爱。你听我慢慢说。”

他耐心地讲了一切，怕小雪文化低听不懂，关键地方反复讲。他说：

“其实在那次撒放前，梅老师早就在自己身上做了实验。你记不记得，梅妈妈在照顾你时连口罩也不戴？她，还有孙叔叔，已经有了终生免疫力。也就是说，在孤儿院撒放前，这种低毒天花已经相当安全，但再安全也不能保证万无一失，而你恰恰是体质最敏感的。不过，你虽然经了一次磨难，但对天花获得了终生免疫力，这是非常宝贵的。

“知道吗？现在我接手了梅妈妈的研究。这种研究在医学伦理上颇有争议，政府公开认可不妥，完全禁绝也不妥。中国政府很聪明的，采取了‘双非政策’——既不说你合法，也不说你非法；这边判了梅老师的刑，那边却对梅老师的实验室不管不问，让这项研究在夹缝中求生存，直到你自我证明其正确或荒谬。小雪，孙总和我想安排你去的那个实验室，就是研究生产低毒天花和其他病原体的。世界卫生组织一直在资助我们。”

小雪慢慢平静下来，她听懂了薛愈的话。他说得浅显直观，怎么能听不懂呢？但她又听不懂，薛愈在她面前展开的是一个理性的世界，它严谨、有力、清晰、坚实，然而也掺杂着无奈和宿命。可惜，小雪只会凭女人的直观来看世界。那个理性世界对她而言太遥远，太生疏，而且——有点可怕。至于究竟是哪点儿可怕，她现在说不清，直到十个月后它才逐渐明朗化了。

薛愈讲了这一切，然后说：

“小雪，我把所有真相都告诉你了。你还想接梅妈妈回家来吗？如果愿意，那再好不过；如果一时情绪上转不过弯，我和梅妈妈也能理解你。梅妈妈出来后，我先安排她到另外的地方。”

小雪没有犹豫：“当然是接到咱家。不管她做的事我能不能理解，反正她疼我是真的，那种母爱做不了假。我要用同样的亲情来回报他。”

“太好了。我就抓紧办这件事吧。”

一个月后，孙总、薛愈和梅小雪一块儿去监狱，接梅茵回家。高大的铁门缓缓打开，一位女警把梅茵推出门，然后她自己摇着轮椅过来，笑容灿烂得像个孩子。那一会儿，三个人心里都像打翻了五味瓶，眼眶都不由得湿润了。孙总迎过去，把她从轮椅上抱起来，梅茵笑着拒绝，说这几步路她能走，她可以的。孙总没有听她的，她也不再拒绝，很自然很亲密地挽着他的脖子，被他抱进汽车。他们回到松林中的这个家，把她安排到原来为小雪准备的闺房内。孙总张罗忙活着，但在这个原属于他的家中，面对前妻，他的心绪很复杂，怅惘、愧疚、伤感兼而有之。他尽量不让自己的心情表现出来，但多少有些沉闷少言。梅茵能体会到他的心情，一直注意着维持谈话的温度。她笑着说：

“何莹和娇娇都好吧？改天带她们来家里玩。”

薛愈笑着说：“孙总是金屋藏娇，连我都很少见她们。”

孙景栓没有接这个话茬，对小两口说：“从今往后，梅老师就交给你俩啦。”

小雪说：“放心吧，妈妈在女儿家里还有啥不放心的。”

薛愈说：“孙总在这儿吃午饭吧，有两瓶多年的茅台，还是你搬走时留给我的。”

孙景栓留下了，午饭时他喝得过量了一点。梅茵已经保外就医，薛愈也能担起天道公司的担子，他心中再无包袱，可以离开了。他要带上妻子和女儿，带上爷爷奶奶的遗像，也带上愧疚和思念，去外地开始新生活。他说：

“梅茵，你知道三国时徐庶走马荐诸葛的典故吧。”

“当然知道，你以为我真是外国人啊。”

“那事就发生在咱新野县，《三国演义》中对这一段的描写很动人。曹操软禁了徐母来诱降徐庶，徐庶不得不离开刘备，临走他说：过去我能帮使君出谋划策，‘恃此方寸耳’。现在方寸已乱，留这儿又有何用？又对送行的众人说，我不能善始善终，诸公不要学我。”

三个人都听出他的话意，也听出他的伤感，梅茵想把话头扯开：“景栓……”

“让我把话说完。薛愈，小雪，真理往往很残酷，皈依真理不易，身体力行更难。我的心理太脆弱，没能善始善终，你们不要学我。”

三人都听出这是他的临别赠言，不免伤感。梅茵知道他决心已定，也就不再劝说，笑着说：“景栓，记着我们，经常回来看看。”

“我知道，我会常回来的。”

饭后两个男人去公司上班，梅茵摇着轮椅，在门口与景栓送别。晚上薛愈回来，平静地说：

“梅妈妈，孙总已经同我办妥了公司的所有交接，他说明天就走，走前不来看你了。他把这个十字架托我捎给你，说是做个留念。”

梅茵接过那枚银光闪闪的十字架，默默地握在手里。关于孙总的离开，两人都没再说一个字。旁观的小雪知道妈妈心里一定很沉重，笑吟吟地说：

“可惜孙叔叔不能参加我们的婚礼了。妈，你回来得正好，可以为我们主持婚礼。我们准备这个月就办。”

薛愈不好意思地说：“我们原打算两三年后再要孩子，但不小心怀上了。既然怀上，也好。那就先不让小雪上班，趁这段时间多学几本书，等孩子周岁后她再正式工作。”

“这是个喜事啊。其实我一向反对初产妇的高龄化，那对身体不好。20岁左右生头胎才符合自然之道。”她沉默一会儿，“可惜我这一辈子没有生育。如果能重新选择生活，我想我会早早要一个孩子。”

这段话中弥漫着浓浓的伤感。不过她马上拂走阴云，高高兴兴地为今后做安排。她说:“孩子生下来可以交给我照顾；小雪，你的学习也由我负责，根据你的条件，对你要采取速成法，争取让你在两三年内成为一个胜任的实验室主任。”她开列了一些书籍，大都是大学教科书，让薛愈尽快购齐。“小雪，你的学生生活从明天就开始吧。”

第二天早上小雪起床后，到卫生间洗漱，忽然惊慌地喊起来:“薛愈，妈妈呢？妈妈呢？”薛愈赶快起床去找，原来妈妈在院里。轮椅停在墙边，她在轮椅里侧着身子，探着头，正兴致盎然地欣赏院中的花木。薛愈和小雪在门口相视一笑，回去洗漱做饭，没有打搅她。等早饭做好，小雪去把妈妈推回来。饭桌上梅茵说:

“小雪，我刚才在观察丝瓜。丝瓜会卷着植物的茎干往上爬，但你知道它怎么往墙上爬？原来它会把卷须伸到墙缝里，再膨胀卷须的端部，这样就把卷须在墙缝里固死了。这和登山运动员用的、能在石缝里撑死的棘爪是一个道理。多巧妙的设计！”

小雪扔下饭碗出去看看，真是这样。丝瓜的卷须端部在砖缝里膨胀出一个绿色的小球，把砖缝撑得很紧，拉都拉不掉。小雪想，丝瓜是最常见的植物，但不是梅妈妈说，她都没有注意过这样的小诀窍。她悄悄打量着梅妈妈，灰白头发，身体消瘦，但眼中光彩流溢，喷薄着生命的活力。她欣喜地想:从现在起，梅妈妈的新生活真的开始了。

从第二天起，母女两人都开始了新生活。薛愈上班后，梅茵就带着小雪开始学习。小雪在北京做手术的三个月里，为了今后能融入薛愈的生活层面，生吞活剥地看了不少有关疫病的教科书，看得头都大了。她的初二文化程度，和这些艰深的专业知识之间，有一道相当陡峭的深涧，现在有了梅妈妈当教师，这道深涧不知不觉就轻松跨越了。在梅妈妈这儿，小雪知道了什么叫“大师”。大师能把最艰涩的知识用最直观明晓的话讲清楚。大师肚里的知识是完整的、条理清晰的、触类旁通的、驾轻就熟的，无论你从哪儿扯起一个线头，她都能轻松地提起一大串知识，从表层一直到深层。梅茵也很欣喜，小雪虽然底子差，但冰雪聪明，思维灵活，常常冒出一些怪想法，可能比较肤浅，但不失新颖。也许这正得益于她没上多少学？她的天分还没有被填鸭式教学给全部窒息。梅茵常鼓励她“胡思乱想”，不仅教她知识，也教她观点，或者说，她把十字组织的教义，在潜移默化中向小雪浇灌着。而小雪像海绵一样吸收着她的雨水，迅速成长着，几乎一天一个样。那天小雪正在看书，突然合上书本，说：

“妈，我不敢学了，我咋越学，越对科学不放心呢。”

梅茵很感兴趣：“是吗？你说说看。”

“从前我认为科学通体光明，没有一丝阴影；科学无所不能，比上帝更强大。凡是现在人世上有的缺陷、灾难、痛苦，都是因为科学不够发达。总有一天，人类会生活在无比美好的天堂里，比如说：未来的人类再也没有任何疾病。现在我对这一点已经不抱幻想了。”

“你说得对，科学不可能全部消灭疾病。”

“你看，科学发明了抗生素——却催化出了超级耐药病菌，而且它们进化的速度比人类研制新药的速度还快；科学消灭了天花——却造成了危险的天花真空，让齐亚·巴兹那样的坏人趁机作恶；科学让遗传病病人也能活到老——却让不良基因在人类中累积，埋下了琮琤作响的定时炸弹。科学发明了克隆人——可是，如果人类真的变成单性繁殖，没有了男女之爱，那该有多可怕！”小雪叹息着，“好像世上真有一个脾气古怪的上帝，心眼又善又恶，冥冥中捏着咱们的脚脖子，又推又拉，推着往前走两步，再扯回一步半。”

梅茵笑了：“对，那位老人家就是这么古怪。不过他总的说还不错，毕竟还让咱们往前走半步。”

“妈妈，我现在非常替地球上的动物担心，比如角马啦，狮子啦，海豚啦。”

“为什么？”

“过去它们虽然没医没药，也没让哪种烈性疫病给灭绝。病原体进化，它们也进化，几十亿年走下来，打了个平手。可是，现在人类催生了那么多超级病原体，万一哪种能对野生动物致病，那动物们就惨了！它们的进化绝对赶不上这些超级病原体，又不像人类这样，有现代化的医院！”

梅茵笑着点点头，没有回答。这正是她15岁那年，在非洲看角马大迁徙时萌生的想法，现在被她悄悄移植到小雪的意识里。

“妈妈，我觉得你的观点是对的，人类必须与大自然和谐相处，不能逞强斗狠。”

梅茵欣喜地想，也许再过一两年，就能把前夫交回的十字标志戴到小雪脖子上了。那时她没想到，几个月后小雪的“信仰”会有一个大的反复。

梅茵保外就医两个月后，薛愈小雪举行了婚礼。不敢再拖了，形势不等人。小雪已经有了身子，目前还不太明显，但很快就遮掩不住。虽然现在世人都开通，但腆着肚子当新娘毕竟有点难为情。

婚礼是城乡合璧式的，宴席就摆在院子里，在这方面他们是得天独厚，如今城里上哪儿找能摆三十张饭桌的大院子？饭菜是请南阳金爵饭店的厨师做的，来了两位大师傅，这边配了几个打下手的。薛愈的父母从武汉赶来，见了小雪，喜爱得了不得。这样漂亮、年轻、开朗、贤惠的姑娘，咋就让儿子逮到手呢，这臭小子有福气。后来知道她已经怀上了薛家的骨肉，那个疼劲儿就更不用提了。这儿居住环境也好，不像武汉，楼房都挤得伸着脖子，前楼打麻将的声音能传到后楼的窗户里。二老说，等他们一退休，就来这儿定居。小雪笑着说欢迎啊，三十几间房间足够住了，想住哪间住哪间。二老只是对亲家梅茵的身份——保外就医的囚犯——心里有疙瘩。但薛愈早就向他们说明了内情。梅茵是因为医学上的不同观点、因为她要身体力行这种观点而被判刑的，可以说是“科学上的政治犯”。这么一解释，二老也就释然了。

应小雪的邀请，南阳圣心孤儿院的刘妈陈妈带着所有孩子赶来，年龄从两岁到十岁，占了三张桌子，抱着小雪的腿喊“小雪姐姐给喜糖”，吵闹得像一池青蛙。两位妈妈搂着梅茵和小雪掉泪，这是高兴的泪：

“俗话说得对，大难之后必有后福，小雪经过磨难，现在掉福窝里了！”

那些和小雪一茬的大孤儿，不少失去了联系，只通知到了小凯和媛媛。

两人都在外地上学，请假赶来。小凯在小雪面前颇有点自卑，自己还是个酸涩的小青杏，可小雪已经舒展开了，风度雍容，变成一个贵夫人。媛媛拉着小雪，跌足惊叹：

“小雪你真漂亮，时装杂志没让你当封面人物，都是瞎子！”又说，“知道不，小凯暗恋你七八年，哪怕你变成麻……他还在暗恋你。可惜这些年他和你失掉联系，让这个姓薛的抢了头手。”

小凯红着脸说：“媛媛你胡说啥！”媛媛不服气地说：“是你亲口对我说的，我咋是胡说！”小凯脸红过耳，不敢和她打嘴仗了。小雪很感动，拉了拉小凯的手，大方地说一句：

“小凯，谢谢你的情意。”

后来媛媛看出小雪有身子，小声问：“有了？”小雪羞涩地点头。媛媛点着她的额头笑：“你呀，真不浪费时间啊。这样好，很快我就能当姨了。”

金市长也通知到了，他没有来。从那次风波后，市里对梅茵的这个公司一直非常谨慎，紧紧追随着中央的“双非”精神行事，半步也不敢超越。一方面，法院判了梅茵的刑，而且可以办保外就医但坚决不减刑，这是为了向国外彰示中国的官方态度。另一方面，借助于 WHO 的支持，市里对这个公司的“非法研究”不闻不问，让他们能在夹缝中生存下去。他现在是正市长，如果公开参加天道公司总经理薛愈的婚礼，那么，这种刻意的“模糊态度”就要被破坏了。所以他没来，只是送了一份重礼。他给梅茵打电话说：

“官身不自由啊！梅大姐你多理解吧。”

梅茵说她非常理解，谢谢他的礼物。

参加婚礼的还有一位重要客人：薛愈的舅舅赵与舟。他一直很看重这个外甥，当然要参加婚礼。按此地风俗，婚礼上娘家舅舅是主客，一定要小心伺候，如果娘家舅舅不满意，是可以当场撕破脸皮砸场子的。但小雪没有任何亲人，只有梅妈妈当娘家人的代表。梅妈妈对薛愈笑着说：“就让你婆家舅来充当娘家舅的角色吧。”赵与舟很喜欢这个外甥媳妇，一见面就喜欢上了，给了一份很重的礼物。但有一件事他非常不满小两口儿，怎么会把梅茵接出监狱供在家里，真是吃饱了撑的！梅茵是什么人？一个坚决反对销毁天花、在孤儿院的生日蛋糕上撒病毒的巫婆！以她的罪行，完全死有余辜，但她却心境恬然地在这儿当老太太。恶人反有善报，老天不公啊！但今天是外甥的婚礼，不好和梅茵冲突，他只能把火窝在肚子里。好在梅茵不参加婚礼，一直待在屋里，两人基本没有碰面的机会。这也是此地的风俗，娘家父母都不参加正场子婚礼，随后再单独宴请。因为婚礼上总要闹洞房，闹得太出格，会让娘家父母尴尬。

不过这次“闹洞房”很平淡，可能是薛愈的总经理身份，也可能是小雪过人的美貌有震慑作用，客人们只是象征性地闹了闹，让夫妇俩当众亲吻、吃悬挂着的苹果、为大伙儿点烟，等等。婚礼结束得较早，因为南阳的宾客，包括厨师和孤儿们，还要连夜送走。孤儿院的那群小青蛙们熬到现在，都没有一点儿睡意，同小雪姐姐告别，叽叽呱呱地坐车走了。本地的客人也逐渐散去，院里熄了灯，恢复了平静。新婚夫妇、薛愈父母和赵与舟回到客厅，梅茵在这儿等着他们，轮到亲家母之间拉拉家常了。大伙儿坐定，梅茵笑着说：

“婚礼结束了，我这儿还有一项小议程呢。薛愈，你把灯熄掉。”

薛愈有点摸不着头脑，但听话地熄了灯。夜色中看见梅茵摇着轮椅出了客厅，少顷，一团明亮的灯光从内室里滑出来，梅茵膝上放着一个小小的生日蛋糕，20团烛光欢快地摇曳着。她的面庞浸在温馨的金光中，有如黄金雕塑。她笑着说：

“新婚之日正好又是小雪的生日。我知道大家已经饭饱酒足，只订了个小蛋糕，每人吃一口，多少是个意思吧。”

薛愈难为情地搔搔后脑勺，可不，今天是九月的第一个星期天，是孤儿小雪的生日。上次探监时梅妈妈还交代不要忘了，但他俩操办婚礼太忙，把这件事忘得干干净净。他调侃自己：

“不行啊，我这个当丈夫的不够格，还是当妈的和女儿最连心。小雪，许个愿，吹蜡烛吧。”

小雪心里暖洋洋的，看看妈妈的病腿，默默祝愿妈妈早日康复，然后吹熄蜡烛，为每人分了一小块儿。亲家们吃着蛋糕，聊了一会儿家常，梅茵见赵与舟被冷落在一边，就主动搭起话头，问：

“赵先生，从咱们在美国见面过来，已经七年了吧。你还记得那个叫齐亚·巴兹的家伙吗？”

赵与舟冷淡地说：“那个阿富汗裔的美国科学家？记得。”

“不知道那家伙这会儿藏在哪儿。我总觉得他不会死心，就像隐伏在幽暗山洞里的吸血蝠，不定哪天就会飞出来害人的。”

赵与舟非常生气，怒声说：“你干吗对他的评价这样恶毒，因为他那天的发言？依我看，他批判西方的伪善，撕开白人的杨梅大疮，总的说没有错。当然，他的观点是有些偏激，会后我也劝诫他了。”

梅茵惊奇地盯着他：“你不知道？”她意识到赵与舟真的不知道，人们记住的都是电视上露面的恐怖分子，而齐亚·巴兹基本是潜在水下的，大多数人不会记住这个策划人的名字。她简洁地说：

“齐亚·巴兹是那次恐怖袭击的策划人。”

赵与舟十分震惊，表情中分明在说：“我不信！”梅茵补充道：

“这点不必怀疑，我有第一手信息。我曾向美国国土安全局揭露过他和那几个恐怖分子的联系，国土安全局后来来电向我表示感谢，并确认我的怀疑是对的。你是否记得，那次集会上齐亚·巴兹说他会后就要离开美国？他确实于当天离开美国，后来就失踪了，至今没有被捕获。”

薛愈知道此人，连小雪也知道。当时梅茵为了掩护她在孤儿院的“投放病毒”，曾谎称是齐亚·巴兹在美国的座谈会上散发了天花病毒。当然后来知道事实并非如此，但这个过程足以让疫区的人记住这个名字。薛愈母亲有点为哥哥尴尬——倒不是因为他不知道齐亚的真正身份，而是他至今还在称赞那个恐怖元凶的观点。还说什么“已经劝诫他”，未免过于冬烘。赵与舟则又是尴尬又是气怒，脸上白一阵红一阵。

梅茵提起这个话头是无意的，这会儿见老先生很尴尬，想把话头扯开，说：“小雪，你舅舅的蛋糕吃完了，再给他来一块儿。”

这下子赵与舟找到了爆发点，他按住小雪的刀子，冷冷地说：

“不，我不吃了，谁知道——蛋糕里有没有病毒？”

说完他拂袖而去，径自回到他的房间。这番话是公开冲着梅茵往日的“罪行”来的，弄得薛愈小两口和他的父母都非常尴尬。梅茵顿了片刻，笑着说：

“老先生很有个性，很可爱。来，咱们吃。亲家你还要不要？”

薛愈父母鸡啄米似的点头，像是以此表示他们不担心蛋糕中有病毒：“要，要，再来一块。”两人接过蛋糕，默默地吃着。梅茵说：

“天不早了，薛愈小雪肯定累坏了，大伙儿休息吧。”

第二天早饭大家碰面时，已经把昨晚的尴尬忘掉，只有赵与舟的脸色有些阴沉。薛愈父母实在喜欢这儿的环境，“简直是人间仙境嘛”，准备在这儿多盘桓几天，而赵与舟要坐当天的飞机回北京。吃过早饭，他把外甥喊到屋里说了一会儿话，过一会儿薛愈出来对小雪说：

“我要去公司看看，你开车送舅舅走吧。”又小声补充道，“是舅舅点名要你送的，他大概有话对你说。”

小雪开车送舅舅去机场。她对舅舅印象蛮好，虽然他性格有点急躁，有点偏激，但总的说是一个正直的老人，他对自己的喜爱也是发自内心的。路上他们扯了一会儿闲话，到了机场时间还早，两人到候机厅找个没人的位置坐下，舅舅说：

“小雪，有件事我想劝劝你俩，我知道你们不会听我的，但不管你们听不听，我还是尽自己的责任。”

“舅舅你尽管说。”

“你知道梅茵在七年前那次疫情中扮演的角色吗？”

“知道。”

“不，你恐怕不完全清楚。那次疫情并不是无意的天花泄露，而是有意的撒播。”

“我知道，是薛愈不久前告诉我的。”

舅舅很震惊：“你什么都知道？既然这样，你为什么还……那次她害死了一个人，害得一些孤儿成了麻子，被毁容。罪孽啊！”

虽然已经事过境迁，但提起这件事，小雪仍不免伤感。她低声说：“我知道，这些我都知道。死的那一位是孤儿院巷口的马医生，就是为我看病时被传染的。孤儿中被毁容最厉害的就是我，几个月前薛愈才带我到北京做了美容手术。”

舅舅更为震惊，仔细端详小雪的面庞，确认她真的曾是个麻脸。他非常恼火，这些情况薛愈都瞒着他，去北京做手术都没拐到舅舅家里去。同时他更加不理解：按小雪说的情况，她应该恨死了梅茵，怎么会认她做义母，把她从监狱里接出来养在家里？小雪已经从伤感中走出来，笑着说：

“舅舅，梅妈妈是个好人，她这样做是为了实践自己的医学观点，并不是想害人。我们都能理解她。”

舅舅厉声说：“我完全不理解！小雪，我劝你们一定要远离这个女人，她是个扫把星，是个浑身散发着死亡气息的女巫！别说舅舅是乌鸦嘴，这会儿让你听几句不吉利话，强似你今后后悔。记着，一定要远离她，别让灾难落到你俩身上，更不能落到你们的孩子身上！”

听他提到孩子，小雪心中铮的一声响。她勉强笑着说：“舅舅，谢谢你的关心，真的非常感谢。我会认真考虑你的话。”

赵与舟知道这不是小雪的心里话，但知道再说无益，也就沉默了。两人默默地坐了一会儿，时间到了，小雪送舅舅进站。飞机起飞后小雪没有立即走，独自在候机厅里待了很久。她当然不会听舅舅的话，把梅妈妈赶走，但舅舅斩钉截铁的灾难预言——说这话时他倒恰如一个散发着灾难气息的男巫——仍大大影响了小雪的心境。

关键是——这个预言牵涉到腹中的孩子！

回家后她没让自己的坏心境露出来。薛愈从公司回来后，像往常一样喜笑颜开，插科打诨。晚上两人回到小天地里，薛愈鬼鬼道道地笑着，问她：

“舅舅是不是警告你了？让咱们远离梅妈妈？说她是个扫把星？”

“嗯，说了。”

“我这个老舅啊，真是嫉恶如仇，不依不饶，姜桂之性，愈老愈烈。梅妈妈倒霉，咋就惹上他了。不过，说句公道话，舅舅说这些只能算是政见不同，并不是出于个人恩怨，你要理解他。”

“我能理解。”

薛愈发现妻子心情不怿，关心地问：“怎么啦？我看你心情不好。”问了几次，小雪才承认：

“嗯，舅舅警告说，如果不远离梅妈妈，灾难会落到咱们的孩子身上，我当然不会信他的胡说，但不知为啥，心里还是难受。”

“呸呸，老乌鸦嘴，他在我面前已经说了一些不吉利话，到你这儿更过分啦！可不能让梅妈妈知道。”

小雪低声说：“当然不会让她知道。”

梅妈妈只让新婚夫妇休息了三天，就开始督促小雪“上课”，她说耽误了七年，现在只能拼命追赶。小雪的妊娠反应相当厉害，有段时间老是呕吐，吃不下饭，日见消瘦，没有精神。薛愈很着急，每天劝她多吃东西，吐了也要再吃，现在正是胎儿最需要营养的时候啊。还不厌其烦地问她想吃什么，经常采购些别样的水果小吃回来。梅妈妈也很心疼，但处理办法却截然不同，她对薛愈说：

“不必硬逼着她吃东西，顺其自然吧。既然人类进化中特意创造了‘孕妇呕吐’这个程序，它就肯定是合理的。进化也会产生错误疏漏，但都是不影响大局的小错。在足以影响种群繁衍的重要事情上，进化之神是天然正确的。有科学家猜测，孕妇呕吐是为了保护胎儿在最脆弱的时候，尽量少接触食物中的毒素——要知道，植物进化中为了对抗食草动物的取食，很多果实中都进化出了各种各样的毒素。”

薛愈一向信服梅妈妈，以后看着妻子干呕后萎靡不振，虽然照样心疼，但不再逼她吃东西。相处时间长了，小雪发现，薛愈和妈妈之间的相知更深，似乎要超过妈妈和自己之间。她和妈妈当然非常亲密，但这种亲密偏重于感性，是比较浅层的；而薛愈和妈妈之间的亲密偏重于理性，是比较深层的。丈夫下班后经常先去梅妈妈的卧室，低声交谈几句，话不多，说得干净利落，梅妈妈甚至不说话而只是点点头。但俩人的神情显示，他们之间确实有极深的相知或默契。有天在床上，小雪“嫉妒”地对丈夫指出这一点，薛愈说：

“呀，你的良心大大地坏！妈妈这样亲你，你还不满足啊。按说该嫉妒的是我。”

嬉笑一阵，薛愈就趴在小雪的肚皮上听胎儿心音，听得如痴如醉。到后来，胎儿的小手小脚开始有动静后，薛愈就更入迷了，只要感觉到胎儿动了一下，他就高兴地喊：“动了，又动了，小家伙在跟我打招呼呢。”

在这种明朗的气氛中，薛愈舅舅那阴暗的预言被小雪完全忘却了，一直到第二年初夏的某一天。

初夏，院子里的石榴树绽放着火一样的花朵。这天家里来了五个客人，来自不同国家，但于同一天到达，都是来看望梅妈妈的。有来自韩国的崔俊哲、印度的拉詹拉南、挪威的克朗松、德国的施米茨和俄罗斯的伊茨玛依夫人。梅妈妈很高兴，与他们兴致勃勃地交谈着。薛愈没有上班，一整天陪着客人。梅妈妈把大腹便便的小雪介绍给客人们，说这是她的女儿，她马上要当外婆了！客人们都说，孩子一定像妈妈一样漂亮。

客厅里的交谈都是用英语，小雪的水平还远不到能自如交谈的地步，寒暄了几句，独自回到卧室。她想这五个外国人约好了时间赶来，恐怕不光是来探望病人吧。过了一会儿，薛愈过来对小雪说：“客人们说外面的松林漂亮极了，要去林中玩玩。我和梅妈妈带他们去。”

薛愈推着妈妈，七个人说说笑笑地走了。出去一个小时后他们还没有回来，小雪想，该为客人准备午饭了，冰柜里菜不多，需要到工厂门口的食品店买点熟食。她用手撑着后腰凹，慢慢走上松林中的小径。远远看见丈夫他们在林中，围着梅妈妈的轮椅，背对着这边。人群里似乎多了一个人，多出的是谁呢？小雪向那儿抄过去。走近之后，小雪看到确实多了一个人，是薛愈手下的新总工林先生。看着他们，小雪凭直觉感受到一种异常。七个人在梅妈妈面前排成一排，敬畏地望着她，而坐在轮椅里的梅妈妈就像坐在宝座上的教皇，正慈祥地向信徒赐福。林中光线比较晦暗，深绿色的背景，悄声细语的人群，气氛显得庄严肃穆，也带着神秘。这会儿梅妈妈指指薛愈，薛愈向前走一步。梅妈妈说：

“请复诵十字上的格言。”

“敬畏自然。”

梅妈妈托出一个十字架，清晰地说：“这是狄克森先生生前戴过的十字，上面有他名字的缩写。现在我让斯科特在上面加刻了你的名字，相信你不会辜负它。”

薛愈庄重地说：“教父，我不会辜负它。”

他低下头，让梅妈妈把十字挂在项间，然后退回。躲在树后的小雪非常惊讶，薛愈似乎称呼梅妈妈为教父，她怎么可能是教父呢？她站的地方离那些人稍远，她想也许听错了吧。这时梅妈妈指指林总，后者也向前迈一步。

“请复诵十字上的格言。”

“敬畏自然。”

“这是我丈夫孙景栓戴过的十字，他在低毒天花病毒培养中做出过巨大贡献，可惜他最终与我们分手了。现在我请斯科特在上面加刻了你的名字，相信你不会辜负它。”

“教父，我不会辜负它。”

他低下头，让梅妈妈把十字挂在项间。小雪这次听清了，他们确实称梅妈妈为教父，绝不会错。其余五个外国人重复了这个仪式，戴上十字，也都向教父宣誓，不过其他五个十字是新制的。程序完成后梅妈妈说：

“经过20年的研究，此处实验室的低毒天花病毒已经定型，达到了预定的目标。即降低了这种天花病毒的致病力，感染人群后只会引起轻微症状，但与正型天花存在交叉免疫；另外，这种低毒天花病毒有足够的生存能力，若与正型天花共存于自然环境中，会成为优势种群。我们已经决定，将定型的低毒天花病毒开始环境放养。这个工作暂时先在中国进行，嗣后，等做通了上层的工作后，会通过WHO把菌种送给你们。”

众人点点头。薛愈笑着说：“回去吧，快到午饭时间了。”

薛愈推上轮椅，其他六人簇拥在轮椅周围，向这边走来。小雪委屈地想，刚才他们到松林中来，原来是要躲开自己啊。梅妈妈发现了小雪，并没有表现出惊奇，回头对薛愈指了指。薛愈把轮椅交给别人，快步过来。小雪怕丈夫误认自己是在偷听，辩解说：

“我去公司门口买熟食，午饭多了五个，不，六个客人呢。”

薛愈拍拍脑袋：“呀，我忘了对你交代，熟食我已经买齐，在后车厢里放着。你不用买了，一块儿回去吧。”

回到家里，薛愈照例不让小雪动手，他戴上围裙钻到厨房忙活起来。这边客人们都围着梅妈妈闲聊，气氛十分热烈，没有了刚才的肃穆和神秘。伊茨玛依夫人搂着小雪，关心地问胎儿的情况。小雪凭着不熟练的英语，再加上手势，两人居然也谈得十分热络。少顷，薛愈端出十几盘菜肴，众人坐上餐桌吃起来。吃饭时他们仍热烈地交谈着，但谈话中夹杂着大量艰涩的医学名词，小雪听不懂。

客人们午饭后就走了，屋里恢复平静，梅茵也恢复对小雪的授课，但今天小雪总也无法聚拢心神。上课结束后，她立即上网查有关天花的资料。网上资料很多，但深度不够，她又到丈夫藏书中找。很多新版医书已经删去了有关天花的内容，她在几本旧书中查到了要找的东西。梅茵看出她有心事，但只是平静地旁观着，没有主动问她。

晚上，小两口上床后，与胎儿交流照例是他们的一大乐事。薛愈总是让妻子把肚皮裸露出来，趴在上面听胎儿的心跳，或用手细心触摸胎儿的手足舞动。薛愈说：“小家伙这么好动，肯定是个男孩吧。”过一会儿又说：“还是女孩好，女孩像妈，肯定是天下第一美少女；男孩像爸，我这容貌就比较悲惨了。”其实胎儿的性别很容易鉴定，但他们宁可让这个秘密一直保留到分娩那一天。

但今天小雪不像往常那样兴奋，只是听丈夫说话，没有多插言。薛愈与胎儿交流一会儿，转过来与妻子并排躺下，笑着说：

“知道你今天有心事。对我说说吧，是不是又在想我舅舅的乌鸦嘴预言？别信他的。”

小雪并不相信，但那句咬牙切齿的预言——灾难不落到你身上，也会落到胎儿身上——一直横亘在心中，使她心情抑郁。她辩解着：

“没什么心事。我今天听见你们都称呼梅妈妈为教父。”

薛愈平淡地说：“只是一个习惯性称呼。十字组织是一群科学家的松散结盟，绝不是宗教组织，更不是邪教。但老狄克森在世时，因他的相貌酷似教皇保罗二世，同伴们开玩笑称他为教父，这个称呼就传下来了。”

“梅妈妈是现任教父？”

“对。那时她还在狱中，十字组织内经过民主表决，选她为继任者。她的人格力量是公认的。”

“愈，我今天无意中听到了你们的谈话，知道你们要开始向环境中投放低毒天花病毒。当然，恐怕首先从咱们这儿开始。”

“嗯。”

“我今天查了天花对胎儿的影响。”

“梅妈妈告诉我你在查资料。都查到了吗？其实你问我就可以。”

“基本查清了。书上说，接触天花病毒后，有免疫力的健康母亲会短期携带病毒。传染给胎儿的可能性不大，但不能完全排除。这类似于种痘，进入体内的牛痘病毒有可能经血行达到胎儿，发生血行感染；也可能感染母亲的羊膜，使浸在羊水中的胎儿感染。”

“对，晚期孕妇种痘，确实有可能发生血行感染和羊水感染。如果不是种痘，而是孕妇生活环境中存在着低毒天花病毒，感染的可能性更小。而且即使感染低毒天花，表现为严重症状的可能性也很小。两个无限小相乘，结果就几乎为零了。”

“几乎为零，但不能确保它就是零。不管你们的研究多么深入，措施多么得力，永远不能确保死亡率为零。对不对？”

薛愈承认：“对。你说的其实正是十字组织的基本观点。”

小雪沉默了，很久她说：“这几个月来，我了解了十字组织的观点——医学不仅要关注个体，也要关注群体。当群体利益与个体利益冲突时，应以群体为主。这些观点非常有力，从逻辑上我完全信服。但问题是，如果变成活生生的现实，它就太残酷了！你们投放低毒天花病毒是为了人类的整体利益，为了打破天花病毒真空，打破危险的不稳平衡，目的高尚，毫无私利。可是，如果万一、万一的万一、万一的万一的万一，咱们的胎儿感染了天花，造成流产、残疾或死亡，那对咱们可就是百分之百了！要真的是这样，要是事先能预料到而不去制止，我这个当妈的，一辈子甭想在良心上安宁。”

小雪说这番话时尽量保持着平静，但薛愈知道妻子的秉性，她实际是坚定地宣布了自己的决定：一定要制止投放病毒的行动，至少在胎儿降生前要阻止，为此她甚至不惜与丈夫和梅妈妈对抗。一个年轻姑娘一旦变成母亲，尽管现在只是准母亲，也就有了强大的母爱本能，这比世上什么力量都强大。薛愈想了想，说：

“这样吧，咱们做一个游戏。如果这个游戏做完，你还没改变观点的话，我就听你的。好吗？”

小雪狐疑地望着丈夫：“什么游戏？”

“非常简单的一个游戏，但具有内在的残酷性。你得做好心理准备，而且只要一开始，就必须做完，绝不许半途中止。”

小雪犹豫一会儿，答应了：“好吧。”

薛愈找一张硬纸，剪成硬币大小的十张纸片，背着小雪在纸片上写着什么，一边讲着：

“游戏是这样的。假如天上有一个凶神，凡人把他得罪了。凶神决心要杀死一百万人，一个也不能少。他开始杀人了，百姓中每天都有人莫名其妙地死去，成百成千地死去。人间成了地狱，很多家庭被灭门，死人太多，收尸人会突然倒在死尸旁，后死者甚至得不到安葬。有钱人乘着车马远离疫区，但这样只相当于把凶神的爪子向远处延伸。”

小雪知道他在暗喻什么。中世纪欧洲、中国、印度的史书上记载了很多这样惨烈的疫情。

“有一个圣人决心救百姓于水火中。这个圣人是谁无关紧要，我随便举一个南阳人的名字，假如叫张仲景吧。医圣张仲景千难万险找到凶神，恳求他放过无辜的百姓。凶神冷笑着说：‘我知道你的大名，看在你面上，我赦免一百万人的死，但上帝憎恶完美，我必须从一百万人中随机抽出十个人杀死，以这十个人的性命去赎那一百万人。’医圣还想求情，凶神勃然大怒说：

‘你再啰唆，我就照旧杀死一百万人，一个也不饶！’医圣只好答应。凶神说：‘事先告诉你，这十个顶罪的人可能包括你自己。’医圣慨然说：‘只要能救百姓，我死何足惧！’于是，凶神抽出十个人杀死，包括这个圣人。之后，人世间就太平了。”

薛愈顿住，看着小雪。小雪觉得这个故事有点太简单，也不是什么游戏，奇怪地等他往下说。薛愈苦笑着说：

“如果仅是这样，那这个游戏算不上残酷，以十个人的生命换来了一百万条命，应该是很合算的。但这个故事的后半部分其实另有版本，你听我讲下去——凶神冷笑说，‘想要我饶这一百万人不死也容易，我给你十个人的名单，你挑出一人我就杀死此人，同时赦免十万人。你挑出十人，我就杀死这十个人，同时赦免一百万。事先说明，这十个人中包括你自己。你干不干？’医圣慨然说：‘我死何足惧，就按你说的吧。’于是凶神给了他十人的名单。”

薛愈把一支碳素笔和那叠硬纸片交给小雪：“喏，你就是那位医圣，这就是十个人的名单。你随便挑出一个，打上叉，就算把他杀死了，同时就有十万人得救。你开始吧。”他厉声说，“刚才咱们已经说好，游戏只要一开始，你就必须做到底，不许中断！开始吧。”

小雪展开硬纸片，脸一下变得惨白如雪，纸片上是十个人的名字：

孙奶奶、马医生、小凯、媛媛、孤儿院刘妈、陈妈、薛愈、梅茵、梅小雪、小雪的婴儿。

薛愈平静地说：“这只是游戏，你即使打了叉，被叉的人也不会死。但你必须把这件事做完，快开始吧。一百万人等着你拯救呢。”

他毫不留情地催促着。小雪没办法食言，狠狠心，把孙奶奶的名字打了叉，那个黑色的叉就像是把她的心割开了。薛愈接过这一张，说：

“这个游戏中假定孙奶奶并没过世，现在她被你杀死了。不过，毕竟是风烛残年的老人了，她的死亡可以接受。好，十万人已经得救，继续吧。”

小雪再次狠狠心，在马医生的名字上打了叉。薛愈说：“马医生是最先报告南阳天花疫情的功臣，因为给你治病而染病去世，现在被你再次杀死。不过他年迈了，死就死吧。小雪，你又救了十万人，继续。”

小雪挑出刘妈和陈妈，刘妈陈妈当年对自己很好，现在却被自己判死刑，虽然明知只是游戏，她的心也被钝刀割着。但毕竟在这个名单中，这两位年纪大一些，只能挑她们。

“又有二十万人得救了。继续。”

下面打叉的是小凯和媛媛。“二十万得救了，继续。”

小雪再也忍不住，泪流满面。薛愈冷酷地说：“事先说过了，这个游戏不能中止，一定要做完。继续吧。这次我建议你把我挑出来，因为孩子最需要妈妈。来吧。”

小雪泪眼模糊，既难过，又带着恨意——恨丈夫骗她走进这样残忍的游戏——把薛愈的名字狠狠打了叉。

“十万人得救了。小雪，下面你只好挑梅妈妈了，她毕竟年纪大，身体也不好，如果杀了你而留下她，她不容易把孩子抚养大的。”

小雪哭得直噎气，拒绝再做下去。薛愈毫不留情，硬捉着她的手，挑出写有梅茵的纸片，打了叉，扔到一边。这时连薛愈的声音也开始颤抖，他咬咬牙继续做下去：

“又救了十万人。继续吧，还有最后二十万人等着你救呢。小雪，往下只能挑婴儿这一张了，因为他或她太年幼，即使你把最后一个存活机会留给他，但妈妈死了，他也活不下去。记得动物世界栏目中的一个镜头吗？非洲旱季时，野鸭妈妈费尽心血照顾雏鸭，但当局势确实无望时，鸭妈妈们就像突然接到上帝的命令，悲鸣着群飞升天，盘旋而去，把幼鸭留给死神。它们的举动非常残忍，但是完全正确。不符合人道主义，但符合天道。”

小雪放声大哭，扔掉手中的最后两张纸片，愤恨地捶着丈夫的胸膛：“我恨你！你这个冷血动物！”

梅妈妈听见这边的动静，忙摇着轮椅过来。薛愈把小雪搂到怀里，对梅妈妈使个眼色，后者悄无声息地退出去。等小雪平静，薛愈本人也从刚才杀人不见血的残酷中挣扎出来，苦声说：

“小雪，我心里同样不好受，虽然只是一个简单的游戏，但做完后就像心房被割了十刀，刀刀见血。其实这不是游戏，而是生存的真实再现，是地球生命史的寓言化。关注群体而不关注个体确实是上帝的规则。上帝也确实憎恶完美，那些企图完全杜绝疾病死亡的善良愿望，到头总会把人类整体置于危险之中。我们从理性上能接受这样的规则，承认它的正确和必要。但是，如果它牵涉到亲人的死亡，尤其你本人要对这些死亡负责任，那就太残酷了，没有几个人能够承受，能够把这样的信念坚持到底。现在，你可以理解斯捷布什金的自杀、梅妈妈当年的负罪心理还有孙叔叔为什么中途退却了吧。”

从这次游戏之后，小雪再没问过“投放低毒病毒”的事情。很可能丈夫已经悄悄做了，很可能家里此刻正飘浮着天花病毒，但她不想知道。她在心中自宽自解：丈夫做的事情从理性上说是正确的，而且胎儿感染天花的几率“几乎为零”。她恢复了往日的开朗，但梅茵老练的目光能看出她心底潜藏的惧意，这让梅茵非常心疼。小雪虽然已经要做母亲了，但她仍然只是一个20岁的大孩子啊。

临产期到了，薛愈把小雪送到南阳中心医院妇产科，梅茵带了一个保姆住在病房内照护她。自打出狱之后，梅茵的腿病轻多了，能够离开轮椅短时间走动。薛愈的事务繁忙，但只要稍有时间，他就开车赶到南阳的医院陪妻子。小雪的阵痛比一般产妇要厉害一些，折腾了整整三天三夜，把小雪蹂躏得面目全非。阵痛发作时，薛愈就搀着妻子来回走动，尽量转移她的疼痛。小雪冷汗涔涔，汗水把额发粘到额头，脸色惨白，脚步无力。薛愈看着她的痛苦样子，虽然知道这是每个女人都得经过的关口，仍十分心疼。

连续三天三夜的煎熬悄悄恶化了小雪的心理状况。她无端地认定：一场大难躲不过去了，若不是应在自己身上，就必然应在孩子身上。这个怪想法越来越肯定，又一次阵痛过后，她突然对丈夫说：

“愈，如果有什么意外，先保孩子。”

薛愈一愣，说：“你胡想些什么啊，胎位检查是顺产，即使万一难产，剖腹产就行了嘛，只是个小手术。”

小雪似乎没听见丈夫的宽心话，停一会儿又说：“我担心咱们的孩子会不会患胎儿牛痘。”

她实际上是指天花。薛愈说："别胡思乱想，咱们做过各种检查的，胎儿一切正常。"

小雪不再说了，但眼神中分明还有恐惧。薛愈和梅妈妈交换一下眼神，把话头扯开。薛愈在心里暗暗埋怨舅舅，都怪他的乌鸦嘴，他仅仅撂了一句不吉之言，就把恐惧深深种在小雪的心底，你用一百句话也难以清除。

小雪终于上产床了。医生对薛愈说："你可以陪着，这对产妇的心理是个依靠。"薛愈站在床头，拉着小雪的手。小雪的指甲紧紧掐着他，闭着眼，牙关紧咬，呻吟声不时从牙缝里漏出来。妇产科大夫鼓励着："用力，再用力，脑袋快出来了！"这会儿，薛愈真正理解了书上的一句话：女人为人类承担了进化的痛苦。人类在进化中脑容量加大，婴儿的头颅大小已经到了女人骨盆开口的极限。相对于其他物种来说，其实每一个人类婴儿都是早产儿，而每一次人类女性的分娩都是难产。

小雪的胯下传来一声响亮的儿啼。大夫高兴地说：

"好了好了，一个大胖小子！"

护士们忙着剪脐带、擦洗血污、按脚模。薛愈伏在小雪耳边说："小雪，一切顺利，是个小子。"

折腾了几天的小雪已经没有一丝气力，挣扎着说：

"让——我——看看。"

薛愈知道她此刻的心思，走到床后，看着护士把孩子包好，把襁褓中的孩子抱来让小雪看了一眼：

"放心吧，一切正常，没有疱疹、紫癜或任何异常，一个非常健康的婴儿。"

小雪彻底放下心，很快睡熟。

孩子取名叫吉吉，很快成了全家的小天使、开心果和打心锤。这辈子未能生育的梅茵更是疼爱他。孩子抱回家后，梅茵少不了跑前跑后地来回忙活，这么一跑，她的腿病竟然从此痊愈了。梅茵快乐地说，吉吉是她的幸运天使。小雪当然恢复了开朗乐天的天性，屋里每天响着母子两人的笑声。有时小雪回想起产前的抑郁和恐惧，觉得那时竟然有那样的怪想法——真是不可思议。

她不知道，几年后，舅舅的阴晦预言最终仍落到吉吉身上。

第六章　香水有毒

一

2024年冬天，日本东京。

位于东京金扎区的电通广告公司是日本最大的广告公司。眼看就要到新年了，这幢20层的灰色大楼装饰一新，彩灯从楼顶垂下，门口已经开始装饰门松。市场部经理佐佐木正志没有料到在这天接待了一位重要客户，让公司在新年前后忙得连轴转。

那是位年轻的中国男子，名片上写着中国北京天香化妆品公司总经理何志超，三十四五岁，穿名牌西服，皮鞋一尘不染，标准的美式英语，人很精明强干。他一进屋就连声道歉，说在新年快到的时候还来打扰，实在对不起。但他是不得已而为之，因为——

“我想向贵国出口化妆品，厚生省劳动大臣的批文今天上午才拿到手，拿上批文我就直接到贵公司来啦。”

他从皮包里掏出批文让佐佐木过目，开玩笑说：“看来，这次我选中日本而不是欧洲做市场突破口，可能是选错了。原来日本对化妆品进口许可证的审批比欧盟还要严格！但不管怎样，我总算把许可证拿到手了。”

佐佐木知道今天来了一个大客户。几个月前这位何先生曾和电通公司北京分公司吹过风，说他想在东京做一个“最轰动”的广告，一旦拿到日本厚生省的批文，他就直接来电通公司总部。如今中国人已代替了上世纪八十年代日本人的地位，在世界上最为财大气粗，这位主动上门的阔佬当然要小心侍候。他笑着说：

“不必客气。能为先生效劳是敝公司的荣幸，请讲。”

何先生从公文包里拿出六个同样的小瓶，依次摆在桌子上，小瓶上都没有标签，瓶身也不透明。他笑着说：

“谈业务之前，先请佐佐木先生鉴定一下面前的几瓶香水，以便对我公司的实力有所了解。这六瓶香水中，有三瓶是经典的克里丝汀·迪奥公司的毒药系列香水，即紫毒、绿毒和红毒，这几个名字起得太好了，它们对爱美女士的诱惑力确实有如毒药。另三瓶是我公司的天香系列香水一、二、三号，也有几个别名，叫追魂、夺魄、索命。”他用汉字把这几个名字写在纸上让对方看，笑着说，“口气是不是有点过大？但我敢说，这是有产品质量做保证的。现在，请佐佐木先生试一试这些香水，看哪三种的味道更为优雅醇厚。”他建议说，“你不妨在公司找几位最漂亮的女士，漂亮女人天生是鉴别香水的专家。”

佐佐木先生想了想，打了两个电话，少顷，有两位女士进来，都是天生丽质，面妆化得像水晶工艺品一样精致，两人袅袅走来，空气中荡漾着若有若无的清香。她们同客人见了礼，佐佐木用日语同两人说了几句，两位女士点点头，打开六个小瓶，小心地嗅闻着，又把每种香水在脉门处滴一滴，用小手轻轻扇动着嗅闻。这个过程持续了很长时间，佐佐木耐心地等着，何志超也是意定神闲，神态笃定。两位女士嗅完后，商量一会儿，反复权衡，最后相当犹疑地从中挑出三瓶，递给佐佐木。何先生说：

“挑好了？两位女士认为这三瓶味道更为醇正？从外表上，我也认不出你们挑的是哪一家的产品，这会儿我心里紧张得很啊。现在，请佐佐木先生把瓶底的不干胶纸撕开。”

佐佐木照做了，瓶底写着红毒、追魂和索命。何志超笑着撕开另三瓶，下边写着紫毒、绿毒和夺魄。何志超满意地说：

“谢谢两位专家的品评，你们判定我公司有两种产品比迪奥更优秀，这么着，我对自家产品的信心也更足了。”他从公文包里拿出六个带包装的漂亮的香水瓶，送给每位女士三瓶，“这三瓶香水就是天香系列一、二、三号，请两位收下，不成敬意。如果你们使用后觉得还满意，请向朋友们推荐。谢谢。”

两位女士笑着接过礼品，鞠躬后退出。何志超说：“佐佐木先生，刚才的结果你也看见了。当然，仅仅依这样一次品评，就说天香赛过了迪奥，那未免言之过甚。我能说的，是天香确实具备了和迪奥争雄的底蕴。可惜，化妆品世界里非常崇尚名牌，我们的质量再好，也是‘养在深闺人未识’。我们打算以一次精心设计的、具有轰动效应的广告，一下子抓住时尚女媛的眼球！这就是我们来找贵公司的目的。相信以贵公司精湛的专业水准，能让敝公司一举打开日本化妆品高端市场。”

“我们一定会让贵公司满意。何君对广告的方式，有什么基本设想吗？”

“有。我想在东京等几个大城市来个天女散花，用飞艇播撒这样的纸花。”

他从公文包里掏出一叠纸花递给佐佐木。纸花不大，大致相当于半张纸币，纸质轻薄柔软，疏松多孔，纸面上附着像蝴蝶翅膀鳞粉一样的东西，滑不留手，清香宜人。上面印着一首汉俳。这是遵照日本的古老习俗，过去，越是高雅的文字，越倾向于使用汉字而不是平假名片假名。

天の花
鲜花云上开
一阵春风吹过来
纷纷落人间

他请佐佐木捻一捻纸花，佐佐木照做了，立时，更为浓郁的清香扑面而来。何志超解释说：

“纸面上的鳞粉是包含着天香香水的微囊，这样可把香味保持得更持久一些，等捡到纸花的人用手捻一捻，香味才会大量散发。我想在日本某个最重要的节日，比如新年某一天，在东京或日本其他大城市，用若干艘飞艇同时散发，让至少十万人同时看到我们的广告。时辰选在室外人流最密集的时候，最好是在傍晚时分，那时，朦胧的夕照之中，几艘彩光闪烁的飞艇播撒出云一样的花朵，这种意境一定美极了。”他笑着问，“怎么样？这个广告要有精心的组织，要征得东京空域管制的批准，难度是很大的。”

佐佐木自信地说：“这些技术性的困难我们会克服，你尽管放心。”

“技术性细节我们不多要求，但对于‘至少十万人看到广告’这一点，我们会聘请第三方做出抽样调查。”

“没有问题。”

“至于广告费用，”何志超微笑着说，“我非常相信贵公司的商业道德，因而想采取一种特殊的付费办法，你看可行否？”他掏出支票簿，刷刷地签了两张，“这一张是1000万美元，作为我的预付。另一张是空白支票，我已经签了名，贵公司在广告结束后按实际发生费用的缺额填写，我会照单付讫，只要你的数额不超过天香公司的注册资金就行。哈哈！”

佐佐木也笑了，收下两张支票：“何君快人快语，我想这次合作一定会非常愉快。”

接下来的时间里，两人敲定了广告的细节。时间初定在1月3日，即日本的“三贺日”的最后一天，这时日本人都要到亲友家拜年，街上人流非常密集。比较难办的是申请空中航线，从现在起还有不到一个月，时间比较紧，电通公司将尽量办妥必要手续，实在不行，就推到下一个节日。天香公司在中国国内准备好纸花，等做广告的时间定下后，再临时喷洒香水微囊，这样能保证香水的最佳效果。喷洒后的纸花在初三上午准时空运到日本的成田机场，扣除海关检验的时间，足以赶得上晚上的行动。

两人认真讨论了各项细节，正式签了协议。佐佐木把中国客户送出大门，互相道别。何志超马上要赶回中国，准备纸花、微囊及各种相关手续，他的时间也够紧张了。

何志超回到下榻的八重洲富士屋饭店，立即同远在利雅得的天香公司董事长本·塔拉勒通了电话，说广告的事情已经谈妥，完全符合董事长总的思路，时间初定在1月3日，日本的三贺日。塔拉勒默默地听着，问：

“是1月3日的傍晚吗？”

“对，依你的意见，定在傍晚。”

“那天的气象问了吗？”

“问过了，晴转多云，没有雨，适合飞艇的飞行。”

“对于广告的受众人数，你对他们强调了吗？”

“我强调了，要通过第三方机构做抽样调查。”

“好的，你辛苦了。”塔拉勒平淡地说。

何志超匆匆退了房，到成田机场赶飞机回北京。他心里暗暗佩服塔拉勒的镇静。要知道，这次广告绝对是一次豪赌，赌赢了，公司会从此在西方国家打开市场；赌输了，公司肯定会破产，这一点毫无疑问。天香公司注册资金两亿美元，但何志超知道其中的猫腻，真正投入只有四千万，除了固定资产，现金只有两千万，付广告费倒还够用，其后的生产资金就没了。但塔拉勒一直告诉他，资金的事不必他操心，眼下最重要的工作就是把这次广告办成。

何志超原是另一家中国化妆品公司——“百花神”公司的技术权威，一年前，一位在利雅得承包工程的张姓朋友介绍他与塔拉勒相识，在北京长城饭店两人见了一面——实际上这句话并不是真实的描述，塔拉勒是个瞎子，所以虽然两人见了面，塔拉勒却无法看到他的相貌。

那天朋友介绍后就走了，屋里只留下他们俩。塔拉勒戴着头巾，穿着白色阿拉伯长袍，戴一个硕大的墨镜。像所有瞎子一样，他在说话时并不面对对方，而是稍微侧身，以便能听得更清楚一些。他的英语非常流利，是标准的美式英语。谈话一开始，塔拉勒就干脆地说：

“听张先生介绍你在技术上很强。我想投资4000万办一个化妆品生产公司，想请你担任总经理，你以技术入股，占公司49%的股份。你有什么意见？”

何志超相当震惊，因为这个比例相当高，按中国公司法，技术入股一般不超过公司注资的20%，超过20%需要有关部门做特别认定。这个沙特人太慷慨了。塔拉勒微笑着说：

“别人对我说，这个比例太高了。但我想，如果一位技术精英能让我赚到几亿，我为什么要吝惜区区两千万呢。我很看好中国的环境，在这儿，随便扔一颗种子，都会变成一棵大树。我可不愿失去发财的机会。”

何志超多少有些犹豫，如果他带着原公司的技术，跳槽到同样性质的公司，明显违反同业竞争的规定，有可能吃官司。但——1960万的股权哪，而且如果公司办得好，还远远不止这些！为了这几千万，值得拿人生前途冒点险，何况在中国，法律上的桎梏和道德方面的约束并不严厉。

他咬咬牙，当场答应了。塔拉勒愉快地说：

“我很赞赏你，敢作敢为，处事果决，今后我们一定会合作愉快。回国后我就把 4000 万打来。今后我可能很少来这儿，这边的公司事务全部由你一人打理。我绝对信任你，相信你不会让一个瞎子失望。哈哈！”

这事就算敲定了，接下来何志超谈了今后的一些打算：如何完整带出原公司技术、如何逃避原公司的追究，等等，还建议塔拉勒虚报注册资金，说这样可以提升公司的档次，便于今后打开国际市场。有专门的公司来办这种事，他们提供资金在公司户头上转一圈，一星期后抽走，收取一定比例的佣金。对这些建议塔拉勒都表示同意，说一切由何志超全权处理。那次见面总共不超过一个小时，回去后何志超像做梦一样，不相信今天所谈的会变成现实。但几天后，塔拉勒的 4000 万如期打来了。

塔拉勒的信任确实让何志超感念不已。何志超知道中国古代的“豫让国士之论”，既然塔拉勒以国士之礼待他，他也要以国士的品行来回报。此后一年里，他宵衣旰食，很快把一个公司草创出来。半年前，塔拉勒提出“先打开日本市场”的经营思路，并具体提出了做空中广告的设想，何志超非常赞成，经过半年努力，基本把塔拉勒的想法落实了。

但愿这次轰动的空中广告能一举打开日本的市场，那时，他的事业会迈上一个新的台阶。在东京飞往北京的波音飞机上，何志超默默地祝愿。

二

2024 年冬天，中国西藏。

S70 型黑鹰直升机盘旋着降落下来，科技日报的女记者肖雁不绝声地惊呼着：

“太美了！西藏的风光太美了，人间仙境！”

驾驶飞机的陆航张团长回头笑着看看她，对一位年轻姑娘的少见多怪表示理解。机上还有三个人，中国疾病预防和控制中心环境控制局的薛愈局长、妻子梅小雪和岳母梅茵女士。这三位笑笑，没有说话。西藏的风光确实美，但他们为了研究高原旱獭鼠疫，已经来过十几次，脸膛都被高原的紫外线晒黑了，对西藏的景色已经司空见惯，何况今天是阴天，高原风光的美丽大大打了折扣，而播撒行动必须选在阴天，鼠疫杆菌对日光的耐受力比较低。

周围是戴着白帽子的雪山，头顶是淡灰色的阴云。苍鹰在天上滑行，几只羽毛乌黑的红嘴鸦栖在一块巨石上，好奇地打量着地上的客人。高原草甸的植物和平原不同，绿色特别浓，有点暗，而暗绿丛中的紫色花朵又特别艳丽。青藏铁路在不远处穿过，有些动了土方的地方裸露出土层，上面一层是纠结致密的草根，二三十厘米后就是碎石，两者之间形成非常清晰的分界。这是典型的高原植被，是多少万年才形成的。它是一种非常脆弱的生态，一旦破坏就很难恢复了。

薛愈他们下了飞机，按照多年来在西藏养成的习惯，先用望远镜向四周扫视，寻找旱獭或高原鼠兔。果然在远处找到了几只旱獭，它们蹲在双腿上，警惕地注视着这边的人群。身后有小土堆，那是它们的洞穴，随时可以钻进去躲藏天敌。薛愈把望远镜递给肖雁，向旱獭那边指了指。肖雁用望远镜看见了，喊着：

“呀，这么多旱獭！”

薛愈说：“嗯，这些年旱獭数量在增多，可能是与其天敌——鹰、狐狸——的减少有关。也可能与鼠疫的减少有关。”他解释说，“西藏的牧民经过教育，现在都非常注意疫情，只要发现死旱獭或死鼠兔，都会立即用石头掩埋，再报疫情观测站做消毒处理。这样就减少了鼠疫在动物中间的传播机会。等我们喷洒了低毒的鼠疫杆菌后，疫情将被彻底控制，有可能旱獭和鼠兔的数量还会增加。这可不是好事，因为它们对高原植被的破坏很大。我们已经建议用人工方法增大它们天敌的数量。自然界就是这样的天网，你任意扯动一处，都会牵连到多处。”

又有三架轻型直 11 降落下来，十几位穿白衣的工作人员跳下飞机，开始测量风速、温度、湿度和光照。薛愈和张团长也跑过去。小雪挽着梅妈妈向旁边走了一段，避开直升机旋翼掀起的气流。今天是国内也是世界上第一次大规模地、公开地喷洒低毒野病原体。老狄克森 50 年前提出的设想终于变成现实。此前在南阳城区喷洒过低毒天花，取得成功，但属于小范围实验，也没有对外公开。抚今追昔，已经63岁的梅茵很是感慨。有了今天的成功，她的一生就不算虚度了。

小雪的手机响了，是孙景栓叔叔的声音。电话是从北京机场打来的，孙景栓和妻子何莹带女儿娇娇去日本旅游，把吉吉也带上了。孙叔叔说：

“飞机马上起飞，就要关闭手机了，我让吉吉同你们告个别。”

吉吉同妈妈和外婆道了别，小雪免不了又要絮叨几句：注意安全啦，听大人话啦。吉吉不耐烦地说：知道啦知道啦。电话那边孙景栓在喊娇娇，让她同小雪姐姐和梅茵阿姨道别。奇怪的是没有娇娇的声音，静场很久，孙景栓笑着说：

“娇娇不好意思和你们通话，说她和吉吉一直是姐弟相称，怎么能对小雪喊姐姐呢。我说你要是喊小雪阿姨，可把我的辈分降低了。”

梅茵和小雪都被逗笑了，想想这确实是个问题：依梅茵和孙景栓原来的夫妻关系往下排辈分，娇娇应该比吉吉高一辈。但实际上她只大吉吉两岁，让吉吉喊她阿姨也不合适，吉吉肯定不服气。小雪笑着说：

“别让娇娇作难，咱们胡喊乱答应吧，我是娇娇的姐姐，娇娇是吉吉的姐姐，互不影响，这不就结了？”

娇娇这才接过电话，同“小雪姐姐”和“梅茵阿姨”道了别。

何莹也问了好，同丈夫的前妻特别多聊了一会儿。通话的气氛很欢快，但小雪暗地里怜悯妈妈。现在孙叔叔有了和和美美一家人，但梅妈妈却仍是孤身。虽然膝下有女儿女婿和外孙，但毕竟这些代替不了丈夫。妈妈这一生太苦了。

肖雁和一位摄影记者扛着摄像机过来，对两人进行现场采访。肖雁对着镜头说：

“现在，对鼠疫疫源地喷洒低毒性鼠疫杆菌的行动即将开始，我们正进行实况直播。大家都知道，鼠疫是传染性极强、致死性极高的恶性传染病，在天花被消灭之后，鼠疫被列为我国甲类传染病之首，称为‘一号病’。19世纪鼠疫曾造成欧洲三分之一的人口死亡；目前，我国鼠疫疫源地分布于19个省（区），286个县（市、旗），疫源地面积115万平方千米，占国土面积的12%。青藏铁路就穿过疫源区，为了确保疫病不借助火车扩散，中央政府在那曲、当雄等地设了疫情观测站。但那只是被动防御，今天我们要对疫源地主动进攻了。”

她把话筒举到梅茵面前，说：

“梅女士，这是一个历史性的时刻。众所周知，你是这项技术的先驱者之一，为此还受过八年牢狱之灾。在这个时刻，你想对公众说些什么吗？”

梅茵平静地说：“说不上历史性的时刻吧，即将喷洒的其实就是鼠疫活疫苗，现代社会中早已有之。我们只不过强化了它们在野环境下的生存能力。把‘向人体注射’改为‘喷洒到野环境’，让它们自我繁衍，排斥原生的烈性菌株，并诱发宿主的特异免疫力。如果成功，一次喷洒就能一劳永逸地控制这片区域的鼠疫。对青藏鼠疫区的改造只是第一步，如果大规模野外试验成功，中国和国际社会将把它扩展到炭疽、埃博拉、拉沙热等疫病上。”

“梅博士，近几十年来，自然疫源有加速扩散的趋向。很多科学家大声呼吁，要努力隔断这种扩散。”

梅茵很干脆地说：“恐怕这只能是一个美好的愿望。”

“为什么？”

“随着现代社会的触角向蛮荒之地延伸，从长远看，疫源的扩散是必然的。过去，由于地理的隔绝，地球生物圈实际上被分割成许多相对独立的生物进化圈。在文明打破地理隔绝后，各个进化圈势必产生碰撞。历史上大的灾疫，像天花、鼠疫、西班牙流感、埃博拉、黄热病、拉沙热、梅毒、艾滋病等，其实都是这种碰撞的结果。碰撞并不全是坏事，小生物圈最终会融合为大一统的地球生物圈，人类和病原体也将在新的高度上达到平衡。这个过程无法逆转。科学家能做的是顺势而为，尽量减轻碰撞的烈度，让各种生物在同一个生物圈中和谐相处。这正是今天我们要干的事情。”

“你说在大一统的地球生物圈中，人类和病原体将在新的高度上达到平衡，是不是说人类再不会暴发灾疫了？”

“不，自然界的不平衡是绝对的，平衡只是相对的。人类永远不会根绝灾疫，但至少说，当病原体和人类在一个共同的环境中频繁接触、协同进化时，灾疫的暴发会类似于频繁发作的低烈度的林火，虽然会造成损失，但也同时烧掉了可燃物积累，避免造成世纪大火。”

“但人们更希望，科学的进步终将完全消灭病原体，就像人类已经消灭了天花那样。”

梅茵和小雪笑着互相看了一眼。梅茵没想到科技日报专门派来采访“低烈度纵火行动”的记者，竟然还死抱着这个僵化的观点，三句话之后就露馅了。她不想多解释，不是一两句话能说服的。小雪简单地说：

“小肖，你的观点已经落后20年啦！那种胜利代价太大，我们已经放弃了。”

张团长向这边跑过来。喷洒行动就要开始，虽然梅茵没有任何官方头衔，只能算是薛局长的随行家属，但张团长知道她在这项研究中的分量，特意来向她请示。他行了一个标准的军礼：

“梅博士，我们的准备工作全部就绪，可以开始喷洒。请指示。”

梅茵倒被他的庄重弄得不好意思，忙说：“你们尽管开始吧，不必问我的。”

张团长再次行礼，跑过去，打了一颗信号弹。三架直11同时起飞，爬升后维持在一定高度，开始喷洒含低毒鼠疫杆菌的气溶胶。一般含生物战剂的气溶胶都是无色无味，那是为了尽量避免引起敌方的警觉。但今天喷洒的实际是“反生物战剂”，所以在气溶胶中加了醒目的红色，以方便观察喷洒效果。还有一点也与生物战的景象不同：所有在场的人员都没穿防护服，只戴了口罩。

三架直升机在身后拖出三条红色的巨龙，它们在微风中缓慢地翻滚着，蠕动着，延伸着，三条龙身互相融合，弥散，变淡，最终变成微带红色的薄雾，笼罩着上千平方千米的高原草场。

薛愈用望远镜再次捕捉到原先看到的几只旱獭，它们仰着头，两只前爪耷拉着，警惕地注视着空中的三架直升机，但对弥散到它们周围的淡红色薄雾丝毫没有注意。它们不知道，这些薄雾将保护它们，让它们从此与烈性鼠疫绝缘。换句话说，从今天起，这些旱獭的进化过程就搭上了人类文明的快车。

三架直11完成喷洒，直接飞回基地去了。这边的黑鹰也准备返回。小雪在坐上飞机前接到了孙叔叔的平安电话，日本毕竟是最近的邻邦，这会儿他们四人已经抵达东京，住进了八重洲富士屋饭店。孙叔叔说："我让两个孩子洗洗澡，早点睡，养足精神，明天好好玩。"小雪说："我们这边把活干完了，明天就回北京。祝你们在日本玩得痛快！"那边何莹接过电话：

"原打算赶在元旦前回去的，两个孩子不依，非要多玩几个地方。看来要在日本过元旦了。我给你们拜个早年，祝元旦愉快。问梅大姐好。"

"谢谢。你们别太迁就吉吉，那是个属猴的，淘气得很。这段时间，你们俩要费心了。"

"甭客气。吉吉和娇娇玩得很好。好，再见。"

三

2024年冬天，巴基斯坦－阿富汗边境。

何志超回到北京后就加紧准备。香水是现成的，纸花也容易做，关键是纸花上含香水的鳞粉，那是用纳米工艺制造的吸附剂，可以吸收数倍于本身体积的香水，用手捻一捻，香水就会大量发散，能造成强烈的广告效果。此前他已经做了充分的技术准备，这三样东西他很快备齐了。

电通广告公司的工作效率非常高，几天后佐佐木先生来电话，说飞艇的航线已经申请到，就定在1月3日的傍晚。飞艇也已经组织好，日本的飞艇制造技术世界领先，电通公司很容易就租到三架大型飞艇，是从日本航空航天技术研究所和海洋科学技术中心租用的。三架飞艇都是全长47米，直径12米，重500公斤。近两天就要全部运到东京，布置好彩灯，并进行试飞。

至于纸花如何在空中撒播，据他们的经验用人工就可以，不过按照日本国家公安委员会的规定，在东京上空飞行，飞艇上不允许有外国人。何志超说这没有问题，飞艇上的人员就由贵公司在日本雇用吧。佐佐木让他事先提供撒播物的重量和体积，因为飞艇试飞时就要装上模拟重量。何志超随即提供了这些参数。佐佐木又说：

“有个建议，在不影响香水效果的前提下，是否能把纸花提前一天运来？这样我们的工作可以从容一些。”

“我想问题不大，我给我的董事长通报一声，再给你回话。”

至此，这次广告战役的大盘子已经敲定，何志超打电话向董事长塔拉勒先生汇报。打他在利雅得的座机，没人接，只好改打手机。手机顺利打通了，何志超说：

“对不起，我打你的座机打不通。请你提供方便的座机号，我重新打过去。”

那边说：“没关系，就在手机上说吧。我不在沙特，这会儿在阿富汗，这儿也有我一个香水厂。”

何志超汇报了日本方面的进展，塔拉勒满意地说：“很好，我很满意你的工作。”

“电通公司希望我们提前一天把纸花运到日本，我说问题不大，我这边的物品都已经备齐了。”

塔拉勒沉吟片刻：“恐怕不行。我正要对你讲这件事。你应该知道这次广告战对公司生存的意义，对它再怎么重视也不为过。所以，我决定在纸花上的香水中增加一种特殊成分，是我在阿富汗的工厂生产的。我要求你把中国备齐的纸花和鳞粉于 12 月 25 日前空运到喀布尔，在这儿增添特殊成分后再空运到日本。这样时间就很紧了，不过我保证在 1 月 3 日前寄到。”

这个突然的大变动让何志超彻底晕菜，心中暗暗发苦。为什么要把物品运到阿富汗再增添“特殊成分”？无疑，那家伙手中握有某种技术秘密而不想让自己嗅到——可自己还在瞎激情，要用“国士”的品行来回报他呢。而且，依何志超的直觉，董事长实际上对这个变动早有腹案，只是一直瞒着他。但不管怎样，他得听董事长的。他只是委婉地说：

“有这个必要？”

“我想是的。你当然知道，咱们给电通广告公司提供的是什么样品。”

何志超有点脸红，作为原“百花神化妆品公司”的技术老总，他为天香公司研制的香水已经达到国际水平，但比起迪奥公司这些百年老店毕竟还稍差一筹。在东京与电通公司谈判时，为了给他们留下足够强烈的印象，他提供的天香系列产品实际上是借用迪奥公司的“毒药”系列。日本人一向循规蹈矩，不会怀疑他在这种事上作假。至于广告所用的巨量纸花上，当然只能用本公司的香水了。塔拉勒这样说实际是点明了：“你的水平还不行，应该有自知之明。”何志超不再反对，只是问了一句：

“塔拉勒先生想增添什么特殊成分？我并不想打听您的技术秘密，只是提醒你不要引起其他麻烦。总不会是鸦片吧？阿富汗至今还是世界主要鸦片产地。”他开玩笑地说，但在玩笑中加了隐隐的讥刺。

对方不动声色地说：“肯定是合法产品，这点你尽管放心。你不要忘了，我在天香公司占有51%的股份。”

这句话让何志超彻底清醒了。不错，这个公司实际上是那家伙的独资公司，他不会拿自己的4000万美元开玩笑。至于自己呢，如果天香公司破产，自己将损失1960万——但那些钱实际也是塔拉勒的，自己只不过是失去了塔拉勒的馈赠，重新回到零点而已。这么想想他就心平气和了，说：

“好的，我一切照你的吩咐。我会在12月25日前把所有物品空运过去，希望你务必保证在1月3日前空运到东京。”想了想，他又提醒一句，“原来说从北京寄到日本的，忽然改成从喀布尔发货，电通公司那边会不会有什么想法？”

那边似乎早有考虑，很快回答：

“我会找一架从喀布尔经北京到东京的班机。我想他们不会在意原发货地。”

何志超冷冷一笑。看来塔拉勒非常精明，听出了自己的话外之音——阿富汗作为毒品生产大国，国际信誉恐怕有点差劲儿。但他为什么非要把物品弄到阿富汗？这个瞎眼沙特人搞的什么鬼？去他妈的，反正钱是他的。他平静地说：

“好，按你说的办。”

电话那边，化名塔拉勒的齐亚·巴兹摁断手机，冷笑一声。这个中国人非常精明强干，甚至精明得过了头，但在这次行动中他注定只能扮演一个小丑。那家伙做梦也不会想到，即将加到纸花鳞粉中的特殊成分既不是香料，也不是他怀疑的鸦片，而是天花病毒。这次行动完成后，天香公司就不会存在了，那家伙一心想着的1960万股权也将化为乌有。

天色晚了，洞里暗下来，手机电量快要用罄。他走出这个洞中洞，吩咐手下把柴油发电机发动起来。黑影中有人答应了一声，马达声突突地响起来，洞顶的电灯开始有了昏黄的光芒，慢慢变到正常亮度，照出了洞中央摆放的生物反应器、离心机和冰柜，也照出洞中四个白发苍苍的残疾人。巴兹回到自己的小洞，把手机充电器插上，然后向他们走过去。

这个山洞就是26年前哈姆扎和他接待那位穆罕默德的地方。巴兹十几年前逃离美国后，在中亚、西亚几个国家中到处逃亡，整了容，伪装成瞎子，寻求部落长老的帮助，总算摆脱了美国情报部门的追杀，回到这个老山洞里潜伏下来。这儿远离文明社会，至今仍没有电力线、通信线路和公路，所有物资只能用骡子驮运。他有四个手下：瞎了一只眼的艾哈麦得，断了左胳膊的伊斯麦，睾丸被打碎的贾马尔，还有断了右腿的塔马拉——就是当年给穆罕默德当向导的矮个子。他们的忠心是没有疑问的，当年都是狂热的圣战者，现在年纪大了，在战场上落了残疾，就放下步枪来给他当工人，拿着极微薄的薪金。这四人都没有文化，年纪大，脑子迟钝，从智力说只相当于四头骡子。但就是在这样的人力物力条件下，齐亚·巴兹仍然建立起一个简陋的生物工厂。由于条件所限，他只能采用最简单的方法培养天花病毒——使用天然动物血清，培养病毒时加入低浓度的化学诱变剂。天花病毒无法做动物实验，所以毒性的检测只能在自己身上进行。他们都接受过天花的免疫，再次接触天花病毒时，检验血清中抗体的浓度，便可以确定天花病毒的毒性。

但不管怎样，他还是把天花病毒大量培养出来了。还是那句话：生物战剂是穷人的最好武器，价廉，生产工艺简单，甚至在阿富汗贫瘠的深山里也能批量生产。

四个人刚才听见头头在通电话，这会儿围上来问：“时间定了？”

“嗯，那个中国人把纸花发到喀布尔，最迟12月25日到。我们也该走了，今晚就出发。”

他们将用骡子把天花病毒运到喀布尔附近，路上需要五天。巴兹已经提前在喀布尔租了一处民宅，在那儿，他们将把天花病毒和鳞粉混合后，喷洒到纸花上，再把纸花重新包装，空运到东京，然后——就等着看一场精彩演出吧。他问：

“四个驮子都装好了？”

“装好了，放在洞外冻着。”

这儿是高海拔，又是冬天，洞外气温常在零下10度以下，是天然的冷柜。这儿可没有专用的冷藏车，考虑到病毒的储存和五天的运输，巴兹特意把袭击的时间定在冬天。瞎一只眼的艾哈麦得笑嘻嘻地说：

“这下子，美国佬要大祸临头了，又一个9·11！”

巴兹此前一直没向他们透露计划的细节，这会儿才说：“不，不是美国，是日本东京。”

“日本？”塔马拉很遗憾，“最该杀的还是美国佬，应该把病毒撒到纽约或华盛顿。”

“美国人如今太警觉，这些东西不容易混过海关。再说那儿已经经过一次天花袭击，储备有大量的天花疫苗。考虑这些因素，我决定这次放在日本。”

塔马拉担心地问：“日本海关呢？会不会检查出来？”

“不会，我仔细考察过，他们只对动植物检疫，对从疫区来的人员和船只检疫。纸花这样的工业品根本不在检疫范围内。”

“好吧，能杀死几十万日本人也不错，谁让他们老跟在美国佬后边，又是派兵又是派船的。”

伊斯麦说：“正巧，上次当试验品的那两个人就是日本人。”

他说完这句话，五个人不约而同把目光转向一个方向，那儿是个深洞，两个试验品的尸骨就埋在那里。一年前，塔马拉曾随口问道：“咱们生产的病毒到底管不管用？”这正是齐亚·巴兹担心的事。他带来的天花原型株毒性很强，但在十几年的传代后毒性会不会保持？在自己身上做过实验，激起的抗体反应还是很强的，不过他想还是应该在没有免疫力的人身上试一试，那样更放心。好在要想检验非常容易。巴兹给附近的圣战组织打了个招呼，不久他们就送来两个西方人。是一对日本老年夫妻，圣战者把东方的日本也算到西方世界中。他们来喀布尔旅游，被圣战者绑架来了。那两个日本人不会英语，而这儿没有一个会日语的人。两个人恐惧地瞪圆了眼睛，焦急地说个不停，大概是向绑架者求饶，说他们愿意交纳赎金吧。齐亚·巴兹没心思听他们唠叨，让手下把两人按住，向他们体内注入了一管含有天花病毒的血清。天花的潜伏期大致为两星期，但这次仅仅四天后两人就发病，高烧、谵妄、出疹，迅速转为危险的脓毒血症。巴兹没有等着他们病死，因为到了这时候，病毒的毒力已经不容怀疑，试验目的已经达到。现在病人体内有大量的天花病毒，应该保存下来，用于进一步的扩增。他让手下把两人按住手脚，准备把两人的血抽干冷冻起来。病重的老年男子十分狂躁，大概已经知道了自己的命运，想拼死一搏，他忽然挣开伊斯麦和塔马拉的手，向巴兹扑过来，一口咬住巴兹的左腕。他身后的塔马拉用一条腿敏捷地蹦过来，一拳把老家伙打倒。

巴兹的左腕被咬破，鲜血淋淋。他冷冷一笑，对伤口不做任何处理。此前他和四个手下都种过痘，而且有意染过天花——种痘的免疫期比较短，而患天花后基本可以终生免疫。这个日本老家伙临死想拉一个垫背的，是打错了算盘。巴兹让手下把那家伙死死按住，开始抽他的血。

他们对日本女人如法炮制后，把两具尸身撺到洞中的一个深洞中，又往里边盖了一层石头。然后，用离心机将这些血液做了分离，把富含病毒的血清冷冻起来。塔马拉帮他干着这些事，忽然笑嘻嘻地说：

“巴兹先生，咱们干吗要用机器和电来生产病毒？我看这个办法就不错——抓他几百个异教徒，都注射病毒，等他们快病死时，把血抽出来，再分离出血清，完全是废物利用。既不费电，不需要机器，也不需要到乡村收购动物血清。”

其他三个人也都说好。巴兹大笑，说这个方法确实好，西方社会的病毒学家们绝对想不到这样简单高效的办法。不过，此后他们并没用这个办法，倒不是因为良心上的责难，而是担心，如果在巴阿边境失踪的异教徒太多，会引起国外注意，从而暴露这个秘密巢穴，那就得不偿失了。

那两具被抽干鲜血、惨白枯萎的尸身就这么长埋在山洞里，永远不会见天日。不过此后巴兹注意到，四个手下都尽量避免去那片埋人的地方，尤其是夜里。恐怕他们并不是害怕，作为狂热的圣战者，哪个人手上没有异教徒的血？可能是怪那俩人的死相太恐怖吧，所以一直阴魂不散，虽然塔马拉他们羞于承认这一点。

当天夜里，他们拉着四头骡子和毛驴离开山洞，骡背上是他们这些年制造的、多达两吨的粗制天花病毒。独腿的塔马拉不能跟着去，在洞口与他们告别，可以说是永别了。刚才巴兹给四个人每人发了500阿富汗尼，这几个小钱连路费都不够。塔马拉已经年近六十，只有一条腿，他的晚年可想而知。巴兹很想多给他几个钱，但心有余而力不足，他从哈姆扎那儿得来的钱已经差不多花光了，在美国购买农场花了一部分，投资办天香公司花了大部分，剩下的至少得够应付这次行动。

不过一条腿的塔马拉倒没显得伤心，笑嘻嘻地同四人告别。26年前，即阿富汗战争前，那个化名穆罕默德的大阔佬曾送他两粒很值钱的钻石，他拒绝了，因为知道自己没几天好活。但安拉对他特别眷顾，枪林弹雨中熬了这么多年，虽然丢了一条腿，倒是一直没有送命。所以说，这26年已经是赚的啦。虽然想到那时他拒绝的财富，这会儿难免后悔。

四头骡子和毛驴离开了洞口，留在洞口的塔马拉向伙伴们挥挥手，点起一个火把扔到山洞里。那里已经洒了汽油，一团烈火立即熊熊燃起，从洞口窜向夜空。

塔马拉拄着双拐，在大火的背景下一跳一跳地走了，这边四个人拉着四匹牲口，小心地走上陡峭的山道，向喀布尔出发。等把喀布尔的事情办妥，这三人也要同巴兹告别，那同样是永别。这些年他们一直为圣战活着，受苦、杀人、逃命，没有家庭，没有亲情，唯一的人生目的就是当烈士，进天国。如今天国没收他们，圣战也不需要他们了，今后怎么活，他们有点茫然，有点伤感。

四野没有灯光，一钩残月照着崎岖的小道。贾马尔和伊斯麦走在前边，艾哈麦得断后，把巴兹夹在中间。巴兹感觉到了三个伙伴的沉闷，他自己何尝不是如此。这无疑是他组织的最后一次行动，不管成功与否，他的人生恐怕就要挽个结了。现在，支持他干下去的精神力量，与其说是信仰，不如说是仇恨。他恨骄横霸道的美国人，恨养尊处优的日本人欧洲人，恨暴富的中国人印度人。恨那个化名穆罕默德的家伙——他和自己的主子选择了屈膝和享受，却把病毒转送给他，让他同异教徒玩命；恨哈姆扎——他曾是自己的精神教父，被美国人逮捕后却很快变节；恨当年的圣战训练营的教官们——他们把年轻的齐亚·巴兹从正常人的生活中拉出来，把他变成一个圣战者，毁了他作为正常人的一生。但不管怎样，已经54岁的齐亚·巴兹只能沿着这条路走到头了。

旅途上很顺利，路上也遇到过政府军的关卡，他们对四头牲畜和三个残疾人组成的商队没有怀疑。马上就要穿越阿尔隅关隘，穿过之后离喀布尔就很近了。巴兹又接到那个中国人的电话，信号不大好，巴兹大声说："我正在途中，你大声点！"在噼噼啪啪的噪音中，何志超说他已经把货物发运到喀布尔，现在他要乘飞机赶到东京，监控此后的广告行动。巴兹回答前顿了一下——在荒凉的阿尔隅关隘，在一列骡队中间，他得酝酿一下情绪，找回沙特富商塔拉勒的感觉——然后平静地说：

"好的，这边也会按时发运。东京那边的事务就全部托付给你了。"

四

2025年1月，东京、喀布尔和北京。

孙景栓一行四人在日本玩了十几天，游览了京都、平安神宫、富士山风景区、横滨的中华街和迪斯尼乐园等，洗了温泉。元旦这几天他们待在东京，仍入住到八重洲富士屋饭店。一方面是休整，这些天实在跑得太累太疯，连劲头最大的吉吉也叫喊吃不消了；另一方面是体验一下日本人的过年习俗。饭店的安排很周到，门前摆挂着由松枝和竹枝扎成的"门松"；除夕夜带客人去神社守岁，聆听108声的除夕钟声；元旦早晨为客人准备了"屠苏酒""杂煮”和其他专门为新年做的菜，像青鱼子、黑豆、用酱油和糖煮的小干鱼等。富士屋饭店的经理还带着员工来给住店的客人拜年，送了贺卡。

3日这天他们在东京市内游玩，到银座逛了商店，看了歌舞伎表演；又到秋叶原逛了LAOX和AKKY两个有名的电器百货公司，为亲友们买了些日本电器当礼物，买的太多，没办法随身带，让商店打包寄回中国。走出百货公司已经是傍晚，西天的红霞慢慢变淡，夜色开始加浓，各家店铺的霓虹灯都亮了。日光大街上人流如潮，一点也不比北京王府井的人少。他们在人群中移动着，寻找一家中意的饭店去吃晚饭。忽然吉吉指着天空喊道：

“娇娇，你看飞艇！三架巨型飞艇！”

“爸，妈，真的是飞艇，好大啊，真漂亮！”

三架白色飞艇在左后方天空中悄悄升起，正向这边飞来。体形巨大犹如外星飞船，几乎遮蔽了半个夜空，让天空也变得逼仄起来。艇的四周彩灯闪烁，勾出了飞艇的清晰轮廓，艇下部还装有旋光灯，把七彩光束旋转着投向下方的夜空，漂亮得有如童话。两个孩子高兴地尖声叫喊着，大人们也在喊叫，一齐仰着头观看。这时，从三架飞艇尾部，忽然同时拖出一条白色的巨龙，巨龙旋即分散，变成纷纷扬扬的雪花，飘洒到人群中。人们都努力伸长手臂向空中抢抓。孙景栓抓到几张，原来是漂亮的白色纸花。纸质很轻很柔，类似绢的质地。纸面上附着像蝴蝶翅膀鳞粉一样的东西，滑不留手，用手捻一捻，浓郁的香气扑面而来。纸花上印着夹有汉字的日本文字，是一首俳句和宣传词。孙景栓先注意到下面的署名：中国天香化妆品有限公司敬启。不禁哑然失笑，对妻子和孩子们说：

“香水广告！是一家中国公司的，这家伙挺能整啊，把空中广告整到东京了，广告也挺有创意。”

何莹和两个孩子也都抓到了纸花，孩子们高兴地嗅着，说真香，中国的香水比意大利的香水还要香。俩人费力地辨认着纸上的文字。这时吉吉抬起头，奇怪地说：

“孙叔叔，飞艇怎么在播撒天花病毒？你看这上面的字，天、花。”

孙景栓还没说，娇娇抢着回答：“弱智啊，那是‘天之花’，意思就是天上飞洒的花，是天女散花的意思。”

孙景栓看看吉吉指着的那行字，是“天の花”，吉吉不认得中间的平假名，把前后两个字连起来读了。孙景栓不禁失笑，吉吉不愧是梅茵的外孙、薛愈的儿子，家学渊源啊，马上就能联想到天花病毒。他点点吉吉的脑袋说：

“你姐姐说得对，确实是‘天之花’的意思。传染病的那个‘天花’，日语中不是用这两个汉字，而是用‘痘疮’。”

何莹责备女儿：“哪有骂弟弟弱智的？不像个姐姐的样！”

娇娇不服气：“这是我们的口头禅，根本算不上骂人话。再说，他也老说我弱智。”

何莹笑了，吉吉确实也常说这个字，便说：“就是吉吉说你，你也不许说他。”吉吉还有点不服气，问：

“孙叔叔，天女散花是中国的传说，日本也有这种传说？”

“有。就是从中国传过去的。”

吉吉这才相信了，到地上捡纸花，捡了一大捧。周围的日本人也大都抓到了纸花，把它当作一个过年的彩头，在鼻子前嗅嗅，装到口袋里。飞艇播撒着纸花，慢慢飞远，消失在夜空中。孙景栓领家人吃过晚饭，乘出租车回到富士屋饭店。在门厅里碰到一位30多岁的男人，看见吉吉和娇娇手里都拿着纸花，用汉语问：

“是不是中国人？”

“是的。你也是来旅游的？”

那人喜悦地说：“不，我是来做广告的。孩子们手里拿的纸花就是我公司的香水广告。”

孙景栓和何莹夸了两句，说：“这个广告绝对称得上大手笔，效果不错，相信你们的香水能一举打开日本市场。”又问了对方的房间号，就告别了。

因为第二天要回国，晚上早早睡下了。半夜何莹被丈夫的频繁翻身给搅醒，问他是不是失眠了？孙景栓摁亮床头灯，何莹看见丈夫双眉紧锁，心事重重，就问：

“你怎么了？有啥心事？”

孙景栓自嘲地说："可能完全是胡思乱想。但吉吉那句话——说飞艇撒播天花病毒那句话，一直让我心里不安生。我在想，万一那真是恐怖分子策划的天花袭击，所谓香水广告只是障眼法呢？"

"哪能呢，是咱中国人做的广告。昨晚还见过那个何经理嘛，他哪儿像恐怖分子。"

孙景栓摇摇头："别忘了，13年前那个叫齐亚·巴兹的魔鬼策划'缅怀之旅'恐怖袭击时，就利用了一个不知情的印第安人。他非常善于这样干。"

何莹不相信他的预感，但也禁不住心中悚然。如果丈夫不幸言中，天花病毒此刻已经进入他们体内了，并在阴险地繁衍，正在悄悄蚕食他们的血肉。而且——关键是两个孩子！吉吉可能问题不大，听梅大姐说，他早已接触过"低毒天花"，有免疫力，但娇娇没有这样的经历。如果……太可怕了，不敢想下去。她说：

"那……咱们该咋办？"

孙景栓没有回答，考虑片刻，下了决心，要通饭店总机，让总机接通中国的长途。一千多千米外，梅茵睡意浓浓地问：

"哪位？"

"打搅你了，梅茵，是我景栓，有件急事。我记得WHO的松本先生退休后住在东京，对不对？你告诉我松本的电话。"

梅茵的声音马上清醒了，她知道孙景栓在深夜里叫醒她，索要一个日本病毒学家的电话号码，绝不会无缘无故："对，他退休后住在东京，我有他的电话。你是——"

孙景栓简略讲了今天的空中广告。"可能我纯属多疑，但我总觉得，在这些纸花上能嗅到那个恐怖分子的味道，他最擅长的，就是利用一个无知者替他干坏事。你不久前还说过：齐亚·巴兹不会就这么销声匿迹的，很可能在某一天早上突然蹦出来。"

那边窸窸窣窣查了一会儿，告诉了松本的电话，又说："你做得对，凡事宁可往坏处想。有什么结果尽早告诉我。"

孙景栓没有耽误，开始拨松本的宅电。到目前为止，何莹对丈夫的怀疑基本是不相信的，但见丈夫这么郑重，心中不由得滋生出紧张。她赶紧下床，到孩子们屋里去看，两个孩子都睡得正香，摸摸额头，体温正常，没有疹子。当然这说明不了什么，即使他们被感染上天花，一般也有几天到十几天的潜伏期。她回到主卧室，孙景栓正在同松本通话。他难为情地再三对松本说，也许他的猜测纯属神经过敏，没有多少根据。松本安慰他：

“不必客气，既然有这种猜测，反正做一次检疫又不费事。正好我这里就有纸花，是我傍晚在外面送客时捡到的。我住在涩谷区，离你捡到纸花的秋叶原比较远。这么看来，恐怕纸花撒到了大半个东京，接触过纸花的人不会少于三十万。”

“但愿只是虚惊。”

“但愿吧。如果是真的——尽管日本社会对疫情的反应非常迅速，但这么大面积的传播，恐怕也……据我所知，日本国内储存的牛痘疫苗不会超过十万只。先不说这些，我这就联系东京大学的几位同行，尽早对纸花进行检疫。随时保持联系。”

“好，随时保持联系。”

挂断电话，何莹担心地问：“那咱们明天的行程？”

“只能推迟了，不能把病毒带回中国。等镜检给出否定结果，咱们再回去。”

那边梅茵不放心，来电话询问，得知与松本先生已经联系上，也知道他们将推迟回国时间，才多少放心。早上，孙景栓把两个孩子喊醒，告诉他们回程推迟了。两人觉得很突然，但这属于大人决定的事，他俩无可无不可，在日本多玩两天也没什么。两人到卫生间洗漱，何莹忍不住跟进去，督促他们一定多打几遍肥皂，把手脸洗净。娇娇不耐烦地嚷：

“妈，你今天咋这么啰唆！”

孙景栓把妻子拉出来，悄声说：“没用的。如果是，昨天早传染上了。”

吃完早饭后两个孩子在屋里玩耍，吉吉忽然想到了昨天的纸花，他特意放在床头柜上的，现在找不到了，吉吉满屋子找：

“娇娇姐姐，见我的纸花了吗？孙叔叔，何阿姨，见我的纸花了吗？”

娇娇说："我的纸花也不见了！"

两人的纸花是何莹偷偷收起来的，她只好告诉孩子，纸花上可能有细菌，已经扔马桶里冲走。吉吉很不乐意，但毕竟是长辈干的，不好意思埋怨，嘟了一会嘴，也就算了。没多久，松本先生打来电话，直截了当地说：

"镜检结果已经出来，你的猜想不错，纸花的鳞粉中确实有天花病毒。"

这句话就像晴天霹雳！纵然是孙景栓最先提出的猜测，但真正被证实后，他仍然极度震惊。一场涉及几十万人的生物恐怖袭击，就这么不声不响地降临了！他回头看看妻子，妻子脸色煞白如雪。松本接着说：

"纸花上的病毒浓度相当高。正在做抗体等其他实验，但这个结果已经不用怀疑。孙先生，请你们在富士屋饭店等候，很快就会有人去，为你们一家率先注射牛痘疫苗。另外，今天上午要召开内阁会议，部署对疫情的紧急反应。总理大臣说，希望孙先生也能参加。"

"好的，我去。"

"厚生劳动省紧急对策本部将派车去饭店，等你注射完疫苗后接你来开会。"

"我不用注射疫苗，我对天花有终身免疫力。只要对我的家人注射就行。"

"好的，他们马上就去。另外，"他郑重地说，"总理大臣让我务必转达他对你的谢意，和日本国民对你的谢意。"

"不客气，这是每个世界公民的本分。噢，对了，那个出资做空中广告的中国商人恰好也住在这家饭店，昨晚碰面时，他曾主动说广告是他做的。从这个迹象看，此人恐怕不是策划人，而只是受骗者。你可以通知警视厅来拘留他。"

"警方已经知道了这人的地址，是通过电通广告公司查到的。"

挂断电话，何莹捉住他的手臂，目光中浸透了惊恐。孙景栓安慰她：

"不必过于担心。咱们发现得早，没事的。天花在感染四五天内注射疫苗绝对有效，松本先生说了，一会儿就来人率先给咱们注射疫苗。天花虽然凶险，但我和梅茵、薛愈夫妇早把它的脾气摸透了，不用怕。"

何莹的脸色多少转过来一些。在正厅玩的两个孩子听见了大人的谈话，立即跑过来，娇娇好奇地问：

“真的是天花？吉吉的乌鸦嘴真蒙对了？”

吉吉自得地说：“什么乌鸦嘴，我这叫第六感！娇娇姐你别怕，我有免疫力，血里有抗体。万一你被传染上，我给你输点血就万事大吉了。”

“那也得看血型。我是O型，你是A型，你咋给我输血？”

“弱智啊，只用输血清，与血型没有关系。”

两人高高兴兴地打嘴巴官司，一点不知道害怕。娇娇没有多少天花的知识，即使是“家学渊源”的吉吉，对病情的惨烈也没有真切感受。何莹看着两个孩子，眼眶慢慢红了。孙景栓忙把她拉到一边，示意她不要加重孩子们的心理负担。

没多久，一辆救护车响着警笛开到大楼下，两位身着白衣的医护跑上楼，手脚麻利地为四个人种了牛痘。孙景栓和吉吉虽然自称有免疫力，她们仍微笑着摇头，坚持为四个人都种上。然后她们匆匆离去。今天，等总理大臣召开的内阁会议结束，全东京的医护都要进入战场，她们一分钟也不能耽误！救护车刚走，两辆警车同时开到，一辆接孙景栓去开内阁会议，另一辆则来拘留那位姓何的中国人。很快，四名警察簇拥着那人从电梯里出来，他的脸苍白如纸。孙景栓看着他被押上警车，摇摇头，上了第二辆车。

八重洲离总理府很近，十分钟就赶到了。松本先生在门口迎接他，对他深深一躬，没有多说，立即领他进会议室。会议室有二十多人，孙景栓扫了一眼，只认出经常在电视和报纸上露面的三木总理。总理看到松本引着一个中国人进来，立即迎过来，向他行了一个标准的日本式深鞠躬，用英语说：

“谢谢孙先生，你救了东京。”

孙景栓忙回礼，难为情地说：“言重了，言重了。”他们没时间多寒暄，各自坐到座位上。一位中年男子重新开始汇报，用日语急急地讲述着，还夹杂着一次又一次的深鞠躬。松本用英语告诉孙景栓，这人是电通公司的总经理，正在叙述这次空中广告的经过，并向社会请罪。三木总理制止了他的发言，讲了几句话。松本翻译道：

“三木总理说，请罪的事以后再说，现在先讨论应急措施。”松本叹息一声，“电通公司当然有失察之罪，但其实从规章法令上说他们毫无缺失——他们手续齐备，有厚生劳动省允许销售天香化妆品的批文，有国土安全局对空中航线的批准，有海关放行纸花的文件。只能怪恐怖分子太狡猾，或者怪日本社会太僵化。”

下面是厚生劳动省应急对策本部的负责人发言。这人是个专家型人物，业务很熟，讲话简明扼要，非常干脆。他说：

“据电通公司估计，此次接触纸花的人最少为30万，为安全计，基本应把东京中心城区全都计算在内，大约100万人。目前首先要做的是两件事，一是宣布东京中心城区为疫区并立即封锁；二是解决疫苗来源并为疫区内所有人接种。难点在于时间和疫苗数量，全日本只有十万只疫苗，只能到世界各国求援。要考虑到，肯定不少国家要自留一些，以备万一疫情扩散到他们国家。但不管怎样，不管能弄到多少，要立即向全世界各国求援，收集尽可能多的疫苗，优先为中心疫区的人接种。疫苗数量估计问题不大，最难的是时间！天花潜伏期一般为14天，而疫苗初种成功后一般需11到13天才能产生免疫力。也就是说，如果不在接触病毒后三四天内种上牛痘，效力就会大打折扣。我们要尽量赶在这个时间内完成种痘，这很难办到，只能勉力而为了。”

孙景栓和松本义良互相看看——他们都知道对方这一瞥的含意——但都没急着说话。会议进行得非常紧张，从人们接触天花病毒到现在已经有16个小时，也就是说差不多一天，留给他们的时间只有两三天了！会议很快做出了决定，分头实施。总理大臣就要宣布散会时，松本义良站起来说：

“解决这次危机还有另外一个办法，可否请总理大臣、厚生劳动省和国土安全委员会的人留下，听我和这位孙先生讲一讲？会上议定的措施请立即实施，不要耽误。这和我说的新办法互不干扰。”

三木总理困惑地看看他，同意了。等其他人匆匆离开后，松本说：

“这件事如果从根说起太长，我简要地说说吧。科学界一个半公开的组织——十字，在中国南阳开创了一种有点异端的对付病毒的方法，即低毒病原体的野外放养，现在已经到了工业化试验阶段，并在南阳市区和西藏某地分别进行了天花病毒和鼠疫杆菌的放养。WHO 和中国政府资助了这项研究，但因为这项技术牵涉到伦理上的一些争议，对外非常低调，目前尚不为公众所了解。”

三木与厚生省大臣低声交谈几句，说：“这项技术我们知道。可靠吗？”

“相当可靠。当年轰动一时的梅茵事件中，仅有一例死亡。经过 WHO 鉴定，梅茵博士培育的低毒天花病毒株不仅毒性低，而且在接触 10 个小时之内就能够激活人体的免疫系统，使人体在真正的病毒大量复制之前产生抗体，比疫苗有效多了——只要你从心理上事先接受十万分之一的死亡率，实际上达不到这个比率的。”松本停顿了一下，“低毒天花病毒株可以用飞机进行气溶胶喷洒，一个小时内就能为一百万人‘接种疫苗’。何况我们离中国这么近，运输非常方便。现在唯一的问题是，中国库存的低毒天花病毒有多少，够不够一百万人用？请这位孙先生讲吧，他是这项技术的开创者之一。”

三木总理和两个大臣把目光转向孙景栓。后者难为情地说：

“我确实是开创者之一，但却在中途当了逃兵。近来的情形我不大清楚，我问问那边吧。”

他立即用手机联系上梅茵，同那边匆匆说了几分钟，回头对总理大臣说：

“很巧，那边此前已经做好对南阳全部县乡进行喷洒的准备，南阳有 1100 万人，所以存量足够这儿用。昨晚，他们知道了这边的疫情后——是我通报的——已经提前开始准备。只要两国政府达成一致，他们保证可以在 12 小时内把货发来。”

三木总理兴奋地说：“好！我立即同中国总理联系。来，我们一块去热线电话室。”

他带上四个人，来到一间隔音室，这里有两国元首间的热线电话。红色电话机接通了中国的唐总理，三木恳切希望对方向日本施以援手。按说，像这种人道主义救援是义不容辞的，中国总理应当非常痛快地答应，但对方显然非常犹豫，没有立即答复，说要询问中国 CDC 环境控制局之后再回话。三木放下电话后有些茫然和焦急，另外两位大臣略显不快，松本义良也很不解。孙景栓毕竟比他们了解中国人，苦笑着对松本说：

“知道唐总理为什么犹豫吗？并不是他对这项技术不了解——中国政府专门在CDC增设了一个环境控制局，就是基于这项技术的突破，当总理的怎么可能不了解？更不是吝啬或想漫天要价。关键的关键，是这项技术不能保证死亡率为零。极个别体质特殊的人在吸进喷洒的低毒病毒后，反而可能诱发天花和死亡。尽管死亡率很低——对外说不高于十万分之一，是比较保守的数字——在中国内部使用，社会可以接受这个死亡率，但在国外使用，特别是在日本使用，就不好说了。”他不客气地说，“我知道日本有相当一批右翼，心理扭曲，不能按正常人对待，不要忘了，靖国神社里至今还公开写着二战是美国和中国挑起来的呢。这次，万一‘中国病毒’最后导致十几个人或者更多的死亡？毕竟此前只进行过一次工业化试验，谁都不敢打保票。如果这样，你想想那些右翼会鼓噪些什么吧，说不定还会说这是中国研制的生物战剂呢。”

这番话他是用英语说的，三木和另外两人都听明白了，他们互相对视，暂时沉默。这位孙先生设想的情况并非不可能。日本是一个新闻自由的国家，他不可能向中国总理保证，将来不会出现这样的言论。其实，如果他从中国求得的低毒天花最后导致了几百人的死亡，那他的总理大臣也当到头了。

他们沉默着，面前那部红色电话也令人难堪地沉默着。松本义良实在忍不住，激烈地说：

“总理阁下，在这样的危急时刻，你们还有闲心去琢磨一些上不得台面的东西？古人尚且知道，救人一命胜造七级浮屠。你们不要让我对政治家彻底失望！对人性彻底失望！”

最后这句话太重，说得三木面红过耳。松本说完后气恼地看了孙景栓一眼，孙的脸也红了，他知道松本的斥责不仅是对日本总理，也是对中国总理。就在这时，电话铃急骤地响了。三木立即抓起电话，听着对方的讲话，他很快笑逐颜开，不停地点头，最后说：

“好，我完全同意你的安排。大恩不言谢，东京见！”

放下电话，他由衷地说：“确实是大国气度啊，再加上中国人特殊的政治智慧。知道吗？唐总理提出一个非常巧妙的办法：低毒天花立即空运过来，由日本航空自卫队负责喷洒。同时安排一次中国政府代表团的访问，当东京上空进行气溶胶的喷洒时，唐总理和几位中国部长会同时出现在公众中，和日本人一同吸入这些低毒病毒。这样，即使真的出现什么意外，也没有人会说三道四了。谢谢唐总理，他甘愿承担吸入天花病毒的风险。”

几个人都喜悦地笑了。孙景栓实话实说：

“不，其实没有任何风险。这项技术已经相当成熟，再说对唐总理还可以采取一些医学措施，比如事先种一次牛痘。这么着，唐总理患天花的可能性绝对为零。不过，我确实佩服他的政治智慧，他怎么可能在十几分钟内想出这么绝妙的主意呢。”

他实在忍俊不禁，因为想到更深的一层——如果这次中国政府代表团还带来了什么需要谈判的议题，估计日本人会表现得慷慨一些吧。不过他马上想到了松本的话“不要让我对人性彻底失望”，就收拢心神，不再胡思乱想了。

东京受到天花病毒恐怖袭击的消息已经传遍全日本，传遍全世界。东京人在恐惧中，开始了有条不紊的应对。所有东京航班暂停，警方封锁了中心城区的所有路口。本地库存的天花疫苗已经开始对人群接种，首先对将要投入战斗的医护人员接种。原来下发到日本各地的天花疫苗迅速收拢，空运到东京，估计第二天就能投入使用。从美国和欧洲求购的疫苗也在加紧装机，但最快也得在一两天之后了。

好在快到傍晚时，东京人又听到了好消息：从邻国来的更为快速有效的方法。当天傍晚，也就是在三架巨型飞艇向东京撒播了天花病毒仅仅一天之后，三架C130日本军用运输机轰鸣着掠过东京上空。它们后边拖着长长的鲜红色的巨龙。巨龙慢慢扩散，互相融合，最后变成淡红色的薄雾，笼罩了整个东京。事先已接通报的东京人倾巢而出，尽力呼吸着这微带红色的空气。中国唐总理率领的政府代表团也已抵达东京，时间是经过精心安排的，在举行欢迎仪式后，代表团来到皇宫附近的日比谷公园“与民同乐”，中日领导人在淡红色的气溶胶中互相拥抱，又同民众拥抱，最后形成一次狂欢。生性比较拘谨的日本人变成了西班牙人和巴西人，唱着跳着，汇成沸腾的人海。

几百名记者聚集在这里，把狂欢场面对全世界实况转播。

孙景栓一行四人也来了，并和梅茵、薛愈和小雪在这里会合，后三人是押运货物来的。在现场亢奋嘈杂的气氛中，他们无法静下心来细谈，吉吉抱着爸妈大喊大叫，用高分贝叙述这两天的历险。何莹带着敬仰之情同首次见面的梅茵拥抱，在何莹的意识中，丈夫的这位前妻似乎更像她的母亲辈。娇娇挤过来，亲亲热热地攀住“梅奶奶”的脖子。七个人正乱作一团时，俩便衣找到这儿，他俩各是中国和日本的保卫人员，带着七个人艰难地穿过狂欢人群，来到公园的中心，两国总理的身边。身穿正装的唐总理同梅茵紧紧握手：

“梅大姐，谢谢你。你用一生的困苦换来了今天！”

梅茵眼睛湿润了：“谢谢总理。有总理这句话，我想我值了。”

“谢谢你，孙先生，还有小薛，还有你们的家人。特别是你，吉吉，听说是你最先指出纸花里含有天花病毒？”

吉吉傻乎乎地笑：“总理伯伯，是我指出的，不过只是巧合，因为我不认识日本平假名，把‘天の花’中间那个字掐掉，认成‘天花’了。实际上，日本人称天花是痘疮。”

他的坦率把大家都逗笑了，唐总理笑着说：“那也不能抹杀你的功劳，只能说你是一员福将。”

三木总理也过来同他们一一拥抱。两位总理还把年龄最小的吉吉抱起来，同七个人合影。最后唐总理说：

“我们两天后就回国，请你们几位在日本多停几天，等到疫情完全解除再走，好不好？天花疫区解除的法定时间是40天，这个时间是长了一些。”

薛愈代大家回答：“好的，我们本来就是这个打算。”

三木总理说：“两位孩子也留下吧，我会安排你们这一段的生活。虽然不能离开疫区，但东京也够你们玩的。等我把唐总理送走，就安排你们到皇宫和总理府做客。”

吉吉和娇娇乐坏了：“真的？谢谢三木总理伯伯。”吉吉忽然想起一件事，“可是我们的寒假就要过完了，爸、妈和外婆都不回国，怎么向老师请假？”

唐总理笑着说：“不用担心，我去替你请假，行不行？”

“当然行了，总理伯伯去请假，老师没有不批准的！”

周围笑作一团。

五

半个月后，喀布尔。

阿富汗战争结束已经两年了，虽然还有塔利班的残余势力，但已经不能算作政治力量，只能看作打家劫舍的强盗。喀布尔仍是满目疮痍，最显著的特点便是漫天的尘土。道路多年失修，又被重型军车反复碾压，路面全被破坏。城市的建筑也都是破壁残垣。稍微刮一点风，或是有车辆驶过，立即有尘土冲天而起，把喀布尔时时笼罩在烟尘之中。

塔利班势力式微的一个明显例证，是喀布尔新形成的红灯区，众多妓女在昏暗的灯光下公然拉客，若是在过去，狂热的宗教分子早把她们用石头砸死了。而今天呢，虽然这种危险不是绝对不存在，但危险性很小，妓女们已经有勇气把这门古老的行当坚持下去。

莎玛就在这群妓女中。她今年20岁，爷爷和父亲都是狂热的圣战者，父亲死了，爷爷多年没有音信，最近才回家，已经失去一条腿。莎玛两年前流落到喀布尔，以出卖肉体为生，这是穷苦女人的天然行当，所需要的技能和本钱是上天赐予的，不需要学习或付高利贷。这会儿她发现了一个顾客，赶忙迎上去。这个男人有50多岁，衣冠楚楚，像是西方人，至少是西方化的阿富汗人。手里拎着一个公文箱，冷淡地打量着几位妓女，正在挑选他合意的对象。莎玛忙迎上去，用英语说：

“Sex？”

这个嫖客稍微一愣，他是第一次来这儿，没料到社会进步这样快，阿富汗妓女已经会用英语揽客了。他冷笑道：

“对，Sex。”

莎玛用英语吃力地说：“整夜，200阿富汗尼；一次，150。”

“好，我付200。”

莎玛领着嫖客回家。她在前边走，那个男人警觉地观察着周围的动静。自从半个月前，他在东京策划了生物恐怖袭击后，国际刑警组织肯定已经传讯过何志超，大致圈定了他的所在地，此刻喀布尔不知道有多少条猎狗在嗅着他的踪迹呢，他必须处处小心。他们来到莎玛的小屋。这些鸽笼一样的小屋子是专门为皮肉生涯而建造的，面积很小，屋里基本上只能放一张床和一张小桌，还有一个取暖的煤炉。屋子虽然简陋，但这个男人很满意，他就是要找这种独立的房间，便于他实施自己的计划。

莎玛把煤炉打开，让冰凉的屋子暖和一些。又从小桌抽屉里取出安全套，用英语对嫖客说：

“安全套。艾滋病。”

嫖客摇摇头。他已经不打算活在这个世界上，满打满算，他的生命只剩下十几天了，艾滋病对他构不成威胁。莎玛也没有坚持。安全套是红新月会送来的，一位好心的大姐一再叮咛她，要关爱自己的生命，因为每个生命，不管贵贱，都是安拉的赐予。莎玛感谢她的好心，但对干妓女行当的人，这只是增加了一个对嫖客们讨价还价的绝好办法。她熟练地对客人说：

“安全套，不用，500。”

说这个价钱时，她小心地打量着嫖客的表情，如果对方发怒，她就赶快把价钱降下来。但这位嫖客出奇地慷慨，毫无表情地点点头，简单地说：

“好。”

莎玛眉开眼笑，这样慷慨的嫖客可不是每天都能遇到的，500尼！她爷爷为塔利班卖了一辈子的命，最后得到的遣散费也只有500。爷爷与家里失去音讯多年，20天前突然回家，他回家后，妈妈曾捎信让莎玛回去一趟。爷爷少了一条腿，穿得破破烂烂，目光畏缩地看着媳妇和孙女，显然知道自己回来不受欢迎。莎玛真不想认这个爷爷，在自己的一生中，这个爷爷多会儿尽过一分长辈的责任？后来，爷爷从贴身口袋里掏出500尼，恭恭敬敬地交给孙女。莎玛从妈妈嘴里知道，这是爷爷一辈子的卖命钱，他这次回家是讨饭回来的，500尼一个子儿都没动。看到这些，莎玛心软了，同意妈妈把这个可怜的老家伙留下。

她决定今晚要好好服侍这个人。她迅速脱光衣服，钻到被窝里，腻声唤那个男人上床。男人也迅速脱了衣服上床，伏到她身上。慢慢地，莎玛感觉到有些异常，这人似乎是怀着满腔仇恨来的，虽然已经是50多岁的人了，但性能力出奇地强大。他翻上翻下地折腾冲撞，达到高潮后浑身绵软，但稍过一会儿，又神情亢奋地再次爬上身。莎玛苦笑着想，他真要把花的500尼全部捞回去啊。

后半夜他才安静下来，像个幼儿似的钻到莎玛怀里，噙着她的一个乳头睡觉，一直不松口。莎玛很别扭，但不敢拒绝他。后来她忽然感到胸脯处凉森森的，悄悄用手一摸，原来那人在无声地垂泪，泪水湿透了下面的罩单。莎玛有点心酸——这个男人心中一定有说不出的苦处；也有隐隐的恐惧，觉得这个男人神经不正常，可能是个疯子。

不过那人没有更多的举动，就这么安静地睡着。莎玛被他折腾了一宿，乏透了，也沉沉睡去。

天快亮时齐亚·巴兹醒了，目光清明地打量着这间屋子，还有睡在身边的年轻妓女。马上要同人世告别了，昨夜他有过短暂的软弱。如果回到26年前，回到这位妓女的年龄，他肯定不会再挑选圣战者的人生之路。回想这一生，没有亲人，没有亲情，没有快乐，没有幸福。只知道杀人，杀人，在杀人中把心淬得越来越硬。但不管怎样，他已经走上了这条路，那就善始善终，把最后的事做完吧。

离开美国后，他用十几年时间培育天花病毒，用全部财力和智力筹划了对东京的恐怖袭击。虽然日本社会的疫情防范体制非常有效，但对这次大规模的空中袭击，无论如何是应付不过来的。这次能杀死十万，还是二十万？那样他就可以笑着谢幕了。

但半个月过去了，从报上和网上看，东京人活得结结实实。发病的人很多，达几十万，但都非常轻微，只相当于种了一次牛痘。死亡的只有两例，都是年老体弱者。后来他知道了他惨败的原因，是因为一个叫梅茵的女病毒学家。由梅茵所开创的一种技术，可以用气溶胶的形式在很短时间内把低毒天花撒布到全东京，轻而易举地截住了疫情。这个意外让巴兹瞠目结舌。他曾是一流的病毒学家，但这么多年与专业完全隔绝，已经彻底落伍了，他甚至从没听说过这项技术。

他又回想起，上次在美国的失败，同样和这个叫梅茵的病毒学家有关。她和另一位美国女探员的提前警告，使得美国政府把反应时间提前了几天。他与梅茵在一个自由论坛上见过一面，现在还能清楚记得她的模样：个子不高，风度雍容，外表柔弱而内心刚硬。看来，他这一辈子命犯太岁，犯在这个女人手里了。

现在，他已经失去了与命运抗争的兴趣。但不管怎样，他在告别人世前还要小小地挣扎一下。当年他收到的病毒样本中，还有一种凶残的埃博拉病毒。这些年，他培育了大量天花，但没有培育埃博拉，因为后者至今没有有效的疫苗，培育过程中对操作者过于危险。不过，对于决意赴死的人来说，这不再是缺点，反倒是优势。既然埃博拉没有任何治疗手段，且看日本人，还有那位梅茵，拿什么办法来对付吧。

埃博拉病毒已经冷藏了26年，虽然中间做过传代，但没做过毒性试验，不知道是否还是那样烈性。不过找一个试验对象是很容易的，他几年前做过一次，已经很有经验了。今天他找这个妓女，找这个相对独立的房间，就是为干这件事。那个年轻妓女此刻睡得很熟，他悄悄起身，从公文箱里取出胶带，非常麻利地把她的手脚捆住。妓女醒了，惊恐地瞪着他，嘶声喊：

“先生你要干什么？救——”

巴兹抓过她的内裤，迅速把她的嘴堵上。

莎玛在床上徒劳地挣扎，巴兹不管她，从公文箱里取出早已经备好的注射器和蒸馏水，把储藏病毒的玻璃瓿打开，注进蒸馏水，抽到注射器里，来到床头。他打算对她注射后，在这里守上几天，直到埃博拉的病状出现，以便检验它的致病能力。莎玛死死地盯着针头，虽然她不知道里面是什么，但凭本能知道，那肯定不是什么好东西，是来要她命的。这会儿她恐惧得忘了挣扎，哀求地看着男人，泪水从腮上滚落。巴兹冷淡地看着她，掀开被子，拽过她的胳膊，准备向她的静脉注射。忽然——他停住了，皱着眉头回想。

刚才，这个女人嘴巴被堵住前，曾用巴兹熟悉的语言喊了一声，他原来认为是英语，但现在想来不是。那是什么语言？对，是普什图语。这么说，这个肮脏的妓女竟是他的族人？他没有注射，用普什图语问：

“你是普什图族？”

莎玛看到一线生机，拼命点头。巴兹想了想，取下她口中的内衣，低声喝道：

“不许喊！低声回答我，你是哪里人？”

莎玛驯服地压低嗓音，用普什图语回答了，然后继续用目光乞怜地看着巴兹。这么说，她确实是自己的族人。按说这一点不至于影响到他继续实施自己的计划，他对这个做妓女的族人只有厌恶之心。但可能是人之将死，其行也善吧，他犹豫片刻，决定饶了这个妓女。反正他已经决心当肉弹，带着埃博拉到东京，做不做这次试验对结局影响不大。他把注射器放到一边，为妓女解开胶带，命令她：

“不许喊叫！叫一声，我立马宰了你。”

莎玛知道自己把命捡回来了，狂喜地使劲点头。

“快点穿衣服。”

莎玛盯着他，迅速穿好衣服。

“过来，为我注射。”

莎玛大吃一惊，用力摇头，用普什图语说她不会打针。巴兹厉声说：

“按我说的做！我教你。”

莎玛只好接过注射器，两手哆嗦着，在他的指点下，在他的臂弯处戳了好几次，好容易扎进静脉。巴兹让她回抽一下，抽出了鲜血，然后让她把管里的液体慢慢推到血管里。在她推送注射器时，那个男人默默地注视着针管，面容相当平静。莎玛这会儿也镇静下来，心想自己刚才肯定是虚惊一场，从眼前的情况看，注射器里绝不会是毒药，很可能是催情药吧。这么一管子催情药打进去，这个男人不知道该咋样折腾自己了，不过那总比送命强。奇怪的是，药物注射之后，男人没有任何反应，他在床帮上坐了一会儿，神情落寞地看着自己。又过一会儿，他把外衣穿好，从皮包里掏出 500 阿富汗尼放到床头，然后拎上公文箱，默不作声地离开。

莎玛奇怪地目送他一个人踽踽地走远，确认今天碰到了一个精神病人，不过这是个大方的家伙，那500尼可是真的。她捧起钞票，高兴地欣赏一会儿，把它们小心藏好，出门去寻找另外的顾客。

齐亚·巴兹不敢耽误，立即去购买飞往东京的机票，此前他已经用整容后的假身份证办理了去日本的签证。埃博拉发病很急，快的话两天就发病，五天后就会全身脱皮和全身性出血，他必须在症状显示之前通过海关，否则就麻烦了。他要以肉弹方式把埃博拉散布到东京，这种“点式传播”不大可能造成大的疫情，但他如今只能尽力而为，临死前能拉上几十个垫背的，这就够了。

六

六天后，东京。

吉吉和娇娇这回可算过了一个最奢侈的寒假。本来东京的疫情在20多天后就风平浪静了，但梅茵和薛愈夫妇对中国总理做过承诺，要在日本待足40天，即法定的天花疫区解除封锁的时间。这40天让两个孩子玩了个痛快，只是不能出东京市区。三木总理很守信，安排他们参观了总理府，他亲自带着客人们参观，给他们讲解。随后又安排他们参观了皇宫，天皇没出面，由文仁亲王出面迎接，领他们参观了这个四面环水的绿岛。日本皇宫和中国故宫不同，虽然对游客开放，但天皇一家还住在这里，所以对游客开放的只有少部分，如东御苑、北之丸公园等。游客们只能在导游的带领下，安静整齐地排队前行，每个地方稍事停留就得匆匆离开，连拍照都来不及。而梅茵一行七人则享受国宾待遇，白发苍苍的文仁亲王领着他们经二重桥进入皇宫，这座桥只在新年或天皇生日才对游客开放，他们参观了皇室正殿、原帝国议会、皇宫广场等。高大的城墙里古木森森，有近30万株来自日本各地的树木，皇宫建筑就散落在树丛中，房屋是日本风格的青瓦白墙，屋脊上的镇兽是龙头鱼身，两侧刻着象征日本皇室的菊花。几个人看得兴致勃勃，小雪问儿子：

“漂亮吗？”

吉吉坦率地说："非常漂亮，不过比起故宫的气魄，差远了。"

薛愈忙说："注意礼貌，不要乱讲！"

这些话是用汉语说的，但文仁亲王注意到了他们的神色，同翻译低语几句，笑着说："孩子说得不错，日本皇宫与中国故宫相比，气魄上要逊色得多。毕竟日本比较小，日本皇室撑不起那么大的架子。中国的封建社会是世界上最完美最森严的，但那也意味着，中国农民在森严的皇权下承担了更大的牺牲。"

薛愈他们听得一愣。仔细想想文仁亲王的话很有道理，当后人凭吊那些辉煌的文明古迹时，像故宫、长城、秦姬陵、金字塔等，往往忘了它们是百姓的尸骨和血汗堆成的。但反过来说，如果没有这些由百姓血汗浇铸的伟大古迹，没有那些毫不体恤民力的暴君们，人类文明不是太平淡了吗？这也算是一个悖论。

40天的时间还有两天就要结束，这天他们婉辞了日方的陪同，一家人到代代木公园玩。公园位于东京的涩谷区，原来是帝国的操兵场，二战后让美国人占用过。这儿一代又一代地培育着一种叫"木从"的大树，落下了"代代木"的名字。这是东京最大的森林公园，也是赏樱的好地方，四月樱花开放时，这里常常挤满了各国游客。现在天气较冷，游客不是太多。门口聚集着一些奇异打扮张扬个性的年轻人，有人在锻炼身体，有人在扔飞镖，有人在玩杂要。在一个小广场上，几个年轻人在自己的乐队的伴奏下跳街舞。也有不少人抱膝围坐在喷泉旁，享受绿色环抱中的宁静。

公园确实很美，是绿色的美，幽静的美。环抱粗的大树遮天蔽日，小河从绿荫中静静流过。孙景栓夫妇和薛愈夫妇坐在草地上闲聊，吉吉和娇娇一人拉着梅茵的一只手，钻到树丛里玩去了。这边四个人远远看着一老两小的背影，小雪羡慕地说："吉吉最亲的人是外婆，连我这个当妈的都赶不上。"何莹也笑着说："别说吉吉，你看娇娇这些天也尽粘着梅阿姨，把我给撂到一边啦！"薛愈叹口气：

"梅妈妈特别喜欢孩子，可能是因为她一生未生育吧。她这一生太苦了，小雪暗地里常常可怜她。"

孙景栓说:“她的一生确实苦，但一点儿也不可怜。可以说，她和狄克森先生都是21世纪的希波拉底。她奋斗过，并且有幸亲眼看到自己奋斗的成果，这对一个科学家来说，可以说是最大的幸福。这样的人生堪称完美，任何人要是能拥有她的经历，在告别人世时就能说：此生无憾。”

他说得很动情，其他三个人也都动了感情。何莹笑着说:“景栓，今天没事，给我们讲讲梅茵的事。我过去知道一些，但是不细。”

孙景栓想想，说:“好吧。”

于是他敞开所有的记忆，向三个人讲述了他所知道的梅茵的一生，其中包括梅茵同一个俄罗斯人的私情，包括他自己的“为善不终”，一点儿也没对三人隐瞒。他们谈得很尽兴，直到天色已晚，梅茵牵着两个孩子返回。梅茵笑着问：

“喂，你们在谈什么？我看你们谈得很投入。”

孙景栓笑笑没回答，何莹笑着说:“景栓说，你有一个非常完美的人生。”

梅茵迅速看一眼孙景栓，眼波中掠过一波痛楚——从感情生活上，她的一生绝不能称作完美啊。但她很快抹去那波涟漪，把两个孩子搂到怀里，笑着说：

“对，我的人生非常完美，有女儿女婿，有外孙，今天又添了一个小侄女。吉吉和娇娇，我说得对不对？”

俩孩子乖巧地攀着她的脖子吻她，人们都笑起来。

七个人走出公园。大门口有两个黑色的雕像，半裸的那个是日本武士打扮，双手握着日本刀；另一个近乎全裸，呈罗丹“思想者”的造型。吉吉嚷着：

“咦，两个雕像！来时咱们咋没看见？爸爸，我要和雕像合一个影。咦！？”他吃惊地喊,“雕像的眼珠子会动！”

原来这是由真人装扮的，脸上身上涂着油彩，木立不动，装扮得相当逼真。两个孩子高兴地和雕像合了影，孙景栓在雕像面前的碗中各放了500日元零钱。他们要离开了，站在路口等出租。街道尽头有一辆出租车开过来，很远他们就注意到它非常异常，速度太快，方向也七拐八扭，似乎是醉汉开的。薛愈和孙景栓反应都很快，立即揽过两个孩子和三位女士，向后退两步，退到马路的路阶之上。出租车从他们面前高速掠过，在假雕像那儿吱吱地刹住，几乎撞到几个正与雕像合影的人，把那群人吓得惊叫起来。出租车里跳出一个穿黑衣的男人，歪歪倒倒地冲向人群，突然抱住一个女人的胳臂，狠狠咬了一口，那个女人惨叫一声，吓呆了，不知道挣扎。没等周围的人反应过来，黑衣男人又迅速转身，抱住另一个人咬了一口。那群人这会儿才反应过来，知道碰到了一个疯子，男人们迅速把女人孩子护到身后，有人扑向那个男人，准备揍他。装扮日本武士的那人虽然是局外人，这会儿也拔刀相助，拿日本刀指着这个疯子，用日语大声喊：

"不许动！"

黑衣男子根本不听，狞笑着，迎着日本刀径直扑向他。这把刀是竹制的假刀，但经他这么猛力一冲，竹刀竟然扑地戳进他的小腹。持刀者傻眼了，赶紧松了刀把。黑衣男子似乎不知道疼痛，恶狠狠地拔出刀，扔到身后，身体的前冲则几乎没有停滞。他扑到武士身上，在他肩头上又是狠狠的一口，还把腹部流出的鲜血顺手抹到对方脸上。

人们惊呆了，"家学渊源"的吉吉最先反应过来，大声喊：

"狂犬病！这人一定是狂犬病！"

这边几个大人一惊，心想吉吉也许说到了点子上。他们赶紧护着孩子们往后退，薛愈掏出手机报警。只有梅茵没有退，反而向前走了两步。她的大脑飞快地转着，因为这个患"狂犬病"的疯子似乎有一点熟悉，突然她认出来了，尽管此人整过容，但他的面部轮廓，尤其一双眼睛是不能改变的，她非常熟悉这两道阴森森的目光，只是今天它显得更疯狂一些。为了确认，她又跨前几步，大声喊：

"齐亚·巴兹！"

齐亚·巴兹一愣，他的大脑已经被埃博拉病毒蹂躏得昏昏沉沉，而且齐亚·巴兹这个名字也很久没听人唤过了。不过那毕竟是他的真名，是从孩提时代就种到记忆中的，所以他还是立即向喊声回过头来。是一个东方女人在喊他，60 多岁，眉眼似乎有点熟悉。由于冥冥中的提醒，他忽然想到此人是谁：梅茵，他的灾星，他两次行动都惨败在这个女人手中。今天怎么恰好在这儿碰上她？是真主把她赐给他，让两个仇敌同归于尽么？他没有丝毫迟疑，凶恶地大张着嘴，呲着两排森森白牙，向梅茵冲过来。

吉吉突然挣脱妈妈的护持，向外婆冲过来，大声喊：“外婆小心，他有狂犬病！”

梅茵没有回头，紧紧盯着冲过来的那条疯狗。不，他患的不是狂犬病，而是埃博拉出血热，而且已经到了重症期。他口鼻出血，眼白和牙龈出血，身上外露的皮肤有出血斑，有些地方的皮肤已经脱落，显得异常狰狞。梅茵15岁时就在非洲目睹过疫情，亲自检查过众多病人，对这些症状再清楚不过了。其实这些天她一直在心里嘀咕，依她的直觉，齐亚·巴兹在经历第二次惨败后绝不会认输的，一定会有一个垂死挣扎。那么，今天就是了，他以肉弹的方式来散布埃博拉病毒。

齐亚快要扑到梅茵身上了，孙景栓和薛愈都惊叫着，冲过去掩护梅茵，但显然已经来不及。不过梅茵早就做好准备，蓄势待发，等齐亚冲到身边时，她飞起一脚，踹在齐亚的胸口。按说这一脚足以把他踹翻，但梅茵毕竟年纪大了，关节又有旧疾，力道小了一些，只是把齐亚踹得趔趄了几步。齐亚努力稳住身子，没有跌倒，知道自己在“武艺高强”的梅茵这儿讨不了好处，就转过身，冲向离他最近的吉吉。吉吉扭头要跑，已经来不及了，被齐亚抓到左手，恶狠狠地咬了一口。吉吉惨叫了半声，疼得窒息了。

吉吉惨叫时，梅茵也突然窒息，一桶冰水从头顶浇下来。她的思维突然停止，空白的大脑中只留下一个念头：薛愈舅舅的诅咒应验了——她自己的罪孽将报应到孩子头上。但不管大脑是否空白，她的身体没有中断反应，她冲过去，用跆拳道的一个劈挂，飞起一条腿，狠狠砸在那条疯狗的脑袋上。齐亚翻翻白眼，晕了过去。

其他四个大人都冲到吉吉身边。梅茵立即横伸手臂拦住他们，表情苦楚。此刻齐亚仰面躺在不远的地上，病状可以看得更清楚，毫无疑问，他是晚期埃博拉病人，今天在这儿疯狗般地咬人，肯定是为了传播埃博拉。吉吉脸色死白，举着左手，除了拇指外，四个指头鲜血淋淋。这个六岁的孩子非常镇静，急急地对外婆说：

“快去医院打狂犬疫苗！”

梅茵心碎地摇头。孩子啊，那不是狂犬病，而是更可怕的埃博拉，埃博拉是没有疫苗和解药的。她扭头对薛愈他们说：

“不要接触！极有可能是埃博拉。”

除了娇娇外，其他人都知道这三个字意味着什么——对吉吉意味着什么，天地在刹那间崩塌，被黑暗笼罩。吉吉知道埃博拉的邪恶，听到这个名字，不由眼前一黑，踉跄一下。梅茵走过去，用左手小心地握住吉吉的左手腕，右手则在胸前摸出那枚十字架，摸索着旋开暗钮，用嘴咬着剑鞘，用力拔出暗藏的短剑。她面色惨白地看着吉吉的父母，看着孙景栓。他们三个知道她要干什么，不约而同地伸手想阻止，但都没有伸出手。三人都了解眼下的形势，纵然他们身处东京，十几分钟之内就可以把吉吉送到世界一流医院之内，但对于埃博拉来说，即使世界一流的医院也无法确保避免死亡。梅茵想起义父说过的那个故事，英国官员很认真地问受伤的科学家普拉特里：“你为什么不当机立断，把拇指切掉？”而现在，不是一个手指，而是四个！这一刀下去，吉吉将是终生的残废。

小雪晃了晃，身体慢慢溜下去，这是心理性的休克。眼前的事态超出了母亲的心理承受能力，她无法以正常思维来作出这个残酷的决定。薛愈手疾眼快，一把抱住她，但眼睛仍盯在吉吉和梅茵的手上。梅茵没有让小雪的休克干扰自己的行动，一咬牙，右手的短剑在吉吉的四指上划了一下，四个断指飞走了，纷纷掉落到地上。吉吉暂时没有感到疼痛，因为这把手术刀太锋利了。娇娇尖叫一声，闭上眼睛，不敢往下看，她妈妈何莹也痛楚地闭上眼。反倒是当事者吉吉最勇敢，虽然脸色惨白，但一直默默注视着外婆的动作。梅茵迅速检查了一遍，没有发现别处有伤口，便从衣服上撕下一块布，迅速扎紧吉吉腕部的血管，又用另一块布包扎断指，嘶哑地说：

“快去医院！”

听说要去医院，小雪才从半休克中挣扎出来，睁开眼。她忽然惊叫一声，指着脚下。原来地上的齐亚醒了，正挣扎着爬向梅茵，离着老远，他已经恶狠狠地张开嘴巴，准备再咬一口。梅茵忙着为吉吉包扎，冷冷地扫他一眼，怒声说：

“踢昏他！这会儿没工夫和他纠缠。”

孙景栓咬咬牙走过去，朝他裆下狠狠踩了一脚。齐亚惨叫一声，再度昏过去。

一辆警车呼啸着冲过来。今天齐亚窜到代代木公园之前，已经在银座、新秋原两处街区咬过人，警察接到报案后在全市组织了追捕，接到薛愈报警后，离这儿最近的追捕小组立即赶过来。一个年轻警官跳下车，看到了地下躺的罪犯，也看到了举着断指左手的吉吉。梅茵用英语指挥着：

“快，薛愈你们快送吉吉去医院，还有其他几个被咬的游人也一块儿送去，注意在车上绝不要接触这些人的血液！我留在这儿处理后事。”她转向年轻警官，“请立即用警车送他们去医院。我踢晕的这条疯狗，就是上次天花恐怖袭击的策划人，今天他正在用肉弹方式传播生物战剂，极有可能是埃博拉，一种非常凶险的出血热。”

年轻警官打了一个寒战。他们只是奉命追捕一个乱咬人的疯子，没想到竟然又遭遇一次生物恐怖袭击！他已经认出近来常在电视上露面的梅茵，知道她说的话绝对可靠，立即让警员把吉吉和其他几个受伤者送往医院。薛愈他们，连同已经苏醒的小雪，抱着吉吉匆匆上车。年轻警官突然想起一件事，喊道：

“把孩子的断指带上！也许能接上。”

梅茵苦笑着摇头。纵然东京有一流的医疗技术，也无法在手指再植前的短短时间里，既保证手指细胞的活性，又把其中含有的病毒除净。可是，如果不能保证除净病毒，怎么敢做手指再植呢。但她没有多说，点点头，孙景栓小心地隔着衣物拾起断指，包好，带到车上。

他们走了，警官匆匆向东京警视厅报告了“埃博拉恐怖袭击”的消息，上级异常震惊，命令他一切听从梅博士指挥。梅茵指着地上的齐亚说：

“严格控制这个传染源。把他捆紧并隔离起来。一定要小心！埃博拉不光能接触传播，还能通过空气传播。”她建议道，“如果一时找不到合适的隔离车，可以用装尸袋把他密封起来，送往医院，病房一定要按四级病毒的标准隔离。”

年轻警官马上指挥手下，小心地捆好恐怖分子，用胶袋封住嘴，打电话让送来装尸袋，又通知医院做好接收准备。梅茵又吩咐：

“他是否在别处也咬伤过人？尽快隔离所有受伤者，要按埃博拉进行治疗。”

警官迅速通知了本部。

装尸袋很快送来了，警察们把仍在昏迷中的齐亚装进去，扔到警车上，警车呼啸着开走。梅茵这时踉跄一下，半个身子突然不会动了。刚才与齐亚过招时，特别是最后使出那个跆拳道的劈挂时，她用力过猛，把筋和肌肉严重拉伤了。毕竟年纪不饶人，30年没练过功夫，而且前几年还得过严重的关节炎。年轻警官上前一步搀住她，梅茵赶紧举起双手——她刚才为吉吉做过手指切除手术，担心自己手上可能沾有病毒。她不想让警官搀扶，但这会儿确实不能走路了，一步也走不动了。她就这样举着双手，警官把她搀到另一辆警车上，说：

“梅博士，希望你先到警视厅本部，行不行？本部在部署应急措施时，也许还需要梅博士出谋献策，做一些技术上的指导吧。”

梅茵想他说得对，虽然很挂念吉吉，但还是先把大面上的事处理完，才能去看望他：“好的，去吧。”

警车向本部开去，梅茵眯着眼斜倚在车侧的座椅上。经历了今天的意外，她确实心力交瘁。警官低声唤她，她睁开眼问：

“怎么？”

“梅博士，刚才接电话通知，今天连你的外孙在内，一共有43个人被咬伤。你的外孙已经切除了手指，其他人……能治愈吗？”

梅茵叹息一声，照实情说：“估计至少一半人会死亡。而且——但愿疫情不会向外扩散。”

年轻警官默然，其实他知道自己的问话是多余的，如果梅茵相信被咬伤者能治愈，她能狠下心切除孩子的手指吗？但他真不愿相信这个不祥的估计。

30多天前，恐怖分子动了那么大的心机，精心策划了那次天花袭击，结果基本没有造成伤亡，只有两人死于并发症。东京人有惊无险，至今还沉浸在胜利的喜悦中。反倒是今天这次“手工业方式”的肉弹袭击，竟然要造成几十人的死亡，且不说疫情还有可能扩散！

薛愈打来电话，说已经到医院，对吉吉进行了包扎和消毒处理，医生做了非常仔细的检查，身上确实没有其他伤口。梅茵这才放下心来，可怜的吉吉，毕竟还幸运啊，如果其他地方还有伤口，那他的四个手指就白切除了。如今，虽然失去宝贵的四个手指，性命总算能保得住，这是不幸中之大幸。她说：

“好好照顾吉吉。对他说，外婆这边一忙完，就去陪他。”

警车先停到顺路的一家医院，为梅茵的双手，还有那柄十字短剑，做了严格消毒。但她没去成警视厅，因为总理府的召唤来了，他们调头直接去了总理府。三木总理在门口迎接她，松本先生几乎同时赶到。三木总理苦笑着说：

“梅博士，没想到又得仰仗你的大力。东京人真是多灾多难啊。”梅茵被两名警察架着，艰难地在沙发上坐下。总理立即问，“我是个外行，请问，埃博拉至今确实没有疫苗或其他有效治疗办法？”

“是的。”

“怎么会呢？据我所知，埃博拉已经发现40多年，比艾滋病还早。”

梅茵抬头看看他和松本，坦率地说：“因为这种病一直局限于在非洲传播，没有威胁到西方世界。”

她说的是实情。纵然西方人很推崇博爱和人道主义，但医学研究资金的流向却遵循着另外的冰冷原则，完全与博爱无关。凡是威胁到西方的疾病，像艾滋病、退伍军团病等，都能很容易得到大笔资金，有关研究也就突飞猛进。反之——你就耐心地等着吧。三木脸红了，他想梅茵说得不错，如果在这之前，他需要审批一大笔埃博拉研究资金，而且知道这种病并未威胁到日本人，他很可能也会拒绝的。作为日本总理，这样做可以理解，毕竟日本国内还有很多用钱的地方，他首先得为日本人着想。只有到这会儿他才真切悟到，在现今的“地球村”里，所有民族的生死利害已经捆到一块儿了。梅茵说：

“除了对受伤者尽量彻底消毒并进行抗病毒常规治疗外，唯一有效的办法，是从非洲调集一些埃博拉康复者的血清，据我所知美国CDC有，内罗毕和金沙萨的医院里也有一些。这些血清中含有有效抗体，对患者进行注射，能起一定的作用。至于……”

那些血清里是否还有其他“明天”的致命病毒？艾滋病除外，艾滋病毒的检查已经很成熟。可能性很小，但不敢绝对保证。不要忘了，这些血清都来源于非洲，而非洲是病毒的老巢。不过权衡利弊，这个手段还是值得一用的。三木总理说：

“我让厚生省立即去办。此刻我们还能做什么？请指教。”

梅茵问了所有受伤者的情况，知道他们都得到了严格的隔离和治疗。其他的就没多少事可干了。鉴于日本有效的卫生体系，这次疫情估计不会扩散，到此就会中止。难办的是已经被染上病毒的这42人，无论怎么努力，也不能保证他们逃脱埃博拉的魔爪。三木总理又问：

“既然埃博拉没有治疗手段，那个恐怖分子同样必死无疑，对吧？警视厅想立即审讯他，在他死前。”

“嗯，他必死无疑。据我看到的病状，他已经到了晚期，没有两天可活了，他肯定是等到传染力最强的时候才出来咬人的。所以你们如果想审讯，一定要抓紧进行。”她恨恨地说，“这会儿我倒宁可相信世上有末日审判，有炼狱和地狱，这样丧心病狂的家伙只配放到地狱的阴火上去烤，万世不得超生。”

这边事情一结束，梅茵立即赶往东京大学医学院附属医院，那里的六个人都一直在极度痛苦中煎熬。这会儿痛苦刚刚开始结痂，梅茵的回来又把它彻底撕破。吉吉一看见外婆就哇地大哭起来，娇娇紧接着也大哭。四个大人虽然没有失声，但泪水汹汹地淌下来。两个男人忙上前，从警察的搀扶中接过梅茵，警察们告辞走了。吉吉的左手仍在举着，手上虽然包着厚厚的绷带，仍能看出那儿少了一部分形体。梅茵肝肠寸断，示意薛愈他们扶她过去，把吉吉搂到怀里，哽声说：

“吉吉别哭，吉吉是个勇敢的孩子。”

薛愈说：“吉吉，外婆受伤了，让外婆睡床上休息一会儿！”

梅茵凄然摇头，强忍着腰部的疼痛，坐到一把靠椅上，把吉吉抱到怀里，心疼地握着他的伤手。她没有问断指再植的事，为了安全，那显然是不可取的。吉吉此生只能与断指的左手相伴了。

在场所有人之中，最为悲恸欲绝的当然是吉吉的妈妈。小雪无声地哭着，只要一想到吉吉今后终生是残疾人，全身就像突然着了火，那是地狱的阴火，从涌泉穴烧起，直烧到泥垣宫。从梅妈妈进来后，小雪的目光就躲避着，不与妈妈接触，因为她想到了薛愈舅舅的诅咒：离开梅茵，否则她的罪孽会报应到孩子头上！当然吉吉致残的罪责绝不在梅妈妈身上，但不管怎样，舅舅的诅咒实现了。如果当时听舅舅的话……她赶紧刹住自己的念头，不敢看妈妈的目光。梅茵看看她，在刹那间洞悉了她的心理活动，苦笑着，什么也没有说。

吉吉的住院手续已经办好，他要留在医院里，直到确认没有患埃博拉才能离开。一个日本护士进来，说最多只能留一人陪护。梅茵说：“你们都走吧，今晚我留下。”薛愈摇头说：“不行！你的腰伤太重，必须回家休息。”众人里还是孙景栓最了解梅茵，他看看梅茵的表情，再看看吉吉对外婆的依恋，知道梅茵的决定不可更改，叹一口气，对薛愈夫妇说：

“听你妈的话，咱们走吧。大家尽可放心，医院对吉吉是特别护理。小雪，你也回去吧。”

人们走了，小雪实在不想离开，在薛愈劝说下勉强同意。她交代吉吉别累着外婆，然后恋恋不舍地离开了。屋里静下来。吉吉的断指和梅茵的腰伤都疼得钻心，两人睡不着觉，就这么搂着说闲话。吉吉问：

“外婆，我的手指真的不能再长出来了？我是指用高科技手段。”他认真地说，“外婆，你别安慰我，我要听实话。”

“现在的基因技术还做不到断指再生，也许一二十年内能做到。不过，”她坦率地说，“一二十年后，你大脑皮层中负责四个手指的区域肯定已经严重萎缩，或者改做他用，这时即使断指长出来，恐怕也不能用了。还有，器官再生术也有弊端，科学家担心它会增加癌变可能，不敢随便乱用。因为要想做到再生，就必须打开体内已经关闭的细胞生长开关，其实这正好是癌细胞的发生机理，两者无法绝对区分。”她叹息着，“没办法，每一项科学进步都是这样利弊纠结，科学是一柄利剑，但永远是双刃的。”

“就像你戴的这枚十字双刃剑？”

“嗯，是的。”

吉吉怅惘地说：“看来这辈子不能再拉小提琴了。其实我从来不喜欢学琴，妈妈老逼我拉琴，把我烦死了。可是……”

“吉吉，知道美国的海伦吗？她生来又聋又瞎，却做出了别人做不到的事。知道苏联一个无脚飞行员的故事吗？知道英国物理学家霍金吗？还有张海迪，吴运铎？”

“有些知道，有些不知道。外婆，都讲给我听听吧。”

梅茵唤护士拿来一床被子为她垫住腰部，坐得惬意一点，又用被角裹住吉吉，就这么坐椅子上搂着他，娓娓讲着，一直讲到深夜。她讲了那几个身残心不残的勇者，也讲了对六岁孩子来说太深的一些东西，比如：敬畏自然，祸福相倚，上帝憎恶完美，科学的坏账准备，文明的宿命，否定之否定，等等。很多话吉吉肯定听不懂，但不要紧，这孩子就像是吸水的海绵，即使今天听不懂的东西，他也会记在心里，等长大后再去反刍消化。

吉吉偎在她怀里听着，一直用右手玩着她项间的十字。他问：

“外婆，这个十字里的短剑是啥样子，竟然那样锋利。让我看看好吗？爸爸也有，从来不让我玩。”

梅茵小心地拔下剑鞘，把已经消毒过的十字短剑递给他：“呶，一定要小心，非常锋利的！”

吉吉小心地捏着十字剑把，好奇地端详那柄几乎透明的剑身，仔细辨认剑身上刻着的英文文字“敬畏自然”，还有梅茵的名字首字母。他从外婆怀里下来，找了一些东西，像药盒啦，输液胶管啦，不锈钢针头啦，兴致勃勃地划着玩，它们都被轻而易举地划断。吉吉玩得高兴，连伤口的疼痛也忘了。他知道这个十字符对外婆一定非常重要，但最后忍不住，还是央求道：

“外婆，把这个十字送给我吧，好不好？我一定小心玩，不把它弄丢，也不伤人。”

梅茵看着他殷切的目光，不忍拒绝，把十字短剑要过来，合上剑鞘，然后把它戴到吉吉的项间。吉吉很高兴：

“外婆你是不是给我了？是不是？”

梅茵拍拍他的脸，慈爱地说：“是的，以后它就是你的了。不过你一定要小心，这可是个危险的玩具。”

“放心吧，我一定会非常小心，非常非常小心！”

吉吉困了，爬到外婆的腿上，钻到怀里，很快睡着了。梅茵搂着他，一只手拨弄着他项间的十字。她想，自己的馈赠恐怕有点孟浪，吉吉虽然做了保证，但毕竟是个孩子，这个玩具对他而言确实太危险。但已经答应了孩子，无法食言，那就多加小心吧。她也困了，就这么搂着吉吉睡着了。